NEW ROMANCE®

ÉTOILES DU NORD

COMPASS SERIES # 4

BRITTAINY C. CHERRY

Hugo Roman

DU MÊME AUTEUR

Série The Elements

The Air He Breathes

The Fire Between High & Lo

The Silent Waters

The Gravity of Us

Standalones et autres romans

Eleanor & Grey

Landon & Shay Parts 1 & 2

Disgrace

Behind the Bars

Art & Soul

Disgrace

La force de renaître (The Wreckage of Us)

Loving Mr. Daniels

Our Totally, Ridiculous, Made-Up Christmas Relationship (novella)

The Space in Between

The Compass Series :

Tempêtes du Sud #1

Lueurs de l'Est #2

À l'Ouest, les vagues #3

À mes grands-parents,
les étoiles les plus brillantes de mon firmament.
J'espère que vous êtes fiers de moi.

Pour les secondes chances que la vie nous offre :
puissions-nous être assez courageux pour les saisir.

PREMIÈRE PARTIE

« Attarde-toi sur les beautés de la vie.
Observe les étoiles, et regarde-toi
parcourir le ciel avec elles. »
Marc Aurèle

1
Hailee
8 ans

Aiden était le genre d'enfant qui faisait tout pour qu'on le déteste.

– T'as pas le droit de faire ça ! hurlai-je d'une voix stridente, agacée par son visage stupide.

Il avait remis ses mains sales dans le pot contenant les cookies que j'avais préparés avec maman pour les manger plus tard. Maman nous avait déjà donné un cookie à chacun avant que nous allions jouer dans le jardin. Lorsque nous étions rentrés, Aiden s'était faufilé dans la cuisine et avait grimpé sur le plan de travail. Il enfreignait toutes les règles !

– J'ai le droit si tu fermes ta grande bouche, face de hamster !

Je soufflai en gonflant mes joues, sentant le rouge me monter au visage, et je posai des poings rageurs sur mes hanches.

– J'ai pas une face de hamster !

– Alors pourquoi t'as des joues comme les hamsters ?

– Moi, au moins, je ne ressemble pas à un derrière de gorille !

– J'aime mieux ressembler à un derrière de gorille qu'avoir des joues de hamster.

– Je te déteste, derrière de gorille !

– Je m'en fiche, face de hamster !

Aiden Walters était un boulet. Il s'attirait toujours des ennuis, et j'essayais toujours de l'empêcher de faire des bêtises. Je passais le plus clair de mon temps à lui dire non, et lui à ne pas m'écouter.

Je grimpai sur le plan de travail à côté de lui et lui arrachai le pot de cookies des mains.

– Moi au moins, j'ai pas une grosse tête comme toi ! dis-je en lui tirant la langue.

Il reprit le pot de cookies en me bousculant légèrement.

– Ta tête, elle est plus grosse que la mienne !

– C'est même pas vrai !

– Si, c'est vrai ! Elle est énorme ! Elle est plus grosse qu'une tête d'éléphant !

J'attrapai le pot de cookies et le tirai vers moi.

– Ferme-la, Aiden !

– Toi d'abord, Hailee ! répliqua-t-il en tirant le pot de son côté.

Nous continuâmes ce bras de fer en nous criant dessus jusqu'à ce que maman arrive dans la cuisine.

– Qu'est-ce qui se passe ici ?! hurla-t-elle.

Le son de sa voix nous fit tellement sursauter que nous lâchâmes le pot de cookies qui alla s'écraser au sol pour se briser en un milliard de millions de morceaux.

Aiden et moi nous figeâmes sur place.

Nos regards convergèrent sur maman.

Puis sur le pot de cookies explosé.

Puis de nouveau sur maman.

Puis encore sur le pot de cookies brisé.

– C'est lui !

– C'est elle !

Nous l'avions dit en chœur en nous désignant mutuellement du doigt et en rejetant le désastre l'un sur l'autre. Évidemment, c'était la faute d'Aiden, mais ce n'était rien qu'un gros menteur. J'étais étonnée que son pantalon ne s'enflamme pas, tellement il racontait des mensonges

– Je te jure, maman, c'est lui ! Il voulait reprendre des cookies, mais je lui ai dit de ne pas reprendre des cookies, mais il a voulu quand même en reprendre, des cookies, et, et…

– Elle m'a dit que j'avais une grosse tête, Penny, et aussi elle a dit que ma figure ressemblait à un derrière de gorille ! dit Aiden en poussant sa lèvre inférieure vers l'avant alors que ses yeux s'embuaient de larmes.

Oh, là, là, le cinéma qu'il peut faire !

– Lui, il m'a dit que j'avais une grande bouche et des joues de hamster ! Je n'ai pas des joues de hamster !

– Si !

– Non !

– Si !

– Non, non, non et non.

– Si, si, si, si, siiiiiiii !

Il avait beau avoir le même âge que moi, il se comportait vraiment comme un bébé.

Maman n'avait pas l'air d'apprécier nos justifications ni nos chamailleries. Elle fronça les sourcils et passa la main sur son afro puff avant de hocher la tête.

– Descendez de là tout de suite, tous les deux ? Vous savez ce qu'il vous reste à faire.

Aiden et moi poussâmes un gémissement.

– Mais ! nous dîmes en chœur d'une voix aiguë.

C'était agaçant que nous fassions toujours les mêmes choses en même temps, parce que je ne voulais surtout pas être comme lui. Les moments où nous nous ressemblions m'agaçaient. Il me rendait folle. C'était mieux quand nous étions différents parce que si je n'étais pas comme lui, cela voulait dire que je n'avais pas une grosse figure comme un derrière de gorille.

Maman se passa la main sur le front.

– Il n'y a pas de mais. Allez, descendez de là. Direction le salon. Allez vous prendre dans les bras et présenter vos excuses. Tout de suite.

Maman nous fit un signe de la main.

Nous descendîmes du plan de travail et allâmes dans le salon en traînant les pieds.

Dans un talk-show, maman avait vu une femme parler de ces séances d'embrassades qu'elle faisait faire à ses enfants. Chaque fois qu'ils se bagarraient, elle leur disait de se prendre dans les bras et de se demander pardon pour ce qu'ils avaient fait. Les enfants devaient se serrer dans les bras jusqu'à ce qu'ils se soient excusés tous les deux, quoi qu'il leur en coûte.

J'aurais bien aimé que maman ne regarde pas la télé. Ça lui donnait des mauvaises idées.

Je détestais faire ça, et je finissais toujours par devoir le faire avec Aiden parce que c'était un fichu abruti qui me faisait toujours punir. Franchement, Aiden n'avait qu'à se prendre dans les bras tout seul. Je ne voulais pas participer à ça. Ce n'était pas moi qui avais mangé les cookies !

Pourtant, nous fûmes bien obligés de nous exécuter, en râlant pendant tout le temps que cela dura.

Lorsque Laurie, la maman d'Aiden, arriva, elle nous vit en train de nous embrasser et sourit.

– Ils se sont encore disputés ?

– Tu sais ce que c'est, répondit maman. Ils sont comme Tom et Jerry, ces deux-là.

– Toujours pas d'excuses ?

– Rien à faire.

Laurie jeta un coup d'œil à sa montre.

– Bon, dépêche-toi de t'excuser, Aiden, sinon tu vas rater ton cours de théâtre.

– Mais maman ! pleurnicha Aiden.

– Il n'y a pas de mais. Fais ce qu'on te dit ! ordonna sa mère.

J'aimais bien Laurie, même si son fils était un crétin. Elle me donnait toujours des bonbons quand j'allais chez elle et me demandait si mes cours de pâtisserie avec maman se passaient bien.

– Pardon de t'avoir insultée, Hailee, dit Aiden.

Il ne le pensait pas, mais il le dit quand même. Et même, il avait l'air sincère, ce qui voulait dire que ses stupides cours de théâtre servaient à quelque chose. C'était pour ça qu'il avait presque pleuré sur le pot de cookies cassé ! Un idiot de professeur lui avait enseigné ce truc !

Malgré tout, j'obtins un sourire parce qu'il avait demandé pardon en premier. Puis je sentis maman qui me poussait le bras. Je ronchonnai.

– Pardon de t'avoir insulté, moi aussi, Aiden.

– Et voilà. C'était si difficile ? demanda maman.

– Oui.

Nous avions répondu ensemble. En même temps, encore. Répugnant.

Nous nous écartâmes l'un de l'autre et partîmes précipitamment. Aiden et Laurie se rendirent à son stupide cours de théâtre et maman et moi fîmes une fournée de brownies ce soir-là. C'était les meilleurs brownies de toute ma vie et en allant me coucher, j'en emportai un en douce dans ma chambre, à l'insu de maman. J'allai à ma fenêtre et regardai la maison d'en face où je vis Aiden assis dans sa chambre, lui aussi. J'avais le voisin le plus énervant qui puisse exister, et ça m'agaçait de devoir regarder par la fenêtre et voir son visage idiot.

– Hé, loser !

Il leva les yeux et vint précipitamment à la fenêtre. Il avait l'air grognon.

– Qu'est-ce que tu veux, loser toi-même ?

– Rien, encore plus grand loser !

– Ben alors, pourquoi tu m'as appelé ?

– Parce que je voulais te dire que t'étais un loser. Et que j'ai fait les meilleurs brownies du monde ce soir, et que t'en auras pas.

Je levai la main qui tenait le brownie et l'agitai en l'air.

Il plissa les yeux.

– Donne-le-moi !

– Nan !

Il passa par la fenêtre, traversa le jardin en catimini et entra dans ma chambre par ma fenêtre. Brusquement, il m'arracha le brownie de la main et retourna à toute vitesse dans sa chambre où il s'empressa de l'engloutir.

En réalité, c'est lui qui s'était fait piéger parce que je voulais qu'il goûte le gâteau et me dise ce qu'il en pensait.

Il tourna les yeux vers moi.

– Tu as raison, dit-il, la figure constellée de miettes. C'est le meilleur brownie du monde, et maintenant tu ne l'as plus !

– Je te déteste, Aiden Walters.

– Moi aussi je te déteste, Hailee Jones.

J'éteignis ma lampe et grimpai dans mon lit. Il ne le voyait pas, mais je souriais parce qu'Aiden aimait mes brownies, et même si je ne voulais pas l'admettre, j'attachais un peu d'importance à ce qu'il pensait.

Derrière de gorille aimait mes brownies.

Cool.

2
Aiden
10 ans

J'y croyais pas ! Hailee était aussi dans la classe de Madame Elk. Maintenant, en plus de l'avoir sous les yeux tout le temps par la fenêtre de ma chambre, j'allais devoir être assis dans la même classe qu'elle pendant toute l'année. Une saturation d'Hailee. Elle était déjà dans ma classe l'année dernière, et je n'avais pas arrêté de lui faire des grimaces pour l'embêter. Mais maintenant, j'étais en CE2 et j'en avais assez de voir sa tête. Cette idiote d'Hailee avec sa tête de hamster.

Au moment de la récré, toute la classe sortait. Sur le sol de la cour, il y avait une gigantesque carte des États-Unis et Lars Thomas dit que ce serait marrant de jouer à un jeu où nous formerions deux équipes. Nous aurions chacun un numéro, il appellerait un numéro et un État, et les joueurs de chaque équipe avec le même numéro devraient courir se placer sur l'État avant que l'autre joueur le fasse.

Il appelait ça « Foncer sur les États ». C'était un nom idiot, mais j'aimais gagner.

Hailee était dans l'équipe adverse. Tant mieux. Je n'aurais pas voulu qu'elle soit dans l'équipe qui gagne. J'étais content quand elle ne gagnait pas.

J'avais le numéro deux. Hailee le numéro cinq.

Tout le monde savait que deux, c'était mieux que cinq.

Lars appela mon numéro et la Californie.

Facile.

Je fonçai sur la Californie et y parvins avant que Peter n'atteigne même le Texas.

Je retournai vers la ligne de départ en affichant un sourire narquois. Je lançai un regard hautain à Hailee en passant et elle leva les yeux au ciel. Ça l'embêtait que j'aie gagné. J'étais impatient qu'elle perde.

Lars s'éclaircit la voix.

– OK, numéro cinq, prêt ?

Hailee plissa les yeux et se mit en position de départ comme si elle allait filer comme une fusée vers l'État qu'il allait annoncer. Son adversaire dans mon équipe, c'était Kevin. Bon sang, j'espérais qu'il allait l'écraser pour que je puisse me moquer d'elle jusqu'à la fin de l'année.

Lars cria : « Mississippi ! »

Les deux se précipitèrent et, pas de bol, Hailee arriva sur l'État avant lui. Elle eut l'air hautaine et fière au début. Mais cela ne dura pas.

– Elle a triché ! C'est impossible que cet hippopotame joufflu m'ait battu ! Elle n'était pas sur le bon État, affirma Kevin qui alla la pousser violemment, la faisant tomber par terre.

Les mains d'Hailee glissèrent sur le béton et elle s'écorcha pas mal.

Je ne savais pas ce qui lui faisait le plus mal – la bousculade ou les mots qu'il avait employés.

Ses yeux s'embuèrent et j'étais presque sûr qu'elle allait pleurer. Avant que ça arrive, je taclai Kevin pour le faire tomber et je me mis à lui bourrer le visage de coups de poing. Je fus lourdement puni pour ça et mes parents me dirent que je ne devais pas me servir de mes poings pour régler mes comptes. Mais ils n'avaient pas vu les yeux d'Hailee. Ils se seraient battus avec ce bouffon, eux aussi.

Ce soir-là, je regardai vers la chambre d'Hailee depuis ma fenêtre et je lançai une chaussure pour attirer son attention.

– Hé, loser !

Elle vint à sa fenêtre et l'ouvrit. Je sortis par la mienne et allai vers elle.

– Qu'est-ce que tu veux ?

Elle avait un pansement sur la main, là où elle s'était blessée. Sans que je sache pourquoi, cela me fit mal au ventre. Si je pouvais, je taclerais encore cet idiot de Kevin pour lui avoir fait mal. Je n'aimais pas Hailee, mais personne n'avait le droit de lui faire du mal.

– Rien, marmonnai-je en me grattant la nuque.

– Alors, pourquoi t'as lancé une chaussure dans ma fenêtre ?

– Je n'ai pas fait ça.

Elle jeta un coup d'œil vers ma chaussure qui était tombée dans l'herbe.

Je la repoussai du pied derrière moi comme si ça pouvait l'empêcher de la voir.

Je soufflai.

– Je suis juste venu voir si t'allais bien, d'accord ?

– Qu'est-ce que ça peut te faire ?

– Rien du tout ! dis-je brusquement, mais mon estomac était toujours serré.

Pourquoi étais-je si en colère ? Hailee n'avait même pas fait une de ses remarques énervantes pour m'embêter. Et pourtant j'étais furieux. Je crois. Je crois que j'étais furieux. Parfois je me sentais comme mon père, et je ne comprenais pas très bien mes émotions.

– D'accord.

Elle ne discuta pas. Elle ne m'insulta pas. Elle s'apprêta simplement à fermer sa fenêtre, et quand mon regard croisa le sien, je vis qu'elle avait encore l'air triste. Comme tout à l'heure dans la cour. Cela me mit en colère. Ou triste, ou triste et en colère.

– Hailee, attends, dis-je en arrêtant son geste.

– Quoi ?

Je la regardai sans rien dire.

Je ne savais pas quoi dire.

Je ne savais pas quoi ressentir.

Tout ce que je savais, c'était que j'avais envie d'être avec elle ce soir-là, sans savoir pourquoi.

– T'es bizarre ce soir, me dit-elle.

– J'suis pas bizarre.

– Si.

– Non !

– Si !

– Comme tu veux. Bon, tu vas bien ? demandai-je en me frottant la nuque. Après ce qui s'est passé ?

Encore une fois, on aurait dit qu'elle allait pleurer et cela me fit encore plus mal au ventre.

– Ça va.

– Ah bon… d'accord. Bon… c'était juste pour savoir.

– OK.

– OK.

– Bonne nuit.

– Salut.

Je tournai les talons et me dirigeai vers ma fenêtre.

– Hé, Aiden ?

Je regardai par-dessus mon épaule et vis qu'Hailee essuyait quelques larmes de ses yeux, ce qui me fit de la peine. Je ne savais pas que voir quelqu'un d'autre avec les yeux tristes pouvait me rendre triste aussi.

– Oui ?

– Tu trouves que je suis un hippopotame joufflu, comme a dit Kévin ?

J'allais lui arracher les bras, à ce crétin. Dès demain à l'école, moi, je vous le dis.

– Non. Kevin est un imbécile et il dit des choses idiotes parce qu'il est idiot. Tu es très bien, Hailee. Tu n'es pas un hippopotame joufflu.

– Juré ?

Je fis oui de la tête.

– Juré. (Je dansai d'un pied sur l'autre dans l'herbe, glissai les mains dans les poches de mon jean et haussai les épaules.) Certaines personnes pourraient même penser que tu es parfaite.

Elle secoua la tête.

– Personne ne pense ça.

– Je suis sûr que si.

– Ah bon… OK.

– OK.

– OK.

– Hailee ?

– Oui ?

– Ne pleure plus.

Elle secoua la tête.

– Je n'y arrive pas.

– Ah… OK.

– OK.

– OK. (Je me raclai la gorge. Je n'avais pas envie de la laisser toute seule en train de pleurer, donc je soupirai et montrai l'herbe de la main.) Tu veux qu'on s'allonge dans l'herbe pour compter les étoiles ? Ma mère et moi, on fait ça, des fois.

Allongés dans l'herbe, l'un à côté de l'autre, nous restâmes silencieux pendant un moment. Puis Hailee se mit à compter.

– Un… deux… trois…

– Quatre, cinq, six.

Je levai le doigt vers le ciel.

À trente-quatre, nous nous relevâmes et Hailee se tourna vers moi. Ses yeux semblaient moins tristes, ce qui fit que les miens devinrent moins tristes aussi.

– Tu as boxé Kevin, pour moi, murmura-t-elle.

– Ouais.

– Tu sais ce que ça signifie, hein ? Ça veut dire que nous devons être amis, maintenant. (Elle tourna la tête pour observer le ciel et leva le doigt.) Trente-cinq.

– Tu l'avais déjà comptée, celle-là.

– Non.

– Si.

– Non.

– Si.

– Aiden ?

– Quoi ?

– On est amis, maintenant, donc il faut que tu sois d'accord avec moi de temps en temps. Que cela te plaise ou non, c'est ce que font les amis.

Je grommelai et levai les yeux au ciel, puis je pointai le doigt vers la même étoile qu'Hailee.

– Trente-cinq.

3
Aiden
12 ans

J'étais célèbre. Je veux dire, célèbre *pour de vrai.*

D'accord, certaines personnes pensaient probablement que j'en rajoutais, mais que dire ? J'étais comme ça, j'en rajoutais. Et j'étais célèbre.

Est-ce que je vous ai dit à quel point j'étais devenu célèbre ? Bientôt, j'aurais un garde du corps qui me suivrait partout.

– T'as vu la pub ? demandai-je à Hailee alors que nous attendions le bus qui devait nous conduire à l'école.

J'avais récemment joué, déguisé en taco qui marche, dans ma première publicité et j'étais convaincu que j'étais aussi célèbre qu'on pouvait l'être à ce moment-là.

Hailee, un sourire fendu jusqu'aux oreilles, tenait serrées les courroies de son sac à dos.

– Mes parents l'ont enregistrée et l'ont regardée en boucle hier soir. Tu es célèbre.

Je souris en tapotant ses deux afro puffs.

– Si tu veux, je te donnerai un autographe tout à l'heure.

– Pas la peine. Ça t'obligerait à écrire ton nom et je sais que l'écriture, c'est pas ton fort. Ni la lecture. En fait, je suis étonnée que tu aies réussi à lire le scénario.

– J'avais rien à dire dans la pub, alors c'était pas un problème.

– Ah, ben oui, c'est logique.

Un truc avec ma meilleure amie, c'est qu'elle avait le droit de se moquer de moi. Ouais, c'était vrai. Au cours des années qui venaient de s'écouler, la fille que je détestais quand j'étais petit était devenue ma meilleure amie. Nous avions passé les deux dernières années à compter les étoiles entre nos deux maisons.

En arrivant à l'école, en revanche, ce fut tout le contraire. Au lieu de penser que j'étais un acteur génial, tout le monde se moqua de moi. Ils disaient qu'en me voyant danser dans la pub, on avait l'impression que je me tapais le bus. Ils dirent aussi que j'étais le plus mauvais acteur du monde.

Quand arriva l'heure du déjeuner, je courus me réfugier dans le local d'entretien, en larmes tellement j'avais honte. Il ne fallut pas longtemps à Hailee pour me retrouver. Même lorsque je ne lui disais pas où j'allais, elle le devinait toujours. J'imagine que c'est ça les meilleurs amis, des personnes qui savent où vous êtes et viennent vous retrouver dans les moments difficiles.

Elle entra dans le local et referma la porte derrière elle. Elle se contenta de s'asseoir à côté de moi et me laissa pleurer. J'aurais été gêné de pleurer devant la plupart des gens, mais avec Hailee, elle ne faisait jamais de commentaires. Et puis, je l'avais vue verser des larmes plus souvent qu'à son tour.

Au bout d'un moment, elle se tourna vers moi et posa la main sur mon épaule.

– Tu sais ce que dit mon père quand les gens critiquent la pâtisserie de maman ?

– Non, quoi ? murmurai-je en m'essuyant le nez avec ma manche.

– On les emmerde, dit-elle tout naturellement.

J'ouvris de grands yeux.

– Tu n'as pas le droit de dire ce mot.

– Ce n'est pas moi, c'est mon père qui l'a dit.

– Mais tu l'as dit quand tu as dit qu'il le disait !

Elle haussa les épaules, imperturbable.

– Mon père dit aussi que les mots ne sont que des mots. C'est la façon dont les gens les emploient qui les rend bons ou mauvais. Je ne l'ai pas employé de façon mauvaise. Je l'ai employé pour te remonter le moral.

– Oh !

– Et alors ?

– Et alors, quoi ?

– Ça a marché ?

– Qu'est-ce qui a marché ?

– Est-ce que tu vas mieux ?

– Oh ! (Je secouai la tête.) Non.

Elle fronça les sourcils et se gratta la tête où ses cheveux frisottés étaient relevés en deux afro puffs. Parfois elle se plaignait parce qu'elle n'avait pas les cheveux raides comme les autres filles de la classe, mais c'était elle qui avait les plus beaux cheveux.

En fait, on pouvait dire que chez elle, tout était mieux. Depuis son sourire et ses cheveux frisés comme sa maman, jusqu'à son petit nez et ses taches de rousseur comme son papa. Hailee avait ce genre de physique qui faisait qu'on aimait la regarder. Parfois je me surprenais à la regarder, même à son insu.

Elle soupira en se rendant compte que je ne me sentais pas mieux.

– Bon, tu veux savoir ce que maman dit ?

– Est-ce qu'il y a le mot putain ?

Elle poussa un petit cri.

– On n'a pas le droit de dire ce mot-là !

– *Mais tu viens de dire…*

– Maman dit que, au début, les gens se moquent de toi parce qu'ils ne comprennent pas ce que tu fais. Après, ils viendront te demander comment tu as fait, donc tu ne peux pas te fâcher parce que les gens ne comprennent pas tout de suite. Ils sont seulement lents.

– Et s'ils ne comprennent jamais ?

– On s'en fiche. On les aime pas de toute façon.

Pas faux.

Nous restâmes silencieux un moment, puis elle dit :

– Moi, j'ai trouvé que tu étais le meilleur, en taco.

Il se trouva que l'opinion d'Hailee était la seule qui comptait.

4
Hailee
16 ans

Je savais ce qu'était l'amour, grâce à mes parents. Mon père aimait ma mère sans restrictions, et c'était pareil pour elle. C'était un amour réciproque, silencieux et bavard. Discret et explosif. Obstiné et docile. Fou et constant. J'ai grandi dans une famille qui avait la chance de vivre une histoire d'amour inconditionnel. Au fil des années, j'ai vu mes parents se transformer de multiples façons, dans leurs vies, dans leurs corps, dans leurs carrières, mais avec une constante, l'admiration qu'ils éprouvaient l'un pour l'autre.

Ma mère pouvait prendre vingt-cinq kilos, mon père continuait de la trouver désirable. Mon père pouvait se faire virer de son boulot, maman continuait de le regarder comme le meilleur professionnel du monde. Et si l'un ou l'autre avait un rêve, l'autre était toujours de son côté et son plus grand fan. Ils se soutenaient mutuellement, même si cela entraînait parfois un peu de déception et d'inconfort. C'était une histoire d'amour égalitaire, dans laquelle l'un et l'autre se sentaient appréciés à leur juste valeur.

J'imagine que l'origine de ma conception de l'amour se trouve là, chez mes parents.

J'imagine que c'était pour ça que j'allais soutenir Aiden dans son entreprise du moment, même si cela entraînait un peu de déception et d'inconfort pour moi.

– Los Angeles ? Pour combien de temps ?

Aiden et moi, vêtus de nos sweats et pantalons de jogging, étions assis dans l'herbe blanchie par le givre. On n'était qu'en septembre, mais le froid avait déjà fait son apparition dans le Wisconsin. C'était cette période indécise de mi-saison où dans le Midwest on gelait le matin, on était en sueur à midi et on recommençait à frissonner quand la nuit tombait. Aiden appelait ça la galère. Je ne pouvais pas lui donner tort.

– Peut-être quelques mois, mais d'après eux, ce sera probablement plus d'un an.

Ces quelques mots me brisèrent le cœur. Aiden venait de recevoir la meilleure proposition de rôle qu'il ait jamais eue jusqu'à présent. Un rôle important dans une série télévisée qui serait tournée à Burbank, en Californie.

Pendant plus d'un an.

Un an ?!

Je ne voulais pas dramatiser, mais en même temps, me connaissant, j'allais dramatiser un peu, parce qu'une année sans mon meilleur ami près de moi, c'était une éternité. Comment j'allais faire pour passer plus de trois cent soixante-cinq jours sans lui pour attendre à l'arrêt de bus ?

Sans lui assis dans l'herbe avec moi ? Sans lui pour me casser les pieds ?

Avec qui j'allais compter les étoiles ?

Cette seule idée me donnait envie de pleurer, mais je ne le ferais pas. Je devais être enthousiaste pour lui, et je l'étais. C'était une opportunité sans précédent pour Aiden. Il avait déjà joué dans la saison précédente de la série, mais pas comme personnage récurrent. C'était super important pour lui. Il avait travaillé dur pour obtenir ce rôle et il méritait d'être récompensé.

En même temps…

Il allait me manquer.

Les gens avaient beaucoup d'amis et tout ça, dans la vie, mais pas moi. Il n'y avait pas « des gens » dans ma vie.

Il n'y avait que lui et il allait quitter notre petite ville pour devenir une grande star.

Je savais que cela devait arriver. Il était trop talentueux, trop doué pour ne pas briller au firmament d'Hollywood un jour, mais j'aurais aimé qu'il puisse se trouver dans deux endroits à la fois.

– Je n'aime pas te dire des choses gentilles parce que je sais à quel point cela fait enfler ton ego.

– Oh, ouais. Il est énorme, et il grossit de minute en minute.

– Je sais. Tu as la grosse tête et tu es d'une prétention monstrueuse. N'empêche, et juste pour cette fois, je vais dire une chose gentille, mais si jamais tu en reparles, tu auras droit à un bourre-pif.

– Je m'en souviendrai.

Je passai le bout des doigts sur l'herbe givrée et je haussai les épaules.

– Je suis fière de toi. Tu vas accomplir des choses formidables et tu vas avoir des tas de fans et tout ça, mais je veux que tu saches que je serai toujours ton admiratrice la plus fidèle.

Il sourit d'un air narquois et plissa les yeux.

– Mon Hailee se laisserait-elle gagner par l'émotion ?

Mon Hailee.

Pourquoi cette expression faisait-elle palpiter mon cœur ?

Je levai le poing et l'agitai sous son nez.

– Un bourre-pif, Aiden.

Il leva les mains en signe de reddition.

– OK.

De nous deux, c'était Aiden le plus sentimental. Je pense que ça l'aidait dans sa carrière d'être connecté à ses émotions. Moi, en revanche ? C'était un vrai défi de me pousser à fendre l'armure. Nous étions radicalement différents dans beaucoup de domaines. J'avais une personnalité de type A. Je planifiais tout dans ma vie. Les graphiques et les statistiques constituaient mon langage de prédilection.

Aiden, quant à lui, était une personnalité de type B qui se laissait porter par le courant dans tous les cas. Cela me rendait dingue parfois.

Ne vous méprenez pas, moi aussi, j'étais capable de me laisser porter par le courant. Dans la mesure où je connaissais le sens du courant et la vitesse du courant et la durée dudit courant et à quel point le courant pouvait potentiellement être chaotique en fonction de la conjoncture, des éléments, et le pour et le contre du courant, et de toute façon qui aurait l'idée de se laisser porter par le courant quand on pouvait prévoir et expliquer à l'avance toutes les mésaventures qui pouvaient se produire ?

Bon. J'étais cool, calme et posée. Pas grave.

– Tu sais quoi ? Je trouve que c'est la chose la plus gentille que tu m'aies jamais dite. Cela doit vouloir dire que je vais te manquer.

Oui.

C'est vrai.

Plus que tu crois.

Je pourrais pleurer, là, à l'idée que tu me quittes.

Je levai les yeux au ciel.

– C'est une expression mélodramatique et le regret est un signe de faiblesse qui empêche les gens de se concentrer sur leur vie.

Aiden sourit.

– Toi aussi tu vas me manquer, Hails.

– Tu pars quand ?

– Demain, en fait.

Demain ?

Comme… le jour après aujourd'hui ?

Comme… dans moins de vingt-quatre heures ?

Comme… *Oh non !* Mon cœur. J'eus l'impression qu'il se déchirait. Lentement, au début, puis à une vitesse incroyablement douloureuse.

Donc, c'était ça qu'on ressentait quand le cœur se brisait. Je n'en revenais pas qu'un cœur puisse se briser aussi silencieusement quand il y avait du monde autour. Je comprenais pourquoi certaines personnes voulaient éviter cette sensation et choisissaient de ne pas aimer du tout. Aiden ne voyait même pas, alors que j'étais assise en face de lui, que je souffrais. Que la moindre parcelle de mon être s'enfonçait dans des abîmes de tristesse. Je ne pouvais pas rester assise là. Sinon, j'allais pleurer. Si je pleurais, il se sentirait coupable. Je ne voulais pas qu'il se sente mal parce qu'une chose formidable lui arrivait. Pourtant, c'était comme si le plus beau jour de sa vie était le pire de la mienne, et je ne savais pas comment gérer ça.

Les émotions et tout ça. Beurk.

Je me levai, brossai mon pantalon humide et me mis en marche vers ma fenêtre.

– Attends, tu vas où comme ça ? On vient juste d'arriver.

– J'ai des devoirs à terminer.

Il haussa un sourcil.

– Mais… je viens de te dire que je partais demain.

– Oui. J'ai entendu.

– Tu ne veux pas qu'on aille se balader ? Avant mon grand départ demain matin ?

Le matin ?

Je n'avais même pas jusqu'à l'après-midi ?

Les larmes. Elles menaçaient à grands cris de couler.

– C'est bon, Aiden. Fais bon voyage. On se reverra dans un an.

– Hailee, attends…

Je n'attendis pas. J'allai dans ma chambre, fermai la fenêtre, descendis les stores et je pleurai. Aiden tambourina sur ma fenêtre pendant un petit moment, m'envoya texto sur texto, mais je ne répondis pas.

Aiden : Je pars à sept heures du matin. T'as intérêt à être là pour me dire au revoir, Hails. À demain.

Le lendemain matin, je n'étais toujours pas prête à dire au revoir. Maman vint s'asseoir sur le bord de mon lit et papa s'appuya contre le montant de la porte de ma chambre.

– Tu devrais aller lui dire au revoir, Hailee. Ils ne vont pas tarder à partir, me dit maman.

Papa acquiesça d'un hochement de tête.

– Je les ai vus monter dans la voiture.

– C'est bon, dis-je en serrant mon oreiller contre moi. Je le verrai quand il reviendra.

– Hailee… soupira maman. Tu vas regretter de ne pas l'avoir serré dans tes bras. C'est ton meilleur ami.

Comme si je ne le savais pas ? Mais je savais aussi qu'une dernière embrassade aurait le goût d'un adieu. Une fois qu'il aurait réussi, ce qui allait arriver, on lui proposerait d'autres rôles et de nouvelles raisons de ne pas revenir. Il me quittait avec le souhait et la prière que nous aurions la possibilité de finir notre classe de terminale ensemble.

Je n'étais pas fan des souhaits et des prières – ils n'entraient pas dans mes tableaux de prévisions.

J'entendis la voiture démarrer chez les voisins. Mon cœur se mit à cogner violemment contre ma poitrine. Papa entra dans ma chambre et vint s'asseoir à côté de moi. Avec son allure de footballeur géant, on aurait pu croire qu'il était la personne la plus méchante du monde, mais en réalité ce n'était qu'un gros nounours. C'était l'homme le plus doux que j'aie jamais connu. De ses yeux marron à son doux sourire, tout chez mon père respirait la gentillesse.

– Hailee… Imagine, si chaque fois que j'allais à Los Angeles, ou autour du monde pour tourner un film, je ne disais pas au revoir à ta mère. Tu ne crois pas que cela lui ferait de la peine ?

– Bien sûr que si.

– Et tu ne serais pas triste si je ne te disais jamais au revoir ?

– Si…

– Alors, pourquoi ferais-tu ça à Aiden ?

J'entrouvris les lèvres pour parler, mais seul un murmure en sortit, tellement ma voix tremblait.

– J'ai peur qu'il ne revienne pas.

– Je le comprends. Je ne vais pas faire semblant de croire qu'Aiden n'est pas follement doué, parce qu'il l'est, mais malgré tout… c'est ton ami. Et on dit toujours bonjour et au revoir à un ami.

– Même quand c'est difficile ?

– Surtout quand c'est difficile.

Papa se pencha vers moi et m'embrassa sur le front.

– On peut faire des choses difficiles par amour, ma chérie. L'amour, c'est ce qui les rend un peu moins difficiles.

L'amour.

C'était ça qu'il y avait entre Aiden et moi ?

De l'amour ?

Je peux faire des choses difficiles.

Je me levai de mon lit le cœur battant la chamade et je sortis de ma chambre en courant, passai le seuil de ma maison et, au moment où je posais le pied dans l'herbe, je vis la voiture d'Aiden commencer à descendre la rue.

Non.

Je le sentis se produire, mon cœur qui volait en morceaux dans ma poitrine.

Je piquai un sprint au milieu de la rue. J'agitai les mains comme une folle en criant son nom.

– Aiden ! Aiden, attends.

J'avais l'impression que mes poumons s'embrasaient, et j'avais mal partout parce que j'étais loin d'être une sprinteuse. Mais je courais pour lui. Je courais aussi vite que je le pouvais, en balançant les bras, au bord des larmes. Au moment où je vis la voiture freiner, je m'arrêtai en titubant et m'affalai contre le coffre de la voiture.

Ma respiration était désordonnée et mon cœur battait à se rompre lorsque la portière arrière s'ouvrit. Je restai plantée là dans mon jogging Nike, avec la sueur qui coulait sur mon front.

Aiden apparut. En me voyant, il sourit d'un air moqueur. Il posa les mains sur ses hanches, le visage narquois, et il me dit :

– Tu as descendu toute la rue en courant pour moi ?

Je levai les yeux au ciel, hors d'haleine, les genoux flageolants. Ce n'était pas un secret que je n'avais pas des genoux d'athlète. J'avais plutôt les genoux d'une personne de quatre-vingt-treize ans en maison de retraite.

Je croisai mes bras moites de sueur.

– N'importe quoi, Aiden !

Il fit un pas vers moi.

– Tu es venue me dire que je vais te manquer ?

– Quoi ? Non. Je t'ai déjà dit, c'est une expression mélodramatique qui exprime une faiblesse qui…

– Empêche les gens de se concentrer sur leurs vies. Ouais, ouais, ouais. Bla-bla-bla.

Il se précipita sur moi et me prit dans ses bras.

Il était doué pour les démonstrations d'affection. Moi, en revanche ? Pas trop.

– Aiden, arrête. Je suis en sueur.

– Donne-moi ta sueur, Hails.

– Lâche-moi.

– Serre-moi dans tes bras et je te lâcherai.

Je soupirai.

– D'accord, mais c'est bien pour que tu me lâches.

Je le serrai dans mes bras, et la façon dont ses mains se posèrent sur mon dos me donna envie de fondre contre lui et de ne plus le lâcher.

– Je te kiffe, me murmura-t-il à l'oreille.

Il savait que je n'étais pas très douée pour exprimer mes sentiments, donc nous n'étions jamais allés plus loin que « je te kiffe » pour dire je t'aime.

Parfois, je me sentais brisée. Les parents qui m'avaient faite étaient de grands sentimentaux qui ne faisaient pas mystère de leurs émotions, et mon meilleur ami était comme ça aussi.

Et pourtant, bizarrement, moi j'avais du mal avec les sentiments.

Mais ils ne me mettaient jamais la pression pour que j'en parle. Ils me laissaient être moi-même et ils respectaient les limites que je mettais.

– Je te kiffe aussi, murmurai-je en clignant des yeux pour dissimuler mes larmes.

Lorsqu'il me lâcha, ses bras me manquèrent aussitôt.

Il me manqua.

Comment une personne qui était toujours là devant moi pouvait-elle me manquer ?

Je passai la main sur les petits cheveux dans ma nuque.

– Aiden.

– Oui ?

– Et si une fois parti d'ici, tu ne revenais plus ? Si en partant là-bas tu devenais complètement différent ? Et si Hollywood allait te changer en pire ?

Je balbutiais, au bord des larmes. La réalité prenait forme tout à coup, lorsque je voyais sa voiture chargée de bagages avec le moteur qui tournait. Il partait vraiment pour un an, voire plus. Je perdais la meilleure part de moi-même.

Aiden sourit.

– Je savais bien que j'allais te manquer.

– Je suis sérieuse, Aiden. (Je me mordis la lèvre en essayant de retenir mes larmes.) Et si en arrivant là-bas, tu oubliais qui tu es ?

– Si j'oublie qui je suis, alors je reviendrai vers toi. Je suis sûr que ça marchera.

– Tu promets que tu me retrouveras ?

– Promis.

Je me jetai dans ses bras et le serrai dans une dernière embrassade. Il sembla surpris que ce soit moi qui prenne l'initiative, mais il se laissa faire. Aiden s'épanouissait dans le contact physique. Ça le rendait heureux.

– Désolé, Hailee, mais il faut qu'on y aille si on ne veut pas rater l'avion, dit le père d'Aiden en sortant de la voiture.

Aiden me serra encore une fois.

– On se fera une liste des choses à faire pour notre année de terminale, Hailee. Je t'appellerai et on la rédigera ensemble. Je vais revenir, c'est promis.

– Ne fais pas de promesses que tu ne pourras pas tenir.

Il posa les mains sur mes épaules.

– Je te le promets.

Il retourna à la voiture et s'installa à l'intérieur. Je restai plantée au milieu de la rue et le regardai s'éloigner. En rentrant chez moi, je trouvai mes parents qui m'attendaient sur le porche. Maman fronça les sourcils.

– Tu as besoin d'un câlin, Hailee.

– Non. Je déteste les câlins.

– Oui, on le sait. Mais… (Papa se passa le pouce sur le nez et hocha la tête.) Tu veux un câlin ?

Mes larmes ruisselaient sur mes joues et j'acquiesçai lentement.

– D'accord. Juste une fois.

5
Aiden
17 ans
Aujourd'hui

Toute sa vie Samuel Walters avait rêvé d'être comédien, mais les choses n'avaient pas tourné comme il l'avait espéré.

Il avait passé la plus grande partie de sa jeunesse en Californie à essayer de faire carrière dans le cinéma. Il survivait de nouilles chinoises en squattant chez son cousin Jake, qui aimait un peu plus faire la fête que tenter de réaliser ses rêves et qui trouvait toujours le moyen de s'attirer des ennuis. Malgré tout, Samuel le soutenait toujours dans les aléas de sa vie. Lorsque Jake déconnait, Samuel réparait ses erreurs.

Après un paquet de nouilles chinoises de trop, Samuel décida de faire une pause dans sa vie californienne et de rentrer dans la petite ville de Leeks dans le Wisconsin, pour mettre un peu d'argent de côté. Son intention était de retourner poursuivre son rêve, mais il se trouva qu'il tomba amoureux d'une femme du nom de Laurie. C'était une belle femme, intelligente et bienveillante. Les deux traits de caractère dominants de Laurie étaient l'amour et la loyauté qu'elle dispensa largement à Samuel pendant toute leur histoire. Pourtant, elle pouvait aussi être submergée par la perte et la solitude. Après avoir fait une fausse couche, Laurie eut besoin de son compagnon auprès d'elle.

Lors de son dernier séjour en Californie, Samuel apprit que Jake avait eu un fils conçu lors d'une aventure sans lendemain. Lorsque la mère dudit fils l'abandonna à la naissance et que Jake réalisa qu'il était incapable d'être père, il demanda à Samuel et Laurie d'adopter le petit garçon.

Les seuls parents que j'aie jamais connus étaient Samuel et Laurie Walters, et Jake était ce cousin épave qui nous rendait visite de temps en temps. Lorsque je fus assez âgé pour comprendre, mes parents me parlèrent de Jake et de mon adoption. Ils me dirent que nous formions une famille, qui était un peu différente des autres. Le nom et l'histoire de ma mère biologique étaient les deux seules clés manquantes de ma vie.

Par beaucoup d'aspects, je me faisais penser à mon père. Même si nous ne partagions pas le même sang, j'étais le fils de mon père.

Moi, Aiden Walters, toute ma vie j'avais voulu devenir comédien, et les choses tournèrent comme je l'avais espéré.

J'ai grandi en regardant tous les classiques du cinéma avec mon père. À cinq ans, je pouvais citer des répliques de *Casablanca*. Vers sept ans, je connaissais *New York-Miami* par cœur. Quand, à huit ans, j'ai dit à mon père que je voulais devenir comédien, il a pleuré. Encore aujourd'hui je ne saurais dire si c'était de joie ou de tristesse. Peut-être un peu des deux. Il disait toujours qu'il avait dû abandonner son rêve de jouer la comédie pour m'élever, et même s'il disait qu'il ne regrettait rien, je savais qu'il voyait ses propres rêves prendre corps quand ma carrière décolla. C'est pour cela qu'il était si impliqué dans mon parcours d'acteur. Il était déterminé à lui faire prendre le sens qu'il avait souhaité pour le sien. Et c'est la raison pour laquelle il avait du mal à accepter la situation à laquelle je le confrontais actuellement.

On aurait pu croire qu'il était en train de faire un coup de chaud alors même que nous étions assis dans une pièce où la clim marchait à fond.

– Attends, attends, attends. Temps mort. Rembobine. Tu viens de recevoir un Emmy Award, Aiden, s'exclama-t-il en marchant de long en large dans notre appartement de location à Los Angeles. Un Emmy Award ! On te propose des rôles en veux-tu en voilà. Tu as des tas d'opportunités qui te permettraient de passer à la vitesse supérieure. Et c'est le moment que tu choisis pour décider de faire un break ? Hors de question.

– Moi, je pense que c'est une excellente idée, au contraire, dit maman qui était assise à côté de moi sur le canapé. Cela fait bientôt dix ans qu'il a démarré et qu'il travaille sans relâche.

Papa grommela.

– Mais il vient juste de percer, Laurie. Il y a une différence entre travailler dur et réussir. Il vient juste de rencontrer le succès. C'est le moment de le consolider avant de monter en flèche vers le palier suivant.

– Ou alors, il peut rentrer à Leeks pour faire son année de terminale avec sa meilleure amie. Je suis sûre que c'est important pour lui. Pas vrai, Aiden ?

Papa rejeta la proposition d'un geste de la main.

– Il peut finir le lycée n'importe où. La scolarisation à domicile a parfaitement fonctionné cette année ! Il a des bonnes notes partout.

– Je ne parle pas des notes. Je te parle de l'expérience, protesta maman. (Quand il s'agissait d'opposer ma vie professionnelle et ma bonne santé mentale, ma mère choisissait toujours la seconde.) Il pourra toujours obtenir d'autres rôles dans des films alors que sa dernière année dans son lycée, elle, sera perdue à jamais.

– Je pourrai toujours revenir pour des auditions si c'est nécessaire. Et si un grand rôle se présente, le rôle de mes rêves, je l'accepterai, papa. C'est juste que… (Ma voix se mit à trembler parce que je lisais la déception dans ses yeux. Des yeux dont je me plaisais souvent à penser qu'ils ressemblaient aux miens.) Je… euh, je…

Je me mis à bégayer, les mots s'étranglaient dans ma gorge. Je passai ma main dans ma tignasse rebelle et m'efforçai de ne pas avoir l'air trop idiot.

J'avais une peur démesurée de décevoir mes parents. Je sentis la sueur m'inonder alors que j'essayai de faire comprendre mon point de vue à mon père. Je ne savais même pas pourquoi j'étais si stressé. C'était juste que, même si j'étais doué pour faire l'acteur, cela ne voulait pas dire pour autant que cela me rendait heureux. Avec le niveau de succès que je rencontrais, j'aurais normalement dû être moins triste que je l'étais.

J'avais très souvent des pensées qui n'avaient pas lieu d'être. Dans mon esprit régi par les émotions, elles paraissaient normales, mais concrètement, la plupart des choses qui m'angoissaient étaient ridicules.

Il n'en restait pas moins qu'elles me tracassaient.

Ma propension à être angoissé était un de mes traits de caractère dominants, la tendance à dissimuler mes angoisses venait juste après. La moitié du temps, on pouvait être assis juste à côté de moi sans se douter un instant que j'étais au beau milieu d'une crise de panique.

Une fois, au cours d'une interview, on m'avait demandé comment je pouvais plonger si profondément et intimement dans le personnage psychologiquement instable que j'interprétais. Une part de moi aurait voulu crier sur les toits que c'était facile de m'interpréter moi-même dans un rôle.

Mon père me fixait comme si je m'apprêtais à lui arracher le cœur. Et c'était peut-être le cas.

Depuis toujours, j'avais cette peur irrationnelle que si je décevais mes parents, ils ne m'aimeraient plus. C'était une pensée intrusive sans fondement. Je détestais les moments où ces pensées prenaient le dessus. J'avais l'impression d'être le jouet de mes peurs les plus archaïques qui, en retour, me dominaient. Ma raison me disait que mes parents ne m'aimeraient pas moins si je les décevais. En tout cas, avec ma mère c'était clair qu'elle m'aimerait probablement encore plus.

– Il veut être encore un enfant, une dernière fois, Samuel, poursuivait maman. J'approuve cette décision. Franchement, tu devrais être d'accord avec moi. Il a beaucoup travaillé, et il devrait avoir son mot à dire dans la poursuite de sa vie. Quoi que tu en penses, Aiden va rentrer à Leeks pour son année de terminale, et nous verrons avec lui en temps utile pour la suite.

D'accord, peut-être que l'un de mes deux parents comprenait mes angoisses.

Il n'y avait que deux personnes dans ma vie qui étaient capables de me comprendre. Heureusement, ma mère était l'une d'elles.

Maman était la plus belle femme du monde. Une superbe femme noire avec des boucles auburn tombant jusqu'à la taille. Son large sourire était communicatif. Les sourires de maman faisaient l'effet d'une couverture qui sort du sèche-linge, chauds et rassurants. Ses yeux bruns débordaient de sincérité et d'amour. Elle pouvait rire tellement fort qu'elle en attrapait le hoquet. Et lorsqu'elle sentait que son fils se renfermait ? Elle prenait la parole pour lui.

– Ce qu'il veut faire après ? dit papa d'un ton acerbe. Il a tout le talent nécessaire pour être le meilleur et sa route est toute tracée vers le succès. Tu sais combien de personnes tueraient pour ça ?

– Cela ne veut pas dire que c'est ce qui est bon pour lui, dit maman.

Il me regarda d'un air sévère, mais je vis un éclair de tristesse dans ses yeux. À ce moment-là, je compris que je n'étais pas en train de vivre mon rêve – je vivais celui de mon père. Papa et Jake avaient passé un bon bout de temps en Californie à la poursuite de leur rêve de célébrité. Quelque part au fond de moi, je savais qu'il avait remballé ce rêve en m'adoptant. Parfois, je me demandais s'il était fier de moi ou s'il m'enviait. Je me demandais si la fierté et la jalousie pouvaient cohabiter dans l'âme d'une seule et même personne. Le genre de cohabitation qui menait à des bagarres quotidiennes, et les deux individus n'avaient rien à faire ensemble.

Il croisa les bras.

– Tu ne veux plus être acteur ? Après tout ce temps ? Après tous les sacrifices auxquels nous avons consenti ?

Et voilà, j'étais envahi par un désir insurmontable d'aller m'asseoir dans un coin et de me balancer dans une mare de transpiration.

– Arrête de le culpabiliser ! ordonna maman.

Oui, vas-y, Maman, dis-lui ! Au moins une personne qui n'avait pas peur de l'ouvrir.

– Je ne le culpabilise pas. Je lui pose la question. Aiden, réponds-moi franchement. Est-ce que tu veux devenir comédien ?

Le regard dans ses yeux me dit qu'il n'y avait qu'une bonne réponse. Une seule réponse dissiperait la culpabilité et l'angoisse qui comprimaient ma poitrine. La seule réponse qui m'éviterait de passer pour une désillusion aux yeux de mon père.

Son rêve, pas le mien.

– Oui, bien sûr.

Il poussa un soupir de soulagement.

– Tu vois ? C'est ce qu'il veut.

Maman se tourna vers moi et m'observa en inclinant la tête, mais garda le silence. Elle savait que je ne disais pas la vérité, mais elle ne voulait pas me contredire.

– Je veux juste vivre l'expérience de la terminale au moins un petit moment. Si un rôle se présente, je partirai, papa. Je mènerai les deux de front, ma carrière et l'école. On peut y arriver.

Papa fronça les sourcils et plissa le nez avant de finalement rendre les armes.

– Dès l'instant où tes études interfèrent avec ta carrière, je te retire du lycée.

Cela semblait paradoxal pour un père de dire cela, mais je n'allais pas discuter.

– Ça marche.

Cette conversation avec mes parents à peine terminée, j'allai dans ma chambre, me laissai tomber sur mon lit et je sortis mon téléphone pour envoyer un SMS.

Aiden : Devine ?

Hailee : Tu as rencontré Timothée Chalamet et tu lui as donné mon numéro ?

Aiden : Non.

Hailee : Alors il y a de fortes chances que cela ne m'intéresse pas.

Ça ne m'étonnait pas d'elle. Je passai outre son sarcasme.

Aiden : Je rentre pour faire ma terminale. On peut finir notre liste de choses à faire au lycée.

À notre entrée en seconde, Hailee et moi avions fait une liste des choses que nous voulions accomplir avant de passer le bac. Malheureusement, nous n'avions pu cocher qu'un petit nombre d'items puisque j'avais été absent pendant toute une année. J'avais beaucoup de choses à rattraper. Plus je me disais que j'allais rentrer chez moi pour revivre une vie d'ado normal avec ma meilleure amie, plus j'étais excité.

Hailee : Tu vas vraiment le faire ?

Aiden : Ouaip. Dans pas longtemps, je serai de nouveau ton voisin qui viendra t'embêter.

Les trois points de suspension apparurent avant de disparaître, puis réapparurent avant de disparaître à nouveau, et cela plusieurs fois. Ce qui voulait dire qu'Hailee se prenait la tête pour écrire son message. Ma meilleure amie était spécialiste pour taper des messages qu'elle effaçait aussitôt. Elle devait probablement se demander si elle allait être sympa ou dire une vacherie. Ma copine aigre-douce préférée.

Aiden : Tu ne réponds pas ? Tu ne trouves pas de vacherie à me dire ?

...

...

...

Hailee : Dépêche-toi de rappliquer, loser !

Une touche de vacherie et une pincée de sympa. C'était comme ça que je l'aimais.

6
Hailee

Il revient aujourd'hui ! Il revient aujourd'hui !

C'était aujourd'hui que j'allais retrouver mon meilleur ami. C'était bientôt l'heure de l'arrivée d'Aiden, et j'étais aux anges. Bien sûr, je faisais tout ce que je pouvais pour ne pas le montrer.

Je n'arrêtais pas de regarder le réveil dans ma chambre comme si l'intensité de mon regard pouvait accélérer le temps. Malheureusement, cela ne déclenchait pas un superpouvoir inconnu chez moi et le réveil continuait sa course comme il le voulait.

Encore un quart d'heure.

Il serait là dans un quart d'heure.

Son retour précipité à Leeks, juste la veille de la rentrée en terminale, me stressait complètement. Mais au moins il serait là dans quinze – pardon quatorze – minutes.

Je lui avais même demandé de m'envoyer le lien pour le localiser afin de pouvoir le suivre sur le trajet depuis l'aéroport jusqu'à sa maison.

Un minuteur retentit, je bondis hors ma chambre et me précipitai dans la cuisine. J'avais fait des cookies aux pépites de chocolat spécialement pour lui. Posés sur le plan de travail, il y avait aussi un gâteau au citron, une douzaine de brownies et des cookies aux flocons d'avoine.

J'avais préparé tous les gâteaux préférés d'Aiden pour une collation de « Bienvenue mon meilleur ami, si jamais tu me quittes de nouveau pendant aussi longtemps, tu me le paieras ».

Je sortis la croustade aux pommes du four et la posai sur le comptoir.

Est-ce que j'en avais fait trop ?

Oui.

Est-ce que ça m'embêtait ?

Pas du tout.

Cela me calmait les nerfs de faire de la pâtisserie. Chaque fois que j'étais trop angoissée ou trop excitée, je me retrouvais dans la cuisine à monter quelque chose en neige. J'avais hérité ça de maman. C'était la meilleure pâtissière de la ville, celle qui assurait tous les mariages, les baptêmes et même les fêtes d'anniversaires des chiens. S'il y avait un événement, maman était celle qui faisait toutes les sucreries. Elle n'allait pas tarder à ouvrir sa propre pâtisserie avec papa. Lui, c'était le cerveau derrière l'entreprise, et maman en était l'âme. Ils travaillaient ensemble comme le café et le lait – formant le mélange parfait, ni trop doux ni trop amer.

Nous avions même repéré un local pour la boutique sur la place de la ville. J'étais certaine que c'était là que je passerais de nombreux après-midi pour aider la famille à s'en sortir, mais c'était une autre histoire.

Je jetai un coup d'œil à la pendule du micro-ondes, tout en enlevant les maniques.

Douze minutes.

Je suais à grosses gouttes.

Pourquoi étais-je si nerveuse ? Je n'aurais pas dû être nerveuse. Des auréoles de transpiration maculaient les aisselles de mon tee-shirt blanc. Je me précipitai dans ma chambre, arrachai mon tee-shirt, bondis dans ma salle de bains, m'aspergeai de déodorant, puis enfilai un autre tee-shirt que j'espérais maintenir propre et sec jusqu'au bout. Je me regardai dans le miroir et vis toutes les parties de mon visage qui me rappelaient ma mère, de ses yeux bruns en amande à son petit nez rond. Nous avions la peau brun ambré, dont maman disait qu'elle nous faisait briller comme des princesses au soleil, et nos cheveux naturels – bon, là, ils étaient un peu différents. Les boucles naturelles de maman étaient toujours hydratées avec soin. Elles pendaient avec perfection le long de ses bretelles de soutien-gorge, chacune d'entre elles bien dessinée et en bonne santé. Les miennes devenaient toujours un gros afro puff desséché parce que je préférais regarder des films pendant le week-end que de procéder à tous les soins que requéraient des cheveux naturels.

Mais ce jour-là, j'avais fait des efforts et j'avais fait deux afro puffs. Je devais me sentir d'humeur à faire la fête.

Je tapotai mes puffs du bout des doigts et haussai les épaules. Ça irait bien comme ça. Les minutes semblaient des heures alors que j'étais allongée sur mon lit, le téléphone devant les yeux, à vérifier que la distance séparant Aiden de la maison diminuait constamment. Quand la carte indiqua qu'il était au bout de la rue, je poussai un cri aigu. Tout excitée, je bondis hors de mon lit puis filai vers la porte en criant « Il est là ! Il est là ! » pour que toute la maisonnée – autrement dit mes parents – le sache.

Je débouchai sur le porche juste au moment où le père d'Aiden pénétrait avec la voiture dans l'allée de la maison d'à côté. La course, ce n'était pas mon point fort, mais on aurait pu croire que je concourais pour les Jeux olympiques quand j'atteignis la voiture. Aiden ouvrit la portière en affichant son large sourire niais. Je n'eus pas vraiment le temps de le regarder parce que je me jetai dans ses bras et le serrai fort contre moi.

Lorsqu'il me rendit mon accolade, je remarquai que quelque chose chez lui avait changé. Je posai les mains sur son torse.

C'était quoi, ça ?

Est-ce que c'était… ? Est-ce qu'il avait… ?

C'était une tablette de chocolat ?

Je m'écartai de lui, complètement sidérée en l'observant. Aiden. Mon Aiden ! Mon meilleur ami ! Un hâle sur son corps habituellement pâle. Des lentilles de contact sur ses yeux bleu marine. Des bras de la taille de ceux des super-héros.

Ah, la vache !

Incroyable.

Il était devenu sexy !

Je frappai sa poitrine alors que mon enthousiasme se muait en fureur.

– C'est quoi, ça ?

Ne vous méprenez pas. Je savais qu'il entretenait sa forme. On s'était parlé en FaceTime, et je l'avais vu à la télé, mais en le voyant en vrai ? En le touchant en vrai ? C'était quelqu'un de totalement différent de ce qu'il était quand je l'avais vu la dernière fois.

Il se mit à rire.

Pas moi.

– Je suis content de te voir, Hailee. C'est bon d'être chez soi.

Et sa voix… elle n'était pas plus grave qu'au téléphone ? Qui était cet homme qui se tenait devant moi ? Où était passé mon meilleur ami ?

Je serrai les dents et entourai de mes mains ses biceps énormes en poussant un grognement sourd.

– *Qu'est-ce que tu as fait ?*

Tout le reste de la soirée, je fis la tête et gardai le silence.

Comment osait-il rentrer à la maison en ressemblant à *ça* ?

***

– Tu ne pourrais pas en faire plus pour avoir l'air indifférente, même si tu le voulais, dit Aiden, moqueur, alors que nous allions vers l'arrêt de bus le lendemain matin pour notre premier jour au lycée.

On ne s'était pas parlé depuis qu'il m'avait trahie de la façon la plus impardonnable.

Mon meilleur ami était devenu sexy.

Du genre *gravement sexy.*

Je ne savais pas comment c'était arrivé, mais quelque part au cours de l'année écoulée, Aiden s'était transformé, du garçon joufflu qu'il avait toujours été en un type du genre super-héros. Il était bronzé et avait des muscles qui pourraient convaincre n'importe qui qu'il n'avait mangé que du blanc de poulet depuis un an tout en soulevant des semi-remorques pour le plaisir.

Aiden avait passé un peu plus d'un an en Californie pour tourner une série télévisée et il revenait en pleine forme et extrêmement séduisant, ce qui était suprêmement agaçant. Bien sûr, avant de partir, il avait déjà eu des engagements pour des rôles super, mais lorsqu'il revenait il était toujours lui-même – un peu nunuche et un peu rondouillard là où il fallait. Lui et moi étions pareils dans ce domaine – tous les deux nunuches et tous les deux rondouillards. C'était notre truc ! Neuneu Grassouillet numéro 1 et Neuneu Grassouillet numéro 2.

On avait un accord, et il l'avait dénoncé le jour où il avait décidé qu'il voulait revenir après son année à Hollywood en ressemblant à ça. Notre accord était simple et tacite : rester moches jusqu'à la fin de nos années de lycée afin de ne pas être moches seuls. Ensuite nous passerions nos vingt ans à entamer notre phase « glamour ». Aiden détestait ce mot et c'était précisément pour cela que je l'utilisais religieusement pour l'embêter.

Au lieu de s'en tenir à notre phase laide, Aiden était devenu incroyablement beau, comme la star d'Hollywood qu'il était en passe de devenir.

Quel crétin !

Moi, tout ce que j'avais gagné en un an, c'était quinze kilos et une phobie sociale. J'avais bien commencé à aller au gymnase avec papa depuis quelques mois pour lever des poids, mais sans obtenir les mêmes résultats que Monsieur Hercule là-bas. Soulever des poids m'aidait plus à réduire mon anxiété que mon poids. C'était ce que je faisais lorsque je me sentais seule. Lorsque mon meilleur ami me manquait. Et puis, aussi, ça me donnait un peu la sensation d'être une rebelle, avec un atout en plus. Mais il était évident que mon régime et celui d'Aiden n'étaient pas comparables.

Aiden avait aussi grandi depuis qu'il m'avait quittée. Je le savais parce qu'avant, lorsqu'il me serrait dans ses bras, je pouvais poser mon front contre sa joue. Maintenant, lorsque nous nous prenions dans les bras, son menton appuyait sur le sommet de mon crâne.

Ou peut-être que, tout simplement, il se tenait plus droit parce que la confiance en soi pouvait avoir cet effet sur quelqu'un.

Est-ce que ses yeux étaient plus bleus, aussi ? Bon sang, ils m'avaient manqué, ses yeux bleus. Au moins ceux-là, ils n'avaient pas pris des biceps. Aiden haussa un sourcil.

– Tu me fais toujours la tête ? demanda-t-il en me poussant du coude.

Je fis un pas de côté et lui tournai le dos. Cela faisait bientôt douze heures qu'il était revenu et je ne lui avais pas dit un mot depuis que j'avais constaté qu'il était passé de Steve Rogers à Captain America !!

Quel culot !

– Allez Jerry, insista-t-il en se mettant à me taper le bras.

Je m'écartai de lui d'un geste brusque.

– Ne m'appelle pas Jerry. Seul mon meilleur ami m'appelle comme ça, et tu n'es plus mon meilleur ami.

C'était puéril ? Oui. Est-ce que j'en rajoutais ? Oui, aussi.

– Arrête d'en rajouter.

– Ça fait dix-sept ans que tu me connais. J'ai toujours été théâtrale. Je veux dire, sérieux, Tom, on entre en terminale. Tu étais censé être un gros sans complexes en rentrant parce que depuis ton départ, moi j'ai trouvé le moyen de me rajouter douze kilos à porter. Tu n'étais pas censé ressembler à ça en revenant !

Quinze kilos en plus.

Je ne sais pas pourquoi j'avais dit douze.

La soustraction de ces trois kilos en trop me permettait de me sentir moins en colère contre moi. Maman disait qu'un chiffre sur une balance ne définissait pas une personne, mais, oh là là, certains jours j'avais l'impression que c'était la seule chose qui définissait mon existence.

Aiden arborait un sourire fendu jusqu'aux oreilles, fier comme un pou.

– Pourquoi tu souris ?

– Pour rien, c'est juste que… tu m'as appelé Tom.

Ah zut ! Je soufflai.

– Je ne le pensais pas.

– Si. Tu le pensais parce que tu as beau être vénère en voyant que je suis de plus en plus beau et musclé, tu me considères quand même comme ton Tom, ma petite Jerry.

– Tout ce que je dis, c'est que nous avions un accord tacite selon lequel nous serions gros et moches pour la rentrée en terminale, et tu ne l'as pas respecté.

– Je ne voudrais pas être porteur de mauvaises nouvelles, mais tu t'es plantée sur ces deux tableaux, toi aussi.

Un sourire m'échappa, flanquant mon obstination par terre.

Gentil crétin.

Je ne pouvais pas supporter ce type, qui m'avait plus manqué depuis un an que je ne saurais le dire, idiote que j'étais. Lorsque nous étions enfants, nos mères nous appelaient tout le temps Tom et Jerry parce que nous nous courions après en permanence comme les personnages du dessin animé. En grandissant, nous étions toujours fourrés ensemble. Il était mon Tom, j'étais sa Jerry. Nous portions même des colliers d'amitié ; lui, il me portait autour de son cou, une petite souris. Et je le portais autour du mien, un chat bagarreur. Ringard ? Oui. Nous ? Totalement.

Il portait même ledit collier lorsqu'il avait reçu son Emmy Award. Cela m'avait fait sourire.

– Bon d'accord. Si on doit commencer notre année de terminale en se détestant, laisse-moi au moins te dire que ton mauvais caractère m'a manqué.

Ses cheveux châtain foncé étaient rejetés en arrière, ce qui mettait ses ondulations en valeur. Depuis quand mettait-il du gel ? Et ce doux parfum boisé, émanait-il de lui ? Qu'est-ce que ces Californiens avaient fait à mon meilleur ami ? Je détestais ce changement, parce que, en fait je l'adorais, mais ça m'embrouillait les idées de l'adorer. Mon cœur battait à tout rompre dans ma poitrine, et je ne savais pas pourquoi.

– N'importe quoi. (Je le regardai durement en haussant les épaules.) Tu m'as manqué aussi.

– On se serre la main ?

– Aiden, on est en terminale, maintenant. On ne peut pas continuer à faire tes poignées de main ringardes. (Il se mit à tortiller ses doigts dans ma direction, et je grognai.)

Sérieux, Aiden. On a inventé ce truc quand on avait neuf ans. Il faut qu'on arrête.

Sans m'écouter, il tendit la main devant moi, paume vers moi, et commença l'incantation.

– Pancake, pancake, monte vraiment haut.

Sans hésitation, je posai la main contre la sienne.

– Si tu la fais sauter, elle volera haut.

Il claqua le dos de sa main contre la mienne trois fois.

– Si tu la laisses tomber, elle disparaîtra.

Nous fîmes tous les deux un tour sur nous-mêmes, puis nous nous fîmes face, avant de nous taper dans les mains, et effectuâmes un étrange mouvement de hanches en disant :

– Dans les égouts où le clown flippant nagera.

Lorsque nous étions enfants, un soir d'Halloween, il était venu dormir chez moi, et au moment d'aller nous coucher, nous étions descendus en cachette et avions regardé *I.T.* Depuis ce soir-là, nous avions un faible pour les clowns flippants, les films d'horreur et les poignées de main ringardes.

Le bus scolaire jaune pâle qui faisait un bruit d'enfer arriva en hoquetant dans notre direction. En moi-même, je me félicitai que ce soit la dernière année où je monterais dans ce train couleur banane menant à l'enfer.

– Tu n'es pas un acteur célèbre maintenant ? Tu ne devrais pas nous conduire à l'école dans une Mercedes ou autre ?

– C'est aussi ce que disent mes parents, mais je voulais vivre l'expérience de l'école à fond, une dernière fois. Tu sais, le dernier pour la route.

– Tu es vraiment bizarre.

– Dixit ma meilleure amie.

Pas faux.

Je grimpai dans le bus et allai m'asseoir près de la fenêtre.

En quelques secondes, je sus que ce serait une année bizarre parce que ceux qui étaient déjà dans le bus commencèrent à chuchoter à propos de cet être séduisant qui marchait à pas herculéens derrière moi.

– Oh, la vache, c'est Aiden ?

– Incroyable ! Il est canon !

– Tu crois qu'il est célibataire ?

– Je l'ai vu à la télé il n'y a pas longtemps !

– Il est célèbre ! Tu as vu son interview avec Jacob Elordi ?

– Je me demande s'il connaît Zendaya.

– Il va vraiment s'asseoir à côté d'Hailee ? C'est pas possible qu'ils soient encore amis, quand même ?

Génial. Vraiment génial. Je m'étais félicitée d'être passée sous le radar des autres lycéens pendant mes trois années de lycée. Les gens me connaissaient, mais je n'étais pas assez intéressante pour qu'on se moque de moi ni assez cool pour qu'on veuille me fréquenter. J'étais une fille lambda, ce qui m'allait très bien. Quant à Aiden, avant sa transformation en Captain America, il était sous-estimé en termes de popularité.

Mais aujourd'hui ? Aujourd'hui ils regardaient ses deux avantages, ses fesses et ses biceps.

Aiden prit place à côté de moi, apparemment totalement indifférent aux bavardages que déclenchait sa nouvelle apparence.

Il fouilla dans son sac à dos et en sortit son emploi du temps alors que le bus redémarrait vers le prochain arrêt.

– On échange, ordonna-t-il en me passant sa feuille.

Je fouillai dans mon sac, en sortis mon emploi du temps et le lui tendis.

– Oh la vache, tu as ce dingue de Monsieur Dom en TP de chimie. Avec ton intelligence.

– Dit le garçon inscrit en cours de dessin.

Il n'y avait pratiquement rien que Aiden ne sache faire, mais ses aptitudes pour le dessin était au moins aussi grandes que ses aptitudes pour la comédie. J'irais même jusqu'à dire qu'il était encore plus doué pour le dessin que pour faire l'acteur – ce qui n'était pas rien.

– Je trouve ça drôle aussi que tu sois en cours de théâtre pour débutants.

– Pourquoi c'est drôle ?

Je le dévisageai comme s'il était fou.

– Tu as un bon Dieu de Emmy Award posé sur la cheminée de ta mère.

Je vous jure, parfois, c'était comme si Aiden ne réalisait pas qu'il était Aiden Walters, la future coqueluche d'Hollywood.

– C'est rien qu'un bout de ferraille. Il y a un million de personnes là-bas qui jouent mieux que moi mais qui n'auront jamais les opportunités que j'ai eues. Remporter un Emmy ne veut pas dire grand-chose.

– C'est exactement ce que dirait le lauréat d'un Emmy pour ne pas paraître prétentieux.

Il sourit.

– Ça a marché ?

– Presque.

– Je vais continuer à m'entraîner pour améliorer ma réplique, alors.

– Ils pourront peut-être t'aider en cours de théâtre pour débutants.

Quand Aiden avait dix ans, il avait joué dans une publicité diffusée dans tout le pays. À quatorze ans, il avait eu le premier rôle dans trois films et à dix-sept ans, il avait joué dans une série télé et remporté un Emmy Award. Il n'y avait rien d'étonnant à ce qu'il soit le dernier chouchou d'Hollywood. Au bout de cinq minutes passées avec lui, tout le monde tombait amoureux de ce type.

Je pouvais les comprendre. Mon meilleur ami était comme un bébé chien, terriblement adorable.

Aiden parcourut la feuille du regard et, à mesure qu'il détaillait mes cours, la lueur dans ses yeux se dissipa.

– On n'a pas un seul cours en commun. On n'a même pas le même créneau pour déjeuner ! Tu manges au premier service et moi au deuxième.

Je haussai les épaules.

– Ça ne fait rien.

– Mais si, ça fait quelque chose. Comment on va faire si on ne déjeune pas ensemble ?

– Euh… c'est ce qu'on a fait toute l'année dernière.

– C'est parce qu'on était à des millions de kilomètres de distance. Aujourd'hui, c'est inacceptable. C'est notre année de terminale. Je dois déjeuner avec toi pendant notre année de terminale.

– Ce n'est pas si grave.

– Mais si. L'administration va m'entendre. Fais-toi confiance.

– Tu veux dire fais-*moi* confiance.

– C'est ce que j'ai dit. Fais-toi confiance.

Je secouai la tête.

– Non. Ce n'est pas ça l'expression.

– Peu importe. Toi c'est moi, et moi c'est toi.

Je levai les yeux au ciel et m'appuyai contre la vitre.

– Tu as beaucoup trop d'énergie pour sept heures du matin.

– Si c'est ta façon de me dire que je t'ai manqué, tu m'as manqué aussi.

Une fois passées les portes de l'enfer, tout le monde remarqua Aiden. Il était déterminé à vivre une année normale de terminale avant que sa carrière d'acteur ne prenne plus d'ampleur, ce qui l'attendait sans l'ombre d'un doute, mais il était évident que rien dans cette dernière année au lycée ne serait normal. Tous les regards se tournaient vers lui. Nous fûmes séparés rapidement, mais les échos des gens commentant sa transformation et son succès à Hollywood étaient ridicules. À peine quelques années plus tôt, ils se moquaient de lui à propos de sa publicité de taco dansant, mais à présent qu'il apparaissait sur la couverture des magazines et qu'il fréquentait des acteurs de Marvel, ils étaient ses plus grands fans ? Quelle bande de fichus hypocrites ! Et en plus, Aiden serait heureux de cette fausse amabilité. Ce garçon était trop merveilleux pour distinguer quand les gens n'étaient pas sincères. C'était un vrai golden retriever. Incorrigiblement loyal envers quiconque lui souriait.

C'est avec un nœud à l'estomac que je me rendis aux toilettes avant le premier cours. Les filles populaires qui s'y trouvaient gloussaient à propos d'Aiden, et je détestai l'idée qu'elles puissent approcher de lui leurs mains manucurées.

Le haut-parleur se mit à grésiller pour annoncer le premier cours, venant nous rappeler l'état de délabrement des installations de notre école. La voix de Monsieur Warren, le proviseur, couvrit les parasites pour faire les annonces du matin. Il nous souhaita à tous la bienvenue pour une nouvelle année, à s'entendre dire de s'asseoir et de se taire.

– Et pour finir, je tiens à souhaiter la bienvenue à Aiden Walters, le lauréat d'un Emmy Award, originaire de Leeks, qui est de retour dans notre établissement. Nous sommes très heureux de le revoir. N'oubliez pas de regarder sa série *Forgotten* qui a été couronnée d'un Emmy Award, lorsque vous rentrerez chez vous ce soir. Bienvenue à vous tous. Et bonne rentrée.

Un discours en l'honneur de mon meilleur ami ? Normale ? C'était tout le contraire que notre année de terminale promettait d'être.

7
Hailee

Je détestais la pause déjeuner. S'il n'avait été que de moi, l'école aurait zappé l'heure du repas et nous aurait autorisés à sortir de cette prison une heure plus tôt. Au lieu de cela, je me retrouvais dans une cafétéria bondée de personnes que je connaissais mais que je ne connaissais pas vraiment, entourée d'individus qui semblaient tous avoir des amis avec qui s'asseoir, contrairement à moi.

Depuis que j'avais pris du poids, je me sentais encore plus complexée quand arrivait le moment de manger devant d'autres personnes. C'en était presque devenu une obsession de manger des choses dont je n'avais pas envie parce que je ne voulais pas que les autres fassent des remarques sur mes choix.

– On aurait dû arriver plus tôt. J'ai l'impression que cette fille ne va rien nous laisser, dit en rigolant une personne dans mon dos.

Je ne me retournai pas. Je ne savais pas qui c'était, et je n'étais même pas sûre qu'ils parlaient de moi, mais je le pris pour moi. C'était évident qu'ils parlaient de moi. Mes cuisses se frottaient quand je marchais. Un pneu de graisse passait par-dessus la ceinture de mon jean chaque fois que je m'asseyais. Même les tee-shirts XXL n'arrivaient pas à le cacher.

Mes mains étaient moites sur le bord du plateau de plastique brun qui tremblait à cause de l'attention que j'attirais contre mon gré.

– Tu ne veux pas la fermer, Robby ? Je t'ai dit que j'allais avoir mes règles, répliqua une voix de fille.

Je jetai un coup d'œil derrière moi et je vis que c'était Hilary qui avait provoqué les sarcasmes des garçons.

Eh bien, purée ! Si ses copains la harcelaient à propos de ce qu'elle mangeait alors qu'elle était mince comme un fil, moi, j'étais vraiment un cas désespéré. Tout ce que j'avais à faire, c'était de faire de mon mieux pour ne pas me faire remarquer.

Assieds-toi. Mange en silence. Et ne fais pas…

– Hailee Jones ! Regarde ! hurla quelqu'un.

Mon cœur bondit dans ma gorge.

Je me retournai et je vis Aiden quelques pas plus loin, qui tenait une feuille de papier en l'air.

– Je suis allé me plaindre aux autorités supérieures et je mange officiellement au premier service. Victoire ! cria-t-il avant de se mettre à balancer les hanches en dansant d'un air gauche, me rappelant que même si Aiden était célèbre selon les critères de la société, il était toujours, dans les faits, mon Aiden.

Mon Aiden qui dansait mal et en faisait trop.

Mon taco dansant préféré.

J'étais trop contente de déjeuner avec lui pendant les cent quatre-vingts jours à venir.

– J'arrive pas à croire que tu les as convaincus de modifier tout ton emploi du temps simplement pour que nous puissions déjeuner ensemble, rigolai-je alors que Aiden me rejoignait à ma table après s'être servi.

C'était fou comme mon niveau de bien-être se modifiait dès que je l'apercevais.

– Je refuse de passer mon année de terminale sans échanger avec ma meilleure amie de toute la journée. C'est uniquement à cause de toi que j'ai voulu faire cette année.

On est aussi ensemble pour la dernière heure d'étude, maintenant.

Je souris.

– On n'a pas le droit de parler pendant l'étude.

– Comme si nous n'étions pas suffisamment proches pour être capables de nous parler sans paroles. Exactement comme maintenant. (Il se redressa et me regarda en plissant les yeux.) À quoi je pense ?

– À rien.

Il leva les mains en l'air.

– Tu vois ?! Tu me connais bien.

Je rigolai en secouant la tête. Plus il restait avec moi, plus je me décontractais. Tout le trac que j'avais éprouvé avant qu'Aiden vienne me rejoindre s'était dissipé pour se transformer en bonheur. Seul Aiden était capable de faire disparaître ma nervosité.

– Donc nous devrions revoir notre liste des choses à faire au lycée ? Voir ce qu'il nous reste ? dit-il en fourrant sa quiche au poulet dans sa bouche.

Je me déplaçai sur mon siège et hochai la tête.

– Oui.

Je pris mon sac à dos et en tirai mon carnet. Je l'ouvris à la première page où était notée la fameuse liste.

Liste des choses à faire au lycée de Tom & Jerry

Nous avions rédigé la liste des buts à atteindre pendant nos années de lycée et nous en avions déjà barré un certain nombre.

- ~~Être inscrits au tableau d'honneur pendant au moins deux ans~~.
- ~~S'inscrire au concours des talents du lycée et perdre~~
- ~~Se déguiser pendant la totalité d'une Semaine de l'Esprit, même si c'est ringard~~
- Entamer une relation amoureuse

- Sécher les cours une journée entière
- Échanger son premier baiser
- ~~Se déguiser pour Halloween~~
- Aller à une fête du lycée
- Perdre notre virginité
- Aiden présente Hailee à Timothée Chalamet

Cette dernière ligne était un ajout récent, mais qui avait son importance.

Jusqu'ici nous avions coché la case du tableau d'honneur trois années de suite. Quand nous étions en seconde, alors que personne ne savait vraiment qui nous étions, nous avions participé au concours des talents en chantant « Total Eclipse of the Heart » de Bonnie Tyler, et nous avions perdu. Nous nous étions déguisés pour la Semaine de l'Esprit, même pendant la semaine où nous étions séparés, et nous nous étions montré nos déguisements en FaceTime.

Il haussa un sourcil.

– Du coup, nous sommes encore vierges du premier baiser, tous les deux ?

– Tu as embrassé cette Samuela Lee dans la série.

– C'était du cinéma. Ça ne compte pas.

– Bien sûr que si, ça compte.

– Non, je parle d'un vrai premier baiser. Le genre de baiser dont tu te souviens tout le reste de ta vie. Je ne me souviens même pas de ce baiser avec Samuela.

– Tu n'as qu'à aller regarder la série sur n'importe quelle plate-forme de streaming. Je suis sûre que tu t'en souviendras.

– Jerry, grogna-t-il.

– Tom, je répliquai.

– J'ai changé mon emploi du temps pour déjeuner avec toi. Tu peux au moins m'accorder ça.

Avec un soupir exagéré, j'acquiesçai.

– Bon. Aucun de nous deux n'a embrassé quelqu'un pour la première fois. Je suis sûre que tu n'auras aucune difficulté à te trouver une petite amie cette année.

Je marmonnai tandis que les filles continuaient à passer devant nous en murmurant à propos d'Aiden. Je n'étais pas étonnée qu'il soit si inconscient de l'attention qu'il suscitait chez ces filles. Il n'avait jamais eu beaucoup de succès auprès du sexe opposé jusque-là, alors il pensait probablement qu'elles parlaient de quelqu'un d'autre.

Mon idiot de meilleur ami, si gentil et si naïf.

Dans pas longtemps, les filles se bousculeraient pour venir l'embrasser.

– Il faut aussi qu'on choisisse nos costumes pour Halloween. L'an dernier, c'était triste parce que nous n'avons pas pu choisir un thème de déguisement ensemble. Et puisque c'est notre dernière année, il faut qu'on joue le jeu à fond. Je me disais qu'un duo de rebelles ou…

– Salut, Hailee. Je ne t'avais pas encore vue aujourd'hui ! dit une voix, interrompant notre conversation.

En levant les yeux, je vis Carlton qui venait vers nous, et la joie s'effaça du visage d'Aiden pour faire place à de la confusion lorsque Carlton s'approcha de notre table.

Carlton portait ses lunettes à épaisse monture vert fluo, un jogging Adidas orange pétard et des Converse rouges. Il arborait aussi une chaîne en or de piètre qualité qu'il avait probablement trouvée sur un costume du groupe de hip-hop des années 80, Run DMC. Le moins qu'on puisse dire, c'est qu'il était excentrique. Non que ce soit une mauvaise chose. Moi-même j'étais excentrique, dans un certain sens.

Il était cet énergumène capable de faire des choses extrêmement embarrassantes devant tout le monde, simplement pour attirer l'attention. Il avait cette envie étrange d'être aimé par les ados populaires, mais il était tellement à côté de la plaque que n'importe lequel d'entre eux ne faisait que se servir de lui pour faire rire. Ils ne le respectaient pas du tout. Il s'habillait de façon ridicule et faisait des plaisanteries idiotes, comme un daron. Les autres riaient, mais lui ne s'apercevait jamais qu'ils riaient de lui et non pas avec lui.

Bizarrement, lorsque Aiden était loin, Carlton m'avait fait rire à ses blagues stupides. S'il n'avait pas été là, avec toute son excentricité, l'année passée aurait été beaucoup plus solitaire pour moi. Contrairement aux autres, je riais avec Carlton, et non pas de lui.

Je me redressai sur mon siège.

– Salut, Carlton. Je croyais que tu déjeunais à l'autre service ?

Je sentais la tension autour de moi, à moins que ce ne soit qu'une impression due à mon tempérament anxieux. Mais non. Aiden fusillait Carlton du regard.

– C'est vrai, mais j'ai fait changer mon heure de déjeuner pour pouvoir manger avec toi. (Il regarda Aiden.) Même s'il semble que tu aies déjà un pote pour te tenir compagnie.

– Oh non. Il y a de la place pour nous trois, dis-je en tapotant le siège à ma gauche. Pas vrai, Aiden ?

Aiden ne dit rien. Il haussait les sourcils d'un air perplexe. Je lui donnai un coup de pied sous la table et, sortant de son hébétude, il s'éclaircit la voix.

– Ouais, bien sûr. Assieds-toi, marmonna-t-il, l'air toujours interloqué.

Carlton ne releva même pas la confusion d'Aiden. Il s'assit et se mit à parler sans discontinuer de tout ce qui lui passait par l'esprit. Au bout d'un certain temps d'un monologue sans queue ni tête, il jeta un coup d'œil au carnet.

– Qu'est-ce que c'est ?

Aiden referma notre liste de choses à faire et fourra le carnet dans son sac à dos.

– Rien.

– On essayait de choisir nos costumes d'Halloween pour cette année, dis-je à Carlton.

– Ah ! Sympa ! Il faut absolument qu'on fasse un triplé, ou un truc à trois.

Aiden fit non de la tête.

– C'est un truc entre Hailee et moi.

– L'année dernière, on l'a fait ensemble, Hailee et moi. J'étais Superman et elle, Wonder Woman.

Aiden me lança un regard ahuri avant de se pencher vers moi pour murmurer à mon oreille :

– Tu t'es déguisée avec lui l'an dernier ? Pourquoi ne m'as-tu pas dit que tu t'étais déguisée avec lui l'an dernier ? Depuis quand vous avez fait ami-ami, lui et toi ?

– On est arrivés habillés comme ça, par hasard. Ce n'était pas prévu. Et nous sommes ami-ami depuis l'année dernière, quand mon meilleur ami m'a laissée seule avec les loups. Sois sympa.

– Vos désirs sont des ordres, affirma Aiden, toujours stupéfait mais se pliant à ma demande.

Avant que notre discussion ne puisse reprendre, Cara, la reine du bal de rentrée trois ans d'affilée, vint vers notre table en sautillant. Depuis sept ans, elle était le coup de cœur ultime d'Aiden. Elle se glissa sur le banc à côté de lui et rejeta ses cheveux par-dessus ses épaules. Puis elle regarda mon meilleur ami en battant des cils.

– Salut, Aiden, dit-elle d'une voix chantante comme si son interaction avec lui était la chose la plus naturelle qui soit.

Il convient de noter que Cara, Aiden et moi étions dans la même classe depuis la maternelle, et que Cara Simmons n'avait jamais jugé utile de converser avec aucun de nous deux. Elle s'estimait trop bien pour parler avec des personnes extérieures à son groupe d'amis – du moins, c'était comme ça que je le voyais.

Aiden dut ressentir lui aussi la bizarrerie de la situation car il haussa les sourcils et répondit à voix basse.

– Euh… salut ? dit-il sur un ton interrogatif. Qu'est-ce qu'il y a ?

– Rien. C'est drôlement chouette d'être de retour au lycée, non ? À propos de lycée, tu nous as manqué l'année dernière.

Excuse-moi, nous ?

Nous ?!

Qui a manqué à qui ?

Qui est ce nous dont tu parles ?!

Quel culot !

– Euh… ouais. Merci ? dit-il, décontenancé.

Carlton et moi restions figés sur place, sans savoir ce que nous étions censés faire. Cara était-elle au moins consciente de notre présence ? J'en doutais. Nous n'étions ni sexy, ni populaires, ni assez riches pour être sur son radar.

– Bienvenue. (Elle sourit et ses fossettes se creusèrent alors qu'elle croisait les jambes et se penchait en se rapprochant d'Aiden.) Et donc, je fais une fête le week-end prochain.

Aiden hocha la tête.

– Cool.

– Tu devrais venir, dit-elle d'un air nonchalant.

– Qui, moi ?

– Ben oui, idiot, bien sûr.

Elle planta son index dans sa poitrine dont la peau ne rebondit pas. Un corps dur comme de la pierre. Stupéfaite, je regardai son torse probablement trop longtemps.

– Donne-moi ton portable, ordonna-t-elle en lui tendant la main.

Il ne le fit pas, parce que je crois qu'il était sidéré devant l'évolution de la situation.

– Aiden – Cara claqua des doigts – ton téléphone.

Il secoua la tête en revenant sur terre et saisit son téléphone. Il le posa dans la main parfaitement manucurée qu'elle lui tendait et elle ajouta joyeusement son numéro à sa liste de contacts. Puis elle le lui rendit, se leva de la table et lui adressa son sourire parfait, digne d'une publicité pour un blanchiment dentaire.

– Super ! À samedi. Normalement, chacun apporte de quoi boire, mais ne t'en fais pas, j'ai une section VIP avec ton nom marqué partout dessus.

Elle lui fit un clin d'œil avant de partir en bondissant. Non, vraiment. Elle bondissait.

Nous trois à notre table, on gardait le silence. On échangeait des regards, jusqu'à ce que Carlton dise :

– Du coup, c'était une invitation groupée ou quoi ?

Ce n'était pas une invitation groupée. Carlton et moi n'étions pas assez célèbres.

***

Après les cours, je vis Aiden à côté de son casier, entouré d'étudiants. Il souriait et n'arrêtait pas de parler, mais je notai le léger tremblement de sa main alors qu'il tapait du petit doigt sur sa jambe. Passant en mode garde du corps, je me précipitai vers lui en traversant la foule. Je saisis son poignet d'une main autoritaire pour l'extraire brusquement de son public et lui faire passer l'angle du couloir. J'ouvris prestement la porte de la loge du gardien et le poussai à l'intérieur, refermant la porte derrière nous.

Je tirai sur la ficelle qui pendait du plafonnier et éclairai la pièce.

– Tu fais quoi ?

– Je viens à ton secours.

– Quoi ?

– Tu fais une attaque de panique.

Il cligna des yeux plusieurs fois, posa les yeux sur ses mains tremblantes et hocha la tête.

– Oh.

Je connaissais mon meilleur ami comme ma poche. Je pouvais voir quand il se sentait oppressé à de légers changements de son langage corporel. Ces modifications infimes échappaient à la plupart des gens, mais moi, je lisais dans cet homme comme dans un livre ouvert. Il était mon roman préféré. Un roman que je pourrais relire en boucle si j'en avais l'occasion.

– Tu ne dois rien à ces gens, Aiden.

– Ils sont gentils.

– Ils sont comme des vampires qui essaient de te vider de ton sang. Ne parle plus. Cela n'arrange pas les choses. Contente-toi de respirer.

Il baissa la tête et je pris sa main tremblante dans la mienne. Nous attendîmes une dizaine de minutes, sans parler. Dans certaines circonstances, les mots ne sont d'aucune aide. Parfois, il faut juste laisser passer le temps.

– On va manquer le bus.

– C'est pas grave. On rentrera à pied. Regarde-moi.

Il leva les yeux, il n'avait plus l'air aussi dépassé. La tension provoquée par le mitraillage constant de questions commençait à retomber.

– Ça va, lui dis-je.

– Ça va. (Il se racla la gorge et se passa la main sur le visage.) Je peux te raccompagner chez toi, maintenant ?

Je fis un signe de tête affirmatif.

Il me tint la porte ouverte, puis il me suivit hors de la loge.

– Je sais que tu es trop gentil pour dire aux gens de te laisser tranquille, alors je voudrais juste que tu me donnes la permission de mettre mon poing dans la figure du premier qui franchit tes limites.

– Je ne crois pas qu'il faille en arriver là.

Je fronçai les sourcils et lui mis de petites tapes dans le dos.

– Je sais. Et ça, c'est parce que tu es bien trop gentil.

– Vous êtes vraiment de bons amis, Carlton et toi ? demanda-t-il à brûle-pourpoint.

Je levai un sourcil.

– Ouais. Il est sympa.

– Ah bon ? Ou bien tu te sentais vraiment très seule l'année dernière ?

– Qu'est-ce que tu insinues ?

Il haussa les épaules.

– Il m'agace, c'est tout. Il insiste toujours lourdement pour gagner l'approbation des autres. Tu sais qu'après le déjeuner, il m'a poursuivi pour me proposer de l'argent pour que je le fasse inviter à la fête de Cara. C'est choquant.

– C'est un original.

– Il y a une différence entre être original et aux abois. Et puis aussi, il en pince pour toi.

Je me mis à rire.

– N'importe quoi ! Pas du tout.

– Mais si je t'assure.

– Comment tu le sais ?

– Parce qu'il n'a pas seulement essayé de me soudoyer pour être invité à une fête, il n'a pas arrêté de me dire que tu lui plaisais.

J'étais presque étonnée de voir que la pensée de Carlton ne déclenchait aucune émotion chez moi alors que le frôlement du bras d'Aiden contre le mien ? Des papillons. Toutes les variétés de papillons.

Je secouai la tête.

– Les garçons n'en pincent pas pour moi.

– Quoi ? Pourquoi tu dis ça ?

– Parce que je suis moi.

– C'est justement pour ça que tu plais à Carlton. Parce que tu es toi.

Je haussai les épaules.

– Ce n'est pas mon genre.

– Ah bon ? Et c'est quoi ton genre ?

Toi.

Et puis toi.

Et peut-être, le dimanche, encore toi.

Holà !

D'où sortaient ces pensées ?

Les paumes de mes mains devenant de plus en plus moites, je serrai les poings et dis :

– Je te l'ai dit. Timothée Chalamet.

Il sourit d'un air moqueur et je ressentis son sourire tout au fond de mes battements de cœur.

– C'est tout ? Personne d'autre ?

– Nan.

J'accélérai le pas en essayant de retrouver mon calme. Je ne pouvais pas le regarder dans les yeux parce qu'il me déchiffrait aussi facilement que je le déchiffrais lui. Je ne pouvais pas le laisser deviner cette nouvelle irruption de sensations étranges que j'éprouvais chaque fois qu'il se trouvait à côté de moi.

En outre, quels qu'aient pu être les sentiments que j'éprouvais pour Aiden, ils étaient temporaires. Forcément.

C'était mon meilleur ami après tout, et je n'aurais jamais voulu mettre cette amitié en danger, en… oh, je ne sais pas moi, tombant amoureuse de lui.

Pourtant, j'y pensais un peu. Bon d'accord, j'y pensais beaucoup. J'imaginais à quoi ça ressemblerait de tomber amoureuse d'un gars comme Aiden. Mais bon, c'étaient des pensées stériles. J'avais lu suffisamment de romans d'amour dans ma vie pour savoir comment ces choses se passaient.

Les types comme Aiden finissaient par sortir avec des filles comme Cara. Jamais avec des filles comme moi. Toute ma vie, je serais le personnage secondaire, celui de la meilleure amie, alors que Cara récolterait le personnage principal, mon héros.

Aiden pressa le pas pour revenir à ma hauteur.

– Au fait, à propos de cette soirée…

8
Aiden

– Il est absolument hors de question que j'aille à cette fête, dit Hailee alors que nous rentrions à la maison à pied.

Cette première journée m'avait semblé particulièrement étrange. Le nombre de selfies que les gens m'avaient demandé de faire avec eux – même des professeurs –, c'était bizarre. J'avais mal aux joues à force de sourire. Ce qui était encore plus bizarre, c'était que les gens qui me demandaient ça, c'était les mêmes qui se moquaient de mes premières aventures en tant que comédien lorsque j'étais un taco dansant.

J'avais un souvenir cuisant du jour où je m'étais caché dans le local d'entretien en sanglotant parce qu'on m'avait harcelé. C'était Hailee qui m'avait découvert et elle avait séché le reste de ses cours pour me tenir compagnie dans ce fameux local. Le seul moment où elle en était sortie, c'était pour aller nous chercher à manger. À la fin de la journée, elle avait réussi à me faire rire de nouveau, parce que Hailee avait le don de faire en sorte que les journées pourries soient un peu moins pourries.

Aujourd'hui, ces mêmes harceleurs me demandaient des autographes. La vie était étrange. Et les gens encore plus.

La seule chose cohérente ? Hailee Jones me sauvant des masses et me cachant dans des placards pour me rappeler de respirer.

Je m'agrippai aux courroies de mon sac à dos.

– Quoi ? Ben pourquoi ? C'est sur notre liste des choses à faire.

– Je m'étais imaginé que ce serait un des items que nous ne cocherions pas.

– Mais si, on va le faire. On a une invitation en bonne et due forme.

– *Nous ?!* Cette invitation était clairement pour toi, et toi seul.

Je m'arrêtai, sortis mon portable et entrepris d'écrire un SMS.

– Qu'est-ce que tu fais ?

Mon téléphone émit un ding, et je souris en lui collant l'écran sous les yeux.

Aiden : Est-ce que je peux venir avec une amie à la fête ?
Cara : Bien sûr ! Viens avec qui tu veux.

Hailee leva les yeux au ciel. Elle était passée maître dans l'art de lever les yeux au ciel. Son talent était inégalé.

– Elle ne sait pas que c'est moi l'amie en question. Ce n'est pas comme si j'étais invitée personnellement.

– Bien sûr qu'elle sait que c'est toi. (Je lui passai le bras autour des épaules et l'attirai vers moi pour une accolade latérale.) Je n'ai pas d'autre amie que toi.

***

Être de retour dans ma ville natale était plus agréable que ce que je m'étais imaginé. Pour la première fois depuis longtemps, j'avais l'impression d'être redevenu moi-même. Vu de l'extérieur, j'avais tout ce qu'on pouvait rêver en ce qui concernait ma carrière de comédien. Mais à l'intérieur, je me sentais vide. Revenir chez moi était la première chose qui me procurait le sentiment que tout allait bien se passer.

J'avais deux secrets qui me rongeaient depuis que j'étais rentré à Leeks, des secrets que je voulais révéler le plus tôt possible mais je ne savais pas très bien comment m'y prendre pour le faire. Deux secrets qui allaient, sans l'ombre d'un doute, tout changer pour moi.

Secret numéro un, je ne voulais plus être acteur. Mon éloignement de la maison pendant toute une année m'avait provoqué un mal du pays auquel je ne m'attendais pas. Bien sûr, avant cette année-là, j'étais parti pour des tournages pendant plusieurs mois, ici et là, mais une absence aussi longue avait été beaucoup plus difficile à vivre que je le croyais. Ma vie normale me manquait. Ma famille et Hailee me manquaient.

Ce qui m'amenait à mon secret numéro deux : Hailee. Me. Manquait.

Depuis que nous étions amis, des vagues de sentiments inexplicables m'assaillaient chaque fois que j'étais avec elle. Parfois, lorsqu'elle me donnait une accolade, je n'avais pas envie de la lâcher. Parfois elle riait, et après je rêvais de ce rire. D'autres fois encore, alors qu'elle faisait quelque chose on ne peut plus banal, je la regardais et j'étais saisi d'un désir irrépressible de couvrir son visage de baisers. J'avais toujours pensé que c'étaient des sentiments fugaces. Ils arrivaient vite, mais se dissipaient toujours lorsque je me disais que si j'avais un coup de cœur pour ma meilleure amie, cela risquait de mettre un terme définitif à notre amitié.

Et puis, j'avais passé un an en Californie. C'était presque comme si je n'avais vraiment pris conscience de la personnalité spéciale d'Hailee que lorsque j'avais été contraint de m'éloigner d'elle. À Los Angeles j'étais en permanence entouré, mais les personnes qui m'entouraient n'étaient pas *mes* amis. Mon amie.

J'étais bien décidé à parler à Hailee de mes sentiments et ensuite de faire en sorte que mon année de terminale soit la meilleure de toutes les années passées avec elle. Mais je n'avais pas encore osé. Ce qui veut dire qu'un seul de mes secrets retenait mon attention à ce moment-là, ma détestation croissante du métier d'acteur. Mes parents avaient investi beaucoup de temps et d'argent dans ma carrière de comédien. Quand j'étais enfant et que j'avais dit que je voulais devenir acteur, ils m'avaient soutenu sans restriction. Papa s'assurait que je m'y donne à fond, ce que j'avais fait, mais aujourd'hui la passion que j'avais ressentie autrefois s'était affadie. Traîner à Hollywood m'avait, d'une certaine façon, rendu blasé. J'avais l'impression que je perdais une partie de mes racines, et même si je ne savais pas ce que je voulais faire, je savais que je n'avais pas envie de continuer dans cette voie.

Il n'allait pas être facile d'avoir cette conversation avec mes parents, mais je me dis que le dîner de ce soir-là serait le bon moment pour juste cracher le morceau. Arracher le pansement d'un seul coup.

Lorsque j'approchai de la salle à manger, papa était déjà là en train de servir le repas sur chaque assiette. Il leva les yeux vers moi et haussa un sourcil.

– Toi et ton téléphone toujours à la main. Pas de téléphone à table, sauf si c'est pour le boulot.

Papa et son règlement pour le dîner.

Maman entra dans la pièce et m'embrassa sur le front.

– Salut, mon chéri.

Nous commençâmes à manger et c'était à la fois génial et stressant de déguster un repas fait maison par maman. Ma mère était un chef hors pair, un des meilleurs du

Midwest, sinon du monde. Son restaurant à Chicago était florissant. C'est la raison pour laquelle elle ne pouvait pas passer autant de temps avec moi à Los Angeles que papa. Alors revenir à la maison et déguster un de ses repas maison, c'était un privilège.

Mon agent disait que je devais éviter certains plats pour garder la forme, mais je ne pouvais pas faire l'impasse sur la cuisine de maman. En tout cas, si je pouvais pendant quelques jours ne pas manger que du poulet et du riz, ce serait la fête. Avant, je ne m'inquiétais jamais de mon poids, mais au cours de l'année écoulée j'avais dû en perdre pour un rôle et je ne pensais plus qu'à ça. Bien sûr, je n'en parlais à personne parce qu'on m'aurait pris pour un enfant gâté qui se plaint d'avoir des tablettes de chocolat et d'être payé pour jouer dans des films et des séries télé. *La vie est dure, hein, Aiden !*

Et donc je gardais mes problèmes pour moi.

Ça m'énervait de penser qu'une des premières choses que j'avais faites en arrivant à la maison avait été de me peser. Et le lendemain matin de me peser à nouveau. C'était comme si le chiffre qui s'affichait sur la balance et mon reflet dans la glace étaient les choses qui comptaient le plus pour moi. Avant de quitter Leeks, je n'avais même pas de balance. À présent, j'étais capable d'évaluer d'un seul regard la quantité de macronutriments que contenait mon assiette. Encore une raison pour laquelle je voulais quitter cette industrie. Elle générait les complexes de façon exponentielle.

– Ta première journée s'est bien passée ? demanda maman, me sortant de mes pensées.

– Oui. J'ai réussi à changer mon heure de repas pour pouvoir déjeuner avec Hailee. Et les profs sont tous sympas.

– Les gens doivent être tout excités de te voir, non ?

– Un peu trop. Ça fait bizarre, cette attention que les gens me portent. J'ai été invité à des fêtes par des personnes qui ne m'auraient jamais parlé auparavant.

– Tu ne devrais pas répondre à leurs avances. Les gens viennent facilement vers toi quand ils pensent que tu as du succès. Tu dois être prudent et ne pas te laisser berner par ces individus, prévint papa.

– Ouais, c'est juste que c'est bizarre, c'est tout.

Papa reposa sa fourchette et croisa les doigts.

– Je veux m'assurer que nous sommes bien sur la même longueur d'onde en ce qui concerne cette année scolaire, Aiden. Comme tu le sais, j'étais opposé à ce retour parce que le fait que tu sois connu rend plus difficile pour toi d'être un adolescent comme les autres. Comme tu l'as dit, les gens te traitent déjà différemment. Alors, que les choses soient bien claires entre nous. En gros, tu fais ton travail, tu obtiens de bonnes notes et tu nous tiens informés. C'est compris ?

Je hochai la tête.

– Oui, papa.

– Et tu t'amuses, dit maman qui se pencha vers moi pour me presser le bras. Tu as le droit de t'amuser, aussi. C'est ta dernière année de lycée, quand même !

Papa grommela un peu, mais ne la contredit pas. Apparemment, elle était la seule personne au monde qui échappait à ses commentaires acerbes.

– En fait, je voulais justement vous parler de quelque chose.

J'avais les mains moites et un stress qui montait en flèche, mais je me dis que je pouvais aussi bien jouer cartes sur table. Juste quelques mots simples : je ne veux plus être acteur.

Facile. Naturel. Décontracté.

– Une seconde, Aiden. Tu n'avais pas autre chose à lui dire, Sam, dit maman. Qu'est-ce que tu me disais tout à l'heure ?

Mon père secoua la tête.

– Ça peut attendre un autre moment.

– Samuel, dit maman d'un air sévère. Maintenant, c'est parfait.

Il poussa un profond soupir et se redressa sur sa chaise en me regardant. Il fronçait les sourcils. Mon estomac se noua lorsqu'il me regarda de son air dur. Ce regard qu'il m'avait toujours lancé lorsque je l'avais déçu pour une chose ou une autre. Lorsqu'il ouvrit la bouche, ce qu'il dit me fit presque tomber à la renverse.

– Je suis fier de toi. Du travail que tu as accompli au cours de l'année et des possibilités que cela t'ouvre dans l'industrie du divertissement. J'ai vu la quantité de travail que tu as fournie, ce n'est pas passé inaperçu. Tu as aussi changé ma vie en me donnant l'occasion d'être ton manager. Je n'ai pas pu réaliser mon rêve de devenir acteur parce que ta mère et moi t'avons recueilli, mais lorsque je te vois briller, cela compte énormément pour moi. C'est comme si mes rêves devenaient réalité. Je suis heureux grâce à toi, et je suis fier de toi.

Je restai là, figé sur place, totalement sidéré.

– Euh… pardon ?

– J'ai dit que j'étais fier de toi.

– Oui, j'ai entendu, c'est juste que… (Je me grattai la nuque.) Euh… ben… merci.

Ben, mince alors.

Il hocha la tête.

– Mais ne faiblis pas. C'est le moment où tu vas être tenté de dévier ou de perdre l'équilibre. Il y a des millions de gens qui donneraient tout pour atteindre ton niveau de réussite, et ce n'est que le début, Aiden. Ne perds pas la récompense des yeux. Tu as ça.

Il avait changé de sujet, mais mon esprit resta sur son discours bien après la fin du repas. Mon père, ce robot sans états d'âme, sans émotions, venait de me dire qu'il était fier de moi.

Je suis fier de toi.

Dix-sept ans que j'attendais que cet homme me dise ces mots-là. Qu'il était fier de moi. Qu'il croyait en moi. Que ce que je faisais en valait la peine. Ce soir-là, il les prononçait enfin, et je sus que j'allais devoir poursuivre ma carrière pour qu'il continue à être fier. Je n'avais absolument pas envie d'être acteur, mais j'avais absolument envie qu'il soit fier de moi.

***

On toqua à la fenêtre de ma chambre, ce bruit m'avait manqué. En m'approchant, je vis Hailee, les bras croisés sur la poitrine. J'ouvris la fenêtre et elle plissa le nez.

– Très bien.

– Très bien quoi ?

– Très bien, j'irai à cette fête idiote avec ces gens idiots.

Je souris en passant les jambes par-dessus le rebord de la fenêtre et je m'assis.

– Qu'est-ce qui t'a fait changer d'avis ?

– Notre liste de choses à faire au lycée est loin d'être complète, et qui sait si tu ne vas pas être rappelé à Los Angeles avant la fin de l'année. Je me suis dit qu'on pourrait aussi bien se débarrasser des tâches les plus simples.

– Je ne vais pas te contredire parce que, si je le fais, je sais que tu vas rechanger d'avis.

– Tu as raison.

Elle s'assit à l'autre bout de mon appui de fenêtre. Sa jambe frôlait la mienne et je priai intérieurement pour qu'elle ne la retire pas. Elle s'éclaircit la voix.

– Mais…

– Évidemment, il y a un mais.

– Pas d'insolence, Tom.

– Dis-moi tout, Jerry. Quelles sont tes conditions ?

– Je ne veux pas rester à la soirée jusqu'à la fin, mais je ne veux pas arriver en avance non plus. Je voudrais que tu arrives avant moi, que tu te fasses une idée, que tu me tiennes au courant, et quand j'arriverai, que tu viennes me chercher à l'extérieur pour entrer avec moi dans la maison.

– D'accord.

– Ce n'est pas tout.

Je soupirai.

– Ça m'aurait étonné. Vas-y.

– Tu y vas avec Carlton.

– Pas question.

Elle fit une grimace.

– Oh, allez, Aiden. Ce sera une bonne occasion pour toi de le connaître mieux.

– Je n'ai pas envie de le connaître mieux.

– Oui je sais, mais… (Elle prit une profonde inspiration et la relâcha lentement.) C'est important pour lui. Il m'a supplié de l'emmener.

J'inclinai la tête vers elle, complètement atterré.

– Tu es vraiment amie avec lui, alors ?

Elle rit et haussa les épaules.

– Oui. Comprends-moi. Lorsque tu étais loin l'année dernière, je me sentais seule. Je n'avais personne à qui parler et Carlton était là quand j'avais besoin de… quelqu'un. Et puis, cette soirée est comme un rêve pour lui. Il a toujours voulu être invité. Je me suis dit que s'il arrivait avec toi, il gagnerait des points de popularité auprès de tout le monde.

– Des points de popularité ? Qu'est-ce qui te fait croire que j'en ai ?

Hailee posa les mains sur mes épaules.

– Mon ami, si gentil, si naïf, si idiot. Tu ne vois pas que tu es devenu du jour au lendemain la personne la plus populaire de toute notre école ? C'est trop mignon. Tu es celui qui a le plus de points « cool » possible.

– Ça ne veut rien dire. Ces gens ne connaissent pas le vrai Aiden.

– Oui, c'est vrai. Mais moi, si. Et je sais que tu feras ça pour moi, parce que je suis ta meilleure amie, et parfois, les meilleurs amis se rendent mutuellement des services embêtants pour faire plaisir à l'autre.

Je plissai les yeux.

– T'es vraiment en train de me faire le coup du chantage à l'amitié ?

– Je te fais le coup du chantage à l'amitié.

– Waouh ! C'est pas juste.

Elle sourit.

Zut. Avec ce sourire, elle était capable de me faire faire tout ce qu'elle voulait.

– Très bien. Mais c'est à charge de revanche.

– Oui, oui, bien sûr. Tout ce que tu voudras.

Elle se leva pour se diriger vers sa fenêtre, et je la suivis des yeux en détaillant chaque centimètre de sa silhouette. Est-ce que son derrière avait toujours été si potelé ? Est-ce qu'il avait toujours été si haut perché ? Est-ce que ses larges cuisses avaient toujours attiré autant les baisers ? Depuis quand était-elle devenue si… parfaite ?

– Comment on doit s'habiller pour aller à une soirée ? demanda-t-elle en me regardant par-dessus son épaule, juste au moment où je l'observais. Je dois mettre une robe ? J'ai horreur des robes.

Je me mis à rire.

– Tu t'habilles comme tu veux, Jerry.

– Ça ne m'aide pas beaucoup.

– Je ne suis pas quelqu'un qui aide.

– Pas faux.

Elle passa par sa fenêtre tandis que je rentrai dans ma chambre. Elle me sourit.

– Bienvenue chez toi, mocheté.

Je haussai un sourcil.

– Mocheté ?

– Étant donné que tout le monde te lèche le cul, j'ai pensé que c'était mon devoir de te rappeler à la réalité et à l'humilité.

Je rigolai.

– Merci, beauté.

Je savais que les compliments la mettaient extrêmement mal à l'aise.

– Ta gueule, Aiden.

Elle ferma sa fenêtre d'un claquement sec.

Ça aussi, ça m'avait manqué. Les fenêtres qui claquent et les mouvements d'humeur d'Hailee.

9
Aiden

Jamais dans mes délires les plus fous je ne m'étais imaginé allant à une fête, accompagné de Carlton. En même temps, jamais je n'avais envisagé qu'Hailee puisse devenir pote avec un type comme lui. C'était la paire la plus baroque qu'on puisse imaginer. Voilà ce que ça me rapportait de l'avoir laissée toute seule pendant un an. Ma meilleure amie avait officiellement perdu l'esprit.

– Peux-tu me rendre un immense service ? demandai-je à Carlton sur le porche de la maison de Cara.

– Lequel, cow-boy ?

Il sortit une boîte de pastilles de menthe et en engloutit une pleine poignée.

– Une fois à l'intérieur, vis ta vie de ton côté et éclate-toi.

Il sourit jusqu'aux oreilles.

– Pas de problème, mec, postillonna-t-il.

Une des nombreuses pastilles de menthe qu'il avait dans la bouche atterrit sur ma joue. Il tendit la main et essuya mon visage.

– Excuse.

Hailee allait me devoir beaucoup plus qu'elle ne le croyait.

Jusqu'à aujourd'hui je n'avais jamais été aussi contrarié en arrivant dans une fête. Bon, ce n'était pas la première à laquelle je me rendais. J'avais déjà participé à de nombreux événements à Los Angeles, mais jamais à une fête entre lycéens. J'étais curieux de voir à quel point Hailee allait détester ça. Ce serait la partie la plus amusante de toute la soirée.

En entrant dans la maison, je vis que la fête était déjà bien entamée. Carlton fit une entrée fracassante dans le salon, les bras grands ouverts.

– Hello, les fêtards !

Il partit à gauche, je partis à droite en espérant que nous ne nous rencontrerions plus de la soirée. Je passai les deux ou trois premiers quarts d'heure à faire des photos avec des gens et à les laisser m'enregistrer en vidéo disant bonjour à certains membres de leur famille. Les joies d'être à moitié célèbre. La deuxième heure fut consacrée à discuter du métier d'acteur et des différentes célébrités avec qui j'avais été en contact. J'avais décliné environ cinquante verres. Il ne manquerait plus que quelqu'un poste une photo de moi buvant de l'alcool. Mon père insistait beaucoup pour que je sois très attentif aux personnes qui m'entouraient depuis que j'étais une personne connue. Étant mineur, je ne pouvais pas me permettre de me faire prendre en train de boire de l'alcool.

Je connaissais tous les gens présents à la soirée et, pourtant, c'était comme si je jouais un rôle. Je ne les laissais pas accéder à ma véritable personne parce que plus il y aurait de personnes à qui je me serais confié, plus nombreux ils seraient à pouvoir se retourner contre moi ou utiliser des confidences pour me nuire. Une autre stratégie que j'avais apprise de mon père chéri. Les seules personnes avec qui je pouvais être vraiment moi-même, c'était mes parents et Hailee – qui faisait pratiquement partie de la famille.

Alors que j'étais assis à la table basse du salon, à dire encore et encore combien tout le monde était génial et gentil à La La Land – ce qui n'était pas vrai, mais je n'avais pas besoin de parler à mes potes de lycée de mes ennemis à Hollywood –, Cara franchit la foule qui m'entourait.

– Et si vous lui lâchiez un peu la grappe pour que je puisse en profiter moi aussi, dit-elle en me faisant un clin d'œil.

Carrément.

L'approche était plutôt directe.

Cara était resplendissante. Ce n'était pas étonnant. Cara avait toujours été belle. Déjà à l'école primaire. Elle avait été mon premier coup de cœur. Peu de gens se déplaçaient avec autant d'assurance et elle avait l'air de toujours obtenir tout ce qu'elle voulait sans aucun effort. Son plus grand défaut ? Ne pas être Hailee.

Cara tendit la main vers moi et inclina la tête.

– Tu veux que je te fasse visiter la maison ?

– Euh… ouais. D'accord.

La visite nous mena dans sa chambre, et elle ferma la porte à clé derrière elle. La musique nous parvenant d'en bas était à fond et Cara sortit une bouteille d'alcool de derrière son lit. Elle but une gorgée et me la tendit.

Je secouai la tête.

– Non, merci.

Elle haussa un sourcil.

– Fais pas ta mijaurée, Aiden. Je suis sûre que tu fais la fête tout le temps, là-bas à Hollywood.

C'était tout le contraire. Je travaillais, j'avais un professeur qui venait me donner des cours particuliers à la maison, et après je travaillais encore. S'il y avait une chose que mon père ne m'aurait jamais autorisé à faire, c'était d'aller dans des fêtes à Hollywood – sauf s'il s'agissait d'activer mes réseaux. Les seules soirées auxquelles j'avais participé étaient en fait des voyages d'affaires. En outre, c'était une occasion unique qui m'était offerte, je n'allais pas la compromettre pour un peu d'alcool et quelques mauvaises décisions.

Ce qui, malheureusement, rendait la situation actuelle beaucoup moins attrayante que je l'avais espéré. Le Aiden d'il y a cinq ans aurait été dans tous ses états à l'idée de se retrouver seul avec Cara dans sa chambre, avec la porte fermée à clé. Mais celui que j'étais maintenant ? J'étais au bord de la crise de panique en pensant à ce qui se passerait si mon père l'apprenait. Cela ferait un scandale, et les journaux à sensation adorent le scandale. J'aurais aimé être capable de faire taire la petite voix qui me susurrait les jugements sévères de mon père chaque fois que je prenais une décision, mais c'était comme Jiminy Cricket sur mon épaule me disant de ne pas faire les mauvais choix.

Et en plus, il était fier de moi. Lui et sa fichue fierté.

– On devrait peut-être redescendre, proposai-je en me levant de son lit où elle m'avait fait asseoir.

Elle vint vers moi en titubant légèrement avant de me repousser sur le lit et de s'asseoir. Sur mes genoux. *Oh mon Dieu !*

– On peut aussi passer un peu de temps en tête à tête.

Il était clair qu'elle avait un peu bu.

– Je ne crois pas que ce soit une bonne idée.

– Pourquoi ? Toi et cette Hanna, vous baisez ?

– Hannah ?

– Ouais. Cette fille qui te suit partout comme un petit chien.

– Tu veux dire Hailee ?

– Ouais, peut-être. (Elle saisit la bouteille d'alcool et but une nouvelle gorgée.) Vous baisez ensemble ?

– Quoi ? Mais non. Bien sûr que non. C'est ma meilleure amie.

Est-ce que ça m'était déjà venu à l'idée de coucher avec Hailee ? Bien sûr. Ouais. Souvent. Deux fois par jour. Peut-être trois, le week-end.

Cara plissa le nez.

– Et pourquoi ?

– Pourquoi ma meilleure amie est ma meilleure amie ?

– Ouais. Je veux dire, ne le prends pas mal mais, tu es sexy et célèbre et elle, c'est… personne.

En une fraction de seconde, la moindre étincelle d'attirance que j'avais pu éprouver pour Cara grésilla et s'éteignit. Je la repoussai et me levai.

– Je vais redescendre, dis-je sur un ton bref au moment où son téléphone lui notifiait un message.

Elle tendit la main pour l'attraper, faisant comme si elle ne m'avait pas entendu.

– Oh la vache, tu as vu ce taré de Carlton ? Il est en bas en train de se lâcher au sujet d'Hannah.

– C'est qui, Hannah ?

– Ton Hannah.

– Hailee.

– Si tu veux.

Je lui pris le téléphone des mains. Sur la vidéo on voyait Carlton, ivre, debout sur une table, tanguant d'avant en arrière avec une bouteille d'alcool à la main.

– Pas du tout. Vous croyez que j'aime Hailee Jones ?! Absolument pas. Vous l'avez vue ? On dirait qu'elle a avalé les jumeaux de la pub pour Doublemint, disait-il d'une voix pâteuse se moquant du poids d'Hailee. Franchement, j'ai juste traîné avec elle parce que j'avais pitié de ce boudin. Elle n'avait pas d'amis, la pauvre.

Et il continuait sur le même registre parce que la foule lui donnait les rires et l'attention qu'il convoitait tellement. Comme un toxico avec sa came.

Mon sang se mit à bouillir dans mes veines.

J'allais massacrer ce connard.

Je sortis mon téléphone pour écrire un SMS à Hailee, mais apparemment elle avait déjà vu la vidéo.

Hailee : Je ne viens pas.

Hailee : C'est humiliant.

Mince.

– Où tu vas ? demanda Cara.

– Voir comment va Hailee.

– On s'en fout de ce qu'elle fait. Et puis, c'est marrant cette vidéo. Tu devrais rire. Elle ne fait même pas partie du même monde que nous.

Du même monde que nous ? Comme si Cara et moi étions semblables de quelque façon que ce soit. Cela ne fit qu'augmenter ma fureur.

– Nous ne sommes pas du même monde, murmurai-je en me dirigeant vers la porte.

Cara bondit devant moi pour m'empêcher de sortir.

– Je te jure, Aiden, si tu sors de cette chambre pour aller consoler cette paumée au lieu de passer la meilleure nuit de ta vie avec moi, tu n'existeras plus pour moi. Tu comprends ce que je dis ? Tout est fini entre nous si tu t'en vas. Tu seras mort pour moi. MORT !

Je déglutis avec difficulté et me redressai de toute ma hauteur en la regardant droit dans les yeux :

– RIP.

Elle poussa un petit cri, stupéfaite.

– Tu vas le regretter, Aiden Walters. Tu peux me croire. Je ferai ce qu'il faudra.

Je la repoussai et quittai la maison. Je me mis à courir alors que l'angoisse me traversait de part en part.

En arrivant chez les Jones, j'appuyai frénétiquement sur la sonnette.

– Comment elle va ? demandai-je d'une voix qui se brisa lorsque les parents d'Hailee ouvrirent la porte.

Ils levèrent les yeux sur moi et la tristesse dans leurs yeux me fit encore plus de mal. Putain ! Quel genre d'enfoiré faut-il être pour faire du mal à quelqu'un d'aussi gentil qu'Hailee ? Elle était la gentillesse incarnée. À ce moment, j'aurais voulu pourchasser tous ceux qui postaient et repostaient des messages se moquant de ma meilleure amie. J'aurais voulu les écarteler pour qu'ils comprennent quel genre de saloperies ils étaient.

– Pas très bien en ce moment, dit Penny, les yeux brillants de larmes.

Je n'étais pas étonné que Penny soit au bord des larmes parce que son cœur battait à l'unisson avec celui de sa fille. Lorsque Hailee souffrait, Penny souffrait doublement. C'est ce que font les mamans. Elles ressentent les douleurs de leur enfant comme si elles étaient les leurs.

– Est-ce que je peux lui parler ?

– Est-ce que tu savais ?

Les sourcils froncés, Karl me regardait, le visage sévère. Contrairement à Penny, il n'était pas triste. Non, il était furieux.

– Tu savais qu'ils allaient se moquer d'elle ?

– Non. Bien sûr que non.

– C'était ton idée d'aller à cette soirée. Je te jure, Aiden, que si tu savais…

– Karl, l'interrompit Penny en l'attrapant par la manche.

Elle me regarda et fronça les sourcils en voyant que j'étais blessé. Karl, lui, ne le voyait pas parce qu'il était trop occupé à penser à la douleur de sa fille. Elle secoua la tête.

– Il ne le savait pas.

– Comment tu peux le savoir ?

Je respectais Karl encore plus que mon propre père. Pour ce qui était d'être une figure paternelle qui pouvait être doux et délicat tout en étant ferme et strict, Karl battait tout le monde. Mon père ne saurait pas être doux et délicat même si sa vie en dépendait. J'appréciais vraiment ça chez Karl – c'était un père équilibré. Mais à ce moment précis, s'il ne me laissait pas passer pour aller voir sa fille, j'allais lui foncer dans le lard pour passer et tant pis s'il se retrouvait par terre.

– Parce que c'est Aiden. C'est son meilleur ami, dit Penny en s'écartant de la porte.

Elle fit un signe de tête en direction de la chambre d'Hailee et me fit un petit sourire contraint.

– Allez, va consoler notre fille, d'accord, Aiden ?

– Oui, Madame, marmonnai-je en hochant la tête.

Karl me lança un nouveau regard sans aménité, mais il ne dit rien. Il s'effaça pour me laisser passer, ce qui en disait plus long sur son acceptation que les mots ne pouvaient le faire.

Le cœur serré, je posai la main sur le bouton de la porte d'Hailee. Lorsque je l'ouvris, je la trouvai assise en tailleur, vêtue d'une robe à fleurs. Le dos tourné, elle regardait fixement par la fenêtre.

– Jerry, dis-je en refermant la porte.

Elle ne bougea pas d'un centimètre. Je ne savais pas trop quoi faire. Elle n'avait pas fait ses afro puffs. Ses cheveux retombaient en parfaites boucles stylées. Même en ne la voyant que de dos, je savais qu'elle était belle.

Elle ne dit rien. Je dansai d'un pied sur l'autre.

– Je peux m'asseoir à côté de toi ?

J'attendis quelques minutes, mais comme elle ne répondait pas, je fronçai les sourcils. Je me pliai en deux pour délacer mes baskets, les enlevai, allai vers elle et m'assis à côté d'elle en tailleur. Parce que lorsque vous êtes le meilleur ami d'une personne, vous n'avez pas besoin d'une invitation pour être là quand cette personne en a besoin. Vous venez et vous restez.

Son maquillage était saccagé par les larmes qui avaient laissé des marques en coulant sur ses joues. Et pourtant, elle était toujours belle. J'avais eu l'occasion de voir Hailee dans ses pires moments. Quand elle avait fait une intoxication alimentaire après avoir mangé dans notre restaurant chinois préféré quelques années auparavant, elle ressemblait à un zombie. Elle ne pouvait rien faire d'autre que se rendre dans la salle de bains où elle avait vomi sans interruption. Je lui avais tenu les cheveux en arrière pendant qu'elle vomissait, et après j'étais resté avec elle, à lui raconter des conneries sans importance simplement pour qu'elle ne soit pas seule.

Le fait que Carlton soit un enfoiré n'était pas pire que quand elle avait eu cette intoxication, mais je savais que cela lui tordait l'estomac de la même façon. Mon estomac était noué, alors je ne pouvais pas imaginer ce que le sien lui faisait. Je regardai par la fenêtre avec elle le gros chêne qui était juste devant. Nous restâmes comme cela quelques minutes, silencieux et immobiles. Je savais qu'elle était vivante seulement grâce aux clignements intermittents de ses paupières.

– J'avais mis une robe, finit-elle par dire.

– Je sais.

– Je déteste les robes.

– Je sais.

– J'avais aussi fait un brushing.

– Je sais.

– J'ai horreur des brushings.

– Je sais.

Elle tourna la tête vers moi, ses yeux étaient rouges d'avoir pleuré, et putain, si les cœurs pouvaient se briser à cause de l'intensité d'un moment, le mien vola en éclats à ce moment-là.

– Je croyais qu'il était mon ami, souffla-t-elle.

Je soupirai.

– Je sais.

Je tapotai mon épaule, et elle posa la tête dessus. Je posai ma tête sur la sienne, et nous recommençâmes à fixer l'arbre par la fenêtre. Son maquillage tacha mon tee-shirt, mais je m'en fichais complètement. Si elle voulait utiliser ma tenue entière en guise de chiffon, je la laisserais faire.

– Je vais le massacrer, lui dis-je.

Je ne pensais qu'à ça depuis que j'avais vu la vidéo de Carlton se conduisant comme un parfait salaud. Quand je le verrais, j'allais le massacrer.

– Non… laisse tomber. (Elle soupira et leva la tête.) Mais tu n'es pas attendu à cette soirée, de toute façon ? Je suis sûre que la princesse Cara flippe à l'idée que tu sois parti.

– Je me fiche de ce qu'elle pense.

– Arrête. Tu en pinces pour elle depuis des années. En plus, aller à une fête est sur notre liste des choses à faire. Au moins l'un d'entre nous pourra cocher la case.

– Je ne m'en irai pas, Hailee.

Elle me regarda et fronça les sourcils.

– Je pense qu'il faut que tu y ailles, pourtant, parce que j'ai l'impression que je vais pleurer.

– C'est bien pour ça que je dois rester.

– Ce n'est pas la peine que tu me voies pleurer, Aiden.

– Et pourquoi pas ? Je t'ai déjà vue pleurer un million de fois. Un nombre incalculable de fois. Tu te souviens quand nous avons vu *Bambi* pour la première fois ? Les grandes eaux de Versailles.

– Là, c'est différent. Je n'ai jamais pleuré comme ça avant.

– Comme quoi ?

Les lèvres tremblantes, elle baissa les yeux sur ses mains aux doigts croisés et elle se mit à trembler légèrement en parlant d'une voix étranglée.

– Comme quand tout le monde se moque de moi à cause de mon physique. À cause de mon poids. Et moi je pensais… je pensais que c'était mon ami, et je ne sais pas pourquoi il a dit des choses comme ça seulement parce que quelqu'un s'est moqué de lui parce que nous étions amis, et… et… et…

Elle se mit à sangloter dans ses mains et j'allais vraiment massacrer ce putain d'enfoiré.

– S'il te plaît, Aiden ? S'il te plaît, va-t'en. Je voudrais être seule pour l'instant.

– Juré ?

Elle acquiesça.

– Juré.

Je soupirai et me levai, mais avant de partir, je la pris dans mes bras et la serrai fort.

– Je sais que tu es triste, Hailee, et je sais que tu souffres, mais même si tu préfères être seule pour l'instant, sache que tu n'es pas seule. Je suis juste à côté. D'accord ? Je serai là si tu as besoin de moi.

Je sortis de la chambre et refermai la porte derrière moi. Mais au lieu de rentrer chez moi, j'avais une autre chose à régler. Alors j'allai dans le salon où les parents d'Hailee étaient assis sur le canapé, discutant de ce qui était arrivé à leur fille.

– Penny et Karl ?

Ils levèrent les yeux vers moi, l'air inquiets, et je leur fis un pâle sourire.

– Pensez-vous que vous pourriez m'aider pour un truc ?

10
Hailee

– Papa ? Mais qu'est-ce que tu fais là ?

Mon père se tenait devant la porte de ma chambre en smoking, plus élégant que jamais.

– Je suis votre chauffeur pour la soirée, Madame, dit-il en me tendant le bras.

– Mon chauffeur ?

Je rigolai, même si je n'étais pas du tout d'humeur à rire. Mais j'avais tellement pleuré que je n'avais probablement plus une seule larme à verser. Je m'étais déjà démaquillée et j'avais enfilé mon jogging trop large, prête à regarder d'affilée une saison entière de *The Vampire Diaries* (*Journal d'un vampire*) en mangeant des glaces de chez Ben&Jerry comme toute bonne fille à qui on vient de briser le cœur. Je regardai papa en haussant un sourcil.

– Tu es pieds nus. Tu vas conduire pieds nus ?

Il souleva son chapeau invisible en souriant.

– Pour aller où nous allons, je n'ai pas besoin de voiture. Allez viens, ton rendez-vous t'attend.

J'étais trop intriguée pour poser d'autres questions, donc je pris le bras qu'il me tendait. Il me fit traverser la maison et ma curiosité s'amplifia lorsque je vis maman debout à la porte d'entrée, souriant d'un air niais.

– Tu es très belle, Hailee, dit-elle en me prenant en photo.

Je baissai les yeux sur mon pantalon de jogging gris et haussai un sourcil.

– Comment ça ?

Papa déposa un baiser sur mon front.

– De toutes les façons. Tu es belle de toutes les façons.

Mais qu'est-ce qui se passe ici ?

Papa regarda sa montre invisible et claqua des doigts.

– Je ne voudrais pas être impoli, mais il faut qu'on y aille, les gars. On a un emploi du temps serré et nous devons le respecter, alors viens, Hailee. Allons-y.

– Allons-y, mais où ? insistai-je, mais il ne répondit pas.

– Passe une merveilleuse soirée, ma chérie, dit maman d'une voix chantante avant de nous embrasser sur la joue, papa et moi.

Papa sortit avec moi dans la fraîcheur de la nuit. Nous n'eûmes pas à marcher longtemps. Simplement jusqu'au jardin de la maison voisine, celle des parents d'Aiden. Lorsque je franchis la grille, je poussai un cri étouffé en regardant autour de moi.

Des guirlandes d'ampoules blanches décoraient tout le jardin, serpentant dans les arbres et les buissons, éclairant l'espace comme il ne l'avait jamais été. Je vis sur la gauche une table pliante installée avec deux chaises. Sur la table, il y avait un énorme plat de spaghettis bolognaise, une assiette de pain à l'ail et une salade verte.

À ma gauche, il y avait une deuxième table pliante sur laquelle trônait un lecteur qui jouait un morceau de Taylor Swift. Aiden n'aimait pas Taylor Swift, mais il savait que j'étais fan, alors qu'il passe cette musique voulait dire beaucoup. À côté de la table, il y avait des cartons posés sur le sol sur lesquels on pouvait lire les mots « Dance Floor ».

Les fragments de mon cœur brisé furent étonnamment encore capables de battre lorsque Aiden sortit de la maison en me souriant.

– Salut Tom, murmurai-je.

– Salut Jerry.

– Qu'est-ce qui se passe ?

Des papillons se mirent à tournoyer dans mon ventre. Depuis quand cela arrivait-il ? Depuis quand avais-je des papillons dans le ventre en voyant mon meilleur ami ?

– On coche une case sur notre liste de choses à faire, ce soir. Nous allons à une réception ensemble. Enfin, notre version d'une réception. Ça se passe dans le jardin et pas dans la maison.

Il me prit la main et me conduisit vers la table du repas.

– Tout d'abord, le dîner, que nous devrions probablement manger tout de suite. Sinon, ça va être froid. Maman est allée le chercher il y a une heure, et même s'il était dans le four pour rester chaud, ce n'est pas garanti. J'ai pris tes plats préférés, des spaghettis et du pain à l'ail.

Il tira une chaise pour moi et j'avais mal aux joues à force de sourire devant la gentillesse et les attentions de mon meilleur ami. Je m'assis et il repoussa ma chaise avant d'aller s'installer en face de moi.

Des gobelets en plastique étaient remplis de soda. Je regardai autour de moi, incapable d'arrêter de sourire. C'est étrange, les émotions. Il y avait quelques heures à peine, j'étais au trente-sixième dessous, mais Aiden avait réussi à me faire sourire alors que je n'avais qu'une envie, m'effondrer et être triste. C'était ce que je préférais avec les meilleurs amis, leur capacité à agrémenter les jours sombres d'éclairs de lumière.

– Je ne crois pas que les gens font des repas sophistiqués dans les fêtes de lycéens.

– C'est parce qu'ils ne sont pas assez cool.

– Tu n'étais pas obligé de faire tout ça.

– Si.

– Tu aurais dû être à la soirée organisée par la fille à laquelle tu penses depuis tant d'années.

– Je sais. Et c'est pour cela que je suis ici.

Les battements de mon cœur.

Ils s'affolaient, manquaient des temps, bondissaient dans ma poitrine.

Je baissai les yeux sur mes mains en m'efforçant de rassembler mes idées, mais Aiden ne m'en laissa pas le temps.

– Arrête de te prendre la tête, Hailee. Déguste tes plats préférés et profite de ma soirée.

– En fait, je ne mange pas de féculents en ce moment.

Les yeux d'Aiden lui sortirent de la tête.

– C'est quoi ces conneries ? Pourquoi ?

Je n'avais jamais eu de problèmes à parler de quoi que ce soit avec Aiden. Bon sang, quand j'ai eu mes premières règles, c'est la première personne à qui je l'avais dit. Et au lieu d'être dégoûté, il était allé m'acheter des serviettes au supermarché du coin. Elles étaient énormes ? Oui. Mais il n'y avait pas grand-chose qui le rebutait.

Et pourtant, lui parler de ma prise de poids et de mes problèmes alimentaires me paraissait plus humiliant que n'importe quoi. Alors que lui était devenu extrêmement attirant, moi, c'était tout le contraire, malgré tout le temps passé avec maman à la salle de gym l'an dernier.

En voyant la vidéo où Carlton et les autres se moquaient de mon poids, ma première réaction avait été de me dire que je devais faire un régime. Pas que c'étaient des enfoirés qui se conduisaient comme des imbéciles, mais que je devais faire un régime parce qu'il y avait une faille chez moi qui faisait de moi une cible facile pour leurs insultes.

Je secouai la tête.

– Je n'aime plus ça.

Il fronça les sourcils en regardant l'assiette couverte de féculents.

– Je peux commander autre chose si…

Je fourrai un morceau de pain à l'ail dans ma bouche et me forçai à rire en voyant comme il avait l'air triste tout à coup.

– Je plaisante. Passe-moi les pâtes.

Il porta la main à sa poitrine.

– Ah, j'aime mieux ça. (Il secoua un index réprobateur.) Tu m'as eu sur ce coup-là, je ne vais pas te mentir.

– Tu me connais, la reine des blagues.

On allait peut-être me décerner un Emmy Award, à moi aussi.

– Bon, ben, tais-toi et mange pendant que c'est chaud.

Et c'est ce que je fis. Nous mangeâmes tout ce qui se trouvait sur la table, et je trouvais ça agréable de me sentir assez à l'aise pour me goinfrer devant le garçon qui avait été là pour moi depuis le premier jour. Je n'avais jamais été assez en confiance pour le faire devant Carlton. Une fois, l'année passée, il avait mentionné la quantité de pain que je mangeais au déjeuner et c'était resté gravé dans ma mémoire, un peu trop. J'avais eu honte de moi et, depuis ce moment-là, je surveillais ma consommation de glucides.

Pendant tout le repas, Aiden n'arrêta pas de me faire rire avec ses blagues débiles. Toutes les filles mériteraient d'avoir un ami comme lui. Ce serait bien plus facile de vivre dans ce monde si c'était le cas.

Après le dîner, Aiden nous apporta des serviettes humides pour nous nettoyer les mains. Puis il se dirigea vers le lecteur et mit un autre morceau.

– Ok, le moment est venu de se débarrasser de cette première danse. Alors, venez et bougez les hanches sur la chanson de Disney préférée d'Hailee alors qu'elle s'approche du dance floor pour la première danse.

Aiden me tendit la main.

– M'accorderez-vous cette première danse ?

Je lui pris la main et il sourit en me conduisant vers la piste.

À ce moment précis, la musique de « La Belle et la Bête » retentit, ma chanson préférée, de mon film de Walt Disney préféré.

Je souris.

– Je ne sais pas si c'est vraiment ça que les gens font dans les soirées, Aiden.

– Tu rigoles ? C'était exactement comme ça avant que je parte tout à l'heure.

Je lui fis un pâle sourire.

– Merci.

– De rien.

Je baissai la tête.

– Je suis encore triste, avouai-je.

De temps en temps, Carlton me traversait l'esprit et je me sentais envahie d'une honte incommensurable. Mais aussitôt mes pensées revenaient vers Aiden et les choses ne me paraissaient plus aussi horribles.

– Mais en même temps, je suis heureuse aussi, poursuivis-je. Je ne sais pas comment on peut être les deux à la fois.

– Moi, ça ne m'étonne pas. Tu n'as jamais été une fille simple, Hailee Jones.

Je souris.

– C'est vrai.

– Tu es très belle, ce soir, Hails.

Je sentis le rouge me monter aux joues. J'étais convaincue qu'il aurait fallu plus d'hommes comme Aiden. Des hommes qui disaient aux femmes qu'elles étaient belles en toutes circonstances.

Je me penchai vers lui et posai la tête sur son épaule tandis que nous nous balancions sur mon air préféré.

– Merci d'être toi.

Après avoir dansé toute la soirée et bu beaucoup trop de soda dans des gobelets en plastique, nous nous allongeâmes dans l'herbe pour regarder les étoiles qui scintillaient dans le ciel. Aiden n'arrêtait pas de faire des blagues ringardes, et moi je riais à chaque fois. Nous parlâmes de tout, la conversation roulait facilement. Nous écoutâmes la musique qui sortait du lecteur et, sans m'en apercevoir, je m'endormis à côté d'Aiden.

– Cendrillon, murmura une voix me sortant de mon sommeil alors qu'on me soulevait de terre.

– Qu'est-ce qu'il y a ?

Je me frottai les yeux et je vis mon père qui me portait dans ses bras.

– Les douze coups de minuit ont sonné. C'est l'heure d'aller se coucher.

Je lui passai les bras autour du cou en bâillant. Peu importait ma taille, peu importait mon âge, je serais toujours la petite fille de mon père.

Papa passa à côté d'Aiden, toujours endormi, et lui donna un petit coup avec son pied.

– Hé, le Prince Charmant, c'est l'heure d'aller se coucher, dit-il d'une voix bien plus sévère que quand il m'avait réveillée, moi.

Aiden bâilla et s'étira en se frottant les yeux.

– OK, Karl.

Il se mit debout et nous regarda avec son sourire niais et ensommeillé.

– La plus belle fête de ma vie.

J'étais totalement d'accord.

– Bonne nuit, Tom, dis-je en bâillant avant de reposer la tête sur l'épaule de papa.

Aiden ébouriffa sa chevelure rebelle puis se passa la main sur la nuque.

– Bonne nuit, Jerry.

Papa me porta pendant tout le trajet jusqu'à ma chambre, même quand je lui dis qu'il aurait pu me poser parce que j'étais trop grande pour être portée dans mon lit par mon père. Il me posa sur le lit et sourit en m'embrassant sur le front.

– Je suis désolé de ce qui s'est passé aujourd'hui, Cendrillon, dit-il. Parfois les gens sont stupides et font des choix stupides, mais ce n'est pas toi qui es en cause. Les choses que disent ces gens ne peuvent pas te définir. Tu es la seule à pouvoir le faire. Tu comprends ?

– Oui.

Il m'embrassa sur le front.

– Essaie de dormir. Je ferai de gaufres pour ta maman et toi demain matin. Je t'aime pour toujours.

– Et moi je t'aime pour encore plus longtemps que ça, répondis-je, une chose que nous nous étions dite depuis aussi loin que je me souvienne.

Cette nuit-là comme les autres, je fus incapable de contrôler mes rêves, mais je n'étais pas mécontente lorsqu'ils concernaient Aiden. Rêver de lui m'avait toujours semblé facile.

11
Aiden

Le lundi qui suivit la fête, nous étions assis dans le bus et je voyais bien que Hailee était stressée à l'idée de retourner au lycée. Je sentais qu'elle manquait d'énergie.

– Ça va ?

Elle hocha la tête.

– Ça va.

– Menteuse.

– Ouais.

Je lui pressai le genou.

– Mais ça va aller.

– Tu le jures ?

– Je le jure.

– Tu crois qu'il s'en veut ? demanda-t-elle en parlant de Carlton, alors que le bus s'arrêtait devant le lycée.

Le peu de respect que j'éprouvais pour ce connard s'était complètement évaporé après ce qu'il avait fait le samedi. Pour tout dire, j'avais toujours su qu'Hailee était trop bien pour lui. À mes yeux, rien chez Carlton ne pouvait le qualifier de « assez bien ». Pas même pour l'amitié.

– Si effectivement il se sent coupable, il est trop nul pour l'admettre. S'il ne s'en veut pas, il est encore plus con que je l'imaginais.

– Je parie qu'il n'a même pas honte. Maintenant tous les populaires lui parlent parce que c'est drôle.

– Ça ne va pas durer. Ils le lâcheront aussi vite qu'ils l'ont accepté.

– J'espère qu'il se fera mal lorsqu'il tombera, marmonna-t-elle d'un air méprisant.

Sa coiffure afro était remontée en un gros puff ce matin-là, et elle portait un sweat-shirt extra-large avec des leggings et des tennis.

– Si tu veux, je peux m'arranger pour qu'il se fasse mal, proposai-je, en ne blaguant qu'à moitié.

Je n'avais qu'une envie, marteler la figure de Carlton de mes poings pour lui faire sentir un centième de la douleur qu'il avait infligée à Hailee. Je savais qu'elle souffrait plus qu'elle ne voulait le dire. Hailee faisait souvent ça – elle gardait ses plus grandes douleurs pour elle-même.

– Non, Aiden, dit-elle d'un ton sévère en me regardant.

Elle me lança un regard dur et autoritaire en pointant son index sur moi.

– Ne le fais pas.

– Je plaisantais, ricanai-je en remontant mon sac sur mon épaule.

– Non, tu ne plaisantais pas.

Non, en effet.

***

– Il t'a regardée de loin toute la journée, grognai-je en voyant Carlton qui, encore une fois, louchait sur Hailee de loin.

Il n'avait pas eu le cran de venir la voir pour s'excuser, et je l'avais même vu essayer de se faire mousser auprès d'un connard du football qui tournait toute la situation en dérision. Il semblait plus attaché à attirer l'attention de personnes qui se foutaient pas mal de lui que celle de la fille qui lui aurait accordé l'amitié la plus sincère qu'il aurait jamais.

Je me demandais combien d'autres imbéciles dans son genre envoyaient promener quelque chose de bien pour qu'on les trouve cool.

Quelle ne fut pas ma surprise de le voir venir vers Hailee et moi alors que nous étions près de son casier après son dernier cours ! Malgré tout, il n'avait pas l'air aussi arrogant que lorsqu'il parlait avec les joueurs de l'équipe de foot et leurs supporters. Il ressemblait plus à ce qu'il était normalement, un mec qui voudrait avoir l'air cool.

– Salut, Hailee. T… tu aurais une minute pour qu'on se parle ? demanda-t-il en se grattant le cou.

Sans que je sache pourquoi, cela m'agaça au plus haut point. Tout chez ce gars m'agaçait, mais ce n'était pas à moi de lui dire d'aller se faire voir. C'était l'affaire d'Hailee.

S'il te plaît, dis-lui d'aller se faire voir.

Elle dansa d'un pied sur l'autre, sortit plusieurs livres de son casier et le referma. En serrant les livres sur sa poitrine, elle se redressa de toute sa hauteur à côté de moi, puis secoua la tête.

– Non.

Un seul mot. Un mot ferme et définitif de ma meilleure amie qui me rendit plus fier d'elle que jamais.

Très bien, Hailee.

Carlton fronça les sourcils, déconcerté.

– Pardon ? Je veux dire, il faut qu'on parle. Tu es mon amie, après tout.

Hailee souffla.

– Ton ex-amie, espèce d'abruti. Je n'ai rien à te dire, alors fiche-moi la paix.

Il tenta de l'attraper par le bras, mais elle eut un mouvement de recul, ce qui me poussa automatiquement à me placer entre eux.

– Dégage, Carlton. Elle a dit qu'elle ne voulait pas te parler, alors, qu'est-ce que tu dirais de respecter ça ?

Je sentais que mon sang commençait à bouillir.

– Ça ne te concerne pas, Aiden, dit Carlton en se redressant de toute sa hauteur, enfin, du haut de son mètre soixante-quinze. Tu t'es toujours un peu trop mêlé des affaires d'Hailee, de toute façon. Et si tu t'occupais de tes oignons, pour une fois ?

Des affaires d'Hailee ?

Qui parlait comme ça ?

Je fis un pas vers lui parce qu'il commençait vraiment à me casser les pieds.

Hailee leva la main pour m'empêcher d'aller plus loin parce qu'Hailee Jones n'avait jamais besoin que quelqu'un parle à sa place. Elle était on ne peut plus capable de se défendre toute seule. J'étais seulement là en soutien parce que j'étais un ami surprotecteur et que j'avais envie de casser la figure de Carlton.

– On n'a rien à se dire, Carlton. Tu as révélé ta vraie nature, et ce serait stupide de ma part de ne pas y croire.

– Ce qui s'est passé ce week-end n'a rien à voir avec qui je suis vraiment, insista-t-il, ce qui me fit lever les yeux au ciel d'un air excédé. Et maintenant, certaines personnes me regardent comme si j'étais ce connard qui a voulu te faire du mal.

– Tu aurais dû y penser avant de te faire filmer en train de m'insulter, dit Hailee d'un ton détaché. Alors, si tu veux bien m'excuser, je n'ai rien de plus à te dire.

Elle le poussa pour passer et je lui souris d'un air narquois parce que, qu'il aille se faire voir ! Hailee le planta là, sur le cul, comme l'idiot qu'il était.

Alors que nous nous éloignions, j'entendis certaines voix, parmi les populaires, dont Cara, parler à Carlton.

– Tu vas vraiment te laisser mettre la honte par une fille comme Hailee Jones ? Ben dis donc, je ne savais pas que tu étais si dégonflé, ironisèrent-ils.

Ils continuèrent à le titiller, à se moquer de lui qui se laissait piétiner par une fille, comme une vraie carpette. Je sentais la tension qui montait et, en regardant derrière moi, je vis Carlton de plus en plus énervé et blessé par les commentaires insultants.

– Dis-lui le fond de ta pensée, Carlton ! À moins que tu ne sois qu'un nullos dégonflé ? le poussa Brad Gates.

Et une chose est sûre avec la pression exercée par les pairs, c'est qu'elle submerge toujours les maillons les plus faibles.

Carlton se racla la gorge, se redressa et cria :

– N'importe quoi, Hailee, ce n'est pas de ma faute si je n'ai pas voulu te baiser parce que tu as tellement grossi depuis l'année dernière.

Je restai bouche bée.

Hailee s'arrêta net et je vis son visage se vider de toute couleur. Tous ses complexes se reflétèrent dans ses yeux. La blessure causée par les paroles de Carlton était profonde, et lorsqu'elle se retourna pour le regarder, je vis un éclair de culpabilité le parcourir avant que toutes les personnes autour de lui n'éclatent de rire.

– Ouais, vas-y ! Montre-lui qui c'est le mec, à ce boudin, dit quelqu'un.

Carlton cligna des paupières, émit un petit rire méprisant et haussa les épaules.

– Je veux dire, je n'aurais même pas réussi à trouver où la mettre avec tous ces plis sur son ventre. Peut-on me reprocher de n'avoir pas eu envie de mettre mon sexe entre deux jambonneaux de truie ? Franchement…

Il n'eut pas l'occasion de terminer sa phrase. Je me jetai sur lui et le flanquai par terre en quelques secondes. Je me mis à lui marteler le visage de mes poings, et une foule plus nombreuse commença à se former autour de nous. Carlton réussit à me donner un coup de poing dans l'œil gauche, mais ce fut tout ce que je lui accordai. Mes jointures me faisaient mal à force de le frapper au visage, à l'estomac, à l'âme, mais je ne m'arrêtai pas. Parce que ses mots avaient blessé Hailee. Puisqu'elle souffrait émotionnellement, il fallait qu'il souffre physiquement. Œil pour œil, ou un truc du genre.

Carlton ne savait pas à quoi il s'exposait en décidant de harceler une fille bien qui avait un meilleur ami comme moi.

Quiconque ternissait l'éclat d'Hailee devait en répondre avec ses ombres, et c'était moi l'enfoiré qui me tenait là, entièrement vêtu de noir.

– Dispersez-vous, dispersez-vous ! hurla une voix.

Je ne fus pas étonné de voir deux professeurs m'écarter brutalement de Carlton qui était roulé en boule comme un crétin.

– Monsieur Walters, Monsieur Holmes ! Bureau du proviseur, immédiatement ! hurla Monsieur Jacobson en me tenant par le col tandis que Monsieur Thompson allait ramasser Carlton sur le sol.

Je croisai le regard terrifié d'Hailee alors que je passais devant elle, entraîné vers mon destin funeste par Monsieur Jacobson.

– Ça va ? demandai-je du bout des lèvres.

Les yeux brillants de larmes, elle me fit un petit signe de tête.

– Et toi ? répondit-elle de la même manière.

Je lui fis un demi-sourire qui s'effaça dès qu'elle fut hors de ma vue.

Dans ma tête, la voix de mon père me répétait en boucle que j'étais un putain d'imbécile.

***

– T'es un putain d'imbécile ou quoi ? gronda papa alors que nous étions assis dans le living avec maman.

Enfin, maman et moi étions assis. Papa se dressait droit comme un « I », les bras croisés.

– Sam, surveille ton langage, dit maman.

J'avais au moins un de mes deux parents de mon côté.

– Rien à foutre de mon langage ! Ton fils a cassé la figure d'un autre garçon et il a été exclu du lycée jusqu'à la fin de la semaine. Encore heureux que j'aie pu parler au proviseur et le convaincre de ne pas le renvoyer définitivement. Non, mais tu te prends pour qui ? Agresser un autre étudiant comme ça ? Tu crois que tu vas passer pour un dur ? Tu crois que tu es le caïd du campus parce que tu sais te servir de tes poings ?

Je restais assis, les épaules voûtées, à me tordre les doigts. Je ne répondais pas parce que je savais que, quoi que je dise, il penserait que je me cherchais des excuses. Il avait foi dans les valeurs de la famille Walters. On ne se donnait pas en spectacle. On ne se conduisait pas comme des sauvages. On ne faisait pas de scènes.

On ne sortait pas du rang. On se battait pour les causes importantes. On respectait la loi et on ne défiait pas l'autorité – mes enseignants et l'administration du lycée, en l'occurrence. Si on le faisait, la presse à scandale s'en emparerait et Dieu nous en préserve.

– Et alors, t'es sourd en plus ? dit-il d'un ton cinglant en venant vers moi. Debout !

– Samuel…

– Laurie, si tu ne vois pas à quel point il me manque de respect, là, c'est que tu devrais regarder un peu mieux.

Il retourna son attention vers moi en oubliant maman.

– DEBOUT !

Je me levai et je me sentis écrasé par sa supériorité. Je faisais au moins dix centimètres de plus que mon père, et pourtant, chaque fois qu'il était à côté de moi, je me sentais tout petit.

– Lève la tête.

Je fis ce qu'il m'ordonnait.

– Regarde-moi dans les yeux.

Je le fis.

– Ne dis pas un mot parce que je sais très bien que, de toute façon, tu vas te trouver un tas d'excuses. Alors, contente-toi de m'écouter. C'est compris ?

– Oui, papa.

– Tu ne dois jamais refaire ce que tu as fait là. Tu m'entends ?

Je déglutis avec difficulté.

– Oui, papa.

– Tu es une personne en vue, maintenant, Aiden. Si cette histoire fuitait dans la presse, cela pourrait signifier la fin de ta carrière. Tu t'en rends compte ou pas ? Tu ne peux pas te permettre de te comporter comme un ado normal, parce que tu n'en es pas un. Tu es plus que ça. Tu comprends ça ?

– Oui, papa.

– Tu aurais pu détruire tout ce que j'ai construit, ruiner mon travail, dit-il.

– Tout ce que *tu* as construit ? *Ton* travail ? dit maman sur un ton sarcastique.

Mon père grommela.

– Tout notre travail. Tu sais ce que je voulais dire. (Il se racla la gorge.) Donc tu vas aller t'excuser auprès de ce garçon. Je vais t'emmener chez lui pour m'assurer que tu le fais.

– Quoi ? Ah ça, jamais, putain…

– Ton langage ! aboya-t-il.

Je t'emmerde, répliquai-je silencieusement.

J'aurais aimé apprécier mon père à ce moment-là. Je l'aimais, certes, mais j'aurais aimé l'apprécier.

À ses yeux, j'étais son plus grand échec, et s'il y avait une chose qu'il détestait, c'était bien l'échec.

Il passa au chapitre des punitions, puis quitta la pièce en me laissant seul avec maman. L'atmosphère était plus légère quand mon père n'était pas là.

– Quel con ! marmonnai-je.

Maman vint vers moi et posa les mains sur mes joues. Elle me regarda avec un sourire empreint de tristesse et me toucha l'œil délicatement. Je me contractai sous l'effet de la douleur.

– Il faut mettre de la glace dessus.

– C'est bon, rechignai-je.

J'avais tellement de rage accumulée en moi que je la sentais prête à exploser.

– Ton père t'aime, affirma-t-elle en se levant pour aller chercher de la glace dans la cuisine.

Lorsqu'elle revint, elle tenait un paquet de glaçons enveloppés dans un linge. Elle s'assit à côté de moi et l'appuya contre mon visage.

– Il a seulement du mal à exprimer ce genre d'amour.

– Il a l'air de croire que j'ai volontairement déclenché cette bagarre.

– Et c'est le cas ?

– Non. Bien sûr que non.

Elle haussa un sourcil.

– Tu es sûr ?

Je soupirai.

– Il l'a insultée.

– Insulté qui ?

– Hailee.

Le visage de maman s'adoucit lorsqu'elle éloigna le linge de mon œil un instant.

– Qu'est-ce qu'il a dit ?

Quand je lui racontai, elle eut l'air horrifiée et secoua la tête.

– C'est dégoûtant. Mais je connais ça. Moi aussi, j'ai eu un copain qui se battait pour défendre mon honneur, autrefois.

– Papa ?

Elle acquiesça.

– Plus d'une fois. Sa devise à l'époque, c'était cogne d'abord, on discutera après.

Je ronchonnai.

Quel hypocrite !

Maman sourit.

– Mais en même temps, il n'avait pas raison de le faire. Il y a d'autres façons de défendre une femme qu'on aime qu'en utilisant ses poings.

– Ouais, t'as raison.

C'est juste que, sur le moment, ça me semblait plus facile de faire ça.

Ce soir-là, après le dîner, on sonna à la porte. Papa alla ouvrir et se trouva face à Hailee.

– Bonsoir Samuel, dit Hailee d'une voix empreinte de douceur comme toujours. Je voulais passer pour vous dire que ce qui s'est passé à l'école n'est pas de la faute d'Aiden. Il voulait seulement me défendre contre un imbécile du lycée.

– Écoute, Hailee, je sais que tu veux toujours défendre Aiden pour lui éviter des ennuis, mais…

– Il a dit que j'étais grosse et moche, et m'a attrapée violemment par le bras, Samuel. Il m'a humiliée devant toute l'école. Je sais que la violence n'est jamais la bonne façon de réagir, et je sais qu'Aiden n'aurait pas dû faire ça, mais il l'a fait pour moi. Au bout du compte, je sais que vous avez enseigné à votre fils de défendre les valeurs auxquelles il croit, à être du côté du bien, et c'est ce qu'Aiden a fait aujourd'hui. Il m'a défendue quand tout le monde m'attaquait. J'espère que vous le comprenez.

Elle jeta un coup d'œil en direction du couloir qui menait à ma chambre, me regarda dans les yeux un instant, et un petit sourire releva le coin de ses lèvres. Quand elle sourit, je souris aussi. C'est le genre de choses que nous avions tendance à faire ensemble.

– Merci pour cette information, Hailee. J'en tiendrai compte.

Je levai les yeux au ciel.

– J'en tiendrai compte, me moquai-je tout bas.

Hailee continua de sourire.

– Bien sûr, Monsieur. Je vous ai aussi apporté ma spécialité, les cookies au chocolat avec des pépites de chocolat. Vos préférés, ceux que je fais tous les ans à Noël.

Mon père grommela un peu et croisa les bras.

– Ceux avec les gros morceaux de chocolat ?

– Les plus gros.

Il prit la boîte des mains d'Hailee et la remercia encore d'être passée pour lui donner des précisions sur l'incident. Avant de partir, elle me regarda encore une fois. Quand je souris, elle sourit aussi.

– Bonne nuit, Hailee, dit mon père d'un ton sévère, mais je savais que son cœur dur s'était un peu adouci.

Si quelqu'un avait le chic pour adoucir mon père, tout coriace qu'il fût, c'était bien Hailee.

Après qu'il avait refermé la porte, je retournai précipitamment dans ma chambre, me glissai à mon bureau et fis semblant d'être absorbé par mes devoirs. Il ne fallut que quelques minutes à mon père pour apparaître à la porte de ma chambre, la boîte de cookies d'Hailee à la main.

Il fronça les sourcils sans se départir de son regard dur. Ses épaules étaient plus basses que lorsqu'il m'avait réprimandé tout à l'heure, et il avait l'air un peu moins tendu – ce qui ne voulait pas dire grand-chose. La décontraction chez mon père ressemblait au stress maximum de la plupart des gens.

Il hocha la tête.

– Tu es toujours puni. C'est compris ? Pas de télévision, pas de téléphone, pas d'internet.

– Oui, papa.

– Mais on va peut-être éviter les excuses pour cette fois. Concentre-toi sur tes études. Il faut que tu obtiennes de bons résultats toute l'année. En outre, tu dois garder une image irréprochable pour le bien de ta carrière de comédien.

Et ça, les amis, c'était ce que mon père appelait des excuses.

– Oui, papa.

– Et ne va pas créer des ennuis à Hailee, tu m'entends ?

– Oui, papa.

– Et continue de la défendre.

– Oui, papa.

– Mais pas avec tes poings.

– Oui, papa.

Il fronça le nez et regarda la fenêtre de ma chambre.

– Interdit de sortir par là, aussi.

La pire des punitions pour moi.

Maintenant, je ne pouvais plus ouvrir ma fenêtre pour me faufiler chez Hailee et vice versa, ni même pour lui parler, et ça, c'était le pire.

Il se racla la gorge.

– Les choix que nous faisons dans la vie sont porteurs de conséquences. Penses-y la prochaine fois que tu seras tenté de te servir de tes poings au lieu de ton cerveau.

Il tourna les talons. Bravant mes craintes, je le rappelai.

– Je peux avoir un cookie ?

Je connaissais l'excellence des compétences d'Hailee en matière de pâtisserie.

Il me répondit d'un mot en poursuivant son chemin.

– Non.

La semaine suivante, je retrouvai Hailee à l'arrêt de bus, où elle attendait, les mains crispées sur les courroies de son sac à dos. Nous n'avions pratiquement pas communiqué depuis plusieurs jours, du fait de ma punition.

– T'es puni jusqu'à quand ?

– Encore cinq jours, mais grâce à tes cookies je ne suis plus obligé d'aller m'excuser auprès de Carlton.

– En parlant de cookies…

Elle sourit en cherchant dans son sac à dos et en sortit une boîte en plastique.

– Je me suis dit que ton père n'allait pas partager avec toi, alors j'en ai refait une fournée.

– T'es formidable.

Nous prîmes place dans le bus.

– Hé, Aiden, encore merci pour m'avoir défendue, dit Hailee en appuyant sa tête sur la vitre embuée.

– Je ne supporte pas l'idée qu'il se soit cru autorisé à dire des saloperies sur toi parce que tu n'as pas voulu lui donner une seconde chance.

– J'ai vu une expression pour ça sur internet. Ça s'appelle CPB.

– CPB ?

– Le courage de la petite bite.

Je rigolai.

– C’est tout à fait ça.

– Ce qui voudrait dire que tu as eu le CGB pour la façon dont tu m’as défendue. (Je lui jetai un coup d’œil et je vis le rouge lui monter aux joues.) Je te laisse deviner ce que cela signifie.

12
Hailee

Après sa rencontre avec les poings d'Aiden, Carlton me ficha la paix. Et à mesure que les semaines passaient, les étudiants populaires se lassèrent de lui et il retourna à son statut social de départ.

Et puis, il y avait ce nouveau sujet de préoccupation, la découverte récente de mon crush pour mon meilleur ami.

Après la soirée qu'il avait organisée chez lui en mon honneur, et les coups de poing donnés pour défendre mon honneur, je n'arrivais plus à me le sortir de la tête. Même le fait d'être assise à côté de lui dans le bus scolaire, alors qu'il bavardait de tout et de rien, était un peu trop pour moi. Je me mettais à transpirer de façon gênante chaque fois qu'il tournait vers moi ses beaux yeux bleus pour les plonger dans les miens.

Ses yeux avaient-ils vraiment toujours été aussi bleus ? M'avaient-ils toujours fait cet effet ?

Quelques semaines plus tôt, nous avions célébré notre dix-huitième anniversaire ensemble. En soufflant les bougies sur mon gâteau, j'avais fait le souhait de cesser d'éprouver ces sentiments pour Aiden. Quand il avait soufflé les siennes, j'avais fait le même vœu.

Ça n'avait pas marché.

Mes sentiments s'étaient amplifiés au contraire.

Est-ce que les papillons qu'il provoquait chez moi allaient passer avec le temps ?

Bien sûr. C'était juste une passade idiote.

Rien de plus, rien de moins. Tout allait bien. Parfaitement bien.

***

Non, non, non, non, non.

Mon cœur se mit à battre de façon désordonnée quand Aiden s'approcha de moi à l'arrêt du bus. Il avait des réactions de plus en plus étranges chaque fois que mon meilleur ami apparaissait.

C'était quoi cette odeur ?

C'était Aiden ? Pourquoi sentait-il comme ça ? Est-ce qu'il avait toujours senti aussi bon ? On aurait dit qu'il s'était aspergé de l'eau de toilette préférée de l'univers et cela me rendait folle. Les effluves qui émanaient de lui étaient incroyablement délicieux, comme un scone au citron confit un dimanche après-midi pluvieux. J'aurais voulu me baigner dans ce parfum. Oh oui, j'aurais voulu nager dans une piscine remplie de son arôme et plonger mes oreillers dans ce même parfum afin, en m'endormant, de le sentir en posant mon visage sur ma taie d'oreiller et pouvoir rêver de lui.

Attends, non.

Conduis-toi normalement, Hailee. Sois naturelle.

– À quoi tu penses ? demanda Aiden alors que j'étais assise à côté de lui dans le bus.

– Hein ?

Il me regarda en plissant les yeux.

– Le rôle qu'on me propose ? Tu crois que je devrais accepter de faire le casting ?

Attends ? Tu parlais depuis tout à l'heure ? J'étais trop occupée à observer tes lèvres. Elles ont toujours été aussi charnues et luisantes ? Quel genre de baume à lèvres tu utilises ? Elles ont toujours eu cette teinte rosée ?

– Hailee ?! s'écria-t-il en claquant des doigts devant mon visage.

Je ronchonnai en secouant la tête, détournant le regard de ses lèvres.

– Quoi ?!

– Meuf. T'as pas dormi ou quoi ? T'es de mauvaise humeur ?

– Pas du tout, rétorquai-je, l'air effectivement de mauvaise humeur.

Du moins, il croyait que j'étais de mauvaise humeur alors qu'en réalité j'étais chaud bouillante et préoccupée. Heureusement, il pensait que j'étais seulement préoccupée. Je me raclai la gorge.

– Oui, bien sûr, accepte.

– Vraiment ?

– Ouais, pourquoi pas ?

Je dois avouer que je n'avais pas la moindre idée de ce qu'il me demandait, parce que depuis un quart d'heure j'étais totalement absorbée par ses lèvres et son odeur. Parfum et lèvres. *Oh mon Dieu, tu remets ça ! Arrête de loucher sur ses lèvres, Hailee !*

Je déplaçai mon regard qui tomba sur ses yeux, ce qui n'était pas mieux.

Mon cœur se mit à battre la chamade lorsque nos regards se croisèrent.

Depuis quand avait-il ces yeux-là ? Avaient-ils toujours été aussi bleus ? J'aurais voulu nager dans son iris et me baigner dans ses pensées et…

Qu'est-ce qui te prend, Hailee ? Arrête ça tout de suite.

Aiden me fit son sourire niais que j'adorais. Bon sang, j'aurais voulu plonger aussi là-dedans.

– Je veux dire, ils veulent que j'interprète un gorille pendant la plus grande partie du film. Je ne crois pas que ce soit la voie que je veux prendre. Le scénario n'est pas terrible.

– Eh bien, ne le fais pas, dis-je d'un ton cinglant.

Je n'avais pas fait exprès de répondre sur ce ton, mais j'étais à bout. Aiden ne sembla pas prendre ombrage de mes bizarreries. Il hocha la tête.

– Je te paie une glace après les cours, si tu veux.

– Hein ?

Il plissa les yeux et regarda tout autour avant de se pencher vers moi.

– Tu sais, pour tes trucs.

Il désigna mes genoux d'un signe de tête.

– Quoi ? Quels trucs ?

– Ben, tu sais. Les trucs qui arrivent en fin de phrase. Ta visiteuse mensuelle. Tu deviens toujours hyper-nerveuse à ce moment-là, et je sais que tu aimes les glaces, alors…

– Oh mon Dieu, Aiden, je n'ai pas mes règles ! dis-je à voix basse en lui donnant une tape sur le bras.

Il fit mine de se frotter le bras comme si je lui avais fait mal, et nom de nom, j'aurais bien frotté son bras musclé, moi aussi.

– Pardon, pardon. Je voulais juste être sûr que tu allais bien.

– Arrête de faire ça.

– De faire quoi ?

D'être aussi attentionné. Ça aussi, c'est sexy.

– Rien. Laisse tomber. Je vais bien.

– T'es sûre ?

– Oui, mais j'ai pas très bien dormi.

– Pas de problème.

Il me donna un coup de coude, et ses yeux d'un bleu plus bleu que bleu plongèrent profondément dans les miens. Y avait-il comme du désir dans son regard, aussi ? Est-ce que ça lui arrivait de regarder dans mes yeux et d'avoir envie de s'y baigner ? Ou n'était-ce qu'une attirance non partagée ?

Il retourna à ses dessins et je me triturai les mains aux paumes en sueur que j'essuyai sur mon pantalon de jogging gris, en y laissant des marques d'humidité. Des taches de sueur qui, encore après dix-sept ans que je connaissais Aiden, me causaient toujours un sentiment de honte. Pensait-il que j'étais une grosse transpirante ? Se demandait-il pourquoi j'étais tellement garçon manqué ? Bien sûr que c'était un coup de cœur à sens unique. J'avais vu des filles qui lui plaisaient, et je n'entrais pas dans le moule. J'étais aux antipodes de toutes les filles qui l'avaient attiré.

Pendant mes premières heures de cours, je m'efforçai de me concentrer sur mon travail, mais sans que je puisse le retenir, mon esprit continuait de vagabonder vers Aiden. Et ce qui n'arrangeait rien, toutes les filles de l'école s'étaient récemment découvert une attirance soudaine pour mon meilleur ami. Le cliché ! Et je n'étais pas mieux, parce que je m'aventurais sur le territoire des filles amoureuses d'Aiden. Je me retrouvais en train de griffonner dans mon carnet, écrivant son nom que je barrais aussitôt, essayant de l'effacer de mes pensées. Je me racontais que je ne pensais pas trop à lui. Que je pensais à lui à peu près autant qu'à n'importe qui.

En traversant le hall en direction de la cafétéria, je me cramponnais aux courroies de mon sac à dos. Je passais devant les autres élèves de ma classe et je les remarquais, aussi. Tout autant que je remarquais Aiden, vraiment. Aiden n'avait pas droit à un traitement de faveur à l'intérieur de ma caboche. Nan. Rien de spécial, les pensées quotidiennes dédiées à mon meilleur ami.

Il y avait Erika Wells. Elle dégageait des effluves de shampooing à la fraise chaque fois qu'elle passait à côté de moi. Et Tommy Henry sentait la cigarette et le spray pour cheveux. Kelsey Smith avait l'odeur des mauvaises décisions et de la rose. Et…

Des bonbons au citron.

Il sentait comme de délicieux, sensationnels, bonbons au citron.

– C'est quoi ce parfum que t'as mis ? m'écriai-je sur un ton agressif quand Aiden posa son plateau à côté du mien.

Il ne sembla pas déconcerté par mon emportement. Il sourit, et bon sang, est-ce qu'il avait toujours souri comme ça ? Est-ce qu'il avait toujours légèrement remonté sa lèvre supérieure avant de parler ?

– Une marque m'a envoyé un assortiment de leurs eaux de toilette, gratuitement. (Il tendit le bras vers moi.) Celle-ci s'appelle Félicité. Ça te plaît ?

Je voudrais me noyer en toi, Aiden Walters.

Je lui donnai une tape sur le bras, alors que j'avais envie de frotter mon nez sur son poignet pour le restant de la journée en inhalant son parfum de bonbon au citron.

Je haussai les épaules et me raclai la gorge.

– C'est pas mal.

Comme toi.

T'es pas mal, Aiden.

Si incroyablement pas mal.

Il renifla longuement son poignet et hocha la tête.

– Moi, ça me plaît.

– Tu me plais aussi, répliquai-je.

– Quoi ?

– Quoi ? répétai-je en hochant la tête. Je veux dire, ça me plaît aussi. Cette odeur. Je parlais de ton eau de toilette.

Il plissa les yeux.

– T'es sûre que tu ne veux pas que je te paie une glace après les cours ?

Je grommelai et fis la grimace, mais je préférais qu'il croie que je me comportais bizarrement parce que j'avais peut-être mes règles, plutôt que pour une autre raison…

– Une glace, ce serait sympa.

13
Aiden

Eh ben, ça alors !

Hailee en pinçait pour moi.

Contrairement à moi avec mes capacités d'acteur hors pair, ma meilleure amie était incapable de cacher ses sentiments. Les émotions d'Hailee Jones se voyaient sur son visage comme si elles avaient été cousues sur sa peau. C'était l'une des choses que je préférais chez elle, la facilité avec laquelle on pouvait la déchiffrer. Parfois, je me demandais si tout le monde pouvait le faire aussi facilement que moi ou si j'étais seulement devenu ultrasensible à chacun des petits changements qui apparaissaient sur son visage.

C'était l'issue qui me convenait le mieux. Je me trimbalais depuis un moment avec mes sentiments secrets pour mon amie, alors la découverte qu'elle en avait pour moi était un rêve qui se réalisait. Maintenant, je ne serais plus aussi embarrassé de les lui avouer, puisqu'il était clair qu'elle éprouvait la même chose.

J'étais impatient d'être au lendemain matin pour lui dire ce que je ressentais.

14
Hailee

Le lendemain, j'attendais à l'arrêt du bus. Aiden arriva en bondissant, complètement excité et bien réveillé.

– Trop d'énergie, marmonnai-je en me frottant les yeux.

– On n'en a jamais trop, dit-il avec un grand sourire. Tu es très belle aujourd'hui.

– Pardon ?

J'hallucinais ou quoi ? Est-ce que j'avais perdu connaissance à un moment donné et que j'étais plongée dans un coma profond ? Est-ce qu'on rêve quand on est dans le coma ?

– J'ai dit que tu étais belle, Hailee.

– Oh ! (Je fis une grimace et plissai les yeux.) Pourquoi tu dis ça ?

– Parce que c'est vrai.

– Oh ! (Un sourire niais s'afficha sur son visage.) Qu'est-ce que t'as ?

– J'ai pensé à un truc.

– Ça, c'est très mauvais pour un cerveau comme le tien.

– Ouais, je ne vais pas te mentir, ça a été un moment très laborieux. Je me demande si les gens attrapent des migraines quand ils pensent trop.

– À mon avis, tu dois être le seul.

Il sourit. Bon sang, j'adorais ses sourires.

– Et à quoi as-tu pensé ?

J'essayais de changer de conversation pour faire disparaître les papillons dans mon ventre.

– À sécher les cours aujourd'hui.

Je ricanai.

– Carrément.

– Avec toi.

Je le regardai, interloquée. L'espace d'une seconde, je me dis que j'imaginais la douceur de ses yeux, la gravité de son regard, la franchise de ses propos. Cependant, comme elles persistaient, je déglutis avec difficulté, remarquant que les papillons qui m'affectaient ne faisaient que croître en intensité.

– Tu veux sécher les cours aujourd'hui ?

– Oui.

– Avec moi ?

– Oui, oui.

Je plissai les yeux.

– Tu as tué quelqu'un ou quoi ? Tu as besoin d'un alibi ?

Il se mit à rire.

– Non, j'ai juste envie de t'inviter à sortir avec moi.

– Je ne vois pas pourquoi.

Attends. Pause. Il a dit sortir avec moi ? S-O-R-T-I-R ? Comme sortir-sortir ? Avec lui ? Avec lui-lui ?

– Qu'est-ce que tu as dit ?

– Je veux te demander de sortir avec moi.

Je clignai des yeux de façon tellement répétée que j'étais étonnée que mes cils ne tombent pas.

– Comme sortir entre amis ?

– Oui, bien sûr. Ou… plus ? Plus petits amis.

Oh la vache ! J'étais dans un coma profond.

– Mais si tu voulais sortir avec moi comme plus qu'entre amis, cela voudrait dire que tu m'aimes plus qu'une amie.

– Ouais.

Pourquoi parlait-il de ça d'une façon si calme, si cool, si posée ? Pourquoi ses yeux ne lui sortaient-ils pas des orbites comme les miens à cette révélation ? Depuis combien de temps gardait-il ses sentiments pour lui ?

– Et pourquoi tu voudrais sortir avec moi ?

Je fulminai. Je ne savais même pas pourquoi j'avais dit ça sur un ton si agressif. C'était comme si mes émotions m'empêchaient de savoir comment me comporter. Je dysfonctionnais de façon épouvantable sous les yeux d'Aiden. Mon esprit, mon corps, mon âme – toutes ces choses qui me constituaient – subissaient une attaque majeure.

Je me mis à transpirer de partout. Est-ce que ma langue elle aussi transpirait ?

Non, Hailee, c'est ta salive, idiote.

– Parce que. (Il haussa les épaules.) Tu es la personne à laquelle je pense quand je ne pense pas du tout. Tu es aussi la personne à laquelle je pense quand je pense trop. On dirait que tu vis dans mes pensées quand elles sont calmes et quand elles partent dans tous les sens. C'est comme… certaines personnes ont des pensées et moi j'ai Hailee. Donc je veux sortir avec toi.

– Est-ce qu'on est le jour des contraires ?

– On n'est pas le jour des contraires.

– Oh !

– Ouais, oh.

– Tom, soufflai-je.

– Oui, Jerry ?

Je ne savais pas quoi dire ou faire. J'avais l'impression d'être paralysée sur place parce qu'il disait les choses que j'avais voulu qu'il dise, mais sans que je sache pourquoi, cela me faisait peur.

– Hailee. (Il jeta un nouveau coup d'œil dans la rue.) J'ai vraiment envie de passer cette journée avec toi, et d'aller au cinéma et de déjeuner avec toi. Et de cocher la case « sécher les cours une journée entière » avec toi. Et de te regarder. Et de t'inviter à sortir avec moi. Mais si on le fait, il faut qu'on parte tout de suite.

– Tout de suite ?

Il regarda la route et moi ensuite. Il prit mes mains dans les siennes et vint plus près. On se tenait les mains dans le genre petits amis, ou alors c'était le genre amis-amis. Qui pouvait encore savoir ? Pas moi en tout cas, pas Hailee Jones.

– Tout de suite.

Je dis la seule chose qui me vint à l'esprit.

– D'accord.

Fort de cette acceptation, Aiden me tira par le bras jusque dans son jardin où nous restâmes cachés jusqu'à ce que le bus s'en aille sans nous. Ses parents étaient déjà partis et ne reviendraient pas de la journée. Son père passait la journée à Chicago pour activer ses réseaux dans l'industrie d'Aiden et rentrerait tard.

Aiden prit les clés de la deuxième voiture garée dans l'allée, ouvrit la portière pour moi, et nous voilà en route pour aller voir un film à huit heures du matin.

– Quand on y sera, tu pourras prendre tout ce que tu voudras. Je paierai pour toi, dit Aiden.

– Je peux payer ma part.

– Ça, ce serait pour un rendez-vous entre amis. On a dit que c'était un rendez-vous entre petits amis, tu te rappelles ?

– On n'est plus dans les années 20. Aujourd'hui, les femmes peuvent payer leur part.

– Tu veux payer alors que tu es invitée ?

– Bien sûr que non. Qu'est-ce qui te fait penser ça ? J'ai des côtés démodés aussi, Aiden.

Il se mit à rire.

– Tu es la personne la plus déroutante que j'aie jamais rencontrée.

– Tu étais déjà au courant et pourtant tu as décidé que tu voulais un rendez-vous entre plus qu'amis avec moi. Qui est vraiment la personne la plus déroutante, là ?

– Pas faux.

Je m'installai confortablement dans la voiture, en inclinant le dossier de mon siège, quand Aiden dit :

– Tu partageras un hot dog et le pop-corn avec moi ?

– Je n'ai pas assez faim.

– Menteuse. J'ai entendu ton estomac réclamer. S'il te plaît, ne me dis pas que tu n'aimes plus les hot dogs et le pop-corn. Je ne supporterai pas d'avoir le cœur brisé de nouveau.

Je ricanai.

– J'aime toujours les hot dogs et le pop-corn, mais tu sais ce qu'il y a dans un hot dog, hein ?

– Je mange les boulettes au poulet de l'école, donc je peux t'assurer que je ne suis pas trop inquiet au sujet de ce que contient un hot dog.

Je lui jetai un coup d'œil en coin et vis qu'il avait ce sourire stupide que j'adorais.

– Je partagerai le pop-corn et un hot dog avec toi.

En arrivant au cinéma, je réalisai qu'on avait oublié un détail important.

– Qu'est-ce qu'on va voir, comme film, au fait ?

– Je n'en sais rien. Celui qui passe à huit heures du matin.

– Tu décideras et je te suivrai, dis-je en le laissant prendre les commandes. Oh, au fait, là, tout de suite, je viens de me rendre compte d'une chose.

– Et c'est quoi ?

– Je veux mon hot dog à moi. Je ne veux pas le partager.

***

Le film était long et ennuyeux, et nous étions tout seuls dans le cinéma. D'une certaine façon, ça rendait la chose encore plus amusante. Nous n'arrêtâmes pas de parler et de rire pendant tout le temps. Je ne sais pas quand c'est arrivé, quand je devins assez à l'aise avec lui pour parler, pour dire plus que « ouais », mais j'étais heureuse que cela arrive. Cette sortie avec Aiden, ce matin-là, allait devenir l'un de mes souvenirs les plus précieux. Je ne savais pas que mon cœur pouvait ressentir ça. Je ne savais pas que je serais capable un jour de déverrouiller une nouvelle strate de bonheur.

Aiden ne termina pas son hot dog, mais il ne me regarda pas de travers quand je le terminai à sa place. Il ne porta pas de jugement sur mon appétit et ne fit pas de remarque lorsque j'enfournai des poignées de pop-corn. Il se contenta de me regarder de ses yeux bleus qui ne reflétaient rien d'autre que de la gentillesse. Lorsque je le regardais dans les yeux, c'était comme s'il me donnait la permission d'être totalement, entièrement, moi-même.

Je me sentais en confiance avec lui. Je ne savais pas qu'une personne pouvait être un refuge jusqu'à ce matin-là.

Nous avons regardé encore deux autres films après celui-là. Le dernier était encore pire que les autres.

– Ce film était nul, remarquai-je en piquant un fou rire à la sortie du cinéma.

– Il était plutôt mauvais, en effet, dit Aiden après avoir jeté l'emballage de notre pop-corn. Mais quelque part, c'était quand même la meilleure séance de cinéma de toute ma vie.

– Moi pareil. Maintenant, je comprends pourquoi les gens sèchent les cours. (Je me mis à tournoyer sur moi-même.) On se sent libres. Tu ne trouves pas ? (Je lui pris les mains et l'entraînai dans mon tourbillon.) Libres !

Nous virevoltions de plus en vite en gloussant comme des gamins de maternelle pendant la récré jusqu'à ce que je perde légèrement l'équilibre. Aiden me rattrapa à temps et m'attira contre lui. Il me serra contre sa poitrine. Nous avions cessé de tourner et nous étions en terrain ferme, mais en même temps l'impression de tourbillonner persistait. Ses pupilles se dilatèrent alors qu'il me fixait intensément. Je vis son regard descendre de mes yeux vers mes lèvres. Je regardai les siennes s'entrouvrir pour murmurer :

– Libres…

Ses mains vinrent se poser sur mes reins, et je me rapprochai un peu plus de lui. Les mains posées sur son torse, je ne le quittais pas des yeux.

– Libres, répétai-je doucement.

Pensions-nous à la même chose ?

Pensait-il à m'embrasser tout comme je pensais à l'embrasser ?

Sentait-il son cœur s'emballer dans tous les sens, lui aussi ?

Ses lèvres étaient-elles douces ?

Savait-il que je voulais que ce soit lui mon premier baiser ?

Son cœur voulait-il connaître le mien comme mon cœur voulait connaître le sien ?

– Hails, dit-il dans un soupir.

Nos visages étaient si proches que son souffle réchauffa ma peau.

– Oui, soufflai-je, sans lâcher ses lèvres du regard.

Ses lèvres pleines et charnues.

– J'ai envie de faire quelque chose, là tout de suite.

Il massait mes reins du bout des doigts, provoquant une onde de sensations entre mes cuisses.

– Ouais ?

– Ouais. (Ses dents effleurèrent lentement sa lèvre inférieure.) Tu y penses aussi ?

Je fis un signe de tête.

– Ouais.

– Ouais ?

Je me mis à rire, mais cette fois c'était nerveux. Les papillons s'intensifiaient, j'avais les nerfs en pelote, et son odeur qui rappelait les bonbons au citron, c'était devenu mon nouveau parfum préféré.

– Ouais.

Il porta la main à ma bouche et effleura délicatement ma lèvre inférieure de son pouce.

– Hailee, je…

– Hé, c'est Aiden Walters ?!

Je sursautai et m'écartai vivement d'Aiden.

Notre moment d'intimité avait été interrompu par trois filles hystériques qui entourèrent Aiden en poussant des cris aigus.

– C'est lui ! *Oh my god !* Tu es tellement sexy, souffla l'une d'entre elles en sautant sur place.

L'autre, une rousse, lui dit qu'il était la personne la plus talentueuse du monde. Et toutes les trois le supplièrent de faire des selfies. Aiden changea complètement d'attitude pour sortir sa carte de charmeur. Il passa instantanément en mode acteur et se montra charmant avec les jeunes filles en leur accordant les photos et les autographes qu'elles réclamaient.

Vous ne devriez pas être à l'école, Mesdemoiselles ?

Euh… moi aussi je devrais, en fait. N'empêche, elles venaient de bousiller ce qui s'annonçait comme le meilleur moment de ma vie.

– Je suis désolé, Mesdemoiselles, j'adorerais prolonger cette discussion, mais nous devons nous rendre à une réunion, dit Aiden en venant vers moi.

Les filles regardèrent dans ma direction, et la rousse s'esclaffa :

– C'est ta petite amie ?

– Bien sûr que non, dit l'autre.

Ça voulait dire quoi, ça ?

La façon dont elle me considéra des pieds à la tête avec un air dégoûté montrait explicitement ce qu'elle avait voulu dire. Je regrettai immédiatement d'avoir mangé ce pop-corn et ces hot dogs.

Mais la réaction d'Aiden fut différente de la mienne. Moi, c'était la honte, lui, la colère.

– Ça veut dire quoi, ça ? gronda-t-il, abandonnant son personnage de gentil garçon alors que ses narines frémissaient.

– Sans vouloir te vexer, rigola la fille, elle n'a pas l'air d'être ton genre.

– Mon genre ? aboya-t-il.

Le ton qu'il employa laissait penser qu'on pouvait s'attendre à ce qu'il morde ces inconnues. Sans lui en laisser le temps, je posai une main réconfortante sur son épaule.

– Viens, on y va.

– C'est des petites connes, murmura-t-il dans un souffle.

– Ouais, t'as raison. Mais laisse tomber.

Il fit ce que je lui disais et je le tirai par le bras. En arrivant à la voiture, Aiden était toujours en proie à la rage, mais malgré tout, il m'ouvrit la portière du côté passager. Même furieux, il continuait d'être courtois avec moi.

Il s'installa derrière le volant et referma sa portière. Il agrippa le volant des deux mains, ferma les yeux et émit une respiration saccadée montrant son irritation.

Je restai assise un moment sans rien dire.

– Aiden, ce n'est rien. Je…

Il leva un index pour me faire taire, puis reposa la main sur le volant.

Lorsqu'il fut prêt, il se tourna vers moi, et ses yeux étaient tellement emplis d'émotion et de sincérité que je sentis les larmes monter aux miens.

– Tout chez toi me fascine, Hailee. Ton visage, ta taille, tes hanches, tes cuisses, tout est remarquable. Je vénère le moindre centimètre de ton corps. Mais ce n'est pas qu'une attraction physique, même si, putain, ton physique, c'est...

Il poussa un gémissement de plaisir en feignant de se mordre le poing, ce qui me fit rire.

Puis il poursuivit sur un ton plus grave :

– Ton corps, ton esprit, ton cœur, je veux tout. Tu es la personne la plus belle que j'aie jamais rencontrée, Hailee Jones, et je suis amoureux de toi. Tu es la plus gentille, la plus drôle, la plus attentionnée du monde, et je suis amoureux de toi. Tu as les yeux bruns les plus renversants dans lesquels je me perds, et je suis amoureux de toi. Tu as un sourire dont je rêve en permanence, et je suis amoureux de toi. Tu es délicate et forte, et je suis amoureux de toi. Et chaque fois que quelqu'un te manque de respect, cela déclenche la rage en moi parce que tu es la personne la plus incroyable qui soit, et je suis amoureux de toi.

Des larmes coulaient sur son visage, provoquées soit par les autres soit par son amour pour moi. C'était peut-être un mélange des deux. Aiden ne pleurait pas souvent, et il ne pleurait pas facilement, donc le fait qu'il se sente suffisamment en confiance pour me montrer cette partie de lui me rendit heureuse.

J'essuyai ses larmes avant de me pencher vers lui et de poser mon front contre le sien.

– Tu es mon meilleur ami, Aiden.

Ma bouche était à quelques millimètres de la sienne. Mon cœur battait de plus en plus vite, cognant follement dans ma poitrine. Je baissai la tête et mes lèvres effleurèrent les siennes.

– Et je suis amoureuse de toi.

15
Aiden

En arrêtant la voiture, Hailee et moi eûmes la bonne surprise de voir nos parents qui nous attendaient sur le porche de nos maisons respectives, l'air passablement contrariés.

– Oh là là. Tu crois qu'on s'est fait gauler ? demanda Hailee.

Je serrai le frein à main.

– À en juger par la façon dont les narines de mon père palpitent, tout porte à croire que oui.

Hailee inclina la tête vers moi et me fit un grand sourire.

– On va être consignés pour le restant de nos jours.

– Ouaip.

– Ça en valait la peine ?

Je reposai la tête contre l'appuie-tête en souriant.

– Ça en valait la peine.

Je serrai sa main et nous sortîmes de la voiture pour affronter notre châtiment. Nous prîmes chacun un chemin séparé et alors que je me doutais que les parents d'Hailee pourraient bien être un peu durs avec elle, j'étais certain que mon père remporterait la palme de la colère.

Je sentais déjà la panique monter en moi en avançant vers mes parents.

– Salut, maman. Salut, papa.

– Arrête tes salamalecs. Pourquoi n'es-tu pas allé au lycée aujourd'hui ?

– Je… euh… ben… (Je bégayais, me sentant complètement idiot parce que j'avais toujours autant de mal à trouver mes mots quand j'étais confronté à mon père.) Nous, euh…

– Crache le morceau ! ordonna-t-il.

– On pourrait peut-être régler ça à l'intérieur, dit maman en venant vers moi. (Elle jeta un coup d'œil dans la rue à nos voisins curieux. Puis elle posa la main sur l'épaule de mon père.) Rentrons, Sam.

Il ronchonna, mais nous entrâmes tous les trois dans la maison. Je me massai la nuque.

– Bon, déjà, comment vous l'avez su ?

Il sortit son portable et nous le brandit sous les yeux.

– Il se trouve que quand votre fils est connu, les gens le prennent en vidéo qu'ils s'empressent de poster sur les réseaux sociaux. En plus, je te l'apprends apparemment, si un élève est absent d'un cours, le lycée appelle les parents pour le leur notifier, aboya papa, faisant saillir les veines de son cou.

Le niveau de sa colère était élevé, et mon malaise grandissait à chaque seconde qui passait. Je n'aurais pas dû aller au cinéma ce jour-là. Même si ça avait été le plus beau jour de ma vie. Même si je m'étais senti libre pour la première fois depuis très longtemps. Même si j'étais amoureux d'Hailee Jones et qu'elle m'aimait aussi.

Putain, elle m'aimait, elle aussi.

Malgré tout, je n'aurais pas dû y aller parce que j'avais déçu mon père.

– Et en plus, qu'en est-il de cette audition que tu étais censé filmer et envoyer hier soir ?

Oh zut ! J'avais oublié. Je me grattai la tête et marmonnai des excuses. Je sentais la sueur s'accumuler à la lisière de mon front. J'entrouvris la bouche pour parler, mais aucun son n'en sortit. Je me sentais paralysé par une vague d'angoisse, ne sachant pas quoi faire ou dire.

Maman remarqua ma panique et posa délicatement la main sur mon bras.

– Va dans ta chambre. Ton père et moi allons discuter de ta punition, et nous en reparlerons.

– Tu es trop faible avec lui, dit mon père.

Maman lui lança un regard sévère.

– Et toi, tu es trop rigide.

Elle se tourna vers moi.

– Dans ta chambre. Immédiatement.

Je fis ce qu'elle disait. J'allai dans la salle de bains et poussai un profond soupir, et ma crise d'angoisse s'échappa de ma poitrine où je l'avais contenue.

– Je vais bien, je vais bien, je vais bien, me répétai-je alors que mon cœur cognait dans ma poitrine comme s'il essayait d'en sortir. Je vais bien, je vais bien, je vais bien, répétai-je en m'efforçant de calmer le chaos de mes pensées.

Papa m'avait regardé comme s'il me détestait. Il m'avait regardé comme si j'étais la plus grande déception de sa vie.

Comment avais-je pu oublier d'envoyer cette audition ? Comment avais-je fait pour lâcher cette balle ? Il allait être tellement furieux à cause de ça. Je faisais de mon mieux pour être tel qu'il voulait que je sois. Je faisais de mon mieux pour ne pas le décevoir. Mais aujourd'hui… j'avais eu besoin de ce jour. J'avais eu besoin d'avoir l'impression que je pouvais être moi-même pendant un petit moment et non pas celui que mon père voulait que je sois, lui.

Je me passai le visage à l'eau, avec l'impression que j'allais vomir. Je ne supportais pas le tremblement qui secouait mon corps alors que la panique se répandait dans mon système nerveux. Je ne supportais pas d'avoir la sensation que j'étais à quelques secondes de craquer. Je ne supportais pas que ma mère se soit aperçue que j'étais au bord du gouffre et m'ait tiré en arrière, mais que mon père n'ait même pas remarqué mes difficultés. Il ne me voyait pas.

Il ne me voit pas.

Il ne voyait que ce qu'il voulait voir, et chaque fois que je m'écartais de l'idée qu'il se faisait du fils parfait, sa déception me donnait envie de disparaître.

***

– Quel est le verdict ? demandai-je à maman quand elle entra dans ma chambre, non sans avoir frappé à la porte.

J'étais assis sur mon lit, attendant de connaître l'issue de la discussion qu'elle avait eue avec mon père et qui avait duré quarante-cinq minutes. J'avais monté le son de ma musique pour ne pas les entendre.

– Privé de sorties pendant trois semaines. Sauf si une audition se présente et que tu sois obligé de voyager. À part ça, tu vas au lycée et tu rentres directement à la maison.

– Normal.

Elle approcha de mon lit et vint s'asseoir à côté de moi.

– Ce n'est pas ton genre de mentir et de sécher les cours comme ça.

– Oui, je sais.

– Qu'est-ce qui t'est passé par la tête ?

– C'était sur notre liste des choses à faire, à Hailee et moi.

Maman eut un petit sourire.

– Tom et Jerry seront toujours Tom et Jerry, c'est ça ?

Je plissai le nez.

– Je lui ai avoué que j'avais des sentiments pour elle aujourd'hui.

Ses yeux s'arrondirent, mais elle ne sembla pas si surprise que cela.

– Et elle… ?

– Les partage.

Elle sourit.

– Il vous en a fallu du temps pour vous en rendre compte.

– Attends, tu savais ?

– Je suis ta mère, Aiden. (Elle m'embrassa sur le front.) Je sais tout.

– Papa ne va pas me pardonner, hein ?

– Ton père s'en remettra. Il n'est pas d'humeur pour le moment, c'est tout. Je ne m'en fais pas pour lui. C'est plutôt toi qui m'inquiètes, Aiden. Je vois bien que tu travailles dur pour faire plaisir à ton père, mais je ne sais pas si toi, tu es heureux.

– Ça va.

– Bien essayé, Aiden Scott Walters, recommence.

– J'avais besoin d'un break. J'avais la pression et j'ai entrevu la possibilité de m'échapper quelques heures avec une fille que j'aime vraiment. C'était stupide, mais…

– Tu t'es amusé ?

J'acquiesçai.

Elle se pencha vers moi en souriant.

– Tant mieux. Tu mérites de faire ça plus souvent.

– Tu n'es pas fâchée contre moi, contrairement à papa ?

– C'est plutôt à moi que j'en veux pour n'avoir pas su créer un espace où tu sentirais que tu peux venir me parler de tout ça. J'en veux à ton père parce qu'il est trop sévère avec toi. On va faire mieux, Aiden. Ta santé mentale est importante, et je le vois. Je ne veux pas que tu glisses du côté sombre où tu penses que tu ne peux pas me confier ces choses. D'accord ?

– D'accord.

– La prochaine fois que tu auras besoin d'un break, dis-le-moi et je te ferai un mot d'excuses pour le lycée.

– Ça ne va pas plaire à papa.

– Heureusement, ce n'est pas lui qui fait toutes les lois dans cette maison. (Elle plissa les yeux.) Je ne m'étais pas rendu compte qu'il te mettait la pression à ce point. Je suis désolée. Je vais lui parler. Mais sache que tu devrais nous faire partager davantage tes sentiments, cela aidera à éviter d'en arriver à ces extrémités. La franchise est toujours préférable, même quand c'est difficile, d'accord ?

– D'accord.

Avant de sortir, elle m'embrassa sur le front.

– Je t'aime, je t'aime, je t'aime, je t'aime.

Elle ajouta encore quelques « je t'aime » supplémentaires parce que je pense qu'elle savait que j'en avais besoin ce soir-là. Pour ma part, je lui en donnai quatre qu'elle méritait amplement.

Je refermai la porte de ma chambre et allai à ma fenêtre par laquelle je sortis pour me diriger vers celle d'Hailee où je cognai deux fois à la vitre. Elle vint vers moi en souriant, puis sortit par la fenêtre et s'assit sur le rebord.

– T'es puni, toi aussi ?

– Trois semaines. Et toi ?

– Quatre ! Jusqu'à Thanksgiving.

– Nos parents dramatisent. Ce n'est pas comme si on avait séché les cours, pris une voiture pour aller dans une autre ville sans leur dire, quand même, dis-je pour plaisanter en m'asseyant à côté d'elle.

Ma blague ne la fit pas rire, alors je lui donnai un coup de coude.

– Ça va ?

– Je suis amoureuse de toi, lâcha-t-elle comme si ça la contrariait.

– Oui. Il me semblait que nous étions déjà arrivés à cette conclusion tout à l'heure.

Elle tourna la tête vers moi et soupira.

– Non, Aiden. Je veux dire, je t'aime vraiment, et maintenant tu dis que tu m'aimes aussi, et ça me fait peur.

– Pourquoi ça te fait peur ? Je pensais que deux personnes qui s'aiment, c'était bien.

– C'est bien pour la plupart des gens, mais toi, tu es mon meilleur ami.

– C'est encore mieux.

– Ou pire. On devrait faire un tableau des pour et des contre le fait de sortir ensemble.

– On ne fait pas de tableaux.

– Mais si ça ne marche pas entre nous ?

– Et bien, nous redeviendrons de simples amis.

– Mais si la rupture se passe mal ?

Je ricanai.

– Pourquoi on parle déjà de rupture avant même d'avoir commencé à sortir ensemble ?

– Parce qu'il faut bien réfléchir.

– On peut aussi juste laisser faire les choses.

Je lui pris la main et l'entraînai vers l'herbe où nous nous assîmes.

– Pourquoi tu ne te prends pas la tête, contrairement à moi ? Pourquoi ça ne te fait pas flipper ?

– Parce que je sais que c'est bien. Parce que je sais que c'est dans l'ordre des choses. Parce que tu es toi, et que je suis moi, et que cela devait arriver. Parce que je sais que ça ne peut qu'être de mieux en mieux à partir de là. Si je peux t'aimer autant alors que nous sommes amis, je ne peux qu'imaginer combien d'amour je pourrai ressentir quand je serai à toi. Et puis, je jure que je ne le ferai pas.

– Quoi ?

– Te briser le cœur.

– Je jure que je ne briserai pas le tien non plus.

Il sourit.

– Je le sais, Jerry.

– Comment est-ce que tu aimes être aimé ?

– Je ne sais pas. J'espérais que tu me montrerais.

Elle sourit et prit mes mains dans les siennes. Nous étions assis entre nos deux maisons, sous les étoiles perchées haut dans le ciel. Mon cœur battait à se rompre tandis que je regardais fixement nos mains enlacées.

– C'est agréable ? demandai-je dans un murmure.

– C'est agréable, répondit-elle.

Je portai ses mains à mes lèvres et embrassai ses paumes.

– C'est agréable ?

– C'est agréable, acquiesça-t-elle.

Je me mordillai la lèvre inférieure et me rapprochai un peu plus d'elle. Ma bouche frôla la sienne.

– C'est agréable ?

– C'est agréable.

Je voulus la soulever pour l'asseoir sur mes genoux, mais elle m'arrêta.

– Attends, je suis trop grosse pour ça.

Je vis le poids de ses complexes dans son regard.

Je n'en tins pas compte et l'installai sur mes genoux, et elle passa les bras autour de mon cou. Elle se tenait un peu en suspension, ne posant pas tout son poids sur moi.

– Hailee ?

– Oui.

– Assieds-toi.

– Mais…

– Il n'y a pas de mais.

Je posai les mains sur ses hanches et la fis descendre. La timidité lui rosit les joues, mais elle se laissa aller contre moi. J'avais l'impression que la pièce manquante de mon puzzle préféré venait de se mettre en place.

J'appuyai mon front contre le sien en passant les bras autour de sa taille.

– C'est à moi ? demandai-je doucement alors que nos bouches se posaient l'une sur l'autre.

Elle acquiesça.

– C'est à toi.

Je l'embrassai très lentement et ce baiser résonna jusqu'à la plus petite parcelle de mon être. Les larmes lui montèrent aux yeux lorsque nous franchîmes la barrière pour pénétrer mutuellement dans un nouveau territoire. Les lignes invisibles qui séparent les amis des amoureux commencèrent d'une certaine façon à se brouiller. Nous n'étions pas obligés de perdre un état au profit de l'autre. Nous pouvions inventer notre propre histoire dans laquelle nous nous aimions à la fois dans le cadre de notre amitié et à l'intérieur de cette toute nouvelle relation. C'était peut-être grâce à ça que cela marcherait entre nous. Peut-être que le plus bel amour est celui qui s'est construit sur la plus solide des amitiés.

Un baiser scella notre accord.

Elle était à moi et j'étais à elle, et c'était si bon qu'il me fallut l'embrasser de nouveau.

- ~~Embrasser quelqu'un pour la première fois~~
- ~~Entamer une relation amoureuse~~

C'était bien de rayer ces deux items dans notre liste. En plus, je ne voyais pas avec qui j'aurais pu préférer le faire.

Elle posa la tête sur mon épaule.

– Je pense que ça va me plaire.

– Quoi ?

– D'être aimée de toi.

16
Aiden

Le lendemain du jour où Hailee et moi avions échangé notre premier baiser, nous nous sommes retrouvés à l'arrêt de bus comme nous le faisions toujours.

– Salut.

– Salut.

Elle me sourit, mais je voyais bien qu'elle était un peu nerveuse.

– On se serre la main ? demandai-je en espérant que cela la détendrait un peu parce que, malgré tout, nous étions toujours nous.

Elle tendit la main, sa paume vers moi, et elle commença l'incantation.

– Pancake, pancake, monte vraiment haut.

Sans hésitation, je posai ma main contre la sienne.

– Si tu la fais sauter, elle volera haut.

Elle claqua le dos de sa main contre la mienne, trois fois.

– Si tu la laisses tomber, elle disparaîtra.

Nous fîmes tous les deux un tour sur nous-mêmes, puis nous nous fîmes face, avant de nous taper dans les mains, et effectuâmes un étrange mouvement de hanches en disant :

– Dans les égouts où le clown flippant nagera.

Elle se mit à rire jusqu'à ce que je lui prenne la main.

Elle hésita.

– Attends.

– Quoi ?

– Tu vas me tenir la main ? Devant tout le monde ? Même au lycée ? demanda-t-elle timidement.

Je souris. Ma meilleure amie avait le trac. Non, attendez, je corrige, ma petite amie avait le trac. Non, ce n'était pas encore ça. Hailee était ma meilleure petite amie. Oui, c'est ce qu'elle était à présent, ma meilleure petite amie. Le rang le plus élevé dans ma vie.

– Cela fait dix-sept ans que j'attends pour te tenir la main, dis-je naturellement. Alors oui, je vais te tenir la main devant le monde entier, si tu n'y vois pas d'inconvénient.

– Oh !

Elle ronchonna un peu, le nez retroussé comme chaque fois qu'elle réfléchissait trop. Puis elle me prit la main, ses jolies joues de hamster rosirent et elle répondit :

– Bon, d'accord.

Bon, d'accord.

C'était ce qu'elle disait toujours quand elle n'arrivait pas trop à analyser une situation. Quand son esprit brillant ne parvenait pas à imaginer un scénario où les choses ne fonctionneraient pas. Chaque fois que je recevais un « bon, d'accord » venant d'Hailee, je le ressentais comme une victoire personnelle.

Cela peut paraître bizarre, mais j'adorais quand son sourire faisait remonter ses joues.

Elle avait trois taches de rousseur sur la joue droite et sept sur la gauche, et chaque fois qu'elle souriait, je les comptais l'une après l'autre. J'avais tout le temps envie d'embrasser ses joues.

Mais pour l'instant, c'était déjà bien de simplement lui tenir la main.

***

Les choses allaient tellement bien dans ma vie depuis quelque temps que je ne fus pas surpris quand Jake me contacta.

Jake était l'une des plus grandes désillusions de ma vie. Vous voyez comment certaines personnes arrivent comme des éclaircies pendant les jours de pluie ? Jake était tout le contraire. Il arrivait en un jour ensoleillé et, je ne sais pas par quel hasard, le ciel s'assombrissait toujours.

Dans les moments où tout semblait aller bien dans ma vie, mon père biologique trouvait toujours le moyen d'apparaître pour tout chambouler. Je fus assez surpris de recevoir un SMS où il me demandait s'il pouvait venir me voir. Je ne l'avais pas vu depuis près d'un an. La dernière fois, c'était pour Thanksgiving et il était ivre et n'arrêtait pas de déblatérer comme quoi il allait arrêter de boire. Il m'avait promis de m'emmener le lendemain matin faire des courses pour le Black Friday. Je l'avais attendu pendant des heures devant ma porte.

Jake était comme ça, il faisait des promesses qu'il ne pouvait pas tenir. Je n'aurais su dire le nombre de fois où je l'avais attendu quand j'étais petit et qu'il devait venir me chercher pour qu'on passe du temps ensemble. Il ne s'était pratiquement jamais pointé, et quand il l'avait fait, il était trop déchiré pour conduire.

Jake était un fan de sport. Il me parlait toujours de ses équipes préférées, et donc, quand j'étais petit, elles devenaient les miennes aussi, parce que je voulais partager quelque chose avec lui. Au moment des fêtes, je lui offrais des maillots avec le nom des équipes qu'il adorait et j'achetais les mêmes pour moi. Il me disait qu'il allait m'emmener voir des matchs à Chicago, alors je m'asseyais sur le porche, vêtu de ces maillots, et j'attendais. J'attendais. J'attendais.

Avec le temps, je me suis mis à attendre moins souvent, mais j'attendais quand même. Comme cet après-midi-là. Il avait appelé pour demander si ça me dirait d'aller voir un film avec lui. Ma raison me disait de laisser tomber. Malheureusement, mon idiot de cœur me dit de lui donner encore une chance.

Mon père m'encourageait toujours à accorder de nouvelles chances à Jake. Après tout, c'était son cousin. Il disait que la famille passait avant tout. Maman, elle, disait que la famille ne comptait que dans la mesure où elle ne vous faisait pas de crasses. Apparemment, mes parents avaient des points de vue divergents sur la présence de Jake dans ma vie.

J'étais assis sur le porche devant la maison, et je fus passablement étonné de le voir arriver en voiture. Non seulement il était venu mais, en plus, il avait une belle voiture. D'habitude, il demandait à mon père de lui en prêter une.

– Mais voilà mon gosse préféré, dit Jake en venant vers moi.

Je n'aimais pas qu'il m'appelle son gosse. Cela me rappelait que, quelque part, lui et moi étions liés à jamais.

Il tendit les bras d'un air enthousiaste et même si je tentais de me persuader de ne pas me réjouir de voir cet homme, l'enfant qui était en moi sautait de joie. Quelque part, je continuais d'avoir envie d'une relation privilégiée avec lui. J'étais l'enfant désiré quand il venait. Le non désiré quand il ne venait pas. Avec lui, la balance désiré-non désiré penchait lourdement du côté du non désiré.

– Salut, Jake, dis-je en lui donnant une accolade.

– Putain, mec. Depuis quand t'es devenu l'Incroyable Hulk ? (Il me donna des coups de poing dans les biceps.) Il va falloir que tu m'emmènes avec toi à la salle de gym.

– Bonne idée, répondis-je vivement.

Mon esprit commença instantanément à rêvasser à ce que ça pourrait être d'aller ensemble au gymnase, Jake et moi.

Ce fichu espoir. Il n'était pas mort.

– Ouais, mec. T'as l'air en forme. Ça te dit d'aller au resto pour déjeuner ?

– Je croyais que tu voulais aller voir ce film qui vient de sortir.

– Absolument. Mais mon emploi du temps est un peu plus serré que ce que j'avais prévu. J'ai un entretien d'embauche que je ne peux pas manquer un peu plus tard dans l'après-midi.

– Ah, d'accord. Bon, allons manger un morceau. Je ne savais pas que tu avais une nouvelle voiture.

Jake se dirigea vers la voiture et posa les mains sur le capot.

– Ouais, ton paternel m'a avancé l'acompte pour l'acheter. Je vais le rembourser dès que j'aurai ce boulot.

– Mon mari a fait quoi ? dit maman en sortant sur le porche, attrapant la conversation au vol.

Elle croisa les bras avec, sur le visage, son expression « je ne suis pas contente ».

– Merde, je n'étais pas censé en parler. Salut, Laurie. Tu as l'air en forme, comme toujours.

– Hum, grogna maman. Tu l'emmènes où, mon fils ?

– Ça te dit des *chicken wings* ? dit Jake en claquant des doigts vers moi. T'aimes toujours le barbecue de chez West ?

Je n'étais pas allé chez West depuis mes douze ans. C'était la dernière fois où Jake et moi nous étions retrouvés en tête à tête.

– Ouais, j'adore.

– Je te le ramène dans pas longtemps, Laurie, promit Jake.

– J'en suis sûre, répliqua-t-elle en venant vers moi. (Elle me prit dans ses bras et me serra fort.) Appelle-moi si tu as besoin.

– Ça va aller, t'en fais pas. Je rentre dans pas long temps. Je t'aime, maman.

– Moi aussi. Amuse-toi bien et fais attention à toi.

Elle m'embrassa sur la joue et je partis avec Jake.

En conduisant, Jake était constamment distrait par un tas de choses. Il avait une cigarette qui pendait de ses lèvres, une main sur le volant et, de l'autre, il tripotait les boutons de la radio.

– Tu veux une clope ? proposa-t-il.

– Je ne fume pas.

– Ouais, bien sûr. Tu fais bien. Je te faisais marcher, en fait. Cette merde, c'est pas bon pour toi, faut pas commencer, c'est tout. (Il ricana.) Alors, comment ça va, toi ? Si j'avais su que tu étais revenu, je serai passé te voir plus tôt. (Ce n'était pas vrai, mais tant pis. C'était le genre de personne qui mentait tellement qu'il finissait pas croire à ses propres mensonges.) J'ai lu sur internet que tu avais une copine ?

– Ouais, Hailee.

– Ah bon, c'est vrai ? Et comment vous vous êtes rencontrés ?

Je le regardai fixement.

– C'est Hailee. Ma meilleure amie, Hailee. Tu la connais, tu l'as vue à la plupart des fêtes de fin d'année et…

Son téléphone se mit à sonner et il regarda l'écran en se garant devant le resto.

– Ah, merde, marmonna-t-il en levant un doigt pour me faire signe de me taire.

Il sortit rapidement de la voiture pour répondre à son appel. Alors que je descendais de voiture, je l'entendis parler à voix basse au téléphone. Lorsqu'il raccrocha, son humeur s'était légèrement modifiée, mais il me fit un demi-sourire en ouvrant la porte du resto.

– Ça roule, fiston ?

– Ouais, bien sûr.

Lorsque j'étais avec Jake, c'était comme si j'étais avec un étranger. Je me demandais pourquoi une partie de moi-même continuait de souhaiter avoir une relation spéciale avec lui. J'avais des parents merveilleux. Je n'avais aucune raison de penser à Jake, et encore moins à ma mère biologique. Je ne connaissais même pas son nom, mais malgré tout, elle me traversait l'esprit de temps en temps. Je m'en voulais à cause de ça. J'avais l'impression de trahir ma propre mère en quelque sorte.

Nous nous installâmes avec nos *chicken wings* et bavardâmes un moment, sans cesse interrompus par la sonnerie du téléphone de Jake. Il grommela un peu après un message et se renfonça dans le box.

– Hé, je viens de recevoir un appel du boulot. Je vais devoir te quitter plus tôt que prévu. Tout de suite, en fait.

– Je croyais que tu avais un entretien d'embauche aujourd'hui. Je ne savais pas que tu avais déjà le boulot.

– Ouais, c'est vrai. Je veux dire, c'est comme si c'était fait. Je vais avoir le boulot. C'est juste une histoire de conneries de paperasses et tout ça, tu vois ? Ils ont besoin que je vienne plus tôt. (Il se passa le pouce le long du nez et se pencha vers moi.) Écoute, gamin, c'est un peu gênant, mais je suis un peu en galère. Je me demandais si tu pourrais pas me dépanner pour une période assez courte. Juste le temps de me retourner. Les choses sont en train de s'arranger, je le sens. Tu sais, je suis tombé sur une médium la semaine dernière, et elle m'a dit que les choses allaient démarrer lentement mais qu'ensuite, boom ! J'allais filer comme une fusée vers une période de réussite. Mais pour le moment, si tu pouvais m'aider à sortir de cette mauvaise passe, ce serait vraiment chouette de ta part.

Cet espoir qui continuait à pointer son nez dans mes tripes ? Il partait lentement en lambeaux.

– Je... euh... je n'ai rien sur moi.

– C'est pas grave. Il y a un distributeur juste à côté. Tu peux retirer du fric.

Il fit un geste derrière lui et me fit un sourire qui ressemblait au mien. Cela me déplut. Je détestais avoir le même sourire que lui. Mais contrairement à moi, il avait un sourire faux jeton. Je n'en revenais pas d'avoir encore pensé que Jake pouvait avoir changé. C'était vexant d'avoir cru que le fait qu'il soit venu voulait dire que, cette fois-ci, ce serait différent. En fait, il n'était venu que parce qu'il avait quelque chose à me demander.

Je me passai la main dans les cheveux.

– Il te faut combien ?

– Je ne sais pas. Un garçon couronné d'un Emmy Award comme toi ? Ça va pas te manquer si tu donnes à ton vieux, je sais pas, moi, huit cents, ou mille ?

Il ne vit pas mon cœur se briser à ce moment-là, mais bien sûr il ne pouvait pas le voir. Il ne savait rien de moi. Comment aurait-il pu être attentif à ma tristesse ?

Je me glissai hors du box et me dirigeai vers le distributeur pour retirer la somme. Au moment où je la lui tendais, il prit un billet de vingt et le posa sur la table.

– Tu trouveras bien quelqu'un pour te ramener, hein ? C'est moi qui t'invite pour le déjeuner.

Je n'arrivais pas à décider s'il était ironique ou pas. Il ramassa ses affaires et sortit en me plantant là.

Je restai encore une heure, trop gêné pour appeler mes parents et leur demander de venir me chercher aussi tôt.

Au bout de ce laps de temps, j'appelai maman. En moins de dix minutes, elle était là.

Je montai dans la voiture sans rien dire. C'était inutile, de toute façon, parce que maman lisait en moi comme dans un livre ouvert.

– Hé, regarde-moi, insista-t-elle en me tirant par le bras.

– Ça va, dis-je en regardant par la vitre.

– Aiden, regarde-moi, immédiatement, ordonna-t-elle.

Je soupirai et me retournai vers elle.

Elle me regarda droit dans les yeux. J'aurais aimé avoir les mêmes yeux qu'elle. Je suppose que c'était trop demander.

Elle prit mon visage entre ses mains et me berça comme si j'étais toujours ce petit garçon qui attendait sur le porche que Jake m'aime.

– Tu es formidable, Aiden Scott Walters. Tu es une personne géniale et tu as un cœur gros comme ça. Tu es gentil, et bon et sincère. Ne laisse personne te voler ta joie avec des conneries. Ton bonheur est à toi. Il t'appartient. Personne d'autre n'a le droit de te l'enlever. Tu comprends ça ?

– Oui, maman.

Elle me donna une petite tape sur la joue avant de se pencher vers moi pour y poser un baiser.

– Très bien, je te ramène à la maison.

***

Ce soir-là, mes parents eurent leur plus grosse dispute au sujet de Jake. Je les écoutais depuis ma chambre. Il n'y avait pas plus calme que ma mère. Elle n'élevait jamais la voix, ne jurait jamais sauf si quelqu'un actionnait un de ses déclencheurs. Et j'étais le plus sensible de ses déclencheurs, or cet après-midi-là, il avait été actionné.

– Et tu n'as pas jugé utile de me dire que tu achetais une voiture pour Jake, Samuel ? Je veux dire, tu me prends pour une conne ou quoi ? explosa maman.

Quand maman employait des mots grossiers, ça voulait dire qu'elle était vraiment furax.

– C'est un prêt. Il m'a dit qu'il me rembourserait.

– Ouais, c'est aussi ce qu'il avait dit la dernière fois, juste avant d'avoir un accident avec.

– Mais il s'est ressaisi, aujourd'hui.

– Ah oui, vraiment ? C'est pour ça qu'il a planté notre fils dans un resto ? Parce qu'il s'est amendé ? Je veux que cet homme disparaisse de notre vie. C'est un bon à rien, il l'a prouvé plus d'une fois.

– Qu'est-ce que tu veux que je te dise ? Tu veux que je largue mon cousin ?

– Oui ! Tu ne lui dois rien. Tu n'es pas le gardien de ton cousin.

– Il a le droit de continuer à voir Aiden pour maintenir des liens avec lui.

– Non ! Il ne mérite pas la moindre parcelle de l'amour de mon fils, surtout quand il n'arrête pas d'en abuser. Ça me dégoûte que tu penses qu'il y a droit.

J'en avais assez de les écouter se disputer. Je me griffais les paumes des mains en sentant remonter mon angoisse. J'allai à ma fenêtre et l'enjambai pour sortir. Décembre approchait, la température me le rappela. Un vent frais me parcourut le visage et mes bras se couvrirent de chair de poule.

Je frappai contre la vitre d'Hailee qui vint vers moi en souriant. Dès qu'elle me vit, son sourire s'évanouit. En ouvrant sa fenêtre, elle entendit mes parents qui se disputaient. Sans un mot, elle s'effaça pour me laisser entrer dans sa chambre.

Je m'allongeai sur son lit. Elle éteignit les lumières et vint s'allonger à côté de moi.

– Tu veux m'en parler ?

– Non.

– T'es sûr ? Tu peux tout me dire.

Je fis une grimace.

– Je ne suis pas doué pour parler des choses graves. Mon esprit s'embrouille lorsque j'essaie de prononcer les mots à voix haute.

– Ah, d'accord. Alors comment est-ce que je peux t'aider ce soir ?

– Seulement en étant là avec moi. J'ai juste besoin de ça.

Elle se blottit contre moi et s'endormit dans mes bras.

Oh.

C'est ça.

La façon dont Hailee Jones m'aimait… c'était ça.

C'était exactement comme ça que je voulais être aimé.

Je n'avais besoin de rien venant d'elle. J'avais juste besoin… d'elle.

17
Hailee

Après la découverte de la nouvelle nature de notre relation, Aiden dut se rendre à Los Angeles pour un engagement de deux semaines. Je redoutais de le voir partir, mais je gardais la tête baissée et je comptais les jours en attendant son retour. Pendant son absence, il était très occupé, mais il n'y eut pas un soir où il ne prit pas le temps de m'appeler. Tous les matins avant que je parte au lycée, il m'envoyait un SMS pour me souhaiter une bonne journée. Lorsque je m'inquiétais des deux heures de décalage, il me dit qu'il faisait sonner son réveil pour me dire bonjour et qu'ensuite il se rendormait. Aiden Walters, Mesdames et Messieurs. Le garçon modèle.

Tous les jours au déjeuner, je m'asseyais seule à ma table. Carlton le remarqua un jour, mais il n'osa pas venir vers moi. Il savait que nous n'avions plus rien à nous dire. Les populaires l'avaient déjà largué après s'être bien amusés à ses dépens. Ce qui ne voulait pas dire qu'ils avaient arrêté de se moquer de moi.

– Salut Hailee, comment ça va ? demanda Cara en se glissant sur le banc en face de moi.

Elle était suivie par deux de ses satellites qui s'installèrent de chaque côté d'elle. Elles souriaient de toutes leurs dents, ce qui suffit à éveiller ma méfiance.

Malgré leur sourire, leur approche ne me parut pas bienveillante. J'étais en état d'alerte maximum.

– Salut ? dis-je sur un ton interrogatif.

En souriant, Cara se pencha vers moi. Elle me prit les mains.

– Je trouve ça super qu'Aiden et toi ayez officialisé votre relation. Je veux dire, qui n'aime pas l'image du couple d'amis devenus amoureux. J'ai pas raison ?

Je restai silencieuse.

Ces dernières semaines, Cara et ses amies avaient continué de se moquer de moi à cause de mon poids. Je ne l'avais pas dit à Aiden, parce que comme je le connaissais, il aurait pété un plomb.

– Je trouve que c'est vraiment courageux de ta part de sortir avec lui, dit Elizabeth, l'amie de Cara.

– Tellement courageux, dit Natalie en écho. Genre, tellement courageux, ajouta-t-elle sur un ton mielleux.

Courageux ?

Qu'y avait-il de courageux à sortir avec Aiden ?

Je savais que je ne devais pas mordre à l'hameçon, mais je ne pus m'en empêcher.

– Qu'est-ce que tu veux dire ?

Cara continua de sourire.

– C'est un article qui vient de paraître ce matin. Il faut que tu lises ce qu'on dit de toi sur internet.

Mon cœur se mit à battre et des frissons me parcoururent la colonne vertébrale.

– Ce qu'on dit de moi ?

Cara poussa un petit cri étonné, mais j'étais convaincue qu'elle jouait la comédie.

– Tu l'as pas vu ? Attends, je vais te montrer.

Elle sortit son téléphone et tapa dessus plusieurs fois avant de me le tendre. C'était un article sur le site d'un des journaux à sensation les plus lus. Il était intitulé : « Tout ce que nous savons de la Petite Amie taille Femme Forte d'Aiden Walters ».

Sous le titre apparaissait une photo d'Aiden et moi nous tenant par la main, suivie d'autres clichés sous des angles les moins flatteurs qu'on puisse imaginer, que quelqu'un avait pris de moi dans la journée au lycée. L'un me montrait affalée à un bureau, sur un autre je ramassais un carnet tombé au sol, et sur un dernier faisant la queue pour me servir à la cantine.

Des élèves du lycée prenaient des photos de moi à mon insu.

Des élèves du lycée prenaient des photos de moi à mon insu et les donnaient à des paparazzis.

Des élèves du lycée prenaient des photos de moi à mon insu, les donnaient à des paparazzis et tout le monde se moquait de moi.

– J'ai été assez sympa pour leur envoyer quelques photos pour illustrer leur article. Franchement, tu es plus courageuse que moi, dit Cara en prenant la cuillère qui se trouvait sur mon plateau. Parce que si c'était moi, au lieu de me servir de cette cuillère pour mettre de la nourriture dans ma bouche… (elle retourna le manche de la cuillère vers sa bouche qu'elle ouvrit très grand), je m'en servirais pour sortir la nourriture de mon corps. Mais encore une fois, je suis moins courageuse que toi, Hailee.

Les larmes me montèrent aux yeux, mais je ne voulais pas qu'elle et ses amies me voient pleurer. Je sortis rapidement du box, attrapai mon sac à dos et sortis en courant de la cafétéria.

– Hé, les gars, vite ! Faites une vidéo de l'hippopotame affamé en train de courir, cria Cara au moment où je sortais.

***

Tout le monde se moquait de moi. Pas seulement à l'école, mais aussi sur internet. Je restai enfermée dans le local du gardien, dans le noir, avec pour seule lumière l'écran de mon téléphone qui se reflétait sur mon visage. Je lus tous les articles parlant de moi, tous les commentaires, tous les posts les plus lus.

Aiden aime les Noires ? J'y crois pas putain.
Si elle s'occupait de ses cheveux au lieu de passer son temps à manger, elle pourrait être mignonne.
Hors de question que cette chose sorte avec Aiden Walters.
Mon Dieu, j'ai vu ce que vous avez fait pour les autres…
Comment elle a pu choper le mec le plus sexy du monde alors que moi je suis encore célibataire ? Apparemment le physique ne compte pas.
On dirait que certaines personnes ne sautent aucun repas.
Un burger de plus et c'est l'infarctus assuré.
Meeeeuuuh !
Photoshop, c'est pas pour les chiens.

Mon téléphone se mit à sonner et le nom d'Aiden s'afficha sur l'écran. Des larmes vinrent s'écraser dessus alors que mes mains tremblaient de façon irrépressible. L'estomac noué, je rejetai son appel. Il appela encore et encore, et je les rejetai tous.

Aiden : Réponds, Hails.
Aiden : S'il te plaît. Réponds. J'ai vu les articles. C'est des conneries.
Aiden : Tu es parfaite. Ce ne sont que des imbéciles et des haters, et des trolls.
Aiden : S'il te plaît, réponds. Hails. Je t'en prie.
Aiden : Je rentre par le premier avion. Je rentre.

Ce jour-là, en arrivant chez moi, je trouvai mes parents en pleine discussion avec Laurie dans notre salon. Dès qu'ils me virent, je sus qu'eux aussi avaient lu les articles sur internet. Papa se leva d'un bond.

– Cendrillon…

Je fis non de la tête.

– Ça va. Je vais travailler.

– Mon bébé, commença maman.

Mais je ne lui laissai pas le temps de continuer. Je filai m'enfermer dans ma chambre et tournai la clé dans la serrure. Je m'effondrai sur mon lit et éclatai en sanglots dans mes oreillers. Mon corps était tout endolori. Mon sang battait à mes tempes et j'avais l'impression que ma tête allait éclater à force de pleurer si fort.

– Cendrillon, nous allons te laisser tranquille pendant quelques heures puisque c'est ce que tu veux, mais ensuite, je te promets que je vais enfoncer cette porte à coups de pied et te serrer dans mes bras, dit papa derrière la porte.

Et il le ferait.

Je déverrouillai ma porte et allai dîner avec mes parents. Leur inquiétude était palpable, alors que maman remplissait mon assiette. Pourquoi la remplissait-elle autant ? Je n'avais pas besoin de manger tout ça. Je ne devrais pas manger autant. Les mains posées sur les genoux, je regardais fixement la montagne de nourriture que maman me donnait et les commentaires venus d'inconnus du monde entier résonnaient à mes oreilles.

Gros cul.

Répugnante.

Il la trompe.

Vous avez vu la taille de ses cuisses ?

La conversation se déroula sans heurts au cours du dîner et je les assurai que j'allais bien. Je devais leur dire ça. Sinon ils se seraient inquiétés et ils auraient culpabilisé.

Je ne voulais pas qu'ils culpabilisent. Ce n'était pas de leur faute si mon corps était comme ça.

Après le dîner, je passai par la salle de bains qui communiquait avec ma chambre et me regardai dans la glace. J'enlevai mon tee-shirt et mon pantalon de survêtement et restai plantée là, en soutien-gorge et culotte, les joues inondées de larmes. Je passai les mains sur mon corps, sur ma peau, et agrippai les bourrelets en trop. Je les pinçai, je les tassai, je les détestais. Je les détestais. Je les détestais.

Moi.

Je me détestais.

Gros cul.

Répugnante.

Il la trompe.

Vous avez vu la taille de ses cuisses ?

Je tirai le pèse-personne de sous le lavabo et l'époussetai. Je montai dessus. Cent douze kilos. J'en faisais cent quatre au début de l'année scolaire, ce n'était pas si vieux. Comment c'était possible ?

Gros cul.

Répugnante.

Il la trompe.

Vous avez vu la taille de ses cuisses ?

Je vomis.

Je m'accrochai au siège des toilettes alors que tout ce qui était en moi remontait. Je vomis jusqu'à n'avoir plus que des haut-le-cœur. Jusqu'à me faire pleurer. Jusqu'à avoir la tête qui tourne.

Je me remis debout, me brossai les dents, me rinçai la bouche et essuyai mes larmes.

Je remontai sur la balance.

Cent onze kilos cinq cents.

Cinq cents grammes de moins ?

Comment était-ce possible ?

J'enfilai mon pyjama et me mis au lit. Aiden n'avait pas arrêté de m'envoyer des textos. Il avait déjà réservé un vol et était en route pour l'aéroport. Il me tenait au courant de l'heure à laquelle il serait chez lui. Il était deux heures du matin quand j'entendis des petits coups frappés à ma fenêtre. J'allai l'ouvrir et trouvai mon meilleur ami, la personne de ma vie, devant moi avec le regard le plus bouleversant que j'aie jamais vu.

J'allumai et ouvris la fenêtre. Le vent frais me souffla au visage.

– Salut, toi.

Il souriait, sans parvenir à dissimuler sa tristesse.

– Salut, toi.

– Je peux…

Il désigna ma chambre de la main. Je me poussai sur le côté.

– Oui.

Il entra par la fenêtre, se tint devant moi et me prit dans ses bras. Je tentai d'échapper à son étreinte, gênée à l'idée qu'il allait sentir mes bourrelets à travers mon pyjama. C'était idiot parce que ce n'était pas la première fois qu'il me tenait comme ça, mais maintenant mon esprit était encombré de réflexions qui ne venaient pas de moi.

J'avais toujours pensé que j'étais normale. Le reste du monde essayait de me persuader du contraire. Et le problème, c'est qu'ils gagnaient. Ce qui était horrible, c'est que leurs pensées prenaient le dessus sur les miennes.

– Je suis désolé.

– Ce n'est pas de ta faute.

– Si. Tout ce qui t'arrive, c'est à cause de moi et ça me fout en rogne. (Il se débarrassa de son blouson puis de ses chaussures. Il roula ses manches.) C'est des imbéciles.

Les gens qui se sentent tout-puissants sur un clavier sont des connards finis qui écrivent des conneries pour obtenir des likes de gens aussi pitoyables qu'eux.

– Ouais, mais n'empêche…

Ma voix tremblait.

– Je sais. N'empêche que ça fait mal.

J'acquiesçai.

– Oui, n'empêche, ça fait mal.

– Ils t'ont déstabilisée.

– Oui.

Ce n'était pas un secret pour moi que j'étais en surpoids. Je vivais avec ça au quotidien. Je voyais toutes les choses auxquelles, dans chaque situation, les gens qui ne l'étaient pas ne pensaient même pas. Lorsque nous allions au restaurant, je remarquais les sièges. Je me demandais comment j'allais pouvoir m'asseoir dedans, ou si ce serait gênant que le siège en question craque sous mon poids. C'est pour cette raison que je ne m'asseyais jamais sur les chaises longues quand j'allais à des fêtes. J'avais horreur de l'avion, parce que parfois je devais réclamer un extenseur pour la ceinture de sécurité. Je me prenais la tête en imaginant ce que les inconnus à côté pensaient d'être assis à côté de moi pendant tout le vol. J'étais déjà entrée dans des magasins où les tailles les plus grandes étaient trop petites pour moi. J'avais pleuré dans les salons d'essayage. J'avais pleuré dans mes oreillers quand tout le choix que j'avais en matière de vêtements ressemblait à quelque chose que ma grand-mère aurait porté.

Mais j'avais aussi dansé avec mon corps. Je l'avais bougé et m'étais éclatée. Quand tout allait bien, mon corps était de mon côté. Quand tout allait mal, il trimbalait ma tristesse. Je connaissais mon corps, je connaissais ses avantages et ses inconvénients. Je savais comment le plier et comment l'étirer. Je connaissais ses capacités, ses forces et ses faiblesses.

On ne venait pas de se rencontrer, mon corps et moi. On avait des hauts et des bas, mais c'était justement ça, ça nous appartenait.

Maintenant, c'était comme si tout le reste du monde avait son mot à dire sur mon corps sans rien connaître de l'histoire qui existait derrière chacun de ses centimètres et chacun de ses kilos. Cela créait en moi un tout nouveau degré de fragilité. Mon corps et mon esprit n'avaient même pas eu le temps de chercher un moyen de s'adapter à cette nouvelle situation.

La société me poussait à douter de moi-même d'une façon que je n'avais jamais connue. Bien sûr, j'avais déjà passé des moments difficiles à cause de mon corps, mais j'en avais aussi passé de géniaux. Et pourtant le monde me jugeait sur la foi de quelques photos. Ils ne me connaissaient pas mais avaient la prétention de connaître mon corps.

Gros cul.

Répugnante.

Il la trompe.

Vous avez vu la taille de ses cuisses ?

C'était le monde extérieur qui créait de nouveaux complexes en moi et je détestais le fait qu'ils parvenaient à couvrir ma propre voix intérieure. Leurs voix étaient de plus en plus fortes à mesure que la mienne devenait muette.

Aiden fit une grimace.

– D'accord. C'est quoi ?

– C'est quoi, quoi ?

– Qu'est-ce qui te donne des complexes ?

– Hein ?

– Tes complexes, dis-moi.

Je recouvris mon ventre de mes bras. *C'en était un.* Une femme sur internet avait dit que je devrais avoir honte de mon bide.

– Je ne vais pas te dire ça.

Il vint plus près, ce qui eut pour effet d'accélérer les battements de mon cœur. Il posa une main sur ma jambe, provoquant une onde de sensations dans tout mon corps. Il ne me quittait pas des yeux en me parlant.

– Je veux connaître chacun des complexes qu'ils ont créés chez toi pour pouvoir te dire pourquoi ils n'ont pas lieu d'être.

– Aiden, je ne vais pas…

Il me prit les mains. Sa chaleur m'apaisa.

– Cite-moi un complexe et nous partirons de là.

Mes lèvres s'entrouvrirent et il me vola mon souffle suivant. Des fourmillements se mettaient à parcourir mes cuisses chaque fois qu'il me touchait.

– Allez, Hails. Vas-y.

J'allais discuter, mais sans m'en laisser le temps, il se pencha vers moi, posa sa bouche sur la mienne et mordilla ma lèvre inférieure avant de la mordre délicatement.

– Tu me fais confiance ?

Les papillons.

– Oui.

– Très bien. Alors, déshabille-toi.

Sa façon de me commander… la façon dont ses yeux bleus plongeaient directement dans mon âme… je n'avais pas d'autre choix que de lui donner l'information qu'il exigeait.

– Est-ce qu'on peut éteindre la lumière ?

– Certainement pas. On va traquer la moindre source de tes insécurités avec les lampes allumées. Donc (il fit un geste vers moi) enlève tout ça.

Avec une boule de nerfs dans l'estomac, j'ôtai mon pyjama. J'étais là devant Aiden, mettant à nu non seulement mon corps mais aussi mon âme, d'une certaine manière. Debout devant lui, comme ça, je fus envahie d'une profonde gêne. Jusqu'à ce que je croise son regard. Un regard qui ne reflétait rien d'autre que de l'admiration.

Comment faisait-il cela ?

Comment, avec cette simple manière de me regarder, pouvait-il me donner envie de m'aimer moi-même un peu plus ? Comment un seul regard d'Aiden pouvait-il faire taire un million de commentaires venus d'inconnus ?

Et je suis amoureux de toi...

– Par quoi je commence ?

– Par ce que tu veux. Je suis là, je t'écoute.

– Mes joues. Ils disent que je suis joufflue.

Il prit mes mains dans les siennes. Il m'attira vers lui puis caressa ma joue du dos de la main.

– J'adore tes joues avec les trois taches de rousseur sur la gauche et les sept sur la droite. J'adore qu'elles remontent aussi haut lorsque tu souris et qu'une petite fossette apparaisse sur la gauche de façon ténue quand tu ris.

Il les embrassa, trois fois sur la gauche et sept fois sur la droite.

Ses baisers étaient comme un baume apaisant étalé sur mon âme.

– Et ensuite ?

Je fermai les yeux, sentant mes tremblements s'accentuer. Mais pas à cause de mes peurs, plutôt à cause de cette étrange sensation de confort qu'il me communiquait.

– Mes bras. Ils disent qu'ils sont affreux et gras et qu'ils ne servent qu'à me gaver de nourriture.

Il prit mes bras et les massa du bout des doigts, puis il plaça ses bras autour de mes hanches et m'attira contre lui pour une accolade. Instinctivement, je la lui rendis et il soupira de soulagement en murmurant à mon oreille.

– Ces bras sont ce que je préfère au monde lorsqu'ils m'étreignent. Là, je me sens en sécurité.

Puis il entreprit de les embrasser sur toute leur longueur.

Mes papillons se multipliaient chaque fois qu'il me touchait.

Je me frottai le ventre.

– Ils parlent de la taille de mon ventre. Et de mes cuisses. De mon visage rondouillard.

Il se baissa pour s'agenouiller devant moi comme dans un état d'adoration. Et c'est exactement ce qu'il faisait, il adorait chaque centimètre de mon corps, passant les mains dessus, me disant pourquoi il aimait mon ventre, pourquoi il désirait mes cuisses, pourquoi mon visage occupait toutes ses rêveries lorsqu'il se sentait seul, comment mon corps était un temple et comment, s'il le pouvait, il prierait dans ce temple jusqu'à la fin de ses jours.

Lorsqu'il eut fait la liste de toutes mes sources de complexes, il m'allongea sur mon lit. Le cœur battant la chamade, je l'embrassai avec fougue. Les tabloïds, les inconnus, les autres élèves du lycée – ils disparurent un à un de mon esprit. À cet instant, il n'y avait plus que lui et moi. À cet instant, tout ce que je voulais, tout ce que j'avais toujours voulu, c'est qu'Aiden reste avec moi.

Pendant que nous nous embrassions, je lui enlevai son tee-shirt. Puis ce fut le tour de son pantalon. Son corps pressé contre le mien, il marqua un temps d'arrêt et me regarda droit dans les yeux.

– Dis-moi ce que tu ressens.

– J'ai peur.

– Ouais. Moi aussi. On n'est pas obligés de le faire, Hails. On peut attendre, on peut dormir tout simplement et je te tiendrai contre moi.

Je secouai la tête.

– C'est bon. C'est juste… t'as qu'à avoir peur avec moi, d'accord ? On aura peur et on aura le trac ensemble.

– D'accord. Oui ?

Il posa la question sur mes lèvres, concernant ce qui allait arriver.

Je hochai la tête et le serrai un peu plus contre moi.

– Oui.

Une fois qu'il eut la permission, il m'embarqua dans son étreinte. C'était la première fois pour lui comme pour moi. Chaque fois qu'il me touchait, il resserrait le lien qui unissait nos âmes. Chaque sensation me traversait de part en part alors que je faisais l'amour avec mon meilleur ami pour la toute première fois.

La peur.

L'excitation.

La douleur.

L'euphorie.

Le bonheur.

Tellement de bonheur.

Je pleurai parce que c'était tellement bien. C'était tellement bon. Il était… genre… à moi.

Je fis l'amour avec lui après qu'il avait apaisé toutes mes insécurités les unes après les autres et fait taire le bruit extérieur pendant un petit moment. Comment aurais-je pu ne pas le faire ? Il était mon refuge dans un monde extrêmement cruel.

Cette nuit-là je me donnai totalement à lui, et il me donna encore davantage de lui-même.

18
Aiden

Perdre sa virginité.

Tout s'était bien passé… encore et encore et encore. Pourtant, même si tout se passait bien entre Hailee et moi, je m'inquiétais pour elle. Après tout ce qui s'était passé sur les tabloïds ces dernières semaines, elle disait qu'elle allait bien, mais j'avais du mal à la croire. Ma tendance à surprotéger Hailee était surréaliste. Chaque fois que je devais partir pour un boulot, j'avais l'impression de la livrer aux attaques des crétins du lycée. Elle semblait ne pas le prendre trop mal, malgré tout.

Il me semblait qu'à mesure que les jours passaient, nous étions de plus en plus amoureux.

Nous avions pris nos marques pour certaines choses que nous faisions ensemble. Comme je devais me remettre en forme pour un rôle, j'allais à la salle de gym tous les matins et Hailee décida de m'accompagner. J'aimais bien la regarder s'entraîner et, la moitié du temps, je n'atteignais pas mes objectifs parce que j'étais trop concentré sur les siens.

Dans l'ensemble, nous nous étions installés dans cette relation sans aucune difficulté. Le seul problème qui pouvait se poser à nous venait des autres qui se mêlaient de nos affaires alors que cela ne les regardait pas. Les autres élèves continuaient à harceler Hailee. Elle me disait qu'elle s'en fichait, mais je voyais bien que ce n'était pas vrai.

Je devins hyper-concentré sur elle et tout ce qu'elle faisait. Tous les jours au déjeuner, elle faisait des remarques apparemment anodines sur le comptage des calories ou s'étonnait qu'un aliment concentre autant de glucides. Après le repas, je l'accompagnais à son cours suivant, mais après l'avoir quittée je remarquais qu'elle se rendait aux toilettes au lieu d'entrer en cours.

À la salle, elle se poussait trop, au point que ça devenait inquiétant.

– On devrait y aller si on veut avoir le temps de se préparer pour le lycée, lui dis-je un matin.

Nous étions tous les deux dégoulinants de sueur, et j'étais complètement exténué. Hailee en avait fait dix fois plus que moi, ce jour-là.

– On se fait un sprint sur le tapis roulant avant d'y aller.

Je rigolai en secouant la tête.

– Après avoir bossé les jambes ? Pas question.

– Allez, fais pas ta mauviette. Dix minutes max, dit-elle le souffle court en se tenant à la rampe du tapis roulant.

Je plissai les yeux.

– C'est bon, Hailee, on y va.

Elle sauta sur le tapis roulant et me fit signe de partir.

– Okay. Vas-y. Je te rattraperai sur le chemin de la maison. Je…

Elle marqua une pause et agrippa les rampes du tapis. Elle baissa la tête et prit quelques respirations.

Je me précipitai vers elle.

– Tu es au bord de l'évanouissement. T'as mangé ce matin ?

– Ouais, bien sûr. Un gros petit déj. Mais j'ai un peu la tête qui tourne.

Je montai sur le tapis en face d'elle et lui pris les mains.

– Tu vas t'asseoir une minute.

– Mais le sprint…

– Hailee. Assieds-toi.

Elle s'assit sur le tapis. Je saisis sa gourde et la lui tendis.

– Tu t'entraînes davantage depuis quelque temps. Tu es sûre que tu manges assez ?

– Oui, tout va bien. Je suis juste un peu fatiguée.

J'avais envie de la croire, mais j'avais du mal à le faire. Une partie de mon boulot d'acteur consistait à étudier les personnages. Comprendre comment ils bougeaient, comment ils interagissaient, comment ils existaient et comment ils vivaient.

Il y avait quelque chose qui clochait chez Hailee, et cela me terrifia parce que, une fois que j'avais réuni toutes les pièces, je sus exactement ce que je devais faire. Tous les ans, nos familles célébraient Thanksgiving et Noël ensemble. Nous faisions les allées et venues d'une maison à l'autre. Ma famille s'occupait du plat principal et les Jones du dessert et des cocktails.

Le jour de Thanksgiving, je ne quittai pas Hailee des yeux. Elle n'avait pas beaucoup mangé. Elle était devenue spécialiste dans l'art de repousser ses aliments sur le bord de son assiette. Elle ne voulait pas non plus utiliser les toilettes chez mes parents. Elle allait dans sa propre salle de bains attenante à sa chambre, puis elle revenait. C'était carrément louche, en plus elle répéta son petit manège chaque fois que nous avions mangé quelque chose, tout au long de la journée. Alors après dîner, je décidai de la suivre.

Je me faufilai dans sa chambre par la fenêtre à son insu et je tendis l'oreille à la porte de la salle de bains. Cela me fit mal de l'entendre vomir. Elle se lava les mains et sortit en s'essuyant la bouche. Elle poussa un cri étouffé en me voyant.

– Aiden ? Qu'est-ce que tu fais là ?

– C'est plutôt à toi qu'il faudrait poser la question, Hails.

Elle haussa un sourcil.

– Bah, j'étais aux toilettes.

– Hailee.

Elle rit nerveusement.

– Quoi ? T'es bizarre aujourd'hui.

– J'ai tout entendu.

– T'as entendu quoi ?

– Toi, dans la salle de bains.

Elle me poussa pour passer en secouant la tête.

– T'es vraiment trop bizarre. Viens, on va retrouver les parents et…

– Est-ce que tu te forces à vomir ?

– Pardon ?

– Est-ce que tu…

– Je t'ai entendu la première fois, Aiden ! dit-elle sur un ton tranchant.

Hailee ne me parlait jamais sur ce ton. Elle pouvait être énervée de temps en temps, mais elle ne criait jamais.

– Écoute, je ne vais pas rester là à t'écouter me faire la morale, d'accord ? Je vais bien.

– Hails…

– Non ! (Elle leva la main. Ses yeux s'embuèrent.) Arrête de faire ça. Arrête de me regarder comme si j'étais détraquée.

– Je ne fais pas ça.

– Si, tu le fais. Je le vois bien. Mais tu ne comprends pas. J'ai perdu plus de sept kilos, Aiden. Je perds du poids. Et tout va aller bien, et les gens arrêteront de dire des choses sur moi dans les journaux, et tu n'auras plus à avoir honte d'être vu avec moi. Je mangeais trop, de toute façon. Ça marche. Je le sais. C'est bien, et j'arrêterai quand j'aurais atteint mon poids cible. Tout va bien. C'est juste temporaire.

C'était comme si elle avait arraché mon cœur de ma poitrine. La panique et les peurs jaillissaient d'elle quand elle parlait, et je savais que c'était de ma faute. Je savais que sans moi et ma carrière stupide, Hailee n'aurait jamais douté d'elle comme elle le faisait maintenant.

– Il te faut de l'aide, Hails. Pour le faire de façon qui ne nuise pas à ta santé, mais ça, c'est très mauvais. Tes parents pourraient…

– Tu ne vas en parler à personne. Je te jure Aiden, si jamais tu le dis à quelqu'un, je ne t'adresserai plus jamais la parole. Je gère.

Je plissai les yeux, interdit.

– Non, tu ne gères pas. Si c'était le cas, tu ne ferais pas ce que tu fais. Je ne peux pas le leur cacher. Pas si tu te fais du mal.

– Mais non ! Ça m'aide au contraire. Tu ne vois pas ? Je suis plus heureuse comme ça, dit-elle alors que les larmes ruisselaient sur ses joues. J'ai maigri.

– Mais ce n'est pas important, Hailee. Tu étais parfaite comme tu étais. Ton poids ne te définit pas.

– Va dire ça sur internet ! s'écria-t-elle en pleurant de plus belle.

Avant que je puisse répondre, j'entendis la porte d'entrée se refermer sur nos parents qui rentraient.

– C'est l'heure du dessert ! cria mon père. Karl, tu me préparerais pas un Old-Fashioned pour accompagner le dessert ?

– Ça marche, répondit Karl.

Haily se dépêcha de s'essuyer les yeux et se racla la gorge. Elle me regarda et m'attrapa par le bras.

– Jure-moi que tu ne diras rien à personne. Jure-le-moi, pas en tant que petit ami, mais en tant que meilleur ami.

– Seulement si tu me jures que tu vas arrêter.

– Je le jure.

Sa lèvre inférieure tressaillit. Elle mentait.

Je détestais qu'elle se sente obligée de me mentir. Je détestais l'idée qu'elle souffre. Je détestais l'idée qu'elle soit aux prises avec des démons que j'avais contribué à installer dans son esprit. Je détestais aussi devoir lui briser le cœur en le disant à ses parents.

– Je suis désolé, Hailee.

– Non, non !

Elle courut pour me rattraper.

Je me dirigeai précipitamment vers la cuisine où Karl et Penny préparaient le dessert.

– Karl, Penny, il y a une chose que je dois vous dire.

– Ce n'est pas vrai ! bredouilla Hailee en entrant à ma suite. Il ment !

– Attendez, attendez, qu'est-ce qui se passe ? demanda Karl.

– Aiden, je t'en prie, non.

Je ne voulais pas lui faire de mal. Je ne voulais pas qu'elle soit fâchée contre moi. Mais plus que tout, je ne voulais pas la perdre. Et avec ce qu'elle se faisait à elle-même, il y avait un risque que je perde ma meilleure amie. Mon âme sœur. Ma Jerry.

Je me tournai vers ses parents :

– Hailee se fait vomir après tous les repas.

– Aiden, supplia-t-elle.

Mais je poursuivis.

– Cela fait un petit moment que je l'observe de près et j'ai remarqué que quelque chose clochait, mais je n'en étais pas sûr, jusqu'à ce soir où je l'ai prise sur le fait. J'ai pensé qu'il fallait que vous le sachiez.

Le regard de Penny se braqua sur sa fille.

– C'est vrai, Hailee ?

– Je… euh… ça… ça va, bégaya-t-elle en pleurant.

Elle haussa les épaules.

– Ça va, je vais bien.

Ses parents se ruèrent sur elle pour la rattraper au moment où elle s'effondrait.

Mes parents vinrent me dire de rentrer avec eux pour laisser les Jones seuls avec leur fille.

Assis dans ma chambre, j'avais mal au ventre après ce qui s'était passé. Au bout d'un moment, ma mère entra et vint s'asseoir sur mon lit à côté de moi.

– Ce que tu as fait pour Hailee aujourd'hui demandait beaucoup de courage. Tu as fait ce qu'il fallait en le disant à ses parents.

– Alors, pourquoi est-ce que je me sens si mal ?

– Parce que, parfois, faire ce qu'il faut est ce qu'il y a de plus difficile. (Elle m'embrassa sur le front.) Ne t'en fais pas pour Hailee, ça va s'arranger, et pour vous deux aussi. Il faudra juste un peu de temps.

– Elle va me détester.

– Non. Elle sera contrariée, mais c'est normal. Mais je sais qu'elle ne pourra jamais te détester.

– Pourquoi ?

– Parce que tu es toi, Aiden. Parce que tu es toi.

***

Hailee m'envoya un texto après Thanksgiving, me disant qu'elle m'en voulait mais qu'elle m'aimait toujours.

J'étais pratiquement sûr qu'elle avait fait une liste des pour et des contre me reparler, alors je pris ça pour une victoire. Qu'elle soit furax contre moi, je pouvais le gérer. En revanche, je n'aurais pas pu supporter qu'elle ne m'aime plus.

Après Thanksgiving, elle s'absenta du lycée plusieurs jours alors que ses parents tentaient de trouver un moyen de l'aider.

Tous les jours, lorsque je croisais Cara, elle me regardait avec un air satisfait. Comme si elle était fière de ce qu'elle avait fait. Tout ça parce que je n'avais pas voulu sortir avec elle. Tout ça parce que j'avais choisi Hailee, plutôt qu'elle et ses manières d'enfant gâtée. Tout ça parce que je lui avais dit non.

Penser qu'on puisse être si amer et si insatisfait de soi-même qu'on en vienne à pourrir la vie de quelqu'un d'autre ! Je n'arrivais pas à comprendre pourquoi les gens s'occupaient de l'allure des autres, minces ou gros, petits ou grands, quelle importance ? Mais c'était comme s'ils essayaient de se sentir mieux dans leur vie triste et pathétique en rabaissant les autres. Parce que si les autres se sentaient nuls, peut-être que leur pauvre existence leur semblerait plus intéressante. C'était débile, et j'eus du mal à me retenir d'insulter Cara pour ses manigances, mais je savais que ça ne ferait qu'empirer les choses pour Hailee. Et puis, ma mère m'avait interdit me bagarrer avec une femme. Même si je détestais Cara, je ne lui manquerais jamais de respect. Ma mère m'avait appris à toujours respecter les femmes. Mais quand un type avait le culot de dire une saloperie à propos d'Hailee ?

Alors là, les gants entraient en action.

– Tu t'es encore battu ? demanda papa en me voyant entrer dans le salon en rentrant du lycée.

Une espèce de bouffon avait déblatéré à propos d'Hailee, comme quoi elle aurait pu être sexy si elle ne souffrait pas de troubles alimentaires, alors j'avais réarrangé sa mâchoire. Cela m'avait paru adapté. Mon poing était encore rouge après cet échange.

Maman était assise sur le canapé, l'air extrêmement déçue. Cela m'ennuya, mais je n'allais pas jusqu'à culpabiliser pour ce que j'avais fait.

– Tu savais que cette fois certaines personnes ont filmé la bagarre ? Et que la vidéo est devenue virale sur les réseaux sociaux.

Je voyais la colère monter dans le regard de mon père. Je jetai un coup d'œil vers la pendule sur le mur. Hailee était encore chez son psy, alors elle n'était probablement pas au courant de la bagarre. Je pensais déjà au moyen de lui éviter d'en entendre parler.

Ses parents lui avaient fait supprimer tous les réseaux sociaux de son téléphone afin d'éviter qu'elle voie les commentaires négatifs, donc je savais que je pouvais être tranquille de ce côté. Elle n'avait pas besoin de savoir que je défendais son honneur. Ça l'aurait énervée.

– Aiden, tu m'écoutes ? T'as complètement perdu l'esprit, ou quoi ?

– Je t'entends. Mais il a traité Hailee de…

– Hailee ! Hailee par-ci, Hailee par-là. Tu te rends compte à quel point tu es devenu obsédé par elle ? Je comprends qu'elle traverse une passe difficile, mais ce n'est pas ton combat.

Je hochai un sourcil.

– Mais si. Ça me regarde. Si quelqu'un fait du mal à Hailee, il aura affaire à moi.

– C'est ridicule.

– Donc, toi, tu laisserais quelqu'un dire du mal de maman sans réagir ?

Il fronça les sourcils et croisa les bras.

– Pardon ?

– Je t'ai demandé si tu accepterais que quelqu'un parle de maman de cette façon. Parce qu'elle m'a dit que quand vous étiez jeunes, tu te battais tout le temps pour défendre son honneur.

– Elle t'a dit ça ? (Il se tourna vers maman.) Tu lui as dit ça ?

– Bah, c'est la vérité. (Elle haussa les épaules.) Et tu n'as toujours pas répondu à sa question.

Elle semblait étrangement calme, même plus, la conversation avait l'air de l'ennuyer. Papa et elle se disputaient de plus en plus souvent depuis quelque temps. Parfois, j'étais même étonné de les voir ensemble dans la même pièce.

– Je n'ai pas répondu parce que c'est une question idiote. Tu es ma femme. Hailee est sa petite amie depuis quoi ? Dix minutes ?

– Elle est ma meilleure amie depuis dix-sept ans. Je crois que ça l'emporte sur tes dix minutes.

– C'est quoi cette insolence ? Et depuis quand tu ne me parles plus des rôles qu'on te propose ?

Je restai coi.

Papa haussa un sourcil.

– C'est bon. Je sais.

Il fit un geste de la main dans ma direction.

– Il a décroché le premier rôle dans une grosse production de Spielberg. Ils le lui ont proposé avant les vacances de Thanksgiving. C'est son agent qui m'en a parlé aujourd'hui.

Maman ouvrit de grands yeux.

– Tu as le rôle ?

– J'avais l'intention de le refuser.

– Pas question. J'ai déjà pris les billets pour Los Angeles pour les réunions de préparation.

Les paumes de mes mains devinrent moites à mesure que mon angoisse grandissait.

– Je n'irai pas. Hailee a besoin de moi en ce moment.

– Mon petit… commença maman, mais je l'interrompis en secouant la tête.

Je me levai.

– Tu pourras faire tout ce que tu voudras. Verrouiller ma fenêtre. Me consigner à la maison. Me dire que je suis un raté, mais je n'accepterai pas ce rôle. Je m'en fiche. Je me fiche de tout ce merdier. Je ne la quitterai pas.

Il était hors de question que je monte à bord d'un avion au moment où Hailee avait le plus besoin de moi.

19
Hailee

J'avais été absente du lycée pendant quelques jours et maman et papa m'avaient trouvé un psy qui pourrait m'aider à me débarrasser de mes idées noires. Je fus plutôt étonnée lorsque Samuel passa à la maison pour me parler.

Samuel me sourit.

– Salut, Hailee. Tes parents sont là ?

– Non, ils sont allés visiter un local pour leur pâtisserie. Je peux leur dire que tu es passé…

– En fait, c'est toi que je venais voir. Je peux te parler un instant ?

– Oui, bien sûr. Entre.

Il entra dans la maison et referma la porte derrière lui. Il me sourit, mais je le trouvai assez froid. Plus froid que d'habitude. Normalement, il était toujours plutôt gentil et protecteur avec moi.

Il croisa les bras et se racla la gorge en baissant les yeux sur moi.

– Tu tiens le coup, mon petit ?

Je haussai les épaules.

– Ça va. Je suis désolée pour Thanksgiving. J'ai craqué.

– Ce n'est pas grave ? J'espère seulement que tu vas mieux. (Il fronça le nez et dansa d'un pied sur l'autre.) On prie pour toi.

Les prières, c'était bizarre. Je me demandais si elles étaient jamais exaucées ou si le ciel était rempli de requêtes restées sans réponse qui flottaient dans l'atmosphère.

– Il y a quelque chose qui ne va pas ? demandai-je.

Mon estomac se nouait et je détestais ne pas savoir pourquoi.

– Euh… oui. On peut s'asseoir ?

J'acquiesçai et le fis entrer dans le salon. On s'assit l'un en face de l'autre, et il me parut toujours aussi tendu, ce qui eut pour effet de me tendre encore plus.

– Donc, je sais que Aiden et toi avez eu des problèmes récemment.

– Oh. Oui, mais en fait c'était plutôt moi qui avais des problèmes avec moi-même, que lui. Franchement, si ç'avait été dans l'autre sens, j'aurais fait la même chose. J'avais l'intention de lui parler ce soir et…

Samuel m'interrompit en levant la main.

– Tu es une fille bien, Hailee. Je te connais depuis longtemps et je n'ai aucun doute sur le genre de personne que tu es.

Je déglutis avec difficulté.

– Qu'est-ce qu'il y a ?

Samuel fronça les sourcils.

Mon cœur se fissura.

Il croisa les doigts.

– Il a un brillant avenir devant lui. Ses rêves sont finalement en train de se réaliser. Et afin de se consacrer pleinement à son avenir, il faut qu'il lâche tout ce qui reste de son passé. Il ne peut pas faire le grand écart entre Leeks et la Californie. Il faut que tu rompes.

– Pardon ? Non. On peut trouver un arrangement. On peut…

– Il s'est encore battu, Hailee.

– Quoi ?

– Au lycée. Il a entendu des gens dire du mal de toi. Il s'est battu, et ça a fuité dans les médias. Il n'y a pas que les gens d'ici qui en parlent, certaines personnes dans le métier se demandent s'il a les qualités nécessaires pour mener une vraie carrière ou s'il a simplement eu de la chance. (Samuel ôta ses lunettes et se pinça l'arête du nez.) Mon fils est ce qu'il est, mais ce n'est pas la chance qui l'a amené où il est. Il est travailleur et je refuse qu'on dise de lui qu'il est une star éphémère.

Pourquoi Aiden ne m'avait-il pas parlé de cette bagarre ? Pourquoi ne m'avait-il rien dit ? Encore une bagarre à cause de moi ? Pourquoi me l'avait-il cachée ?

Ma voix se brisa.

– Je pourrais faire une déclaration. Je pourrais intervenir pour lui et dire aux gens que…

Il secoua la tête.

– Non. Je ne voudrais pas te vexer, Hailee, mais si tu prends la parole pour défendre Aiden, ça ne fera qu'aggraver la situation. N'importe quel engagement, même amical nuirait à mon fils.

Même amical ?

Quoi ?

– Samuel, qu'est-ce que tu me demandes… ?

– Tu es son point faible, Hailee. Aiden ferait tout et n'importe quoi pour toi, au risque de se détruire lui-même. Tu es une fille géniale. Tu sais ce que ma famille pense de toi et de tes parents, mais… cette relation n'est pas saine, ni pour toi ni pour lui. Un tel niveau de dépendance mutuelle est toxique.

Les larmes me montèrent aux yeux parce que je savais exactement ce qu'il me demandait de faire.

Il me demandait de renoncer à Aiden. Non seulement à mon petit ami mais aussi à notre relation privilégiée. À mon meilleur ami. À mon Tom. Il voulait que je renonce à ma moitié.

– Tu dois me comprendre, Hailee, ce n'est pas facile pour moi de te dire ça. Tu as toujours illuminé notre famille et je ne souhaiterais pas à mon pire ennemi les épreuves que tu traverses avec le harcèlement et les tabloïds sur internet, mais Aiden est mon fils. Alors tu dois comprendre que je te demande ça. Il faut que tu comprennes qu'à partir de maintenant tu dois sortir de la vie d'Aiden. Si tu l'aimes, si tu l'aimes sincèrement, et je suis sûr que c'est le cas, tu dois renoncer à lui.

Est-ce que c'était vrai ?

Est-ce que je représentais dans la vie d'Aiden un mal dont il devait être protégé ?

Les larmes ruisselaient sur mes joues et j'avais l'impression que j'allais étouffer à chaque respiration que je prenais. Mon corps fut saisi de tremblements et je secouai la tête.

– C'est mon meilleur ami, Samuel. C'est mon meilleur ami. Mon meilleur ami.

C'est la personne qui compte le plus pour moi.

La seule et unique personne.

Sans lui, je n'avais plus personne.

Sans lui, il n'y aurait plus que des jours sombres sans la moindre lumière dans le ciel.

Les yeux de Samuel étaient vitreux, comme s'il était au bord de l'effondrement, lui aussi. Je n'avais jamais vu le père d'Aiden si près de pleurer. Ça me fendit le cœur, mon cœur qui était déjà en miettes.

Il renifla et se racla la gorge.

– Hailee, il faut que tu comprennes. Il va tout perdre à cause de toi. Ses rêves vont être détruits s'il continue à te fréquenter. Tes problèmes sont trop lourds. Tu ne peux pas lui demander de les porter pour toi.

Ma poitrine se serra.

J'avais la tête qui tournait et l'esprit totalement confus.

Et le pire, c'était que je savais que Samuel avait raison. Rien de bon ne pouvait sortir de ma relation avec Aiden. Les gens auraient toujours quelque chose à dire sur moi, et Aiden se sentirait obligé de me protéger. Et je ne voulais pas qu'Aiden mette un terme à sa carrière pour me protéger.

– Je pense que tu ferais mieux de partir, Samuel.

– Oui, bien sûr. Mais pense à tout ce que je t'ai dit. Nous sommes censés prendre l'avion dans la semaine parce qu'on lui propose un rôle important. C'est une grande opportunité pour lui et il refuse de la saisir parce qu'il veut s'assurer que tu vas bien. Je suis certain qu'il va passer te voir ce soir. Si tu pouvais me rendre service et mettre fin à tout espoir chez lui de prolonger cette histoire entre vous, ce serait vraiment super.

Cette histoire.

Comme si notre amour n'était rien de plus qu'une passade.

Samuel tourna les talons et s'en alla. Il s'en alla comme s'il ne venait pas de faire voler mon cœur déjà fragilisé en un millier d'éclats.

Comment allais-je faire ?

Comment allais-je rompre avec la seule personne au monde à laquelle je ne voulais jamais renoncer ?

***

Lorsqu'Aiden tapa à ma fenêtre ce soir-là, j'avais déjà répété dans ma tête la conversation que nous allions avoir selon une dizaine de scénarios différents. J'avais déjà repoussé toutes les manifestations de dommages émotionnels qui pouvaient advenir, et tous les arguments qu'il pouvait m'opposer pour me montrer que ça pouvait marcher. J'avais envisagé tous les hauts et les bas, les issues optimistes et les redoutables. J'avais imaginé qu'il pouvait penser que je plaisantais. Je l'avais imaginé s'effondrer. J'avais même envisagé la possibilité qu'il ne réagisse pas.

Et pourtant, je n'étais pas prête. Je ne serais jamais prête à lui briser le cœur.

Il entra par la fenêtre et me serra immédiatement dans ses bras. Je m'y attardai un peu plus longtemps que d'habitude. Je ne savais pas quand je pourrais être de nouveau dans ses bras.

– Tu vas bien ? murmura-t-il à mon oreille.

– Tu ne m'avais pas dit que tu avais le premier rôle dans un film de Spielberg ? Pourquoi tu ne m'as rien dit ?

Il plissa les yeux.

– Comment tu le sais ?

– Ton père est passé me voir et il me l'a dit. Il m'a apporté des fleurs.

Et m'a brisé le cœur au passage.

– Ah bon. Ouais, on m'a proposé le rôle, mais je ne l'ai pas accepté parce que ce n'est pas le moment.

– Pourquoi ? C'est quoi le problème ?

Il plissa les yeux et me regarda comme si j'étais folle.

– Je ne vais pas te laisser alors que tu te débats avec tes problèmes. Tu as besoin de moi.

Et voilà. La vérité qui inquiétait tellement son père. Aiden refusait des opportunités énormes pour s'occuper de moi.

– Tu ne peux pas faire ça, Aiden. Tu ne peux pas refuser. Tu dois faire ce film.

– Mais…

– Ça va aller, je vais m'en sortir.

– Je le sais, mais je veux être là pour te soutenir.

J'avais envie de pleurer, mais je ne pouvais pas.

Je ne pouvais pas lui montrer à quel point cette situation me déchirait.

– Aiden, je suis désolée. Je ne crois pas pouvoir continuer.

– Continuer quoi ?

– Ça.

Je fis un geste de la main entre lui et moi.

– Nous. Je ne peux plus continuer en ce moment. Je ne peux pas accepter que tu refuses des opportunités à cause de moi. Je ne pourrais pas le supporter.

– Très bien, comme tu veux. Donc nous aurons une relation à distance pendant un moment. Ça va pas être simple, mais on fera ce qu'il faudra, et je ferai en sorte que quoi qu'il arrive tu restes la priorité absolue dans ma vie.

Je t'aime, pensai-je.

J'ai besoin de toi, pensai-je.

– Je ne veux pas d'une relation à distance. On a coché pratiquement toutes les cases de notre liste. Nous avons accompli ce que nous voulions faire pendant notre année de terminale, alors maintenant tu peux retourner à ta vraie vie.

– Ma vraie vie ? De quoi tu parles ? Qu'est-ce que tu as en tête ? À quoi tu penses, en vrai ?

– Ce que je pense, c'est ce que je dis.

– Non, ce n'est pas vrai. Ce n'est pas toi.

– Si, c'est moi.

– Non. Qui est dans ta tête ? (Ma poitrine se serra lorsqu'il dit cela.) Tu m'en veux toujours parce que j'ai parlé à tes parents ?

– Non. Je ne t'en veux plus du tout. Je t'en ai voulu, c'est vrai, mais j'ai compris. Si ça avait été l'inverse, j'aurais fait comme toi.

– Alors qu'est-ce qui t'arrive ? Qui t'a mis ces idées dans la tête, Hails ?

Mes lèvres s'entrouvrirent, mais aucun son ne sortit.

Comment pourrais-je le lui dire ? Comment lui révéler que la personne qui me dictait ces paroles, dont la voix murmurait à mon oreille, était son propre père ? Je ne pouvais pas faire ça. Je ne pouvais pas lui dire la vérité. Même si je voulais le faire. Je voulais lui dire que je l'aimais et que mes craintes, même si elles étaient justifiées, ne venaient pas de moi.

– Aiden, c'est moi, personne d'autre.

Il cligna des paupières, ses yeux débordaient de larmes. Il me prit les mains et j'aurais préféré qu'il ne le fasse pas, parce que chaque fois qu'il me touchait, j'avais l'impression de faire un pas vers l'éternité. Mais cette éternité m'était interdite. Il m'était interdit.

Je retirai mes mains et mon geste le blessa profondément.

– Il vaut mieux rompre, Aiden. Je suis désolée. Nous avons chacun nos problèmes. Je ne peux pas être avec toi tant que je fais un travail sur moi, et toi tu dois te concentrer sur toi et sur ta carrière.

– Arrête Hailee ! J'emmerde ma carrière !

Je m'attendais à ce changement de réaction. De la tristesse à l'incompréhension et à la colère. Je savais qu'Aiden allait passer par différentes émotions. Je l'avais prévu. Mais pourtant, derrière chacune de ses réactions, il était clair que l'émotion était la même : un immense chagrin.

Je lui brisais le cœur.

Ce cœur dont j'avais promis de prendre soin pendant le reste de ma vie.

– Tu n'as pas le droit de faire ça. Tu n'as pas le droit de me repousser alors que nous venons juste d'entamer cette nouvelle relation. Tu m'avais promis que si nous tentions l'aventure, tu avais juré que si nous décidions d'être un « nous », tu ne fuirais pas devant les difficultés qui pouvaient se présenter. Tu avais promis que même si nos vies changeaient, nous ne changerions pas. Tu as promis que nous resterions tels que nous étions. Tu as promis que tu ne me briserais pas le cœur. Tu as promis !

Il hurlait et sa voix se fêla. Je sentais sa douleur dans chaque syllabe qui passait ses lèvres.

– Aiden, je sais ce que je t'ai promis, mais les choses ont changé. Je veux dire. Regarde ma vie. Regarde les problèmes que je rencontre depuis plusieurs semaines, plusieurs mois. Ma vie est un désastre en ce moment, et je refuse de la laisser interférer avec la tienne. Tu vas changer le monde. Tu vas faire des films qui auront du sens, et du cœur, et je serai toujours ta plus fervente admiratrice. Mais je ne peux pas… je veux dire, je ne peux pas…

– M'aimer.

Il émit un souffle saccadé et redressa ses épaules alors que sa colère commençait à se dissiper pour faire place à la lucidité. Une nouvelle sorte de tristesse emplit l'atmosphère. C'était une tristesse que je n'avais encore jamais éprouvée. Le genre de tristesse qui vous glace le sang alors que votre corps tout entier se met à frémir.

– Tu n'es pas capable de m'aimer.

Je ne savais pas quoi dire parce que ces mots étaient faux. Il y avait un certain nombre de choses que j'étais capable de faire dans la vie. J'étais capable de lire pendant des heures. J'étais capable de faire de la pâtisserie. Et j'étais capable d'aimer Aiden Walters. Aimer Aiden, c'était aussi naturel pour moi que de respirer chaque matin.

Mon amour pour lui était l'une des choses immuables de ma vie.

– On restera amis ?

C'était une promesse, mais en sortant de ma bouche, ces mots sonnèrent comme une question. Comme si je doutais que ce soit même une possibilité. Depuis quelque temps, je doutais de tout. Je doutais de mon esprit, de mes pensées et de mes sentiments, parce que mon monde avait été bouleversé si brusquement que je n'avais pas réussi à suivre.

– Non. Tu n'as pas le droit de dire ça. Tu ne peux plus être ma meilleure amie après m'avoir brisé le cœur. Soit tu m'aimes, soit tu renonces à moi. Ces conneries d'entre-deux, ça marche pas, Hailee. Alors, si tu ne peux pas être avec moi, tu ne peux pas être mon amie, non plus. Alors dis-le. Dis que nous ne sommes plus meilleurs amis, que nous ne sommes plus ensemble, pour que je puisse me le rentrer dans le crâne et tourner la page.

Nos mondes, qui autrefois n'en faisaient qu'un, étaient en train de se séparer. Nous avancions dans deux directions opposées, et il était temps pour moi de couper le cordon. De trancher notre lien. Il fallait qu'il monte à bord de cet avion le lendemain sans le moindre espoir que nous soyons réunis un jour. Il fallait qu'il croie que tout était fini entre nous pour pouvoir vraiment commencer sa vie.

– Putain, Hailee, dis-le ! cria-t-il en me faisant sursauter. Et ne te dégonfle pas. Si tu as décidé de me briser le cœur, regarde-moi dans les yeux en le faisant. Ne fais pas les choses à moitié. Si c'est ce que tu veux, ce que tu veux vraiment, alors dis-le franchement.

Je fis de mon mieux pour garder mon calme, me tins très droite et en rejetant mes épaules en arrière, je prononçai les mots qui allaient lui briser le cœur. Qui briseraient le mien encore plus. Je dis le plus gros mensonge que j'avais jamais dit en le regardant droit dans les yeux.

– Je ne veux plus être ta meilleure amie, Aiden.

L'éclair qui passa dans ses yeux au moment où je dis ces mots définitifs me bouleversa. Je vis à quel point je l'avais blessé, mais c'est mon âme qui souffrait. Nous étions connectés à ce point, nous l'avions toujours été. Lorsque j'étais triste, il ressentait ma tristesse. Quand il était brisé, je m'effondrais aussi.

Il ouvrit la bouche pour parler, mais se ravisa. Alors il passa les doigts dans son collier Jerry et l'arracha d'un coup sec. Il le laissa tomber au sol et me regarda droit dans les yeux. Pour la première fois depuis que nous nous connaissions, ses yeux bleus parurent vides. Comme si tout sentiment qu'il avait pu éprouver pour moi avait disparu en un instant. Son beau regard bleu était glacial lorsqu'il ouvrit la bouche pour dire :

– Va te faire foutre, Hailee Jones ! Je ne te parlerai plus jamais de ma vie.

20
Aiden

Je montai dans cet avion imbécile.

– Ça va ? dit maman en s'asseyant à côté de moi.

J'étais cramponné aux accoudoirs et je tapai du pied sans discontinuer. Je n'avais pas envie de lui parler. Je n'avais envie de parler à personne.

Mais je me sentais mal.

Je me sentais si mal que j'avais l'impression que mon cœur allait exploser dans ma poitrine et voler en un million d'éclats. Je ressentais de la colère. Je ressentais de la tristesse. Je ressentais de la solitude. Je me sentais trahi. Et puis je la sentais, elle.

Je ne savais pas comment c'était possible, mais je sentais toujours Hailee à l'intérieur de ma poitrine.

Je ne voulais pas ressentir ça. Je ne voulais pas penser à elle, elle n'avait plus rien à faire dans mes pensées, dans ma psyché, dans mon putain de cœur en miettes.

Je l'avais soutenue ! Je l'avais soutenue dans ses difficultés et à la première occasion elle me larguait, sans états d'âme. Elle disait tout le temps que si nous sortions ensemble, cela ne détruirait pas notre amitié, et puis elle avait fait ça.

– Ça va.

Je pris mon sac à dos pour en sortir mon script. J'allais me réfugier dans mon boulot. J'allais m'immerger dans chaque personnage qui se présenterait à moi parce que si je concentrais toute mon attention sur mes rôles, j'aurais moins de temps pour me focaliser sur moi. Sur mes sentiments.

Je ne voulais plus rien ressentir, alors je fis la seule chose que je pouvais faire, je fermai ce coin de mon âme.

Je verrouillai mes émotions et je jetai la clé.

Je passerais le reste de ma vie à me dévouer aux personnages de mes films, comme ça, je n'aurais pas à affronter le vide que Hailee avait laissé dans ma poitrine. C'était plus facile comme ça. C'était plus facile de devenir quelqu'un d'autre plutôt que d'être ce gamin au cœur brisé de Leeks, Wisconsin, qui avait eu l'aplomb de tomber amoureux de sa meilleure amie.

***

Assis dans la chambre de notre maison de location en Californie, j'étais en proie à une véritable crise d'angoisse. J'étais couvert de sueur et j'avais l'impression que mon cœur était passé dans une déchiqueteuse. La pièce était plongée dans le noir et le seul bruit que j'entendais provenait du ventilateur qui tournait au plafond. J'eus une nausée en repensant aux derniers mots que j'avais dits à Hailee.

Je ne te parlerai plus jamais de ma vie.

Pourquoi j'avais dit ça ? Je ne le pensais pas. J'étais en colère. J'étais blessé. J'étais incrédule et je n'avais rien vu venir, mais je ne le pensais pas. Bien sûr que je ne le pensais pas. Elle était mon âme sœur. Je ne pouvais pas me passer d'elle. Mon cœur souffrait sans elle.

Oppressé et le souffle court, je pris mon téléphone pour lui écrire un texto.

Aiden : Je ne pensais pas ce que j'ai dit, Jerry. Pardonne-moi. Je t'aime.

Aiden : Il est tard alors tu dois dormir, mais s'il te plaît, appelle-moi demain matin.

Aiden : Même si nous restons seulement amis, ce n'est pas grave. Je peux l'accepter.

Aiden : J'ai besoin de toi dans ma vie, c'est tout. D'accord ?

Aiden : J'ai besoin de toi.

Aiden : Appelle-moi demain matin.

Aiden : Je t'aime, Hailee. Je t'aime.

***

Elle ne me répondit pas le lendemain matin. Elle ne me répondit pas la semaine suivante.

Elle ne me répondit pas pendant des semaines, jusqu'à ce qu'elle finisse par le faire.

Hailee : Je suis vraiment désolée, Aiden. Nos vies ont pris des directions différentes. Nous pourrons peut-être rester amis, mais je pense qu'il vaut mieux que nous ne nous parlions pas pendant un certain temps.

Et juste comme ça, le soleil de ma vie disparut pour faire place aux ténèbres.

DEUXIÈME PARTIE

« L’amour est si court, l’oubli si long. »
Pablo Neruda

21
Aiden
Cinq ans plus tard

J'étais persuadé que les battements de mon cœur rythmaient ma solitude.

Ils prospéraient dans les ténèbres de mon isolement.

Il était peu probable que mon entourage soit conscient du sentiment d'exil qui envahissait mon esprit. Ils ne s'étaient jamais approchés suffisamment pour connaître mon vrai moi. Ils ne connaissaient que le personnage que je donnais à voir. À leurs yeux, j'étais Aiden Walters, la coqueluche d'Hollywood. L'individu sociable et insouciant qui s'éclatait dans les endroits surpeuplés. Et pourtant, au fond de moi, j'étais tout le contraire.

J'étais Aiden Walters, le garçon solitaire. Le garçon qui avait trop bien réussi à dissimuler ses crises d'angoisse sur les tapis rouges. Le garçon qui était devenu un caméléon qui changeait en fonction de la personne avec laquelle il interagissait. Les gens pensaient qu'ils m'aimaient bien parce que je les écoutais sans leur faire part de mes pensées ou mes opinions lorsqu'ils me parlaient. Je riais quand ils riaient. Je faisais la grimace en même temps qu'eux. C'est impressionnant le nombre de gens qui veulent simplement qu'on les écoute sans réagir à leurs propos.

Les gens m'aimaient bien parce qu'ils ne me connaissaient pas. S'ils s'étaient vraiment intéressés à moi, ils auraient probablement été rebutés par le niveau de tristesse qui avait envahi mon âme. En même temps, de quel droit étais-je triste ? J'étais célèbre, j'avais de l'argent, du succès.

Comment osais-je me poser des questions sur mon état psychologique quand j'avais tellement de raisons d'être heureux ? Du moins, c'était ce que mon père me faisait sentir à ce sujet.

– *Tu vis le rêve que tout le monde fait. Tu vis mon rêve. Montre un peu de reconnaissance*, disait-il.

En fait la vérité, c'est que vivre les rêves de tout le monde ne veut pas dire que vous vivez le vôtre. Cela fait de vous un personnage secondaire, sans importance dans l'histoire de leur vie.

J'avais la tête qui tournait et mon estomac grondait comme le tonnerre.

J'étais arrivé là où tant de gens rêvaient d'être.

J'étais assis au premier rang, à la cérémonie des Oscars.

Imaginez l'excitation.

Il faisait chaud dans cette salle. Il y régnait aussi un mélange de parfums hors de prix et d'ego stressés. Au fond de moi, je ne me sentais pas à ma place dans cet endroit. Ne vous méprenez pas, j'étais heureux d'avoir été invité.

Ils disaient : « C'est un honneur d'être nommé. »

Bla-bla-bla.

Cela résumait tout à fait mon état d'esprit – bla-bla-bla.

Chaque centimètre de mon corps était inondé de sueur.

Mon estomac grondait comme le moteur d'une vieille bagnole qui essaie de prendre de l'avance.

La personne assise à ma gauche me lança un regard avec un sourcil levé comme si elle voulait en assurer le réglage.

– Ça gargouille là-dedans, murmurai-je en me tapotant l'estomac.

Immédiatement, je lâchai un rot.

Pour l'amour du…

Mon corps me lâchait au moment où mes vieilles angoisses refaisaient surface.

Le trac.

Tu dois apprendre à contrôler tes nerfs, Aiden.

Mes parents étaient contrariés que je n'aie pas demandé à l'un d'eux de m'accompagner. Surtout mon père. Maman, elle, était inquiète. Elle se souvenait que, dans le temps, je disais que si un jour j'allais à la cérémonie des Oscars, je demanderais à Hailee de m'accompagner, parce que c'était maman qui m'avait accompagné aux Emmy Awards.

Hailee.

Putain. Mes nerfs.

Je fis un grand sourire et concentrai mon attention sur la scène devant moi. C'était Rob Gregory qui présentait. Il avait l'air moins nerveux que moi, mais en même temps, Rob assistait à ce genre d'événements depuis plus de soixante ans. C'était un des meilleurs dans le métier. L'aristocratie d'Hollywood, si je puis dire. Ce type approchait des quatre-vingt-cinq ans, mais il en paraissait soixante. Il devait avoir une super génétique. Ou bien un coach sportif personnel et un chirurgien esthétique extrêmement doués.

Mon estomac gronda encore une fois.

Rob tenait une enveloppe à la main et dit :

– Et l'Oscar pour le meilleur acteur dans un premier rôle est attribué à…

Bla-bla-bla…

– Aiden Walters.

Attends. Quoi ?

La foule explosa dans un tonnerre d'applaudissements.

Aiden Walters.

C'est moi.

J'y étais arrivé.

À peine âgé de vingt-trois ans, je décrochais mon premier Oscar.

J'allais vomir.

Non, attendez. J'allais monter sur la scène. Je corrige, j'étais en train de monter sur la scène. Sans que je sache comment, mes pieds parvenaient à faire un pas devant l'autre alors que mon cerveau s'embrumait et ne comprenait rien de ce qui se passait. Dans un état second, je me dirigeai vers Rob Gregory qui me donna l'accolade, me félicita et me tendit la statuette. Mon Oscar.

Putain de merde, j'avais remporté un Oscar.

Rob s'effaça pour me laisser la place devant le micro, face à un parterre de vedettes, mes collègues et mes héros. Des centaines de milliers de spectateurs regardaient le plus beau moment de ma vie se dérouler devant eux. C'était à mon tour de parler, mais à cet instant précis, c'était comme si j'avais perdu ma langue.

Estomac gargouillant et langue nouée.

Je m'éclaircis la voix.

– C'est une telle surprise. Pour commencer, merci à l'Académie des Oscars pour cette récompense suprême. Je n'en reviens pas que cela m'arrive. Je veux exprimer ma gratitude aux autres comédiens nommés dans cette catégorie. Ces hommes font partie des plus grands talents de cette industrie, et je tiens à m'excuser auprès d'eux pour avoir été choisi. Apparemment le jury ne sait pas reconnaître le vrai talent !

Je plaisantais, ce qui déclencha les rires de l'assistance.

Je remerciai toutes les personnes ayant participé au film avant de passer à ceux qui comptaient le plus pour moi.

– Je remercie mon père qui m'a poussé dans cette carrière et qui m'a dit qu'un jour je me tiendrais à cette place. Merci d'y avoir cru alors que cela me paraissait inimaginable. Je remercie ma mère bien-aimée, la femme qui m'a élevé, la première femme que j'ai aimée, la femme qui m'a tout appris de la vie et de la beauté de la vivre à fond…

Merci, maman, pour avoir toujours été à mes côtés. Papa est un putain de veinard de t'avoir. (Je marquai une pause.) Est-ce qu'on a le droit de dire putain aux Oscars, ou je vais être bipé ?

Nouvelle éruption de rires. Alors que je poursuivais mon discours, le nom d'une femme me traversa l'esprit.

Hailee.

Remercier Hailee.

Putain, fallait-il vraiment qu'elle apparaisse dans ma tête juste à ce moment-là ! Lorsque j'étais ado, je répétais régulièrement mon discours de remerciement aux Oscars en tenant la brosse à cheveux de ma mère en guise de micro. Je l'avais fait un nombre incalculable de fois devant ma meilleure amie, pardon, mon ex-meilleure amie. Hailee Jones avait toujours fait partie de ma vie. C'était ma toute première amie, qui devint ensuite mon premier amour. Elle continua sur cette lancée en devenant mon premier chagrin d'amour.

À cette époque-là, quand je répétais mon discours, je la remerciais toujours. Si on m'avait dit qu'elle n'apparaîtrait pas dans mon vrai discours de remerciement des années plus tard, je ne l'aurais pas cru. Dans mon esprit, j'avais toujours imaginé qu'elle serait une pièce permanente de mon histoire. J'imaginais qu'elle serait la femme assise à mes côtés pendant la cérémonie, avec son grand sourire. Me regardant avec des étoiles dans ses grands yeux bruns, éperdue de fierté pour moi.

Je m'efforçai de surmonter ma nervosité en regardant fixement le public. Je remerciai les équipes de tournage, et les producteurs, etc., etc.

Après avoir reçu un Oscar, votre monde se met en pilotage automatique. Des gens vous dirigent vers les photographes qui se succèdent pour vous tirer le portait. Vous donnez des conférences de presse. Et puis il y a les réceptions. La soirée du Vanity Fair. La socialisation. Les sourires, vrais ou faux en fonction de la personne avec laquelle vous conversez. Je parlais à toutes les personnes qui venaient vers moi. Mon assistante personnelle ne me quittait pas d'une semelle, me chuchotant les noms de certaines d'entre elles quand elles approchaient afin qu'on ne sache pas que j'avais oublié de qui il s'agissait.

Finalement, je montai dans une voiture et on me reconduisit chez moi.

Je laissai l'agitation derrière moi et retrouvai le silence de mon univers.

Je me servis un verre et je restai assis seul avec mes pensées.

Recevoir un Oscar, c'est censé représenter quelque chose. C'est censé être l'aboutissement de quelque chose qui a du sens, pourtant après l'avoir remporté, je me sentais vide et seul.

Assis sur le sol de mon salon plongé dans l'obscurité, une bouteille de bourbon à la main, je regardais fixement cette fichue statuette posée sur la table basse. Mes parents n'avaient pas cessé de m'appeler. Je leur avais parlé, bien sûr. Mais les autres ? Mon agent, mon imprésario, mon attachée de presse ? Les autres acteurs et les gens du métier ?

Je ne répondais pas à leurs appels.

Je ne voulais parler à personne.

Je ne voulais voir personne.

Enfin, il y avait bien une personne qui me venait à l'esprit.

Ça me foutait les boules qu'elle continue à hanter mon esprit, quand on pense qu'elle ne devait plus que faire partie de mon passé après avoir mis un terme à notre relation il y avait si longtemps. Mais voilà, c'est le truc, quand on mélange Aiden et le bourbon, les souvenirs enfouis ont tendance à se libérer.

Les mots qu'elle avait prononcés quand on était jeunes ressurgirent alors que je regardais fixement ma récompense.

– *Le jour où tu gagneras un Oscar, t'as intérêt à m'inviter à t'accompagner ou à m'envoyer le premier texto ou le premier appel, juste après tes parents au moins.*

– *Bien sûr que ce sera toi. À qui d'autre voudrais-tu que j'envoie un message ?*

– *C'est promis ?*

– *C'est promis.*

Je sortis mon téléphone et fis défiler la liste de mes contacts. Elle était là. Son nom dans mon téléphone ? Il était sans ambiguïté : **PAS DE TEXTO, PAS D'APPEL QUAND TU AS BU AIDEN.**

Il était long, mais il avait le mérite d'être clair.

J'ouvris les SMS que nous avions échangés cinq ans plus tôt. La dernière chose qu'elle m'avait dite résonnait toujours douloureusement au fond de mon cœur. Cela me foutait les boules. Étrangement, même après tout ce temps, cette femme continuait de me faire du mal. J'imagine que c'est ce qui arrive lorsque votre meilleure amie met un terme à une amitié de dix-sept ans par SMS.

Hailee : Je suis vraiment désolée, Aiden. Nos vies ont pris des directions différentes. Nous pourrons peut-être rester amis, mais je pense qu'il vaut mieux que nous ne nous parlions pas pendant un certain temps.

Ça faisait un bail.

Cinq ans, huit semaines, et des bricoles.

Non pas que je compte.

À l'époque, j'avais essayé de la joindre, mais elle m'avait ignoré. Plus d'une décennie d'amitié et une saison d'amour jetées aux orties pour la seule et unique raison qu'elle pensait que nos vies s'engageaient dans des voies différentes. Quelle connerie !

Sans tenir compte de l'avertissement qui remplaçait son nom dans mon téléphone je commençai à taper un nouveau message :

Aiden : On m'a décerné un Oscar. J'avais promis que tu serais la première personne après mes parents à qui j'enverrais un texto. Alors voilà.

Je la bloquai avant qu'elle puisse répondre.

Puis je la débloquai pour voir si elle avait répondu.

Puis je la re-bloquai parce qu'elle pouvait aller se faire voir.

Puis je la re-débloquai *parce qu'elle pouvait aller se faire voir.*

Je retournai à mon bourbon et à mon auto-apitoiement. Cela me paraissait étrange, alors que j'étais sous les projecteurs d'Hollywood, entouré d'un tas de gens la plupart du temps, de me sentir si incroyablement seul.

Pendant les mois qui suivirent, je continuai de ressentir ce même état de solitude. Je travaillais beaucoup parce que c'était le meilleur moyen de la chasser de mon esprit, mais quand je me retrouvais dans le silence de ma maison, trop de pensées surgissaient dans mon esprit.

Donc, davantage de bourbon, davantage de silence, davantage de pensées.

J'avais la sensation de devenir fou. C'est à ce moment-là que ma mère m'appela. Elle avait vu une interview que j'avais donnée la semaine précédente. Elle me dit qu'elle l'avait vue dans mes yeux, la tristesse.

– Je vais bien.

– Ce n'est pas vrai. Tu vas interpréter Superman, Aiden, et je comprends que ce n'est pas rien, mais quand même… tu es triste.

– Tu es la seule à trouver que j'avais l'air triste.

– Je suis la seule à être ta mère. Écoute, viens passer quelque temps à la maison. Fais une pause. Tu peux conquérir le monde, mais ça n'en vaut pas la peine si c'est pour te perdre toi-même, alors s'il te plaît… viens chez nous.

Au début, je ne voulus rien entendre, jusqu'à ce que je me rende compte qu'elle avait raison. Je ne savais plus qui j'étais. Je me sentais si éloigné de moi-même que je voyais un étranger lorsque je me regardais dans la glace. Je ne retrouvais même pas une lueur de celui que j'avais été.

Alors je fis mes bagages et m'envolai pour le Wisconsin.

22
Hailee

Six mois plus tôt, Aiden m'avait envoyé un texto.

Il avait reçu un Oscar.

Lorsque je vis ce message s'afficher sur mon téléphone, ma main s'est mise à trembler de façon incontrôlable.

Bien sûr, je savais qu'il avait eu un Oscar. Aiden faisait l'objet de toutes les conversations après cette victoire épique. Lorsque j'avais regardé la cérémonie sur l'écran de mon téléphone, j'avais eu l'impression que mon cœur explosait de joie. Mais aussi de tristesse en percevant le signe d'un début de crise d'angoisse qu'il ressentait sur cette scène. Avec les années, il avait appris à dissimuler ses attaques de panique. Mais moi, j'avais regardé toutes ses vidéos sur internet et je pouvais encore les déceler. Personne n'observait cet homme autant que moi, même à distance.

Mon pauvre Aiden…

Pas mon, Hailee. Pas mon.

Quand même… il me manquait.

Je pensais que ce manque se dissiperait avec le temps, mais non. Il devenait seulement plus silencieux.

Cela avait beau faire plus de cinq ans que nous ne nous parlions plus, j'aimais toujours cet homme. D'un amour silencieux. Comme un murmure qui accompagnait chaque instant de ma vie. Je me demandais parfois s'il lui arrivait de sentir mon amour quand le vent passait sur lui. Je lui souhaitais toujours le meilleur par la pensée. À une époque, nous étions capables de lire mutuellement dans nos pensées. Nous étions proches à ce point.

Aujourd'hui, il n'était rien de plus que des souvenirs venant flotter dans mon esprit de temps en temps. Étant donné que j'habitais toujours la petite ville dans laquelle nous avions grandi, il ne se passait pas un jour sans que le souvenir d'Aiden ne traverse mon esprit. Toutes les petites fissures dans tous les trottoirs portaient un souvenir que je partageais avec lui. J'étais pratiquement sûre qu'Aiden serait dans mes pensées pour le reste de ma vie.

Et pourtant, la vue de ce message ?

Cela provoqua chez moi un afflux d'émotions auquel je ne m'étais pas préparée.

Je l'ai relu des dizaines de fois au cours des derniers mois. J'en ai parlé à ma psy probablement un peu trop souvent. Je pouvais presque entendre sa voix, entendre ses inflexions, et le ton qu'il mettait en lisant cette phrase. Je savais qu'il avait bu. Bien sûr qu'il avait bu. Je doute qu'il aurait envoyé ce message s'il avait été à jeun.

En revanche, moi je n'avais pas bu et c'était une bonne chose. Sinon j'aurais été capable de lui répondre, et je savais que je n'avais pas le droit de lui répondre. Même si j'en mourais d'envie. Même si mon cœur souffrait toujours de l'avoir perdu, après tout ce temps. Même si je mourais d'envie de le prendre dans mes bras pour célébrer le plus grand succès de sa carrière.

Mais l'univers dans lequel j'évoluais actuellement n'était plus le même que celui dans lequel je vivais à l'époque où Aiden faisait partie de ma vie. Cette version d'Hailee qu'il avait connue avait disparu depuis longtemps. J'avais changé et j'étais certaine que lui aussi. Je ne pouvais pas aujourd'hui participer à son triomphe parce que, des années auparavant, j'avais choisi de devenir son chagrin.

Donc je restai prostrée et ne répondis pas. Je me demandais à quoi pouvait ressembler sa vie aujourd'hui, au milieu de tous ces gens. Son univers semblait tellement magique, vibrant de couleurs, alors que le mien était si banalement… banal.

Ne vous méprenez pas, ma vie n'était pas désagréable. J'aimais le monde que je m'étais construit. J'avais vécu toute ma vie dans la même petite bourgade de province avec les mêmes personnes banales échangeant les mêmes banalités, bon an mal an. Depuis plusieurs années, je passais le plus clair de mon temps seule, à lire des romans sentimentaux, ou avec mes parents, ou à mon travail au Starlight Inn, ou avec mon amie Kate. Ma vie se résumait à cela.

J'avais quitté la fac au printemps dernier avec une licence de psychologie en poche et j'avais déposé des dossiers de candidature pour un master en psychologie et développement de l'enfant. Je n'avais été acceptée dans aucun des cursus que j'avais tentés précédemment, mais comme ma mère avait coutume de dire :

– *Il faut essayer et essayer encore jusqu'à obtenir ce que l'on veut.*

Alors je poursuivais mes objectifs avec acharnement. Le fait que ma candidature ait été refusée avait boosté ma détermination. Laisser tomber n'était pas une option. Même si cela devait me prendre encore vingt ans pour obtenir mon master et ensuite mon doctorat, je m'en fichais. Je deviendrais l'une des meilleurs psychologues pour enfants du pays.

J'avais un but et ma voie était toute tracée. Mais en attendant, je travaillais à plein temps pour payer mes frais de scolarité.

Dans l'ensemble, la vie était belle parce que je faisais tout ce qu'il fallait pour qu'il en soit ainsi.

– Ne me dis pas que tu t'en vas déjà. Je viens juste d'arriver, dit Kate en accrochant son badge avec son nom.

Elle était femme de chambre au Starlight Inn où je travaillais et un ange pour moi. J'avais peu d'amis dans cette ville, ils se comptaient sur les doigts d'une main – moins un – pour être franche, mais Kate en faisait partie. C'était une belle jeune femme d'origine asiatique qui était arrivée chez nous quelques années plus tôt. Nous nous étions rencontrées au travail et depuis nous avions noué des liens. Nous étions totalement différentes – et donc nous nous entendions à merveille. Elle m'avait rendue plus sociable alors que j'étais introvertie et que je ne sortais pas de ma grotte de lecture. Et moi, je l'avais initiée à la lecture de romances historiques et au plaisir de passer une soirée cosy avec un livre le vendredi soir. J'appelais ça une amitié gagnant-gagnant.

– Tu n'as qu'à commencer plus tôt, dis-je pour plaisanter. Je vais aller aider ma mère à la pâtisserie pendant quelques heures, puis je remplirai encore quelques dossiers d'inscription en master, et enfin je pourrai lire un peu.

– Tu vas encore lire toute la nuit et tu auras fini le livre avant moi, c'est ça ?

– Je plaide coupable.

Kate et moi venions de former notre propre club de lecture de romances, et elle se plaignait déjà que je lise les livres en un jour alors que cela lui prenait une semaine. Je mettais ça sur le compte du fait que j'étais incapable d'aller me coucher sans savoir si le roman se terminait sur un happy end. Attention, je vais spoiler, c'était toujours le cas.

Elle souffla un nuage de buée.

– Mais quand est-ce que tu dors ?

Je jetai un coup d'œil à ma montre connectée et la tendis vers elle.

– Apparemment, je dors profondément entre deux et six heures du matin.

– Et t'as même pas de cernes sous les yeux. Je te déteste.

– Tu sais ce qu'on dit, c'est une question de génétique. Et puis, il y a ma routine de soins du visage en quinze étapes à laquelle je m'adonne tous les matins et tous les soirs.

Kate leva les yeux au ciel et me fit un signe de dénégation de la main.

– Trop de boulot pour moi. Donne-moi juste une savonnette, un gant de toilette et une prière, et c'est tout bon pour moi. (Elle porta la main à sa poche, en sortit un Tootsie Roll, défit son emballage et le lança dans sa bouche.) Appelle-moi demain. On pourrait peut-être aller à cette fête foraine ensemble ?

Je plissai le nez.

– Pas question que j'aille à cette fête demain. En plus, je crois que je travaille.

– Oh, ça va. Ce n'est pas tous les jours qu'un acteur oscarisé remet les pieds dans sa ville natale. Le retour d'Aiden Walters est sur toutes les lèvres en ville.

– Pas la peine de me le rappeler, murmurai-je en repoussant mes boucles derrière mes oreilles. J'ai déjà rendez-vous avec ma psy pour lui parler de tout ça. Mon niveau d'angoisse bat tous les records.

– Ce n'est pas plutôt les papillons à l'idée de revoir ton amour de jeunesse ? (Kate me fit un sourire niais.) Et si c'était l'occasion pour les anciens amoureux d'être réunis ? Penses-y. Des amoureux du lycée séparés pendant des années, que le destin remet en présence et qui se rendent compte qu'ils ne peuvent pas se passer l'un de l'autre.

Je plissai les yeux et pointai un index accusateur vers elle.

– Je ne vais pas me remettre avec mon ex-petit ami simplement pour que tu puisses rencontrer Bradley Cooper.

– Mais Bradley Cooper, quand même ! s'exclama-t-elle en serrant les mains sur sa poitrine comme si l'idée d'elle et Bradley Cooper tombant amoureux l'un de l'autre était un scénario qu'elle se jouait régulièrement dans sa tête.

En fait, c'était probablement le cas.

– Bonne soirée, Kate.

Je partis en riant, laissant mon amie dans un état paroxystique et je l'entendis crier dans mon dos :

– Je me contenterai de Sebastian Stan ou de Manny Jacinto ! Je ne suis pas difficile.

– J'ai dit bonne soirée.

– Sinqua Walls ! Oh là là, j'adorerais m'appuyer contre les murs de Sinqua[1].

***

Quelques années plus tôt, papa et maman avaient ouvert la pâtisserie de leurs rêves en ville. « Chez Hailee ». Si jamais j'avais douté d'être une enfant gâtée, le fait qu'ils donnent mon nom à leur commerce était la preuve que je serais éternellement aimée. Ils avaient même transformé l'espace du premier en un appartement où j'habiterais pendant mes études. Ils voulaient que je puisse me concentrer sur mes études et mettre de côté l'argent que je gagnais au Starlight Inn plutôt que de payer un loyer. Ma reconnaissance envers mes parents n'avait pas de limites.

En plus, il y avait pire que d'habiter au-dessus d'une boulangerie-pâtisserie. Il y régnait toujours une odeur délicieuse. Après avoir travaillé dur pour les autres pendant des années, ils avaient enfin réussi à réaliser leur rêve. La boulangerie avait connu un succès immédiat. À tel

1. *Wall* = « mur » en français. (NdT, ainsi que pour les notes suivantes)

point que maman avait dû engager des employés. Avec les grandes festivités prévues pour le lendemain, j'avais proposé à maman de venir lui donner un coup de main la veille au soir. Je savais qu'elle aurait probablement du travail pardessus la tête et qu'elle ne voulait jamais que ses employés fassent des heures supplémentaires.

Entrer Chez Hailee, c'était comme entrer dans la chocolaterie de Willy Wonka. Des effluves délicieux vous flattaient les narines des dizaines de mètres avant d'arriver dans la boutique. C'était un endroit spacieux et aéré, juste au bord du lac Michigan.

Il y avait quelque chose de rassurant à entrer dans la boutique et sentir toutes les pâtisseries. C'était une preuve de persévérance en soi. Mon père et ma mère avaient mis des années à trouver l'emplacement qui leur convenait et ils avaient été récompensés.

– Ça sent le gâteau au potiron, non ? dis-je en me frayant un chemin jusqu'à la cuisine qui ressemblait à une zone de guerre culinaire.

Il y avait de la farine et de la vaisselle partout. Les plans de travail avaient été transformés en une surface dédiée à la décoration avec du glaçage, des poches à douilles et des biscuits au sucre à profusion.

Je reniflai.

– Et les sablés au citron !

Je m'avançai vers mon dessert préféré. Lorsque je tendis la main pour en prendre un, maman me mit une tape sur la main.

– Interdit, Hailee Rose. C'est pour la fête.

Je fis la moue et m'assis sur un tabouret près du comptoir.

– T'as pas fait une fournée supplémentaire de sablés au citron ?

Elle plissa les yeux, enleva ses gants et alla dans le cellier.

Lorsqu'elle réapparut, elle portait un plateau de sablés au citron qu'elle posa devant moi.

– N'en prends qu'un, et si tu n'as pas encore dîné. Sinon, ça va te couper l'appétit.

Je souris jusqu'aux oreilles.

– C'est ça mon dîner.

– Hailee, tu ne vas quand même pas manger tout ce sucre sans faire un vrai repas. D'ailleurs, tu devrais aller t'acheter à manger. Je n'ai pas besoin de toi, je m'en sors très bien toute seule.

Je jetai un regard circulaire au chantier qui régnait dans la pièce et souris.

– Tu te rappelles que tu dois avoir fini tout ça pour demain, hein ?

Elle posa les mains sur ses hanches et soupira avant de se passer la main sur le front.

– Je suis un peu débordée. Ton père est venu me donner un coup de main, mais tu sais qu'il est nul en pâtisserie. Il a fait brûler deux plats de cookies. Je l'ai envoyé dans le bureau pour faire un peu de comptabilité.

– Eh bien, alors, laisse-moi t'aider.

Je vis le soulagement dans les yeux bruns de maman et ses épaules se relâcher.

– Super. Tu t'occupes des biscuits au sucre. Tu fourres les biscuits en forme de statuettes d'Oscar, tu écris les citations sur trois douzaines de cookies, et ensuite les stickers comestibles avec le visage d'Aiden sur trois autres douzaines. (Elle s'arrêta et fronça le nez.) Ça ne t'embête pas de faire ça, ma chérie ?

– Pourquoi tu dis ça ?

– Ben, tu sais… passer plusieurs heures à coller la figure d'Aiden sur des cookies.

Je souris et me fourrai un sablé au citron dans la bouche.

– Je suis prête à tout pour aider cette pâtisserie prometteuse, plaisantai-je en m'efforçant de repousser l'idée de regarder droit dans les yeux bleus comestibles de mon premier et unique amour.

Est-ce que ça allait être gênant ? Oui.

Est-ce que ça allait être *vraiment* gênant ? Absolument.

Est-ce que j'étais prête à tout pour mes parents ? À cent pour cent. Même si cela voulait dire coller des images comestibles d'Aiden sur ses cookies inimitables.

– Ça va, maman. Ça fait des années qu'Aiden et moi c'est fini. Il a tourné la page. J'ai tourné la page. C'est de l'histoire ancienne.

À part un texto sorti de nulle part datant de quelques mois, mais elle n'avait pas besoin de le savoir.

Elle vint vers moi, se pencha légèrement et me regarda droit dans les yeux, cherchant à y découvrir les vérités que je lui cachais. L'Inspecteur Penny Jones était sur l'affaire, à la recherche de possibles résurgences d'un chagrin d'amour que je continuerais à transporter après une relation qui avait pris fin des années auparavant. Puis elle sourit, m'embrassa sur le front et me remercia d'être la meilleure fille du monde.

Je tendis la main pour attraper un autre sablé au citron et elle me donna une tape sur la main encore une fois.

– Fini les sucreries avant le dîner ! Je vais commander du chinois. Va dire à ton père que le repas arrive bientôt.

Elle sortit de la pièce pour aller commander notre repas et je me fourrai un dernier sablé au citron dans la bouche avant d'aller dans le bureau du fond où papa semblait passer sa vie dernièrement.

– Toc, toc. Salut, papa.

Il leva les yeux de ses papiers et me fit un grand sourire.

– Hé, mais c'est ma fille préférée.

– Ta seule fille.

– Je suis pratiquement certain que si j'avais d'autres enfants, ils ne t'arriveraient pas à la cheville.

Je rigolai en allant vers lui pour l'embrasser sur sa calvitie.

– Maman m'a dit de te dire qu'elle commandait chinois.

– Bonne idée.

Il se renfonça dans son fauteuil et scruta mon visage. L'Inspecteur Karl Jones reprenait l'affaire, à la recherche d'un quelconque indice d'émotion que j'aurais pu dissimuler.

– Comment tu vas, ma petite fille ?

– Ça va bien. Je vais envoyer mon dossier à d'autres facs demain et, là, je vais donner un coup de main à maman.

– Tu sais très bien que ce n'est pas ce que je te demandais.

Je soupirai et m'appuyai sur son bureau en croisant les bras.

– Je vais bien, papa.

– Si tu le dis. Tu sais que tu n'es pas obligée de toujours aller bien, mais tu dois toujours te montrer sincère. Tous les sentiments sont légitimes, surtout lorsqu'il s'agit d'Aiden.

Le simple fait d'entendre son nom envoya des frissons le long de ma colonne vertébrale. J'étais incapable de mentir à mon père en face, alors je m'éloignai de son bureau sans répondre.

– Je retourne aider maman et je viendrai te chercher quand le repas sera livré.

Il sourit.

– C'est bien de ne pas me mentir. Je t'aime pour toujours.

– Et moi, je t'aimerai encore plus longtemps.

Je l'embrassai encore une fois sur le front.

Après notre repas, pris tous les trois ensemble, j'allai aider maman à décorer les cookies. J'étais un peu stupéfaite que maman ait gobé mon laïus selon lequel Aiden serait de l'histoire ancienne et que cela ne me touchait pas qu'il revienne à Leeks.

En réalité, j'avais les nerfs en pelote. Je n'arrêtais pas d'inventer des scénarios mettant en scène ce qui se passerait si nous nous rencontrions par hasard. Pendant toute la semaine, j'avais échangé des conversations imaginaires avec moi-même comme si je parlais à Aiden pour la première fois depuis des années.

– *Hé, salut. Comment ça va ? On fait notre poignée de main dingo comme on faisait toujours ?*

– *Salut, Aiden, ça boume ?*

– *Eh, regardez-moi ce que le chat nous a rapporté. Tu l'as ? Le chat ? Tu étais mon Tom et moi ta Jerry. Miaou !*

Visiblement, j'étais bonne pour l'asile.

J'avais des nœuds dans l'estomac et ces nœuds ne faisaient que se resserrer à mesure que je collais le visage d'Aiden sur les biscuits au sucre. Un visage que j'avais tant aimé, autrefois. Pour être franche, je l'aimais toujours. Aiden Walters était le genre d'homme qu'une femme n'oublierait jamais. Ma plus grande crainte à l'idée de le revoir, c'était que ce sentiment de manque ne prenne le dessus et me pousse à me jeter directement dans ses bras.

Rien que pour cela, il fallait absolument que je l'évite.

Je n'avais pas la moindre idée de la façon dont j'allais m'y prendre, mais je savais que je devais tout faire pour. Étant donné la confusion qui régnait dans mon cœur et dans mon esprit, je ne pouvais pas prévoir les conséquences d'une rencontre entre nous.

Bien sûr, devant mes parents, j'étais capable de faire semblant, d'être cool à l'idée de me retrouver face à face avec Aiden. Mais comment savoir si je pourrais faire la même chose dans la réalité ? Ce soir-là, c'était déjà pas mal d'avoir plus ou moins réussi à leurrer mes parents.

Et l'Oscar pour la meilleure prestation dans le rôle de celle qui a surmonté ses émotions en pensant à son ex de façon mature et convenable est attribué à Hailee Rose Jones.

La meilleure prestation jamais vue.

23
Hailee

– Le voilà ! Il arrive !

Les bavardages allaient bon train aux alentours du Starlight Inn, le lendemain matin, alors que je rangeais les livres dans les étagères du salon.

Ces simples mots suffirent à faire battre mon cœur plus vite.

Les gens autour de moi interrompirent leurs conversations pour sortir précipitamment du bâtiment. Je savais exactement où ils allaient – vers la tour de l'horloge, pour voir l'enfant prodigue de Leeks, Wisconsin. L'homme du jour. La star oscarisée qui était née et avait grandi dans notre ville. Le seul, l'unique Aiden Scott Walters. La coqueluche de l'Amérique, non, du monde entier.

Je n'arrivais pas à croire que ce jour était enfin arrivé.

Depuis que Laurie avait annoncé la nouvelle trois semaines plus tôt, le retour d'Aiden dans notre petite bourgade, principal sujet de conversation, était sur toutes les lèvres. Cela faisait cinq ans qu'Aiden était parti et beaucoup de choses avaient changé dans sa vie. Il avait été la vedette d'une série récompensée par un Emmy Award. L'année dernière, il avait tenu le premier rôle dans trois blockbusters et, récemment, il avait remporté son premier Oscar.

C'était difficile de croire qu'à une époque il avait été mon Aiden. Mon meilleur ami, ma moitié. Mon âme sœur. Aujourd'hui, nous n'étions plus que des étrangers l'un pour l'autre. On ne parle pas assez du changement de statut, d'amis à amants puis à étrangers. C'est un peu plus profond que la plupart des chagrins d'amour, et cette blessure ne cicatrise jamais complètement.

À un moment dans ma vie, je pensais qu'Aiden serait toujours de mon côté et moi du sien. J'étais sa plus grande fan et il me le rendait bien. C'est pourquoi, lorsque je lui avais brisé le cœur en mettant un terme à notre relation, j'avais aussi fait voler mon propre cœur en éclats.

– Hailee ! Hailee !

Je me retournai, un recueil des sonnets de Shakespeare à la main, et je vis Henry debout derrière moi. Tremblant d'excitation, il me regardait à travers ses lunettes rondes à l'épaisse monture. Il passa la main dans sa chevelure blonde en bataille qui tombait sur son front, ce qui ne fit que l'ébouriffer encore plus.

– Oui ?

– T'es au courant ? Aiden Walters est arrivé ! s'exclama-t-il comme s'il venait m'annoncer que le père Noël existait vraiment et qu'il était arrivé chez nous avec quelques mois d'avance.

Sa joie me fit sourire.

– Comme tout le monde, je pense.

– Il est sur la place, près de la tour de l'horloge. Il paraît qu'il signe des autographes.

– Ah bon ?

– Ouais.

Henry restait planté en clignant des yeux de façon appuyée. Je fis un clin d'œil sans expression. J'avais relégué toutes mes émotions au plus profond de moi ce matin-là, en espérant que rien ne viendrait les faire ressurgir dans la journée. Apparemment, Henry en avait suffisamment pour nous deux à cet instant précis. Il affichait un sourire fendu jusqu'aux oreilles comme si c'était le matin de Noël, et sa joie suffit à alléger mon humeur. Henry était un gentil garçon. C'était un intello de seize ans qui avait commencé à travailler à l'hôtel quelques mois auparavant. Il avait beaucoup subi de harcèlement simplement parce qu'il était comme il était, et ça me rendait folle. Il avait du mal à s'intégrer. Il n'entrait pas dans les normes, et c'était quelque chose que je connaissais bien.

En dépit de ses nombreux soucis, Henry était toujours de bonne humeur. J'espérais que le monde ne lui enlèverait pas ça, sa joie. Dans l'ensemble, Henry était un bon garçon. Il travaillait dur sans jamais se plaindre, contrairement aux autres employés, et il se montrait toujours très courtois chaque fois que je le rencontrais.

– Vas-y, Henry, dis-je en lui faisant signe de partir. Va rencontrer l'enfant chéri de l'Amérique. Tu peux prendre ta journée.

– Oh non, je ne vais pas prendre ma journée. J'ai besoin de mon salaire. Je voudrais m'acheter ce nouveau jeu de réalité virtuelle qui va sortir dans quelques semaines. Je serai parti un quart d'heure environ, et ça ira.

– Je te remplacerai et je m'arrangerai pour que tu sois payé. Et puis, la grande fête en l'honneur de Aiden, ce sera ce soir. Tu devrais y aller avec tes copains.

– Et toi, tu viendras aussi ?

Je me mis à rire.

– Je ne peux pas. Je vais avoir trop de travail.

– Zut. Moi qui voulais te gagner une peluche, plaisanta-t-il, reculant déjà en retirant son badge. Merci, Hailee ! Si tu veux, je te rapporterai une photo dédicacée. À tout à l'heure ! Si ça se trouve, on se rencontrera à la fête si tu arrives à te libérer ! Il paraît qu'il y aura un feu d'artifice.

Il s'esquiva, tout excité, et je me retrouvai dans la solitude de l'hôtel à présent totalement silencieux.

Quelque part, j'avais envie de sortir en courant, moi aussi. J'aurais voulu voir Aiden – le serrer dans mes bras et lui dire que je n'avais jamais cessé de penser à lui pendant toutes ces années –, mais je ne pouvais pas. Je ne voulais pas. J'étais bien décidée à tout faire pour ne pas croiser son chemin pendant les semaines à venir. Moins j'aurais de contact avec lui, mieux ce serait.

Je me remis au rangement de la bibliothèque en jetant un coup d'œil de temps en temps vers la tour de l'horloge. La foule était compacte et malgré moi, mon cœur se mit à battre plus vite lorsque j'aperçus Aiden.

Cet homme.

Les battements de mon cœur.

Comment pouvait-il, après tout ce temps, les contrôler encore ?

Apparemment, ce cœur qui battait dans ma poitrine était toujours d'une façon ou d'une autre connecté à l'homme qui se tenait à quelques dizaines de mètres de l'endroit où je travaillais. Je me demandais quand ce sentiment finirait par disparaître totalement, à moins que, lorsqu'on a une fois éprouvé de l'amour pour quelqu'un, des traces de cet amour subsistent toujours dans notre cœur. Peut-être serais-je toujours attachée à lui d'une certaine façon. Les battements affolés de mon cœur en étaient la preuve au moment où je le vis prendre sa valise et se diriger vers l'hôtel.

Attends.

Pourquoi venait-il dans cette direction ?

Quoi ?

Non.

– Non, mais c'est pas vrai, dis-je dans un souffle, totalement déconcertée en le voyant venir vers moi, suivi d'une foule de groupies et d'habitants de la ville. T'as pas intérêt à venir ici, Aiden Walters, sinon…

Je grommelai toute seule en posant les mains sur ma tête dans un état de totale incrédulité. Mais il ne sembla pas entendre mes injonctions puisqu'il entra tout droit dans l'hôtel. Monsieur Lee, mon patron, était assis à la réception et lorsqu'il vit Aiden, ses yeux se mirent à pétiller de joie.

– Eh bien, ça alors... mais c'est la superstar de Leeks ! dit Monsieur Lee en se levant d'un bond. (Il se précipita pour accueillir Aiden et lui donna l'accolade.) Bienvenue. Vous êtes ici chez vous, même si ce n'est pas votre maison !

Est-ce que Monsieur Lee savait qu'Aiden allait descendre dans cet hôtel ?

Monsieur Lee était un homme charmant, mais il avait une fâcheuse tendance à oublier de me dire les choses les plus importantes. Comme le fait que mon ex allait descendre dans l'hôtel où je passais le plus clair de mon temps. Pourquoi venait-il ici ? Pourquoi n'allait-il pas chez ses parents ?

Aiden ne s'attendait visiblement pas à l'accolade chaleureuse de Monsieur Lee, mais il se laissa faire. Tout le monde savait que Monsieur Lee donnait les meilleures accolades de tout Leeks. Je savais que je n'avais pas vu grand-chose du monde extérieur dans notre petite bourgade, mais je ne doutais pas un instant qu'il n'y avait pas mieux que ses accolades dans le monde entier.

– Ça me fait plaisir de vous voir, Monsieur Lee, après tout ce temps.

La voix d'Aiden était profonde et assurée et, oh, tellement gentille. Ça au moins, ça n'avait pas changé. Ce qui avait changé, en revanche, c'était qu'il était gaulé comme personne. Aiden avait toujours été séduisant et il avait le genre de sourire qui vous faisait tomber raide dingue de lui.

– J'ai été étonné d'apprendre que vous descendiez chez nous plutôt que chez vos parents, fit remarquer Monsieur Lee.

Moi pareil, Monsieur Lee.

Ce n'était pas grave. Je pouvais m'accommoder d'un week-end où éviter Aiden.

Celui-ci sourit et mon cœur faillit exploser.

– En fait, pendant les quelques mois à venir, je vais devoir gérer différents engagements de travail et coups de téléphone. Je me suis dit qu'il valait mieux que je dispose de mon propre espace.

Mois ? *Pardon, mais il a bien dit quelques mois !?*

Il me donnait des palpitations. Mon estomac se soulevait et faisait des nœuds. Était-ce dû à l'angoisse ou à des problèmes de digestion ?

Probablement les deux.

Monsieur Lee acquiesça en hochant la tête.

– Je comprends. Nous disposons de toute la place qu'il vous faut ici. (Il posa les mains sur ses hanches et regarda autour de lui.) Je vais appeler quelqu'un pour porter votre valise.

Ah non !

Je plongeai derrière le canapé dans le petit salon avant qu'ils ne m'aperçoivent. Le souffle court, je posai la main sur ma bouche pour étouffer ma panique. Je me demandais s'ils avaient la possibilité d'entendre les battements désordonnés de mon cœur qui cognait contre ma poitrine comme s'il essayait de s'en échapper. Loin, très loin, quelque part où Aiden ne pourrait jamais le trouver. Pourquoi n'y avait-il pas toujours un placard dans lequel se cacher quand on en a besoin ?

– Ne vous en faites pas, Monsieur Walters, je vais m'occuper de vos bagages, dit Henry qui s'emmêlait probablement les pieds dans sa précipitation pour revenir à l'hôtel. Je m'appelle Henry J. Peterson. Je suis portier au Starlight Inn. Si vous avez besoin de quoi que ce soit, vous n'avez qu'à me le demander. Si vous voulez, je peux vous donner mon numéro de portable. Vous pouvez m'appeler de jour comme de nuit, Monsieur Walters. Vraiment, je suis à votre entière disposition.

– Moins de discours et plus de travail, dit Monsieur Lee en le repoussant d'un geste de la main. Conduis Monsieur Walters à la chambre trente-quatre. La meilleure chambre de l'hôtel, Aiden.

Une nausée m'envahit lorsque je réalisai que pendant les prochains mois j'allais être au service de mon célèbre ex-petit ami. Ou plus exactement, mon ex-meilleur ami.

Bon sang.

– Merci, c'est gentil à vous, dit Aiden à Henry.

Il avait l'air reconnaissant pour son aide, et je savais qu'il le pensait. Aiden était l'un des types les plus humbles qui existent. Lorsque dans les tabloïds il était décrit comme une personne des plus gentilles qui soient, je savais que c'était vrai et pas un personnage qu'il jouait. La gratitude était une de ses qualités fondamentales.

Alors qu'Henry faisait rouler la valise d'Aiden vers l'escalier situé à proximité du petit salon, je retins ma respiration une fois de plus en les écoutant bavarder en montant les escaliers. On aurait pu croire que j'avais des réserves de noisettes dans mes joues en prévision de l'hiver. Je poussai un long soupir de soulagement en entendant Aiden remercier Henry avant de refermer la porte derrière lui.

– Qu'est-ce que tu fais derrière le canapé ?

Je me retournai d'un bond. Monsieur Lee me regardait avec des yeux ronds.

Je me relevai et arrangeai ma tenue.

– Je fais les poussières.

– Tu époussettes la… moquette ?

– Oui.

– À quatre pattes ?

– Oui, oui.

Il plissa les yeux comme s'il essayait de me comprendre. *Bonne chance, Monsieur Lee. J'ai moi-même du mal à le faire.*

Il reporta tout son poids sur une jambe et croisa les bras.

– Tout va bien, Hailee ?

Je me forçai à sourire.

– Tout va très bien.

– Tant mieux. J'ai besoin que tu sois au top pendant les quelques mois où Aiden va séjourner ici.

– Les quelques mois ? demandai-je, l'air de rien. En fait, je ne savais pas qu'il allait descendre ici.

– Je sais. Je l'ai inscrit sous un faux nom. C'est ce que font les stars d'Hollywood, tu sais. (Il me fit un clin d'œil comme s'il m'avait joué un bon tour.) Je n'aurais jamais cru que je ferais ça un jour. C'est cool, non ?

– Ouais, en effet, marmonnai-je en m'efforçant de dissimuler ma panique qui grandissait à chaque seconde. Mais il ne va pas vraiment rester aussi longtemps, si ? C'est un acteur très occupé. À un moment donné, il va bien être obligé de retourner en Californie.

– Quelle importance ? Tant qu'il reste ici, c'est bon pour nous. (Il lança un coup d'œil vers la devanture de l'hôtel, où une foule continuait de stationner.) Il va falloir qu'on assure sa sécurité, avec tous les fans qui traînent dans le coin. Tu imagines les retombées pour nos affaires ? Avoir un acteur oscarisé dans notre établissement ?

– Oh, je ne sais pas, je pourrais faire une crise cardiaque par exemple, marmonnai-je.

– Qu'est-ce que tu dis ?

– Rien, Monsieur Lee. Je vais faire en sorte que tout se passe le mieux possible pendant le séjour de Monsieur Walters.

Il eut un sourire satisfait.

– Génial. Je vais te laisser retourner à ton travail. (Il me lança un coup d'œil par-dessus son épaule en fronçant les sourcils.) Au fait, à l'avenir, sache que nous avons des aspirateurs. Tu n'as pas besoin d'épousseter la moquette à quatre pattes.

– Exact. Des aspirateurs. C'est idiot de ma part de n'y avoir pas pensé.

– Tu es une fille intelligente qui a eu un moment d'absence, c'est tout. Ça arrive aux meilleurs d'entre nous.

Il s'en alla en me laissant aux prises avec la tempête silencieuse qui se déclenchait dans mon crâne. Aiden Walters allait séjourner en ville pendant les prochains mois, au Starlight Inn.

Comment faire pour l'éviter alors que, par ailleurs, j'étais chargée de rendre son séjour agréable ?

24
Aiden

Tenir le rôle de l'animal social, là dehors, m'avait complètement vidé de mon énergie. Aussitôt entré dans ma chambre d'hôtel, je m'écroulai sur le lit. Étonnamment, le matelas était l'un des plus confortables que j'aie jamais utilisés et pourtant j'avais dormi dans un grand nombre de lits. Surtout pendant ma dernière tournée internationale de promotion.

Je me passai les mains sur le visage en soupirant. Cela me faisait bizarre d'être de retour chez moi. Je n'étais pas revenu dans ma ville natale depuis cinq ans. Certains disaient que je mettais un point d'honneur à ne pas revenir. Par « certains », entendez ma mère, mais je la voyais assez souvent. Je voyais mon père pratiquement tous les jours puisqu'il était mon manager. Maman serait bien venue à Los Angeles avec nous, mais elle devait s'occuper de son restaurant à Chicago. Malgré tout, elle venait souvent nous rendre visite.

Quelque part, j'aurais voulu ne jamais revenir à Leeks. Je m'étais senti complètement idiot quand j'étais arrivé, avec tout le tapage organisé autour de moi par les habitants.

Mon visage était placardé sur toutes les vitrines des magasins et il y avait des décorations partout dans le centre. Les rues avaient été barrées pour une grande fête qui aurait lieu ce soir pour m'accueillir.

Mon père n'était pas content que je ne sois pas descendu chez eux, mais l'idée de revenir ici et de dormir dans ma chambre d'enfant était un vrai cauchemar pour moi. Surtout si, à un moment donné, Hailee devait se trouver dans la maison d'à côté.

Hailee.

Le simple fait d'être ici faisait que je pensais à elle, souvent. Je ne pouvais pas marcher dans les rues sans qu'un tas de souvenirs n'affluent dans mon cerveau.

Un coup frappé à la porte me tira de mes pensées et je fus reconnaissant de cette interruption. J'ouvris et me trouvai face à Henry, le portier. Il tenait une énorme corbeille de bienvenue entre les mains. Il tortilla le nez et rejeta la tête en arrière pour essayer de remonter ses lunettes qui glissaient.

– Hé, Monsieur Walters. Désolé de vous déranger, mais je tenais à vous apporter ce cadeau de bienvenue. J'ai lu sur internet que vous êtes allergique aux noix – comme moi – alors j'ai vérifié deux fois tous les ingrédients de chaque produit. Si vous voulez autre chose, je peux faire un saut au supermarché pour aller le chercher. Tout ce qui vous ferait plaisir. Vingt-quatre heures sur vingt-quatre. Je veux dire, c'est bientôt la rentrée, du coup je serai plutôt là dans la soirée, mais je peux sécher les cours si vous avez besoin de moi.

Je lui pris la corbeille des mains.

– Ce ne sera pas la peine de manquer des cours, mais merci, Henri. C'est gentil.

Je posai le panier sur la table la plus proche puis sortis mon portefeuille pour lui donner un pourboire.

– Oh non, Monsieur Walters. Ce n'est pas la peine, vraiment. Je voulais juste vous l'apporter. Vous n'avez pas besoin de me donner quoi que ce soit. Franchement, le seul fait de vous approcher est un cadeau pour moi. Je ne sais pas si vous le savez, mais (il remonta ses lunettes sur son nez) je suis votre plus grand admirateur. J'ai vu tous vos films et regardé toutes vos interviews. Je pense que personne ne ferait un meilleur Superman que vous, et je suis sûr que grâce à vous la trilogie sera un succès. Je sais qu'on peut lire plein de commentaires négatifs sur internet, mais j'espère que ça ne vous atteint pas. Je sais que vous allez assurer de la meilleure façon possible. Les trolls d'internet ne sont que des bouffons jaloux.

Ce garçon me plaisait.

Il avait du cœur.

– Merci de me le rappeler, Henry. (Je lui tendis deux billets de vingt dollars.) Et tu peux m'appeler Aiden. Je vais rester quelques semaines, alors on peut aussi bien s'appeler par nos prénoms.

Ses yeux sortirent de leurs orbites comme si je venais de lui demander sa main. Il fit un bref signe de tête.

– Bien sûr, Monsieur Wal... euh... Aiden. Merci. Au fait, il y a deux personnes en bas qui souhaiteraient vous rencontrer. Monsieur Lee a été très clair, nous ne devons laisser personne vous importuner, mais...

– Je me suis dit que tes parents méritaient bien qu'on fasse une exception au règlement, dit une voix familière dans l'escalier.

Je fis un large sourire en voyant ma mère venir vers moi, suivie de près par mon père. Henry prit congé pour me laisser accueillir mes parents. Je tendis les bras pour embrasser ma mère et elle me tapa sur l'épaule avec son sac à main.

– Aiden, tu peux m'expliquer comment ça se fait que j'ai été avertie de ton arrivée à Leeks par les commères de la ville ? Et pourquoi tu n'es pas passé chez nous avant de venir te pavaner dans le centre ? Bonté divine, tu es venu saluer des étrangers avant même de venir embrasser ta propre mère.

Je l'attirai contre moi en dépit de sa résistance, et je la serrai fort. Je posai un baiser sur le sommet de sa tête alors que sa menue silhouette prenait place entre mes bras.

– Excuse-moi, maman. J'avais espéré venir directement à l'hôtel sans me faire remarquer, mais c'est raté.

Maman me rendit mon embrassade, puis s'écarta de moi et me mit une petite tape sur la joue.

– Évidemment que c'est raté. Qu'est-ce que tu croyais ? Tu es Superman ! (Les larmes lui montèrent aux yeux lorsqu'elle dit cela.) Tu es Superman, Aiden !

Je n'avais pas revu ma mère depuis l'annonce de la nouvelle selon laquelle je serais le nouvel interprète d'un personnage de fiction internationalement connu et apprécié.

– Ne pleure pas, maman.

– Je ne pleure pas, dit-elle en essuyant les larmes qui perlaient au coin de ses yeux.

– Dire à ta mère de ne pas pleurer, c'est comme de dire à l'eau de ne pas être mouillée, dit mon père en interrompant nos embrassades pour me serrer dans ses bras.

Contrairement à maman, je ne le dépassais pas d'une tête. Même si je m'étais pas mal étoffé au cours des dernières années, papa me battait encore question taille.

Il s'écarta de moi et hocha la tête en souriant.

– Superman.

– Je ne suis pas encore fait à cette idée. Je n'y crois toujours pas.

Il posa les mains sur mes épaules et serra. Ce petit geste d'affection en disait beaucoup sur ce qu'il pensait. C'était sa façon de dire qu'il était fier de moi. Et avant de se laisser déborder par ses émotions comme maman, il recula.

– J'aurais aimé que nous parlions de cette pause que ta mère et toi avez organisée dans mon dos. J'ai dû beaucoup parlementer en coulisse pour que ça marche.

– Et ça marche, protesta rapidement maman. Le tournage ne commencera que l'année prochaine. Il a bien mérité cette pause.

– Ce n'est pas exactement comme ça que ça fonctionne dans cette industrie, ma chérie.

– Eh bien, je m'en fiche. Mon fils a besoin de faire un break, donc il en fait un.

Je souris. Maman serait toujours prête à monter au front pour moi.

– Je m'étais dit que je pourrais venir dîner chez vous ce soir avant les festivités, dis-je pour essayer de changer de sujet de conversation.

Maman passa ses cheveux derrière ses oreilles.

– Bien sûr, c'est ce que j'avais prévu. Mais pour le moment, on va déjeuner au café. J'ai réservé notre coin habituel.

Je me mis à rire.

– Depuis quand on doit réserver pour déjeuner au café ?

– Depuis que mon fils est devenu Superman. Bon, prépare-toi et rejoins-nous en bas.

Elle descendit tandis que mon père restait dans ma chambre. Les sourcils froncés, il croisa les bras sur son torse imposant.

– Tu es sûr que tu ne veux pas venir chez nous ? Ce n'est pas la place qui manque.

– Non, ça ira.

– Il paraît qu'il y a des courants d'air dans cet hôtel.

– C'est bon. Il y a des couvertures.

– Oui, oui. C'est normal.

Il se passa le pouce le long de l'arête du nez. Quelque chose le tracassait.

– Qu'est-ce qu'il y a ?

– Rien. Je comprends que tu veuilles faire un break, Aiden mais… il ne faut pas que tu croies que c'est arrivé. Beaucoup n'atteignent pas le niveau de succès que tu as. À ta place, j'aurais saisi toutes les occasions qui se présentaient.

Si tu changes d'avis au sujet de cette longue interruption, je peux arranger ça rapidement. Il y a des millions de gens qui rêveraient d'avoir ce que tu as, Aiden.

Il me le rappelait régulièrement – je devais me rendre compte de la chance que j'avais. D'une certaine façon, j'incarnais son propre rêve, donc je me sentais une responsabilité de faire de mon mieux, même si je n'adorais pas ma carrière autant que j'aurais dû.

– J'ai droit à mon discours « De grands pouvoirs… » ? dis-je pour plaisanter en lui donnant un coup de coude.

– Tu es Superman, pas Spiderman, ce qui est un peu frustrant pour moi qui suis plutôt Marvel. (Il me bouscula en rigolant.) Je suis étonné que tu aies choisi de descendre dans cet hôtel, dit-il en changeant de sujet.

– Qu'est-ce que ça a d'étonnant ? C'est le seul hôtel de la ville.

– Oui, mais je pensais qu'une fois que ta mère t'aurait dit… (Il plissa les yeux et ronchonna.) Ta mère ne t'a rien dit, c'est ça ?

– À propos de quoi ?

– À propos d'Hailee.

Mon corps tout entier se tendit au moment où il prononça ce nom.

Une vague d'angoisse m'envahit alors que je repoussais les sentiments qui menaçaient de se déchaîner à la simple mention de ce nom. Shakespeare avait dit : « Qu'y a-t-il dans un nom ? » Eh bien, beaucoup de traumatismes et de chagrin, Monsieur Shakespeare. Il y avait tout ça dans un nom. Surtout quand ce nom était celui de la fille qui avait pris mon cœur et l'avait piétiné pour en faire de la bouillie.

– Eh bien ? Quoi, Hailee ? demandai-je sur un ton coupant.

Mon père ronchonna dans sa barbe en secouant la tête.

– Je savais que je ne pouvais pas compter sur ta mère pour te le dire. Cette femme oublie toujours tout si on ne lui écrit pas sur un Post-it.

– Bon alors, quoi ? répétai-je en essayant de faire comme si mon cerveau ne partait pas en vrille à la simple mention de ce nom.

– Elle travaille ici.

– Dans cet hôtel ? Depuis quand ?

– Ça fait quelques années, maintenant. Elle a commencé à mi-temps quand elle était encore au lycée et depuis elle est devenue manager en remplacement du précédent. On peut dire que c'est elle qui dirige tout parce que Monsieur Lee ne rajeunit pas.

Merde. S'il y avait une personne que je ne voulais pas voir, c'était bien la femme qui m'avait brisé le cœur des années auparavant sans se retourner. Elle était morte à mes yeux. Je n'avais aucune envie qu'elle ressuscite d'une façon ou d'une autre. J'aurais pu vivre jusqu'à la fin de mes jours sans entendre de nouveau son nom et cela ne m'aurait pas dérangé. D'accord, je lui avais envoyé un texto un soir où j'avais bu quelques mois plus tôt, mais cela excepté, je ne pensais jamais à cette femme.

Les mensonges qu'on peut se raconter quotidiennement.

– Ça t'embête, demanda mon père.

– Non, pas du tout, dis-je, les dents serrées.

Comment ma mère avait-elle pu oublier de me le dire ? C'était un peu gros comme étourderie. Elle était capable de me parler de l'importance du bio dans l'alimentation, et que le chien Skipp avait été opéré de la hanche, mais elle avait oublié de lâcher la bombe. L'auberge où j'étais descendu était aussi celle qu'Hailee dirigeait.

J'avais des doutes quant à son étourderie. Si je savais une chose à propos de ma mère, c'était qu'elle aimait l'amour.

Elle avait probablement quelque part à l'esprit que si Hailee et moi étions réunis, notre vieille histoire d'amour allait refaire surface. Une romance de la seconde chance, en quelque sorte.

Eh bien, elle pouvait toujours courir. Hailee Jones et moi ne nous retrouverions pas en fin de partie. Elle en avait étouffé toute possibilité dans l'œuf lorsqu'elle avait piétiné mon âme.

– Eh, vous deux, vous devriez venir tester cette eau aromatisée qu'ils vendent à l'hôtel. Monsieur Lee a eu la bonne idée d'ajouter du jus de grenade ! hurla maman, interrompant notre conversation.

Nous descendîmes, sortîmes déjeuner et eûmes plusieurs conversations dont aucune ne tourna autour d'Hailee. Pourtant, cette nouvelle tournait en boucle dans ma tête. Apprendre qu'elle était employée à l'hôtel avait déclenché une avalanche de souvenirs des choses que nous avions partagées. Tout autour de moi me la rappelait. Tout dans la petite ville où j'avais grandi était imprégné de sa présence. Depuis la confiserie au coin de Riley Street, où on s'était introduits quand on était en seconde, jusqu'à la boutique de Cole, le marchand de glaces où elle ne mangeait jamais que l'extrémité de ses cônes.

Le moindre centimètre carré de Leeks me faisait penser à Hailee.

Elle était de nouveau présente dans mon esprit.

25
Hailee

– Je t'ai dit que je n'irais pas à cette fête, Kate.

En rentrant du travail, je m'étais plongée dans la lecture de mon nouveau roman et Kate avait décidé de me tirer de mon comportement introverti.

– Tu m'avais dit que tu travaillais, dit-elle en se laissant tomber sur mon canapé. Mais je viens de voir Monsieur Lee qui m'a dit qu'il t'avait donné ta soirée, comme à tout le reste du personnel à cause de la fête, et que c'était lui qui tenait la réception.

Je grognai.

– Monsieur Lee parle trop.

Elle tendit le bras et ferma mon livre.

– Bouge-toi les fesses. On va à la fête. Ça va être marrant. Il y a des tas de manèges et tout ça.

– C'est une fête organisée en l'honneur de mon ex-petit ami. Tu ne vois pas ce qu'il y a de gênant là-dedans ?

– Oh si, je vois bien pourquoi c'est gênant, mais il y a de la pizza à pâte épaisse avec du fromage frit. J'irais dans un cachot avec tous mes ex pour de la pizza à pâte épaisse et du fromage frit.

– J'imagine qu'on a toutes nos limites.

J'allais rouvrir mon livre, mais elle le referma d'un coup sec.

– Ne te méprends pas. J'adore un bon roman d'amour, grâce à toi qui m'as rendue addict. Mais écoute-moi bien. Que dirais-tu, pendant quelques heures, d'arrêter de lire des histoires qui parlent de la vie de personnages de fiction pour commencer à vivre *ta* vie en vrai ?

Je fronçai le nez.

– C'est tentant, mais où se trouve le plaisir là-dedans ?

– Tu fais bien de me le demander.

Elle se leva et alla chercher le sac à dos qu'elle avait apporté. Elle ouvrit la fermeture Éclair et en sortit deux bouteilles thermos noires d'un litre, identiques. Elle m'en tendit une.

– Ne me dis pas que c'est une boisson mélangée.

– Non. Goûte.

Je bus une gorgée et fis la grimace.

– C'est de la vodka pure ! Elle n'est pas mélangée du tout !

Elle se mit à rire. Elle fouilla dans son sac à dos et en sortit une bouteille de limonade.

– Maintenant, on va la mélanger.

J'aurais dû m'en douter.

– Sinon, on peut juste lire des livres qui parlent de gens qui se saoulent.

– Hailee. On a plus de vingt ans. Bientôt, après ton année de césure, tu vas passer ton master et ensuite ton doctorat, et tu auras des bébés et, flûte, ta vie sera faite de vomi de bébé et de couches sales. Donc, nous devons vivre dans l'instant. Tu dois te saouler le samedi soir avec ta pote. Et puis, je n'ai jamais mes samedis libres, donc c'est une occasion très rare, unique même, et mon copain n'est pas libre ce soir.

– Tu n'as pas de copain.

Elle fit la moue et pleurnicha.

– Je sais, et c'est d'autant plus déprimant. J'ai entendu dire qu'il y a un groupe de country local qui joue ce soir.

– Je crois que tu essaies de me convaincre de ne pas y aller, en fait.

– Allez, Hailee. C'est notre Coachella[2] à nous.

– Tu te rends compte à quel point c'est triste, hein ?

– On vit à Leeks, dans le Wisconsin, la tristesse c'est notre pain quotidien. Et c'est bien pour ça que nous devons saisir toutes les occasions de nous amuser, de ne pas les laisser passer et d'en profiter à fond. Qu'est-ce que t'en dis ? On va se saouler, aller au festival organisé en l'honneur de ton ex-boy-friend par une ville de tarés, et faire un tour sur la grande roue !

Je souris.

– Arrête de me faire tes yeux de chien battu.

– J'arrêterai quand tu m'auras dit oui, pleurnicha-t-elle en me cognant le bras avec la bouteille de limonade.

– D'accord. Mais tu me paieras du fromage frit.

– Et même un corn-dog, aussi, si tu es gentille.

Elle dévissa le bouchon de ma gourde et versa de la limonade dans la tasse, puis fit la même chose avec la sienne. Elle leva la bouteille et porta un toast.

– À nos vingt ans et aux mauvaises décisions, déclara-t-elle.

Je bus une longue gorgée de ma bouteille et grimaçai en réalisant qu'il n'y avait pas beaucoup de limonade dans le mélange, mais au point où j'en étais…

Cul sec.

Visiblement tout le monde s'était donné rendez-vous à la fête ce soir-là, pour bavarder, rire et s'amuser comme si effectivement on était au Festival de musique de Coachella. Je n'avais jamais vu autant d'habitants de notre ville réunis, même pas au festival annuel du piment. La fête se tenait juste au bord du lac Michigan, et la météo était idéale.

2. Le plus célèbre festival de musique d'Amérique du Nord.

Il fallait reconnaître que j'avais bien fait de sortir de mon appartement. J'étais contente que Kate m'ait poussée à quitter ma zone de confort.

– C'est la tête de ton ex-meilleur petit ami là, sur ce cookie ? demanda Kate, admirative, en venant avec moi vers le stand de pâtisserie où tous les produits de maman étaient présentés.

– Absolument, dis-je en sortant mon téléphone pour prendre une photo du présentoir de maman. C'est moi qui les ai faits.

– Tu as dû faire des cookies avec la tête de ton ex-meilleur petit ami ?

– Ouaip, toute la soirée, hier.

– Ta vie est bizarrement traumatisante. J'espère que tu racontes ça à ta psy.

– T'inquiète, elle est au courant.

– Il faut qu'on en achète un, ordonna Kate en me tirant dans la file. C'est obligé.

Je n'étais pas vraiment d'accord mais, en même temps, c'était pour soutenir mes parents, alors je me laissai faire. Comme nous arrivions au haut de la file, mon père nous fit un grand sourire. Il n'avait pas le droit de faire les gâteaux parce qu'il les faisait toujours brûler, mais il pouvait les vendre.

– Salut, Mesdames. Bienvenue ! Qu'est-ce qui vous ferait plaisir ?

– Deux avec la tête d'Aiden Walters, s'il vous plaît, dit Kate en sortant son argent.

– Vous avez de la chance, ce sont les deux derniers. Ils se sont arrachés comme des petits pains. J'imagine que c'est ce qui arrive quand ils ont été faits par la meilleure pâtissière de la ville, dit papa en parlant de maman.

Il me fit un clin d'œil.

Bon sang, il adorait vraiment sa femme. Ç'aurait été pathétique si ce n'était pas si mignon.

Nous prîmes nos cookies et allâmes sur le côté pour les manger. Kate regardait le gâteau au sucre, l'air éperdue d'admiration.

– Qu'est-ce que t'as ?

– Rien, rien. C'est juste que… c'est très réaliste.

Je me mis à rire.

– Je crois que c'était le but.

– Ne le prends pas mal, Hailee, parce que je sais que c'est ton ex et tout ça, mais Aiden est peut-être bien le mec le plus sexy de la terre.

– C'est ce que les magazines semblent penser.

– Je veux dire, regarde-le. Ces yeux bleus ! Ces magnifiques boucles brunes.

– Tu es soûle.

– Éméchée.

Elle gloussa. Ce n'était un secret pour personne que ma copine ne tenait pas l'alcool, tout comme moi. D'ailleurs, je me sentais légèrement grise.

– Mais ça ne change rien au fait que tout ce que je dis est vrai et factuel. C'est la première fois de ma vie que j'ai envie de m'asseoir sur un cookie simplement pour savoir ce que ça fait de s'asseoir sur le visage d'Aiden Walters.

– Kate ! dis-je en riant et en la prenant par le bras pour l'écarter de la foule qui pouvait l'entendre. Tu es ridicule.

– Tu l'as fait, Hailee ? demanda-t-elle, les yeux emplis d'espoir. Tu t'es déjà assise sur le visage d'Aiden ?

Je me sentis rougir et je secouai la tête.

– Je refuse de répondre à cette question.

Kate me lança un regard démoniaque et hocha la tête.

– Espèce de petit monstre ! Quels autres trucs tu as faits ? L'Amazone ?

– Cette conversation est terminée.

Elle croqua dans son cookie et gémit, savourant la bouchée la plus orgasmique de sa vie. Elle ferma les yeux et agita la main en l'air comme si elle était morte et montée au paradis.

– C'est le meilleur cookie que j'aie jamais mangé.

Cela me fit plaisir. Je mordis dans le mien aussi. Tout aussi bon qu'hier soir.

– C'est vrai qu'il est fantastique.

– Ce n'est pas la première fois que tu prends Aiden entre tes lèvres, hein ? Je parie qu'il remplit bien la bouche.

– C'est la dernière fois que je te parle.

– Mais non.

Nous fîmes le tour de la fête alors que le ciel s'assombrissait et s'illuminait d'étoiles. Plus nous buvions et moins j'étais inquiète de tomber sur Aiden. Mon assurance devenait ridicule, mais je m'en fichais. Je me sentais bien. La vie est étrange, parfois, alors dès qu'il y avait une occasion de me sentir bien, j'étais heureuse.

Kate entretenait l'ambiance en m'offrant beaucoup trop d'aliments frits et quand nos gourdes furent vides, elle acheta des granités alcoolisés. J'allais le sentir passer le lendemain, mais je m'en fichais. Je me sentais comme une ado de nouveau.

– T'es pas contente d'être venue ? insista Kate après m'avoir gagné un tigre en peluche dans un stand de la fête foraine.

Elle s'appuyait sur moi parce qu'elle ne marchait pas droit, et je m'appuyais sur elle parce que je ne faisais pas mieux.

– On n'a même pas rencontré… oh merde, marmonna-t-elle soudain.

Sans regarder devant moi, je fonçai droit sur une personne en renversant mon granité rose sur elle.

– Oh, mon Dieu, excusez-moi, je…

Les mots me manquèrent lorsqu'en levant les yeux je croisai le regard de cette personne.

Pas n'importe quelle personne.

Ma personne.

Correction, mon ex-personne.

Aiden.

Il était là, juste devant moi, me regardant droit dans les yeux.

Ces yeux bleus qui semblaient assortis aux profondeurs de l'océan.

Ces yeux bleus que j'aimais depuis que j'étais petite fille. Ces yeux bleus qui firent voler mon cœur en un million d'éclats, là tout de suite.

Il portait un tee-shirt en coton blanc qui moulait son corps en faisant ressortir ses bras musclés, un tee-shirt maintenant taché de rose.

– Oh mon Dieu, je suis désolée, je… euh… je…

Je m'étais joué la situation de notre rencontre en face à face dans ma tête un million de fois. J'avais imaginé tous les scénarios possibles, mais étrangement, renverser mon granité mélangé d'alcool sur son torse ne m'était jamais venu à l'esprit.

Sans réfléchir, j'entrepris de frotter son tee-shirt, ce qui ne fit qu'étaler la tache encore plus, alors que je sentais ses abdos durs comme de la pierre sous le tissu.

– Je suis vraiment désolé, Aiden, je ne voulais pas…

Mon estomac se souleva alors que ma nervosité grandissait. Toujours la même question, est-ce un problème d'anxiété ou de digestion ?

Réponse, ce n'était ni l'un ni l'autre. C'était une nausée.

Je m'écartai un peu en essayant de la repousser, mais lorsque j'ouvris la bouche pour m'excuser, un jet de vomi sortit de ma bouche pour aller atterrir sur les chaussures d'Aiden.

L'horreur ! J'avais vomi sur mon célèbre ex-meilleur petit ami.

Je couvris ma bouche de mes mains en le regardant, horrifiée. Quelle humiliation ! Si j'avais pu courir me cacher dans une grotte, je l'aurais fait.

– Aiden…

Mais je m'interrompis net lorsqu'il poussa un grognement sourd.

Ouaip.

Vraiment.

Il avait grogné contre moi.

Il recula d'un pas.

– *Non.*

Sa voix était basse, dure et maîtrisée.

Je levai les yeux vers lui et je vis ces yeux bleus que j'avais tant aimés autrefois, et qui paraissaient si changés. Emplis de… haine ? Est-ce que c'était de la haine qui passait sur son visage ?

Il retira ses chaussures maculées de vomi et aussi ses chaussettes qu'il posa devant moi.

Puis il me tourna le dos et s'éloigna pieds nus, me plantant là, saoule et honteuse, avec un petit regain de chagrin d'amour aussi. Je m'étais demandé ce que je pouvais attendre de notre premier échange, mais sûrement pas ça.

Ce n'est qu'au moment où il avait prononcé un mot, un seul, que la réalité avait pris corps pour moi.

Non.

Un mot suffisait à me briser le cœur. Même si j'avais imaginé un million de scénarios possibles, il était évident que j'en avais secrètement désiré un seul. Je voulais qu'il me prenne dans ses bras. Qu'il me serre contre lui. Qu'il me dise que je lui avais manqué. Qu'il me dise qu'il avait pensé à moi chaque jour pendant toutes ces années. Je voulais qu'il ait encore envie de moi. De la même façon que je continuais à rêver secrètement de lui.

Non.

C'était froid, dur et sincère. Il ne voulait rien avoir à faire avec moi. Cela piétinait mon âme plus encore que ce à quoi je m'étais préparée.

– Purée. Je ne savais pas qu'Aiden Walters pouvait avoir l'air furax. Le gentil garçon de l'Amérique t'a vraiment jeté un regard assassin ? murmura Kate, suffoquée par le regard froid et dur qu'Aiden m'avait lancé.

– Je crois bien, dis-je, un peu secouée par notre échange.

Des frissons se mirent à me parcourir la colonne vertébrale et je tentai de dissiper cette sensation étrange.

– Tu ne m'avais pas dit que votre rupture s'était si mal passée qu'il en était venu à te détester.

– Je ne savais pas que c'était à ce point-là.

– Ne pleure pas.

– Je ne vais pas pleurer.

Je haussai les épaules en levant les yeux au ciel.

– Alors pourquoi t'as des larmes qui coulent ?

Parce que je suis tellement, profondément, triste.

J'essuyai vivement mes larmes et m'étranglai sur ma réponse.

– Je suis saoule et j'ai perdu mon granité. C'est pour ça que je pleure.

– Hailee, dit-elle d'une voix douce. (Ma situation triste et gênante devait l'avoir dessaoulée.) Tu l'aimes encore.

– Quoi ? Non. Non. Nous avons eu une histoire, il y a tellement longtemps, marmonnai-je en me mettant en marche. (J'agitai la main de façon dédaigneuse.) C'est de l'histoire ancienne. Circulez, y a rien à voir. Tout ce que j'ai pu éprouver pour lui, c'est fini depuis très, très longtemps. Je vais super bien. Ces larmes sont des larmes de joie. Et d'ailleurs, ce granité n'était même pas bon.

Kate me regarda d'un air inquiet.

– Tu mens, n'est-ce pas ?

Les dents serrées.

Je lui tendis la main.

– Est-ce que je peux rentrer chez moi maintenant et lire des romans d'amour ?

Elle hocha la tête.

– Ouais. Viens, je te ramène.

26
Hailee

– Non, mais je n'y crois pas, tu as vomi sur les chaussures de Superman ! dit Henry le lendemain matin à la réception de l'hôtel.

J'étais avachie dans mon fauteuil, j'avais la gueule de bois et j'étais encore sous le choc en pensant à la tournure que ma soirée avait prise. Moi qui ne voulais même pas aller à cette fichue fête !

– Je n'ai pas vomi sur les chaussures de Superman. J'ai vomi sur les chaussures d'Aiden Walters.

Henry fronça les sourcils en se dirigeant vers la table basse sur laquelle nous avions servi le café pour les clients.

– Je ne voudrais pas te faire de la peine, Hailee, mais ils ne font qu'une seule et même personne.

Il prit une tasse de café, ajouta du sucre et du lait et me l'apporta.

– À ta place je serais mort de honte.

– C'est pas la peine d'en rajouter. (Je soupirai en buvant une gorgée de café.) Merci, Henry.

On entendit un bruit venant du haut de l'escalier et je me redressai, sur le qui-vive. Henry tendit le bras vers moi et me tapota la main.

– Ne t'inquiète pas. Superman est déjà parti. Il est allé à la salle de gym pour un entraînement. Tu as encore un peu de temps avant de devoir affronter ton humiliation.

C'est gentil.

– Je ne me sens pas humiliée.

– Hailee, je te trouve géniale. Vraiment. Une des meilleures personnes que je connais, mais s'il y a une chose que tu fais mal, c'est mentir.

– Tu ne devrais pas être en train de travailler ?

Il jeta un coup d'œil autour de lui et haussa les épaules.

– Personne n'a besoin de rien.

– Tu pourrais peut-être passer l'aspirateur pour t'occuper.

La migraine qui me battait les tempes ne laissait que peu de place à l'amabilité. Même pas avec cet amour d'Henry.

– Ça marche, patronne.

Au moment où il se précipitait pour faire ce que je lui avais demandé, deux femmes entrèrent avec leurs valises. Elles devaient avoir environ mon âge, peut-être un peu moins. Elles gloussaient et chuchotaient entre elles en venant vers moi. La blonde se tourna vers moi avec un grand sourire.

– Bonjour. Vous allez bien ? demanda-t-elle avec un léger accent du Sud.

Elle n'était pas originaire de la région, c'était évident. Il n'y avait pas beaucoup de passage dans notre ville. La plupart des gens poursuivaient leur route pendant quarante-cinq minutes et allaient directement à Chicago.

Je me forçai à sourire en tentant d'oublier la révolution qui avait lieu dans mon estomac.

– Je vais bien, et vous ? Je peux vous aider ?

– Oui, mon nom est Marna et voici ma meilleure amie, Violet. Nous avons réservé une chambre pour quelques semaines. Je sais que nous sommes un peu en avance, mais nous espérions que cela ne vous poserait pas de problème.

– Aucun. Je vais vous demander votre carte d'identité et une carte de crédit pour que je retrouve votre réservation.

Lorsqu'elle me les tendit, je remarquai son bracelet sur lequel étaient attachés des petits charmes, des livres, des chats et des cœurs.

– Oh, c'est très joli. J'aime beaucoup.

– Merci, c'est ma mère qui me l'a offert quand j'étais petite. Il ne me quitte jamais.

Je portai la main au bijou qui pendait à mon cou. Mon collier Tom. Je ne l'avais pas enlevé même si Aiden avait retiré le sien bien des années auparavant. Curieusement, il m'avait consolée pendant mes périodes les plus difficiles.

Après cet instant d'émotion, je trouvai leur réservation. Alors que j'entrais leurs coordonnées dans l'ordinateur, je les entendis chuchoter entre elles comme si je n'étais pas là.

– Arrête, je ne vais pas lui demander ça, dit Violette à sa copine.

Je leur souris.

– Vous pouvez me demander ce que vous voulez.

En soupirant, elle passa les mains sur ses longs cheveux roux. Elle jeta un coup d'œil autour d'elle avant de se pencher vers moi et de me demander à voix basse :

– C'est vrai qu'Aiden Walters est descendu dans cet hôtel ?

Je me redressai, stupéfaite.

Oh mon Dieu !

C'était des groupies ?

Je me raclai la gorge et continuai de remplir le formulaire.

– Je ne suis pas autorisée à divulguer ce genre d'information concernant nos clients.

– Ça veut dire oui ! dit Marna en tapant des mains. On pourrait avoir une chambre à côté de la sienne ?

Compte là-dessus et bois de l'eau fraîche.

– En fait, nous avons une très belle chambre pour vous à cet étage, juste au bout du couloir.

Je leur tendis les clés, puis j'actionnai la sonnette posée sur mon bureau. Henry arriva immédiatement.

– Henry, peux-tu conduire ces dames à leur chambre ? Bienvenue à Leeks, Mesdames. Je vous souhaite un bon séjour parmi nous.

Sans perdre une minute, Henry saisit leurs valises et les conduisit vers leur chambre en papotant continuellement.

Monsieur Lee avait raison. La présence d'une vedette dans l'hôtel, c'était très bon pour les affaires. Avant la fin de la soirée, toutes nos chambres étaient réservées. Il n'en fallait pas plus pour me provoquer des angoisses. Je doutais qu'Aiden soit venu dans cette auberge dans l'espoir d'y attirer des tas de fans.

Je n'avais pas oublié ses attaques de panique et à quel point elles l'éprouvaient. Je ne voulais pas que ces gens lui créent le moindre problème.

En sortant de mon travail, je fis un achat important que je rapportai à l'hôtel. Je n'avais pas arrêté de tergiverser sur l'opportunité de parler à Aiden, mais je savais aussi que je ne pourrais pas l'éviter indéfiniment. Et qui sait ? Peut-être que ce que j'avais pris pour de la froideur et de l'indifférence, la veille au soir, n'étaient en fait que des inventions de mon esprit embrumé par l'alcool.

Je me dirigeai vers la porte de sa chambre, pris une profonde inspiration et frappai quatre fois.

Lorsqu'il vint ouvrir, mon souffle se coinça dans ma gorge et je me mis à étouffer. Je me retournai en faisant tout mon possible pour reprendre ma respiration. Mes yeux me piquaient et la panique se mit à monter en moi. Je me mis à tousser, dans l'impossibilité de mettre mes mains devant ma bouche puisque je portais un carton. Est-ce que j'allais m'étouffer ? Oh, mon Dieu, je m'étouffais devant Aiden qui me regardait, impassible.

– Pardon, dis-je en me forçant à déglutir après une nouvelle quinte de toux.

Après avoir plus ou moins retrouvé mon calme, je le regardai en souriant.

– Salut.

Si vous cherchiez le mot embarrassé dans un dictionnaire, ma photo apparaîtrait instantanément.

Aiden me toisa d'un air glacial sans dire un mot, et un frisson parcourut ma colonne vertébrale.

Je m'éclaircis la voix, une fois de plus.

– Je voulais m'excuser d'avoir vomi sur toi hier soir. Normalement, je tiens mieux l'alcool, mais le mélange de fromage frit et de granité, et…

– C'est tout ?

Il n'avait pas l'air amusé et il croisait les bras d'un air rigide. Sa poitrine avait-elle toujours été aussi large ? N'empêche, il était évident que je n'avais pas imaginé son allure distante hier soir, contrairement à ce que j'espérais. Ce n'était plus le garçon doux et gentil dont j'étais tombée amoureuse. Autrefois.

– Je, enfin, non, euh…

– Des phrases, Hailee, ordonna-t-il. Fais des phrases, comme une adulte.

Carrément.

Grossier personnage.

Je secouai la tête et lui tendis la boîte.

– Je t'ai acheté des chaussures pour remplacer les autres. Tu chausses toujours du quarante-six, c'est ça ? Elles sont probablement beaucoup moins chères que celles que j'ai abîmées hier, mais je me suis dit que c'était le moins que je pouvais faire pour m'excuser.

– Je ne veux pas de tes chaussures.

Les papillons qui tourbillonnaient dans mon estomac sentirent que leurs ailes étaient arrachées l'une après l'autre. Je poussai la boîte vers lui, jetai un coup d'œil dans le couloir et dit en murmurant :

– Prends ces chaussures, Aiden.

– Je n'en veux pas.

Il recula dans sa chambre et s'apprêtait à fermer la porte, mais je mis mon pied en travers pour l'en empêcher.

– Aiden, s'il te plaît.

– Qu'est-ce que tu veux ? dit-il sur un ton tranchant, les yeux pleins de haine.

Une haine que je croyais avoir imaginée la veille au soir. Une haine que je n'aurais jamais pensé voir chez lui. Une haine qui m'anéantit.

– Je… je…

– Fais une phrase ! aboya-t-il en fronçant les sourcils.

Je n'en revenais pas d'une telle dureté. Jamais Aiden ne s'était montré aussi brutal avec moi, même quand nous avions rompu. Bien sûr, il m'avait envoyé des messages disant qu'il ne comprenait pas, et je les avais ignorés, mais il n'avait jamais été grossier. Blessé, oui.

En plus, il s'adressait à tout le monde en ville avec la douceur d'un golden retriever, l'homme le plus gentil du monde. Pourquoi était-il si douloureusement grossier avec moi, au bout de temps d'années ? D'ailleurs, lui, il avait tourné la page ! Il avait réalisé la vie dont il rêvait. Sa grossièreté était injustifiée.

Les ruptures, ce sont des choses qui arrivent, Aiden. C'est la vie. Ce n'est pas une raison pour te conduire comme un sale con.

– Qu'est-ce qui te prend ? J'essaie seulement d'être aimable.

– Tu ferais mieux d'arrêter. Ça ne marche pas.

Je plissai les yeux.

– Tu te conduis comme un connard.

– Parfait. Du coup, tu vas peut-être me laisser tranquille.

– Je…

– Ça ne va pas le faire.

– Arrête de m'interrompre !

– Alors va au bout de ta pensée, putain !

– Je pourrais si tu ne me coupais pas la parole tout le temps ! Bon sang ! Je suis venue t'apporter une paire de chaussures, espèce d'abruti. Tu n'es pas obligé de te conduire de cette façon. Je pensais qu'après tout ce temps, on pourrait peut-être avoir des rapports cordiaux, mais…

– Non.

– Arrête de me couper la parole.

Il fronça les sourcils et regarda mon pied qui bloquait la porte.

– Enlève ton pied.

– Non.

– Si.

– Non.

– Hailee, dit-il sur un ton sévère. (Entendre mon nom sur ses lèvres ? C'était une nouvelle source de chagrin, parce que dans le temps il le disait si doucement.) Enlève. Ton. Pied.

Je l'enlevai.

Il me claqua la porte au nez, me plantant là avec ma boîte de chaussures à la main et mon ego en miettes, au trente-sixième dessous.

Au moment où je m'éloignais, sa porte se rouvrit brusquement et il me rappela. Je me retournai en espérant qu'il soit revenu à la raison et prêt à s'excuser pour s'être montré si froid et si méchant. Il vint vers moi lentement et, à chacun de ses pas, mon cœur battait de plus en plus vite. Il était si près qu'une fraction de seconde l'idée folle germa dans ma tête qu'il allait se pencher et m'embrasser, là tout de suite. Qu'il avait été en proie à un conflit intérieur et que son emportement était simplement dû au fait qu'il ne savait pas comment se comporter avec moi après tout ce temps. Que ses lèvres voulaient tellement retrouver le goût des miennes qu'il allait me retomber dans les bras.

Tombe-moi dans les bras, Aiden.

Il me toisait de toute sa hauteur. Les yeux bleus plissés et la poitrine bombée. Ses lèvres charnues s'entrouvrirent et il susurra :

– Je vais passer plusieurs mois dans cette ville et je veux que les choses soient extrêmement claires entre nous, d'accord ?

J'avalai le nœud coincé dans ma gorge.

– D'accord.

Il s'approcha un peu plus. Son souffle chaud passa sur ma peau et tous mes poils se dressèrent.

– Je ne veux rien avoir à faire avec toi. Jamais. Je n'ai pas besoin que tu viennes vérifier si je vais bien au prétexte que tu travailles ici, je n'ai pas besoin que tu me rachètes des chaussures parce que tu ne tiens pas l'alcool, et je ne veux pas renouer avec toi pour parler du bon vieux temps, Hailee. Tu n'es plus rien pour moi et je ne suis plus rien pour toi. Nous sommes des étrangers et je ne veux rien savoir de toi, ça ne m'intéresse pas du tout. Est-ce assez clair ?

J'ouvris la bouche en essayant de garder mon sang-froid.

– Comme de l'eau de roche.

Je me redressai le plus possible, ce qui ne m'empêcha pas de me sentir toute petite.

Il poussa un grognement agacé avant de tourner les talons et de rentrer dans sa chambre, et je me retrouvai à essayer de ramasser les maigres lambeaux de dignité qui me restaient.

Quand cela s'était-il produit ? Quand le garçon le plus charmant de la terre était-il devenu un homme aussi froid ? Le reste du monde aurait été bien étonné de voir comme Aiden pouvait être méchant avec une personne, avec moi.

Mais j'imagine que c'était pour cette raison qu'il avait eu un Oscar. Sa capacité à tromper son monde montrait vraiment l'étendue de son talent.

***

– C'était si dur que ça ? demanda maman.

J'étais venue dîner chez mes parents. Quelque temps auparavant, nous avions entrepris de revoir *I Love Lucy* une fois par semaine chez eux pendant que papa faisait la comptabilité à la pâtisserie.

– J'ai vomi sur ses chaussures, et aujourd'hui il m'a dit qu'il ne voulait rien avoir à faire avec moi. Très méchamment.

– J'ai du mal à l'imaginer. Aiden a toujours été le plus charmant des garçons.

– Ouais, ben, ce garçon charmant a reçu une injection de sérum de connard.

Maman secoua la tête.

– C'est probablement parce qu'il ne sait pas comment gérer ses retrouvailles avec toi. De la même façon que toi, tu ne gères pas non plus.

– Mais je n'ai pas été odieuse avec lui, moi !

– Non, mais c'est toi qui lui as brisé le cœur, à l'époque.

– Ce n'est pas comme si je l'avais volontairement fait souffrir. Et puis, c'est de l'histoire ancienne.

Je répétais ça comme le robot que j'étais devenu quand il s'agissait de parler d'Aiden.

– Ce n'est pas parce que cela s'est passé il y a longtemps que la plaie est cicatrisée, Hailee.

Je fis la moue.

– T'es de quel côté ?

– Du tien, toujours. (Elle rit en me volant une frite.) Tout ce que je dis, c'est que votre rupture a dû être dure pour Aiden, je n'approuve pas sa façon de se comporter, mais je dis que je peux comprendre ce qu'il ressent. Surtout quand on pense à la façon dont vous vous êtes séparés…

– Bon, on peut parler d'autre chose ?

J'avais déjà passé assez de temps à culpabiliser au sujet de la façon dont j'avais rompu. Est-ce que j'aurais pu mieux gérer les choses ? Oui. Est-ce que cela m'avait anéantie de l'anéantir ? Bien sûr, mais j'étais jeune et stupide et je pensais que je faisais ce qui était le mieux pour nous deux. Je me sentais déjà assez mal comme ça depuis vingt-quatre heures. Je n'avais pas besoin, en plus, de culpabiliser sur mes erreurs passées.

– Excuse-moi. Qu'est-ce que tu veux que je te dise ? demanda maman.

– Que les hommes sont des idiots et que ta fille est la meilleure.

– Les hommes sont des idiots et ma fille est la meilleure.

Maman était la loyauté incarnée.

La sonnerie de mon téléphone vint interrompre notre discussion. Je répondis aussitôt en voyant le nom de Monsieur Lee s'afficher sur l'écran.

– Bonsoir, Monsieur Lee. Qu'est-ce qui se passe ?

– Hailee, bonsoir, comment ça va ? Écoute, je suis désolé de te demander ça, surtout à la dernière minute, mais le bar et le grill sont bondés ce soir et Sarah a dû rentrer chez elle, elle n'était pas bien. Penses-tu que tu pourrais venir la remplacer ?

– Le bar et le grill ne sont jamais bondés le dimanche.

– Ça, c'est quand on n'a pas un acteur oscarisé dans notre hôtel. Je t'ai dit qu'Aiden allait booster les affaires !

Il y avait au moins une personne qui tirait profit de l'arrivée d'Aiden.

– Je vois. Bon, d'accord. Je serai là dans un quart d'heure.

Je raccrochai et dis à maman ce qui se passait. Elle fit une grimace.

– J'ai l'impression que ça ne va pas être facile pour toi de te tenir à l'écart de ce garçon tant qu'il séjournera dans ton hôtel.

À qui le disait-elle ?! J'étais en nage en permanence tellement la situation me tapait sur le système.

En arrivant au bar et au grill, je passai directement derrière le bar pour me mettre au travail. Préparer des cocktails n'était pas ma spécialité et chaque fois que je devais remplacer quelqu'un à ce poste, mon angoisse se démultipliait. Je n'avais jamais vu autant de monde dans le bar. Et, dominant cette foule, se tenait l'homme du jour, celui-là même qui me fusillait du regard.

Debout derrière le comptoir, je sentis ma poitrine se serrer lorsque Aiden croisa mon regard. Son sourire disparut instantanément et la froideur revint sur ses traits qui se durcirent en même temps que les veines de son cou se gonflaient. Si l'amour se mesurait en sourires, et la haine en froncements de sourcils, j'étais la fille la plus détestée par le garçon le plus aimé.

Il cligna des yeux et détourna le regard, reprenant le rôle qu'il semblait interpréter pour les habitants de la ville. Un grand sourire illumina son visage et il cria :

– J'offre une tournée générale !

Non, Aiden. Ne me fais pas vivre cet enfer.

La foule applaudit, et moi, je faillis éclater en sanglots, puis je me mis au travail car les commandes pleuvaient. Il avait dit clairement qu'il ne voulait rien avoir à faire avec moi. Ce qu'il n'avait pas dit, c'est qu'il voulait aussi faire de ma vie un enfer.

Alors que la foule s'agglutinait au bar, je servis bière après bière, shot après shot, alors que mon estomac se soulevait constamment à cause de l'odeur de l'alcool. Après ma cuite de la veille, je n'allais pas reboire un verre de sitôt.

Au bout du bar, Aiden était assis avec Tommy Stevens, le reporter de notre journal local. J'avais entendu Tommy parler en boucle d'un manuscrit dont il était l'auteur et qu'il voulait faire lire à Aiden. Celui-ci faisait semblant d'être intéressé et Tommy n'arrêtait pas de lui répéter qu'il serait parfait pour le premier rôle du film qu'il avait en tête.

Plus Tommy buvait, plus il devenait tactile avec Aiden. Il n'arrêtait pas de lui taper sur l'épaule, de lui donner des petits coups dans la poitrine pour souligner son point de vue tout en parlant de plus en plus fort.

Petit à petit, la foule des clients rentra chez soi et bientôt il ne resta plus que Aiden et Tommy.

– Il faut que tu le lises, dit Tommy d'une voix pâteuse. C'est le genre de script qui te vaudra un Oscar ! (À ce moment-là, il se tourna vers moi. En s'affalant sur le bar, il claqua des doigts.) Hé toi, Miss Jones ! Un autre.

Je vis le léger tressautement de la lèvre d'Aiden puis je regardai Tommy. L'estomac noué, je lui fis un sourire.

– Désolé, Tommy. On ne sert plus ce soir.

– Quoi ? Mais on vient juste de commencer ! Et puis, c'est Monsieur Hollywood qui régale. Pas vrai, Aiden ?

Il lui tapota la poitrine. Je jure qu'il l'avait davantage touché en l'espace d'une heure environ que je ne l'avais fait pendant tout le temps qu'avait duré notre relation.

– Je pense qu'en fait je vais m'arrêter là, dit Aiden en se levant. De toute façon, j'ai l'impression que le bar va fermer. Tout le monde est rentré chez soi. Tu peux faire l'addition et la mettre sur la note de ma chambre, m'ordonna-t-il.

Il tourna les talons pour partir, mais Tommy ne suivit pas.

– Bon, ben tant pis. Je paierai mon verre, dit Tommy.

– Désolée, Tommy. Je n'ai plus le droit de te servir. C'est le règlement. Mais je peux t'appeler un taxi, si tu veux.

Je me tournai pour aller à la caisse et faire la note d'Aiden, mais sans m'en laisser le temps, Tommy passa la main par-dessus le bar, m'attrapa par le bras et me tira vers lui.

– J'ai dit que je voulais encore un verre, déclara-t-il en postillonnant à profusion. Si on en juge par ta taille, tu n'as jamais dû te priver des plaisirs de l'existence, alors que dirais-tu de ramener ton gros cul par ici et de m'en servir un ?

Un petit frisson me parcourut le dos. À un certain moment de ma vie, ce genre de commentaires m'aurait fait partir en vrille à cause de mes complexes, mais j'avais travaillé sur moi-même depuis suffisamment longtemps pour connaître ma valeur. Les paroles de Tommy n'étaient que ça… des mots. Ils ne resteraient pas collés sur mon âme à moins que ce ne soit moi qui fournisse la colle.

Avant que j'aie eu le temps de réagir, Tommy était par terre. Aiden lui avait flanqué son poing dans la figure, le mettant K.-O. d'un seul coup. Heureusement, il n'y avait personne d'autre dans le bar. Sinon, je suis sûre que cela aurait déclenché une folie de photos et de vidéos montrant l'enfant chéri d'Hollywood se laissant aller à un comportement violent.

– Mais enfin ! balbutiai-je, ahurie.

Tout s'était passé si vite.

– Qu'est-ce qui se passe ? intervint Parker, le cuisinier, en émergeant de la cuisine.

Il me regarda et vit que j'étais bouleversée, puis il regarda Tommy, toujours allongé sur le sol. Enfin, il regarda Aiden dont la poitrine se soulevait et s'abaissait rapidement.

– Rentre chez toi, Hailee, dit Parker en venant vers moi. Je vais m'occuper de ça et fermer.

J'ouvris la bouche pour parler, mais aucun son ne sortit. Parker me fit un petit sourire sans conviction.

– Rentre chez toi. Je m'occupe de Tommy.

Je hochai la tête, attrapai mon sac et me dirigeai tout droit vers la sortie. Au moment où la brise d'automne me frappa le visage, je réprimai un sanglot et les larmes commencèrent à rouler sur mes joues.

– Hailee, attends, appela Aiden. Arrête-toi.

Je me retournai brusquement et fis un pas vers lui.

– C'est quoi ton problème ? Pour qui tu te prends pour mettre ton poing dans la figure de gens comme ça ? Et pourquoi ? Tu as clairement fait tout ton possible pour m'éviter. Tu as littéralement traversé la rue pour garder tes distances, et là, tout d'un coup, tu défends mon honneur ? C'est quoi ce bordel, Aiden ?

Il avait l'air complètement paumé, comme s'il ne savait pas ce qui lui avait pris. Il se passait la main dans les cheveux, l'air furieux.

– Je ne sais pas ce qui m'a pris. Tout ce que je sais, c'est que Tommy te traitait comme de la merde et…

– Et ce ne sont pas tes affaires. Tu as été assez clair en me disant que tu ne voulais rien avoir à faire avec moi.

– Je sais, d'accord ? J'ai compris. Nous sommes des étrangers.

– Nous ne sommes pas des étrangers, Aiden. Nous ne le serons jamais. Je veux dire… je n'ai rien contre le fait que nous soyons amis de nouveau, si tu veux. (Il souffla d'un air dédaigneux, ce qui me fit froncer les sourcils.) Lorsque nous avons rompu, je ne pensais pas que tu en viendrais à me détester.

– Lorsque *nous* avons rompu ? Il n'y avait pas de nous dans cette équation.

– Je sais ce que tu as pu penser…

Il ouvrit la bouche pour parler, mais il se ravisa. Il la referma et serra les mâchoires. *Quoi, Aiden ? Qu'est-ce que tu allais dire ?*

– Dis-le.

– Non.

– Dis-le.

– Ce n'est pas la peine.

– C'est ça. Renferme-toi plutôt que d'avoir une conversation d'adultes.

– Ça veut dire quoi, ça ?

Je plissai les yeux.

– Depuis que tu es revenu, tu me traites comme de la merde. Tu te comportes de façon puérile et grossière et…

– Tu m'as brisé le cœur, putain ! hurla-t-il sans ménager ses cordes vocales, en levant les mains d'un air résigné. D'abord de vive voix puis par texto ! Pourquoi tu voudrais que j'aie envie de te parler, Hailee ? Ce jour-là, tu as dit sans ambiguïté que tu ne me donnerais pas une seconde chance. Tu m'as clairement fait comprendre que tout était fini entre nous. Pourquoi voudrais-tu que j'aie envie de discuter avec toi, a fortiori d'être sympa avec toi ?

– Je ne sais pas. Peut-être parce que, avant d'être en couple, nous étions meilleurs amis depuis que nous étions petits ?

– Cela n'a pas semblé compter beaucoup pour toi quand tu as rompu. (Il souffla, la colère visible au fond de ses yeux.) Tu as même dit que nous pourrions peut-être rester amis, mais qu'il valait mieux qu'on ne se parle plus pendant un moment. Et puis, j'ai attendu. J'ai attendu que tu reprennes contact, Hailee. Un bon moment a passé et tu ne me donnais toujours pas de nouvelles. À moins que tu n'aies oublié ce texto que tu m'as envoyé ?

– Aiden…

Ma voix se brisa. La culpabilité me submergeait.

– Je veux que nous soyons des étrangers l'un pour l'autre. J'ai besoin que tu sois une étrangère pour moi.

C'était horrible. C'était vraiment horrible, mais en même temps, je comprenais. S'il avait besoin de ça pour guérir, ça n'aurait pas été juste de ma part de m'y opposer. Comme maman le disait, la guérison avait son propre agenda. Ce n'était pas bien de ma part de m'interposer alors que c'était moi qui avais blessé Aiden. Je respecterais son souhait, même si cela me faisait souffrir.

– Si c'est vraiment ce que tu veux, je me tiendrai à l'écart de ton chemin tant que tu seras en ville.

– Très bien.

– Super.

– Génial.

– Formidable.

– D'accord.

– Fantastique, putain.

– Il faut vraiment que tu aies toujours le dernier mot ? Tu es aussi puérile que ça ? grommela-t-il comme un vieux ronchon.

– Dixit l'homme qui argumente avec ses poings. Ça, c'est vraiment une preuve de maturité, Aiden. Nous ne sommes plus des gamins. Nous ne réglons pas nos comptes en donnant des coups de poing.

– Il t'a manqué de respect.

– Et qu'est-ce que ça peut te faire ?

Non, vraiment. Qu'est-ce que ça peut te faire ?

Ses narines palpitèrent, et il se passa la main dans les cheveux en arpentant le trottoir.

– Appelle ça un vieux réflexe. Fin de la discussion.

Il tourna les talons et commença à s'éloigner, mais s'arrêta à mi-chemin au milieu de la rue. Il baissa la tête.

Il se retourna pour me faire face, mais la colère que j'avais vue dans ses yeux avait disparu. L'espace d'un instant, je le retrouvai. Le garçon que j'avais aimé autrefois. L'espace d'un instant, il me regarda comme s'il tenait toujours à moi, et il dit :

– Est-ce que les gens font ça souvent ?

– Quoi ?

– Ce genre de commentaires désobligeants ?

– Bien sûr que non. Tommy était ivre, et c'est un abruti. On n'est plus au lycée. Personne ne m'insulte.

Il fit une grimace.

– Bien sûr. Excuse-moi. C'est juste... je n'arrive pas à avoir les idées claires quand je suis avec toi.

Ses épaules s'affaissèrent et toute son attitude se modifia. C'est à ce moment-là que je le vis, le vrai Aiden. Il ne me détestait pas. Il n'était pas en colère ni amer, contrairement à ce que ses paroles pouvaient faire croire. Il était... triste.

Aiden était douloureusement triste. Je le vis dans le bleu de ses yeux lorsque son regard croisa le mien.

Comment cela avait-il pu m'échapper ? Étais-je trop profondément plongée dans mes propres pensées pour ne pas remarquer l'évidence de sa douleur ? Était-il si doué pour dissimuler sa tristesse ? Depuis combien de temps souffrait-il en silence ? Depuis combien de temps était-il si profondément tourmenté ?

C'était une tristesse qui venait de plus loin que simplement notre séparation. Le genre de tristesse qui persistait tout au long d'une existence. Qui s'insinuait dans la moindre crevasse de votre âme, insufflant un amalgame de douleur et de colère dans votre esprit.

La raison pour laquelle j'étais capable de déceler ce niveau de tristesse dans ses yeux, c'était pour l'avoir vécu moi-même, juste après le départ d'Aiden, cinq ans plus tôt.

Ces démons de la tristesse avaient été ceux dont j'avais eu le plus de mal à me débarrasser. Cela me désolait de savoir qu'Aiden se trouvait dans l'œil de ce cyclone, en plein désespoir, et qu'il n'y avait personne pour le voir. Pas même moi.

Pourtant, maintenant que je le voyais…

Mon cœur se serra.

– Aiden…

– Est-ce que tu t'en veux ? De la façon dont tu as mis un terme à notre relation ?

Oui.

Constamment.

Tout le temps.

– Tu connais déjà la réponse à cette question.

– J'ai besoin que tu le dises.

– Je me sens coupable, tous les jours.

– Alors pourquoi l'as-tu fait ? Pourquoi m'as-tu laissé partir ?

– Je savais qu'il le fallait. Je regrette de n'avoir pas su gérer les choses différemment. J'étais jeune et j'avais peur. Tout ce que je voudrais maintenant, c'est repartir de zéro avec toi, Aiden, c'est tout.

Je voulais qu'il me laisse rentrer dans son monde afin de pouvoir l'aider en marchant à ses côtés. Je connaissais la dépression. Je ne souhaiterais pas à mon pire ennemi de cheminer seul avec cette angoisse. Et a fortiori à Aiden.

– Repartir de zéro…

Il souffla, révolté par cette idée. Il ne me dit pas un mot de plus. Son visage s'assombrit davantage et il glissa les mains dans les poches de son jean avant de se retourner et de s'en aller.

27
Hailee

Le lendemain matin, j'étais un vrai zombie en me rendant au travail. Malgré tout le café que Kate m'avait fait boire, j'avais du mal à garder les yeux ouverts. J'avais passé la majeure partie de la nuit à me faire du souci pour Aiden. Heureusement, la journée s'annonçait plus calme. En sortant de sa chambre, Aiden garda la tête baissée et fit tout pour m'éviter. Cela atteignit mon cœur sensible et je priai intérieurement pour qu'il me regarde.

Vers treize heures, la porte d'entrée s'ouvrit et Tommy entra. Son œil avait pris une belle couleur bleue et noire due à sa rencontre avec le poing d'Aiden la veille au soir. Visiblement dessaoulé, Tommy s'approcha de la réception, l'air tout penaud.

– Salut Hailee, dit-il avec un petit sourire contraint. (Il se passa la main sur le crâne.) Je tenais à venir m'excuser de m'être conduit comme un connard hier soir. J'étais bourré. J'ai dépassé les bornes. Tu ne méritais pas des commentaires aussi méchants.

Ces excuses étaient… surprenantes. Évidemment, Tommy m'avait dit des choses horribles la veille, mais à vrai dire, au fil des années il avait souvent fait des commentaires encore plus méchants à propos d'autres habitants de la ville. Tommy était connu pour sa grossièreté lorsqu'il avait bu un coup de trop. Tout bien considéré, les réflexions d'hier soir étaient plutôt modérées venant de lui.

Je haussai un sourcil.

– D'accord.

Je ne voyais rien d'autre à dire.

Il plissa les yeux.

– Donc… tu me pardonnes ?

– C'est sans importance.

Il lança un regard vers la vitrine, puis vers moi de nouveau.

– En fait si, c'est important. J'ai besoin de t'entendre dire que tu me pardonnes.

– Pourquoi c'est si important ?

– Parce que j'ai besoin de te l'entendre dire, d'accord ? dit-il sur un ton cinglant.

Le truc avec les connards, c'est qu'ils ne sont pas capables de contrôler leurs mauvais penchants très longtemps. Tommy dérapait déjà.

– Alors dis-le, Hailee.

– Non. Tu ne peux pas obliger quelqu'un à te pardonner. Ça ne marche pas comme ça, le pardon.

– Oh, ça va, arrête d'en rajouter. Dis-le, c'est tout.

– Non.

– Fais pas ta chieuse, Hailee. Dis-le, point barre !

Il n'arrêtait pas de tourner les yeux vers la fenêtre. Je finis par regarder aussi et je vis Aiden debout dans la rue, les bras croisés. Lorsqu'il remarqua que je l'avais vu, il s'éloigna.

– C'est Aiden qui t'a forcé à venir me dire ça ?

– Il a dit qu'il lirait mon manuscrit si je venais m'excuser.

Oh, Aiden.

Il contrôlait toujours les battements de mon cœur.

– Bon, ben, alors je te pardonne.

Est-ce que je lui pardonnais vraiment ? Non, bien sûr que non. Je méprisais cet homme.

Mais si ça pouvait faire qu'il me fiche la paix, ça méritait bien un mensonge.

Tommy sortit, l'air fanfaron, et je levai les yeux au ciel en me renfonçant dans mon fauteuil. Je regardai par la fenêtre Tommy tendre son manuscrit à Aiden. Ils continuèrent à parler un petit moment, Aiden hochant la tête à tout ce que Tommy lui racontait, mais dès que celui-ci s'éloigna, je vis Aiden jeter le manuscrit dans la poubelle la plus proche.

J'eus un petit sourire. C'était bien d'Aiden, de faire ça.

Peu de temps après, il rentra dans l'hôtel et prit la direction de sa chambre. Il ne me jeta pas le moindre regard, pourtant j'aurais bien aimé. J'avais envie de revoir ses yeux pour y trouver d'autres parties de son âme qu'il gardait pour lui.

Il avait dit qu'il voulait que nous soyons des étrangers l'un pour l'autre, mais ses agissements n'étaient pas conformes à ses paroles.

– Oh, Hailee, tu peux porter le plateau du room service dans la chambre d'Aiden ? Je vais rester à la réception, demanda Monsieur Lee.

Je haussai un sourcil.

– Quoi ? Ça ne peut pas être quelqu'un du bar ? Ce sont eux qui font ça d'habitude.

– Il n'y avait que Carly et elle est rentrée chez elle, elle est malade.

– Il y avait un virus dans l'hôtel ou quoi ?

Je ronchonnai.

– Henry ne peut pas le faire ?

– Il est sorti. Vas-y, s'il te plaît. Je ne veux pas le faire attendre.

Monsieur Lee me fit signe d'y aller et donc, à contrecœur, je fis mon boulot. Je montai le plateau. Au moment de frapper à la porte d'Aiden, je sentis mon estomac se nouer. Il ouvrit la porte en souriant, mais cela me fit mal de voir son sourire disparaître dès qu'il se rendit compte que c'était moi.

– Qu'est-ce que tu veux ?

– Rien. C'est toi qui as demandé le room service, alors le voilà.

Il marmonna quelque chose dans sa barbe.

– Bon.

– Tu veux que je pose le plateau sur la table ?

Il s'effaça pour me laisser entrer. Je sentis des fourmis courir sur ma peau à l'idée de me trouver dans cet espace intime avec lui. Je posai le plateau sur la table, ôtai le couvercle qui recouvrait son repas – un burger accompagné de frites – et versai sa bière dans le verre.

– Voilà. Si tu as besoin d'autre chose, tu peux…

– Ketchup.

C'était sa nouvelle habitude de me couper la parole.

– Oh. Très bien. Je t'apporte ça tout de suite.

Je descendis précipitamment à la cuisine, puis remontai avec le ketchup.

– Voilà.

– Et la moutarde ? demanda-t-il grossièrement.

– Euh… tu n'as pas parlé de moutarde.

– J'ai dit ketchup et moutarde.

Je me redressai.

– Non. Tu as dit ketchup. Et d'ailleurs, depuis quand tu aimes la moutarde ?

– Ne fais pas comme si tu me connaissais encore.

Et voilà, ça recommence. Ne mords pas à l'hameçon, Hailee.

Je lui fis un grand sourire.

– Bon, je vais t'en chercher.

Je descendis les escaliers en courant – encore une fois – et revins avec la moutarde.

Il fit la grimace.

– Vous n'avez pas de moutarde de Dijon ?

– Non, mais tu te fiches de moi là, Aiden. Prends ta moutarde et c'est tout.

Je collai le flacon de moutarde contre sa poitrine.

Il le repoussa.

– Je veux de la moutarde de Dijon.

– Nous – *je repoussai le flacon* – n'avons pas de moutarde de Dijon.

– Eh bien, je ne veux pas de celle-ci, gronda-t-il en repoussant le flacon une fois de plus.

– Aiden, arrête.

Je repoussai le flacon vers lui et il le repoussa vers moi.

– Toi, arrête.

Ni l'un ni l'autre, nous ne voulions céder. Nous repoussions le flacon l'un vers l'autre jusqu'à ce qu'Aiden le presse accidentellement, le bouchon sauta et la moutarde m'explosa à la figure.

– Aaah !

Je criai en lâchant le flacon.

– Putain, désolé, marmonna-t-il.

Il se précipita dans la salle de bains, saisit une serviette et entreprit de m'essuyer le visage. Je lui arrachai la serviette des mains.

– Je vais le faire, ronchonnai-je en essuyant la moutarde sur mon visage.

Il y en avait dans des orifices qui n'étaient pas prévus pour ça. Mes narines, mes oreilles, mes yeux.

– T'en as dans les cheveux aussi. Attends, laisse-moi faire. Mince. Je suis désolé, je suis désolé.

Sans savoir pourquoi, soudain je me mis à rire. Je riais comme une malade devant le grotesque de la situation. J'avais de la moutarde partout. Dans les cheveux, dans le nez, sous les ongles. Je n'arrivais pas à contrôler mon fou rire qui gagna Aiden. Oh, comme ce rire m'avait manqué !

Quand as-tu ri pour la dernière fois, Aiden ?

Pendant un instant, nous nous retrouvions. Lui retirant la moutarde de mes cheveux, moi l'essuyant dans mes cils. Nous riions ensemble, et mon âme se sentit apaisée. C'était si bon de rire avec lui que c'est exactement ce qui me fit m'écrouler dans la seconde qui suivit. Mon rire hystérique se transforma en sanglots tout aussi hystériques. Mes larmes se mélangèrent à la moutarde en coulant sur mes joues.

– Hailee, non, supplia Aiden d'une voix brisée en se tenant devant moi.

Je mis la main devant ma bouche et secouai la tête.

– Excuse-moi.

– Ne fais pas ça.

– Je suis désolée. Je ne voulais pas provoquer un tel bazar, et j'aurais dû me contenter d'aller te chercher la moutarde et…

– Non.

Il poussa un profond soupir. L'expression de son visage s'était radoucie, il avait l'air plus gentil. Ses yeux me rappelaient ceux du garçon qui m'avait aimée autrefois.

– Ce n'est pas de ça que je parle.

– De quoi tu parles, alors ?

– Je veux dire, ne *me* fais pas ça. (Il se passa la main sur la nuque, l'air tiraillé.) Ne pleure pas.

– Pourquoi ?

– Parce que si tu pleures, je vais vouloir te consoler, et je ne peux pas te consoler… alors s'il te plaît, non. Ne m'oblige pas à cesser de te détester, Hailee. J'ai mis des années à bâtir cette haine envers toi, et ce ne serait pas juste que tu arrives comme ça et que tu la fasses tomber.

Je fis un pas vers lui.

– Aiden, Je…

– S'il te plaît… (Il leva une main pour m'empêcher d'aller plus loin.) Parce que chaque fois que tu es près de moi… (Il laissa échapper un grognement irrité et fit non de la tête.) Garde tes distances, d'accord ? De mon côté, je garderai les miennes.

Il alla ouvrir la porte pour que je sorte.

– Pourquoi tu me détestes ? bredouillai-je d'une voix tremblante.

Bien sûr, il m'avait ordonné de me tenir à distance, mais j'en étais incapable. Je marchai vers lui d'un pas déterminé et je bloquai la porte.

– Je ne veux pas en parler.

– Non. Vraiment. Lorsque nous nous sommes séparés, cela ne faisait pas si longtemps que nous sortions ensemble.

– Non, mais t'es pas sérieuse, là ?

– Je suis sérieuse. En plus, avant que nous ne décidions de sortir ensemble, tu avais dit que quoi qu'il arrive nous resterions amis. Tu disais…

– Je sais ce que j'ai dit, siffla-t-il.

Il passa la main au-dessus de ma tête et la posa sur la porte. Je sentis une chaleur se répandre dans mon corps alors qu'il me surplombait de toute sa carrure, inflexible.

– Pousse-toi de là, Hailee.

– Aiden. S'il te plaît. Nous serons amenés à nous rencontrer souvent pendant les mois à venir. Je devrai t'apporter des choses, comme aujourd'hui. C'est mieux si nous étouffons ce ressentiment dans l'œuf dès maintenant.

Il fit une grimace sans joie.

– L'étouffer dans l'œuf ?

Visiblement, ce n'était pas la chose à dire. « Repartir de zéro » et « étouffer dans l'œuf » n'étaient pas ses expressions favorites, c'est évident.

– Quelles que soient les causes de ta rancœur envers moi, on devrait les enterrer tout de suite, comme ça, on pourra se tenir dans la même pièce sans que ce soit gênant.

– Mais je ne peux pas.

– Tu ne peux pas quoi ?

– Supporter de me retrouver dans la même pièce que toi.

Ces mots me firent mal. Je plissai les yeux et secouai la tête.

– Mais pourquoi ?

– *Hails !* Bon sang, tu n'es quand même pas si naïve ! Tu ne peux pas honnêtement penser que je voulais revenir dans cette ville et me retrouver en ta présence, si ? C'est peut-être de l'histoire ancienne pour toi, un truc que tu peux juste *étouffer dans l'œuf*, mais cette histoire entre nous, toi et moi, ça existait vraiment pour moi.

– Mais pour moi aussi.

Ça existe toujours pour moi. Ça existe toujours tellement.

– C'est drôle, parce que tu n'as pas semblé avoir trop de mal à l'abandonner.

– Tu es injuste Aiden. Tu n'as pas idée à quel point ça a été difficile pour moi de te laisser partir.

– Personne ne t'a demandé de me laisser partir.

Si seulement il savait la vérité !

– Je suis désolée. Je n'ai jamais voulu te faire souffrir, Aiden.

– Tu peux garder tes excuses. Je n'en veux pas. Tout ce que je dis, c'est que c'est inenvisageable pour moi de me trouver en ta présence.

Les larmes continuaient de couler sur mes joues. Je me sentais égoïste de pleurer alors que c'était moi qui lui avais brisé le cœur.

– Mais pourquoi ? On pourrait essayer de renouer une amitié.

– Une amitié ? Tu veux être mon amie ?

– Oui, en effet.

Tellement plus que tu ne peux l'imaginer, Aiden.

– Non, dit-il d'un ton cinglant, réduisant à néant l'espoir, même infime, que je nourrissais.

– Pourquoi ?

J'avais l'impression d'être comme une enfant qui répétait pourquoi à chaque phrase qu'il prononçait.

Il posa sa deuxième main sur la porte. Je me retrouvai coincée contre le panneau de bois, l'estomac noué par la nervosité.

– Parce que dès que je suis près de toi, j'ai l'impression de devenir fou. Quand je suis près de toi, je n'ai plus les idées claires. Je ne sais pas quelle attitude adopter avec toi. J'ai envie de t'insulter, de te maudire pour tout ce qui s'est passé entre nous et ensuite… (Il ferma les yeux en soupirant, son visage à quelques centimètres du mien. Son souffle chaud effleurait ma peau, faisant courir des sensations tout le long de mon dos.) Puis j'ai envie de te coller contre la porte, de déchirer tes vêtements et de reprendre ce qui a été à moi un jour. J'ai envie de te tenir dans mes bras, Hailee. Tu n'as pas idée à quel point j'ai envie de te serrer contre moi pour ne plus jamais te lâcher, putain. Alors, excuse-moi. C'est soit je te déteste, soit je t'aime. Il n'y a pas d'entre-deux pour moi. Par conséquent, il vaut mieux que je m'accroche à la haine parce que nous savons déjà ce qui arrive quand je t'aime.

Il ouvrit les yeux. Ses lèvres n'étaient qu'à quelques millimètres des miennes. Si je me penchais en avant, je pourrais en goûter la saveur. Si je m'avançais de quelques centimètres, il serait à moi de nouveau.

Il posa la main sur le bouton de la porte et commença à le tourner.

– Pousse-toi, Hailee.

J'aurais voulu argumenter. J'aurais voulu le supplier de comprendre que je n'avais jamais souhaité cette séparation. J'aurais voulu lui demander s'il allait bien. J'aurais voulu m'emparer de sa tristesse pour la prendre à mon compte. Il ne méritait pas d'être aussi triste. Il ne méritait pas de souffrir comme ça. Moi aussi, j'aurais voulu le tenir dans mes bras. J'aurais voulu le serrer contre moi pour ne plus jamais le lâcher, putain. Au lieu de cela, je m'écartai. Il ouvrit la porte et je sortis. Il me referma la porte au nez et j'essuyai mes larmes.

– Tout va bien, Hailee ?

En levant les yeux, je vis Carly qui portait un plateau.

– Carly ? Je croyais que tu avais attrapé la gastro de Sarah et que toi aussi, tu étais rentrée chez toi.

Elle haussa un sourcil.

– La gastro ? Non. Monsieur Lee a dit à Sarah de partir plus tôt hier, mais je ne sais pas pourquoi. Et moi, j'étais là tout le temps.

Elle vint vers moi et plissa les yeux.

– Tu as de la moutarde dans l'oreille.

– Ouais, je sais.

– Bon, ben, alors si tu le sais. À plus tard. Faut que je retourne au bar et au grill.

Elle s'en alla précipitamment et je me dépêchai moi aussi d'aller tirer cette histoire au clair.

– Monsieur Lee !

Assis à la réception à la cool, il n'avait pas l'air de s'en faire ni de se sentir fautif.

– Hé, Hailey. Prête à reprendre ta place ?

– Vous m'avez baratinée !

Il y avait un truc indéniable chez Monsieur Lee, c'est qu'il ne savait pas cacher ses sentiments. Il mentait comme un enfant de trois ans pris la main dans la boîte de biscuits.

– Qui, moi ? Jamais de la vie ! À propos de quoi je t'ai menti ? Je n'ai pas menti !

– Je viens juste de voir Carly et, en plus, elle m'a dit que Sarah n'était même pas malade l'autre jour mais que vous lui aviez dit de rentrer chez elle.

– Ah ! Ces mensonges-là.

– Monsieur Lee !

– Quoi ? Quoi ?

Il leva les mains en signe de soumission.

– Je suis un vieil homme. Tu n'as pas le droit de crier comme ça sur un vieil homme.

– C'est quoi toutes ces histoires, exactement ? Pourquoi vous m'avez baratinée ?

– Je lui avais bien dit que tu étais trop futée. Je lui ai dit que tu t'en apercevrais.

– Que je m'apercevrais de quoi ? Et à qui vous avez dit ça ?

– Laurie, la mère d'Aiden.

Je tombais des nues.

– Mais qu'est-ce qu'elle vient faire là-dedans ?

Monsieur Lee agita la main d'un air dédaigneux.

– Tu connais les mères. Elles ne peuvent pas s'empêcher de fourrer leur nez dans les affaires de leurs enfants. Elle voulait qu'Aiden et toi vous vous réconciliiez. Raviver une ancienne flamme. Vous forcer à vous rencontrer. (Prenant son visage entre ses mains, il soupira d'un air songeur.) C'est plutôt romantique quand on y pense. Mais en même temps, qu'est-ce que j'en sais ? Un vieil homme comme moi ? Je vais aller faire une petite sieste, tiens.

Il se leva et commença à s'éloigner, mais s'arrêta et se retourna vers moi.

– Tu brilles d'un nouvel éclat, tu sais.

– Pardon ?

– Depuis des années, tu te déplaces discrètement. Tu gardes la tête baissée sur tes bouquins et tu ne montres pas d'émotions. Je sais que tu n'es pas malheureuse, mais en même temps, on a le sentiment que ton aura est étouffée. Et pourtant, lorsqu'il entre dans la pièce… tu deviens différente. Tu deviens lumineuse. Tu sais pourquoi je le remarque ?

– Non, pourquoi ?

– Parce que cela me fait penser à moi lorsque j'étais avec ma femme regrettée. Peu importe que j'aie été content ou en colère contre elle. Quels qu'étaient mes sentiments, ils étaient perceptibles dans mon aura chaque fois qu'elle était avec moi. Et tu sais pourquoi ? Parce que, grâce à elle, je me sentais vivant. La vie est courte. Tellement de gens la traversent tels des zombies. La plupart des gens se déplacent dans leur vie avec une âme morte. Mais lorsque tu rencontres la seule personne qui te fait *ressentir* ? Lorsque tu trouves quelqu'un qui te fait briller d'un éclat particulier ? Il ne faut pas le lâcher. Toute personne grâce à qui tu te sens vivant dans ce monde sombre et solitaire mérite qu'on se batte pour la garder.

***

En sortant du travail, j'allai frapper à la porte des Walters. Lorsque Laurie vint m'ouvrir, elle me fit un immense sourire.

– Hailee. Quelle bonne surprise ! Qu'est-ce que tu fais là ?

– Ne fais pas l'innocente, Laurie. Je sors du travail et Monsieur Lee m'a tout raconté.

Son si gentil sourire s'estompa en même temps que la culpabilité apparaissait dans ses yeux bruns. Elle s'écarta de la porte et me fit signe d'entrer dans le salon.

– Samuel ne va pas tarder à rentrer de Chicago. Ça te dirait, un verre de vin ?

J'entrai dans leur maison et cela me fit un drôle d'effet. C'était comme d'entrer dans une capsule temporelle. Je ne pus m'empêcher de sourire en voyant des photos d'Aiden et moi toujours accrochées aux murs du salon.

– Assieds-toi. Rouge ou blanc ? demanda Laurie depuis la cuisine.

– Blanc, s'il te plaît.

– Ça marche.

Elle apporta nos deux verres, m'en tendit un et se posa sur le canapé en face de moi.

– Je parie que tu te demandes de quoi il s'agit.

– Euh… oui. On peut dire ça.

– Aiden est malheureux.

– Tu l'as remarqué, toi aussi ?

Elle hocha la tête.

– Cela me rend malade de voir à quel point mon fils est triste et malheureux depuis quelques années. Je ne le reconnais plus. Et ça dure depuis un moment. Égoïstement, je me suis dit que si tu réapparaissais dans sa vie, un peu de lumière reviendrait vers lui. Donc je me suis arrangée pour qu'il séjourne à l'auberge après l'avoir convaincu de venir passer les fêtes à la maison. Je voulais qu'il te retrouve pour qu'il se rappelle à quel point vous avez besoin l'un de l'autre. Il n'y a pas de Tom sans Jerry.

– Laurie… il ne veut plus rien avoir à faire avec moi.

– Ce n'est pas vrai. Je connais mon fils. (Elle posa son verre de vin sur la table et tendit la main pour toucher mon bras.) C'est comme si Aiden était dans un état de léthargie. Il est tellement renfermé. Mais ces derniers temps, s'il m'arrive de vous apercevoir ensemble tous les deux, je vois qu'il se réveille. D'accord, il est peut-être en colère, mais c'est mieux que cette apathie qu'il nous montre depuis des années. Il ressent quelque chose de nouveau, et je sais que cela fait longtemps qu'il ne s'est pas senti vivant. Tu rallumes une flamme en lui qui n'a pas été allumée depuis très longtemps. Vous êtes faits l'un pour l'autre.

– Je crois qu'il me déteste.

– C'est impossible pour mon fils de te détester, Hailee Rose Jones. Tu es sa meilleure amie.

– Plus maintenant. Trop de temps…

Laurie prit ma main libre dans les siennes et la serra.

– Tu es sa meilleure amie.

Mes yeux se remplirent de larmes lorsque ses paroles pénétrèrent mon âme.

– Tu crois ? Après tout ce temps ?

– L'amour qui existe entre vous est de nature à durer éternellement. Maintenant, il faut juste que je trouve un moyen de l'empêcher de se conduire comme un idiot afin que vous puissiez vous retrouver.

– Laurie…

– Je ne te demande pas de retomber amoureuse de lui, Hailee, mais si jamais la moindre chance de redevenir sa meilleure amie se présente, je t'en prie, saisis-la. J'ai le sentiment que les blessures les plus tristes guériraient si cela se produisait.

– Je vais faire de mon mieux.

Je lui fis un petit sourire forcé avant de vider mon verre de vin d'un seul coup. Je me levai et passai les mains sur mes vêtements. Laurie sourit, sachant très bien que ma nervosité était à son comble.

– Merci pour le verre, Laurie.

– Tu sais qu'il n'y a toujours eu que toi pour lui, hein, Hailee ? Tu étais son personnage principal.

Elle se leva, me serra fort dans ses bras et murmura à mon oreille :

– Il n'y a toujours eu que toi.

28
Aiden

Le doute n'était plus permis, je perdais l'esprit.

Le conflit qui agitait mes pensées après m'être trouvé en présence d'Hailee ces derniers jours était absolument exténuant. Et là, l'avoir vue en larmes, couverte de moutarde dans ma chambre ? *Putain de bordel, laisse-moi t'aimer, Hailee Jones. Mais non. Ne me laisse pas t'aimer.*

Vous voyez ce que je veux dire ? Je devenais fou. Mes sentiments contradictoires se menaient une lutte acharnée et j'étais totalement impuissant à les contrôler. Je n'avais pas ressenti autant de choses depuis longtemps.

Quelque part, j'aurais voulu être capable d'oublier ce qui s'était passé entre nous, mais en même temps c'était encore tellement frais dans mon souvenir, même après toutes ces années.

L'étouffer dans l'œuf ? *Va te faire voir, Hailee Jones.* Pour être honnête, elle avait peut-être raison. En même temps, cela m'énervait de voir combien elle était devenue superbe. Elle avait toujours été belle, mais à présent elle avait évolué en une version plus adulte d'elle-même. Elle arrangeait ses cheveux en fines tresses qui lui descendaient à la taille, et sa peau avait toujours le même éclat sans qu'elle ait recours au moindre maquillage. Finis les sweat-shirts qu'elle portait quand nous étions ados. Non, à présent elle mettait des robes beaucoup plus près du corps et des jeans moulants qui mettaient ses fesses en valeur. Et même avec cette rancœur minable que j'avais en moi, je ne pouvais empêcher mon regard de se balader. Ni ma queue de tressaillir. Si seulement cette partie de mon anatomie pouvait se souvenir qu'Hailee Jones était zone interdite, ça m'aurait arrangé.

Hailee était aussi plus sûre d'elle, et ça, c'était nouveau pour moi. Elle était tout à fait à l'aise dans sa peau et je trouvais ça très excitant. J'aurais préféré que ce ne soit pas le cas, mais la voir sincèrement à l'aise dans son corps, dans sa vie, me rendait fier d'elle. Même si je la détestais.

La détester. Je me demandais si j'y arriverais réellement un jour. Je n'y croyais pas vraiment. Mon cœur persistait obstinément à battre pour elle.

Je m'efforçais de penser à autre chose quand ma mère m'envoya un texto pour me demander d'aller acheter du pain pour le dîner. Elle m'envoya l'adresse et en arrivant devant la boutique, je restai pétrifié.

Chez Hailee. Boulangerie.

Parce que, bien sûr, ma mère m'avait envoyé à la boulangerie des Jones pour acheter du pain au levain. Pourquoi est-ce que j'avais l'impression que ma mère avait une idée derrière la tête en m'envoyant chercher du pain ? En entrant, je vis Penny derrière le comptoir qui encaissait les achats d'un client. Elle leva les yeux et, en me voyant, un grand sourire éclaira son visage.

Un sourire qui n'était pas sans rappeler celui de sa fille.

– Mais, c'est Monsieur Hollywood en personne ? dit-elle en faisant le tour du comptoir. J'espère que tu as une accolade en réserve.

Je l'attirai vers moi pour la serrer dans mes bras. Les accolades de Penny avaient toujours été comme une pâtisserie fraîchement sortie du four un dimanche matin. Jusqu'à cet instant, j'ignorais à quel point elles m'avaient manqué.

Elle s'écarta de moi et me tapota les joues.

– Tu as grandi. Tu as de la barbe maintenant.

Je rigolai en me passant la main sur le menton.

– Je ferais peut-être bien de me raser.

– Non. Ça te va bien comme ça.

Elle retourna derrière le comptoir et se frotta les mains.

– Ta mère m'a dit que tu passerais chercher sa commande. Elle est prête et emballée. Attends-moi là, je vais la chercher.

Elle revint avec un sac en papier brun fermé par un ruban jaune et une étiquette portant leur logo.

– Ça fait combien ?

Elle secoua la tête.

– Remise spéciale pour la famille et les amis. C'est gratuit aujourd'hui.

– Penny, je ne peux pas…

– Mais si, mais si, tu peux, mon petit, dit-elle sur un ton qui ne souffrait pas la discussion.

Je souris et parcourus la boutique du regard.

– C'est bon de voir que ça marche aussi bien pour vous. La boutique est superbe. Je suis content pour Karl et vous. Je sais que c'est un rêve que vous nourrissiez depuis tellement longtemps.

Elle regarda autour d'elle en souriant fièrement.

– Ce n'est pas très grand, mais c'est chez nous.

– Crois-moi, c'est beaucoup. C'est plus que ce que beaucoup de gens peuvent rêver d'avoir.

Elle croisa les bras tout en me regardant avec ce gentil sourire. Je découvris qu'un sourire pouvait vous faire vous sentir chez vous.

– Comment vas-tu, mon petit ?

– Moi ? Je vais bien.

Elle inclina la tête et plissa les yeux.

– Comment vas-tu, en vrai ?

Je ne pouvais pas lui mentir une deuxième fois. Elle hocha la tête.

– Ouais, c'est bien ce que je pensais. Tu sais, ta mère s'inquiète pour toi. Et moi aussi.

– J'imagine que c'est propre aux mères.

– C'est la partie la plus difficile de notre boulot. S'inquiéter pour nos bébés. (Elle dansa d'un pied sur l'autre.) On m'a dit que tu avais vu Hailee depuis que tu es revenu.

Je sentis mon corps se tendre en entendant son nom.

– Oui, on s'est croisés une fois ou deux.

– Et comment ça s'est passé ?

– Elle ne te l'a pas dit ?

– Si, mais on ne voit pas tous les choses de la même façon. J'aimerais connaître ton point de vue.

Je fis une grimace.

– C'était pas terrible.

– Tous les deux, vous avez un passé très fort. Ce n'est pas surprenant que vos premiers échanges après tant d'années soient un peu houleux. Cela me fait de la peine de voir que cela se passe mal entre vous.

– Oui, eh bien, elle a été très claire à l'époque, elle ne voulait plus rien avoir à faire avec moi. C'est sans doute mieux que je me tienne éloigné d'elle.

Penny secoua la tête et soupira.

– Oh, Aiden. Tu ne penses pas vraiment que ma fille ne voulait plus rien avoir à faire avec toi, si ?

– Bien sûr que si. C'est elle qui a rompu.

– Mais ce n'est pas comme si elle voulait le faire. Elle avait les mains liées et ton père a été très convaincant quand Hailee se débattait avec ses propres problèmes, et…

– Mon père ? Qu'est-ce que tu veux dire ?

Elle ouvrit de grands yeux en réalisant que j'ignorais certains détails de ma rupture avec Hailee.

– Désolée. Ça m'a échappé. Tu devrais aller porter sa commande à ta mère et…

– Penny, insistai-je. De quoi est-ce que tu parles ?

Elle baissa les yeux sur ses mains et avala sa salive avant de parler.

– Ton père lui a demandé de cesser de te voir. Hailee me l'a dit beaucoup plus tard, après avoir bu quelques verres de trop le jour de son vingt et unième anniversaire. Elle m'a fait promettre de n'en parler à personne, mais avec ma grande bouche, ça m'a échappé.

Mon cœur glacé retrouva quelques faibles battements.

– Mais pourquoi il aurait fait ça ?

– Il se disait que votre relation, avec les problèmes d'Hailee, allait nuire à ta carrière. Il trouvait que tu te préoccupais trop d'elle et pas assez de ta carrière, et puis il lui a dit que ce serait égoïste de sa part de se mettre en travers de ton chemin. (Elle secoua la tête d'un air résigné.) Je n'ai jamais vu Hailee aussi déchirée au moment de prendre une décision, Aiden. Il faut que tu saches que renoncer à toi a été la chose la plus difficile qu'elle ait jamais eu à faire. Elle t'aimait plus que tu ne le sauras jamais et…

– Mon père a fait ça ? Il lui a dit de rester à l'écart ?

Elle fronça les sourcils.

– Je regrette que cela m'ait échappé, Aiden. Je ne te l'aurais jamais dit si…

– Excuse-moi, Penny, il faut que j'y aille.

– Aiden, attends.

– Oui ?

Elle soupira, puis se passa la main sur la nuque.

– Hailee habite dans l'appartement juste au-dessus. (Elle désigna le plafond d'un geste de la main.) Si jamais tu voulais la recroiser.

– Merci.

Je saisis le sac en papier et sortis en trombe.

J'avais l'estomac qui se révulsait en repassant les paroles de Penny en boucle dans ma tête.

En arrivant chez mes parents, je tambourinai sur la porte d'entrée. Maman vint ouvrir, le sourire aux lèvres.

– Bonjour, mon chéri. Je vois que tu es passé à la boul…

– Où est papa ? la coupai-je en passant devant elle d'un pas décidé.

– Dans la cuisine. Pourquoi ? Qu'est-ce qui se passe ?

Sans répondre, je traversai la maison en direction de la cuisine.

– Est-ce que c'est vrai ?

Mon père se retourna et me regarda avec le même sourire que maman.

– Qu'est-ce qui est vrai ?

– Au sujet d'Hailee. Est-ce que c'est toi qui lui as dit de rompre avec moi parce que cela risquait de nuire à ma carrière ?

Son sourire s'évanouit et ses yeux devinrent plus graves. Cela me suffit comme réponse.

Il se pinça l'arête du nez et baissa les yeux avant de me regarder.

– Alors, écoute, Aiden…

Maman restait bouche bée. Apparemment au moins elle, elle n'était pas au courant de ces conneries.

– Ce n'est pas possible, Samuel, Tu n'as pas…

– Si.

Je désignai mon père de la main, l'homme en qui j'avais le plus confiance. L'homme qui m'avait trahi.

– Dis-lui ce que tu as fait.

Il croisa les bras en soupirant.

– J'ai fait ce que je pensais être le mieux pour toi. Je pensais que ton implication dans cette relation, au moment où Hailee rencontrait ces problèmes et où ta carrière commençait à décoller, serait préjudiciable à ta réussite.

– Tu as dit à Hailee de rompre avec lui à ce moment-là ? demanda maman, stupéfaite. Sam, ça l'a anéanti. Tu l'as bien vu, toi aussi. Comment as-tu pu ?

– J'essayais de faire ce qu'il fallait. Il faut que tu comprennes, Aiden. J'ai fait ce que je pensais être le mieux pour toi et…

– Va te faire foutre ! explosai-je, la rage montant en moi lorsque je pris conscience de ce qui s'était réellement passé à l'époque.

– Aiden, fais attention. Je suis ton père quand même.

Comme si cela voulait encore dire quelque chose à mes yeux.

– Non. Tu n'es plus rien pour moi.

– Aiden, attends. Nous devons essayer de nous calmer avant de dire des choses que nous ne pensons pas.

Maman tentait de sauvegarder la paix, mais il n'y avait plus rien à sauver.

J'aimais Hailee.

Je l'aimais jusqu'au plus profond de moi-même, et mon père était intervenu, pensant qu'il savait mieux que moi ce qui était bon pour moi. Ensuite, il m'avait vu traîner mon cœur brisé pendant des années, mais il s'en moquait parce que sur le plan de ma carrière, j'étais au top. Même si cela signifiait que mon âme était en train de mourir.

Je secouai la tête.

– Je pense tout ce que j'ai dit. J'en ai fini avec toi. Elle était tout pour moi et tu l'as persuadée de me quitter. Tu l'as obligée à fermer cette porte alors qu'elle était déjà vulnérable, et tu m'as caché la vérité pendant tout ce temps !

– Aiden,

– *Mais je me noie* ! criai-je d'une voix qui se brisa.

L'émotion me submergeait à mesure que je me rendais compte des implications de cette découverte.

– Je me noie depuis des années, perdu et désorienté, et tu aurais pu me sortir la tête de l'eau, mais au lieu de ça, tu m'as enfoncé de plus en plus profondément.

Il jura dans sa barbe.

Maman s'avança vers moi, mais je l'arrêtai de la main.

– Non, là je ne peux pas. Je dois y aller.

– Où vas-tu ? demanda-t-il.

Je me dis que c'était une question à laquelle il pouvait facilement répondre tout seul, alors je sortis en claquant la porte.

Où j'allais ?

La retrouver.

29
Aiden

J'arrivai chez Hailee avant qu'elle ne soit rentrée de son travail. Penny était sur le point de partir. Elle me fit entrer et je m'assis sur l'escalier intérieur de la boulangerie qui menait à l'appartement. Je tapais du pied nerveusement en l'attendant. J'imaginais plusieurs scénarios mettant en scène la conversation que nous aurions lorsqu'elle arriverait. J'affûtais mes arguments pour la convaincre de me donner une nouvelle chance, de *nous* donner une nouvelle chance. Je laisserais tout tomber, l'argent, la célébrité, ma carrière si telle était la condition pour qu'elle soit à moi pour toujours.

Je ne voulais qu'elle et rien d'autre, elle pour toujours.

Je n'avais pas les idées claires. Pourquoi penser à toujours, alors que j'aurais déjà dû essayer d'aller au bout de notre discussion à venir ? Pourquoi avais-je systématiquement « toujours » à l'esprit quand il s'agissait d'Hailee Jones ?

Lorsqu'elle arriva, elle tenait un sac d'épicerie à la main. Elle me regarda, interloquée.

– Aiden ? Qu'est-ce que tu fais là ? Tu ne devrais pas…

– Je t'en veux, bredouillai-je.

Elle haussa un sourcil.

– Cela semble être un phénomène récurrent entre nous ces derniers temps. Et je peux te demander à propos de quoi, cette fois-ci ?

– Pourquoi as-tu rompu avec moi ?

– Je croyais que nous étions d'accord pour ne plus reparler de ça et…

Je ne lui laissai pas le temps de continuer.

– Pourquoi as-tu rompu avec moi, Hailee ?

Sa lèvre inférieure se mit à trembler. Elle était stressée. Elle baissa les yeux, incapable de soutenir mon regard.

– Aiden…

– Est-ce que c'est mon père qui t'a dit de mettre un terme à notre relation ?

Elle releva brusquement la tête et la surprise sur son visage me dit tout ce que je voulais savoir. La façon dont ses yeux s'embuèrent et dont l'émotion la submergeait était éloquente.

– Les jours qui ont suivi Thanksgiving cette année-là ont été très difficiles pour moi. Ma vie partait en vrille et ton père a pensé que, à cause de mes difficultés, j'allais être un obstacle à ta réussite. C'est ce que je ne voulais surtout pas, et quand tu m'as dit que tu comptais refuser le rôle qu'on te proposait afin de rester près de moi, j'ai su qu'il fallait que je rompe.

– Tu n'étais pas obligée.

– Si. Je n'allais pas te laisser sacrifier ta carrière à cause de mes problèmes.

– J'aurais arrêté le cinéma.

– C'est bien pour ça que j'ai fait ce que j'ai fait. Je ne voulais pas que tu renonces à tes rêves à cause de moi.

Je poussai un gémissement en me pinçant l'arête du nez.

– Je suis en colère. Surtout parce que je sais que si les rôles avaient été inversés, j'aurais fait la même chose. J'aurais voulu que tu réalises tes rêves. Mais je regrette que tu ne te sois pas rendu compte que ce n'était pas mon rêve de faire du cinéma. Ça ne l'a jamais été et ça ne le sera jamais.

– Quoi ? Mais bien sûr que c'est ton rêve !

– Non, Hailee… mon rêve, c'était toi.

Ses yeux se remplirent de larmes lorsqu'elle prit conscience que le plus grand de mes rêves, c'était que nous soyons réunis.

Elle ouvrit la bouche, mais sans lui laisser le temps de dire autre chose, je lui pris le sac des mains, le posai sur le sol, puis la serrai dans mes bras et l'embrassai. Je l'embrassai violemment pour qu'elle puisse sentir mon âme. Je l'embrassai pour lui demander pardon pour tous les baisers que nous avions manqués. Je l'embrassai si longuement que je ne savais plus si nous étions deux êtres séparés. Je la poussai contre la rampe d'escalier sans arrêter de l'embrasser.

Et le mieux dans tout ça ? Elle me rendit mon baiser.

Elle m'embrassa avec autant d'intensité, autant de fougue, autant d'amour.

L'amour. Il était là. Elle n'avait pas besoin de le dire, pas plus que moi, mais l'amour était présent et il était fort. Tout le monde savait qu'Hailee et moi étions faits l'un pour l'autre. Et je ne laisserais plus jamais l'univers permettre un seul instant à quiconque de nous séparer.

Sans plus réfléchir, nous nous débarrassâmes de nos vêtements. Je savourai le moindre centimètre carré de sa peau, là dans l'escalier, et elle fit de même avec moi. Mon cœur battait la chamade, cognant de façon désordonnée dans ma poitrine. Je dégrafai son soutien-gorge d'une pichenette et l'envoyai balader. Elle baissa la fermeture de mon jean qu'elle descendit en même temps que mon boxer, d'un seul mouvement. Ma queue était dure comme de la pierre, prête et décidée à se glisser profondément en elle.

Elle fit voler son pantalon, suivi de sa culotte. Je me pressai contre elle, frottai ma queue bien éveillée contre son clitoris, attendant la permission de poursuivre. Je passai les mains sous ses fesses et la soulevai contre la rampe des escaliers. Nos regards se croisèrent et, sans un mot, elle me fit un petit signe de la tête. Permission accordée.

Je la pénétrai en gémissant en raison de son étroitesse. Sa façon de se resserrer autour de moi me donnait une sensation d'euphorie inégalée et j'aurais voulu ne jamais plus en sortir.

Elle posa les mains sur mon torse.

Mes mains restaient solidement à leur place.

Je ne voulais rien d'autre.

Tout ce que je voulais, c'était la tenir contre moi…

Faire l'amour à Hailee dans cet escalier, c'était comme l'aboutissement de tous les rêves que j'avais faits depuis cinq ans. C'était si bon ! Je ne pouvais plus penser à autre chose. Je n'arrivais pas à ralentir mes coups de reins. Je ne pouvais pas m'empêcher de…

– Putain, dis-je en serrant les paupières. Je suis désolé, Hailee, je ne peux pas me retenir, je vais…

– Vas-y, m'ordonna-t-elle en me passant les bras autour du cou.

Elle écrasa ses hanches contre moi alors que nous nous regardions droit dans les yeux.

– Jouis pour moi, Aiden, s'il te plaît…

Eh… eh bien, *tes désirs sont des ordres, mon tout.*

Je jouis vite et brutalement, alors que je la tenais contre mon corps luisant de sueur. Tétanisé, je continuai à donner des coups de boutoir après avoir atteint mon propre plaisir. Je continuai d'aller et venir en elle, voyant à quel point cela lui plaisait. Lorsque j'eus atteint ma limite, je glissai trois doigts en elle. Elle poussa un gémissement et s'agrippa à la rampe pour se stabiliser tandis que mes doigts trouvaient leur chemin en elle. Du pouce, je frottais son clitoris tout en pressant mes lèvres sur les siennes.

– À ton tour, à présent, ordonnai-je d'une voix rauque en laissant mes doigts opérer leur magie. Jouis pour moi.

Il n'y avait rien de mieux que de la voir comme ça. Rien de mieux que de lui donner du plaisir et de la voir en profiter à fond.

– Aiden, souffla-t-elle. Oui, là, là, oui c'est ça, oui, gémit-elle en fermant les yeux.

Je sentis son sexe se resserrer sur mes doigts lorsqu'elle atteignit son paroxysme dans un grand cri. Mes doigts accompagnèrent la pulsation de son corps lorsqu'elle s'abandonna contre moi.

– Bon sang… c'était…

J'étais hors d'haleine en reposant le corps d'Hailee sur les marches. Je m'assis à côté d'elle en essayant de trouver les mots pour exprimer ce que j'avais ressenti.

– C'était…

– C'était… euh… pas mal. Ce n'était pas exactement ce que j'espérais.

– Ouais, je soupirai. Je suis d'accord.

– Bon, ben, il faut que j'y aille.

– Attends, pardon ?

– Ça, ce…

Elle agita la main en un aller et retour entre elle et moi.

– C'était inattendu, et hum, je crois que mon cerveau est en surchauffe. Donc, j'ai besoin d'un petit laps de temps pour m'y faire, parce que… euh… ouais.

Elle entreprit de rassembler ses courses.

– OK, on se verra plus tard. D'accord ? D'accord. Ouais. D'accord.

– Tu flippes.

– Je ne flippe pas ! hurla-t-elle. (Elle marqua une pause, prit une inspiration.) D'accord, je flippe, mais c'est tout à fait normal. Tout va bien. Tout va bien. Tout va bien.

– Attends, je vais t'aider.

Je tendis la main pour ramasser un truc, mais elle s'en empara brusquement avant que je l'attrape.

– Non ! Recule.

La voir me menacer avec un paquet de saucisses était éminemment drôle, mais je ne ris pas à cause de la crise de panique qu'elle traversait.

– Pourquoi je dois reculer ?

– Parce que quand tu t'approches de moi, je n'arrive plus à penser normalement. Et pour pouvoir analyser ce qui vient de se passer, j'ai besoin de penser normalement.

Je rigolai.

– Tu dramatises, Jerry.

Elle ouvrit de grands yeux qui s'embuèrent.

– Ne fais pas ça.

– Quoi ?

– Ne m'appelle pas Jerry.

– Pourquoi ?

Elle déglutit avec difficulté.

– Parce que ça me donne envie de pleurer, je ne l'avais pas entendu depuis si longtemps.

Cela me donna un pincement au cœur.

Vas-y mollo, mon cœur. Tu n'as pas battu aussi fort depuis des années.

– S'il te plaît, ne pleure pas.

– D'accord.

– Jerry, tu pleures.

Elle eut un petit rire.

– On va pas faire comme si ça ne m'arrivait jamais.

Je fis un pas vers elle, mais elle m'arrêta de nouveau.

– S'il te plaît, Aiden, j'ai besoin d'un peu de temps. C'est tout.

Je me pinçai l'arête du nez.

– Prends tout le temps qu'il te faudra.

J'avais attendu cinq ans pour la tenir dans mes bras de nouveau. Je pouvais bien attendre encore un peu.

– Très bien. Bon… euh… ça m'a fait plaisir de te voir. Tu as l'air en forme comme, euh… (Elle fit un geste, désignant mon corps.) Tu es superbe. OK, cool. Bonne nuit. Au revoir.

Elle rentra dans son appartement, l'air embarrassée, et claqua la porte derrière elle.

Je me retrouvai à poil dans l'escalier de la boulangerie des Jones, avec l'impression d'avoir été lancé dans un tourbillon d'émotions. Cependant, celle qui dominait après cet échange avec Hailee, c'était le bonheur. Je ne savais pas que j'étais encore capable de ressentir ça.

– Putain, c'est quoi ce bordel ? murmura une voix.

Je levai les yeux et vis le père d'Hailee debout devant moi, les bras chargés de miches de pain.

– Oh, merde !

Je tendis la main par-dessus les marches pour attraper mon tee-shirt afin de couvrir mes parties intimes.

– Salut, Karl, marmonnai-je, probablement rouge comme une tomate.

Cette journée prenait vraiment une tournure de plus en plus inattendue.

– J'ai fait des cauchemars qui n'étaient pas pires que ça, grommela-t-il. Si je comprends bien, vous avez renoué, Hailee et toi. À moins que, pour une raison qui m'échappe, tu ne sois juste en train d'attendre, tout nu, sur ses marches.

– Non, je veux dire, ouais, je veux dire… je… euh… je vais me rhabiller et m'en aller.

– Ça me semble être une bonne idée. Je ne vais pas manquer de désinfecter ces marches une fois que tu seras parti.

Karl se dirigea vers le fond de la boulangerie, mais me rappela.

– Aiden ?

– Oui ?

– Ne lui brise pas le cœur, sinon tu auras affaire à moi.

– C'est elle qui a brisé le mien la dernière fois.

– On est d'accord, mais cette fille est la prunelle de mes yeux. Donc, je répète. Ne lui brise pas le cœur, sinon tu auras affaire à moi.

Ça se défendait.

– Et… Aiden ?

– Oui ?

– Mets ton fichu caleçon. Des gens pourraient passer devant la vitrine et voir tes burnes.

– Oui, bien sûr. Ça fait plaisir de te voir, Karl, dis-je en lui tendant la main.

Il plissa les yeux et secoua la tête.

– Il est hors de question que je te touche la main. Franchement, je vais aller me passer le cerveau à l'eau de Javel et faire comme si cet entretien n'avait jamais eu lieu afin de pouvoir dormir cette nuit.

Ça se défendait.

30
Hailee

– Tu t'es fait sauter par Aiden Walters dans l'escalier qui monte à ton appartement, hier soir ?

Kate était bouche bée alors que nous étions assises à la réception de l'hôtel pendant sa pause. Je venais de terminer ma journée de travail et je mettais Kate au courant de la folie des dernières vingt-quatre heures.

– Je me suis fait sauter par Aiden Walters dans l'escalier qui monte à mon appartement, hier soir.

– Oh, la vache ! soupira Kate en se laissant aller contre le dossier du canapé. C'est super romantique. C'est le genre sorti tout droit de *N'oublie jamais* où on se pelote sous la pluie. Vous avez été attirés l'un par l'autre comme des aimants, et le vent a arraché vos vêtements, et sa barre de céréales a glissé accidentellement dans ton chamallow.

Je haussai un sourcil.

– Toi, t'as faim.

– Je meurs de faim et je viens juste de ranger les céréales pour le petit déjeuner. En fait, j'ai vraiment envie de Froot Loops.

– Tu perds le fil.

– Que veux-tu que je te dise ? Je suis du signe du Poisson. J'ai l'esprit vagabond. D'accord, continue. C'est quoi la suite entre vous deux ?

Je haussai les épaules.

– Je n'arrête pas d'y penser, j'essaie de comprendre ce que ça veut dire.

– Quoi ? Non, non, non. Vous venez de vous retrouver de la plus romantique des façons. Ce n'est pas le moment de rationaliser.

– C'est beaucoup plus romantique dans ta tête que dans la réalité, je pense.

– Hailee Rose Jones, Aiden t'a baisée dans un escalier après t'avoir dit que tu es son rêve incarné. Tu ne peux pas dire que ce n'est pas romantique et sexy.

– Je dois reconnaître que c'était plutôt sexy quand il m'a soulevée sur la rampe et qu'il m'a, ben, tringlée. En plus, il l'a fait sans effort. Comme si je n'étais pas plus lourde qu'une plume.

– Tu étais aussi légère qu'une plume, et je parie que cet homme était raide comme un gourdin, là où ça compte le plus.

– Kate !

– Je dis ça comme ça ! Et il était long comment, ce gourdin ?

Je sentis mes joues s'embraser et je me mordis la lèvre inférieure.

– Je refuse de répondre à cette question.

Elle sourit d'un air narquois.

– Ce qui veut dire que c'est un long, long gourdin. Si tu n'épouses pas cet homme, c'est moi qui le ferai.

Je me levai et secouai la tête en rigolant doucement.

– Je refuse de discuter avec toi plus longtemps. À plus tard.

– J'espère que tu vas tomber sur une barre de céréales en rentrant chez toi, hurla-t-elle.

À ce moment-là, une dame âgée du nom de Joan l'entendit et dit :

– Je mangerais bien une barre de céréales.

– Je n'en doute pas, Joan, acquiesça Kate. Je n'en doute pas.

***

Ma détermination à éviter Aiden fit des jours suivants un véritable vaudeville. Chaque fois qu'il apparaissait à l'hôtel, je me planquais pour éviter qu'il me voie. Parfois, nos regards se croisaient, il souriait et je fermais les yeux comme une tarée paranoïaque. Pourtant, cela ne semblait pas le contrarier. J'avais besoin de temps pour analyser ce qui m'arrivait. Je voulais être certaine d'être dans l'état d'esprit qu'il fallait pour correspondre à ce qu'Aiden attendait de moi. Je ne voulais pas me lancer dans une conversation à propos de nous deux sans avoir les idées claires.

Je faisais tout ce qui était en mon pouvoir pour me tenir à l'écart de son chemin, mais lorsque Monsieur Lee vint me voir pour me dire qu'Aiden avait demandé que je lui apporte des serviettes de toilette, je fus coincée entre le marteau et l'enclume.

– J'ai l'impression que vous me mentez une fois de plus.

– Non, c'est vrai, il veut que tu lui montes des serviettes de toilette.

– Henry ne peut pas le faire ? Je sais qu'il adore travailler pour Aiden.

– Il est occupé. Je lui ai déjà donné quelque chose à faire. En outre, c'est Aiden lui-même qui a insisté pour que ce soit toi. (Monsieur Lee me tendit une pile de serviettes.) Donc, si tu pouvais aller les porter, ça m'arrangerait.

Vraiment génial, Monsieur Lee !

Vous ne voyez pas que je suis en plein milieu d'une crise de la vingtaine quand il est question de rencontrer le prince charmant d'Hollywood ?

En souriant, je pris les serviettes des mains de mon patron. L'estomac noué par la contrariété et de trac, je me dirigeai vers la chambre d'Aiden. C'est à ce moment-là que je vis les groupies qui étaient à l'hôtel depuis un peu trop longtemps. D'ailleurs, comment avaient-elles les moyens de séjourner si longtemps ? Moi, je serais fauchée.

Elles traînaient près de sa chambre et vinrent coller leur oreille sur la porte en bois.

– Marna ? Violet ? Qu'est-ce que vous faites ?

Elles tournèrent la tête et se mirent à glousser en me voyant.

– On pense qu'Aiden est en train de faire l'amour.

Le nœud dans mon estomac se serra encore plus.

Est-ce qu'Aiden était là-dedans en train de se taper une autre femme ? Après l'avoir fait avec moi ? J'eus envie de vomir, mais je fis tout mon possible pour garder mon calme et je me redressai.

– Mesdames, si vous continuez à déranger nos autres clients, nous allons devoir vous demander de quitter l'hôtel.

– Quoi ? Non ! Tout va bien. On allait partir, dit Violet. Mais c'est juste que c'est marrant, c'est tout. En plus, la meuf s'appelle comme vous. Il n'arrête pas de répéter « Hailee, Hailee, ohhh, Hailee ».

En riant comme des folles, les deux filles s'éloignèrent et moi je restai là, me sentant mal.

Est-ce qu'il était vraiment en train de baiser quelqu'un qui s'appelait comme moi ?

Est-ce que c'était le nom Hailee qui l'excitait ?

Pfff. N'importe quoi. Je parierais qu'elle écrivait son nom Haley. Ou Halee. Ou Hailey. Ou…

Mais qu'est-ce que j'en avais à faire de savoir comment cette femme écrivait son nom ? C'était n'importe quoi. Quoique… en toute logique, si elle l'écrivait Halee, cela voulait dire que j'avais des raisons de m'en méfier, mais pourquoi ?! Peu importe. Cela ne me regardait pas. Rien de ce que faisait Aiden Walters ne me regardait.

N'empêche, sans savoir comment, je me vis aller jusqu'à sa porte et coller mon oreille dessus pour écouter. Oh, mon Dieu, je méritais de me faire virer pour ça. Je perdais l'esprit. Pourtant, j'écoutai et j'entendis… rien du tout. Il n'y avait aucun bruit. Aucun gémissement, aucun grognement. En particulier aucune voix de femme.

– Ben, Hailee, qu'est-ce que tu fais ? demanda Henry en interrompant mon espionnage.

– Quoi ? Rien du tout !

Prise en faute, je laissai tomber la pile de serviettes. Je me baissai maladroitement pour les ramasser. Henry s'approcha.

– Attends, je vais t'aider.

– Chut !

Je ne voulais pas attirer l'attention d'Aiden à l'intérieur de sa chambre. Mais la chance n'était pas de mon côté car la porte s'ouvrit sur un Aiden torse nu, vêtu seulement d'un pantalon de survêtement gris. Comme j'étais à genoux, mes yeux étaient exactement à la hauteur de son entrejambe, et bien sûr, je ne pouvais pas en détacher mon regard. Pile sur le paquet. Malgré moi, mon corps me trahit à ce moment-là et en regardant cette partie de l'anatomie d'Aiden, des images de la veille affluèrent à mon esprit. Des images de lui me soulevant dans ses bras pour me faire monter au septième ciel. C'était la première fois qu'un homme me soulevait comme ça et, curieusement, je trouvais cela excitant.

Cette simple évocation fit trembler mes jambes de plaisir et une bouffée de chaleur m'envahit.

– Ah super, tu m'as apporté les serviettes, dit Aiden en me souriant de haut.

Je levai les yeux vers lui et lui adressai le regard le plus mauvais dont je pouvais faire preuve. Je fronçai les sourcils, je grimaçai et je grognai en me relevant tout en essayant de repousser le désir de caresse que je ressentais entre mes cuisses.

– Je m'en occupe, Henry. Tu peux redescendre.

Il s'éclipsa sans discuter.

Je posai la pile de serviettes dans les mains d'Aiden.

– Tu te souviens que c'est toi qui m'avais dit de ne pas me présenter à ta porte ?

– C'est drôle comme une nuit peut tout changer. Je me suis dit que ça pourrait être un bon moyen pour nous d'avoir l'occasion de discuter, puisque tu m'évites comme la peste.

– Pas comme la peste, disons plutôt comme un rhume légèrement viral.

Il fronça les sourcils.

– Tu m'en veux de m'être mal comporté avec toi avant de connaître les détails de l'histoire ? Je te dois des excuses, Hails. Tu ne méritais pas ça, même sans tenir compte de ce que j'ai appris au sujet de la rupture. Je te demande sincèrement pardon.

– Je te remercie et j'accepte tes excuses.

– C'est à cause de ça que tu es si distante ?

– Non, pas du tout. J'essaie juste d'analyser cette nouvelle situation.

Il plissa les yeux.

– T'as pas mis ce qui s'est passé dans l'escalier sous forme de tableau pour et contre, quand même ?

Je soufflai.

– Mais non !

Il me fit un petit sourire entendu.

– T'es sûre ?

– Juste un petit.

– Hailee…

– Ben quoi ? C'est quand même pas rien. J'ai encore besoin de réfléchir à certaines choses.

– Est-ce que c'est une situation qui demande à être analysée à plein temps ou…

– Tom, arrête de me mettre la pression. J'ai besoin de temps pour réfléchir.

Son sourire s'élargit.

– Quoi ? Qu'est-ce qu'il y a ?

– Rien… c'est juste que… tu m'as appelé Tom.

Je sentis le rouge me monter aux joues.

– C'est possible. Bref. Si tu as besoin de quelque chose, adresse-toi au personnel de service. Tu n'es pas obligé de demander expressément que ce soit moi.

Je jetai un coup d'œil dans sa chambre, espérant apercevoir la fameuse Haley. Ou Hailey. Ou Halee. *Seigneur, j'espère que ce n'est pas une Halee.*

– Qu'est-ce que tu cherches ?

– Rien.

– Arrête, j'ai bien vu que tu cherchais quelque chose.

– Tes groupies écoutaient derrière ta porte. Elles m'ont dit qu'elles t'avaient entendu… euh… (Je haussai les épaules.) Tu sais bien. Avec quelqu'un d'autre.

Il plissa les yeux.

– Qu'est-ce que tu veux dire par « tu sais bien » ?

Je me penchai vers lui pour chuchoter.

– Tu sais bien… faire l'amour avec quelqu'un.

– L'amour ?

Il rigola. J'eus envie de le frapper parce qu'il riait. Sombre abruti.

– Je ne faisais pas l'amour avec une personne. Elles m'ont probablement entendu… euh… (Il haussa les épaules, se moquant visiblement de moi.) Tu sais bien… faire l'amour avec ma main.

– Oh, c'est immonde, Aiden. Tu pourrais garder ça pour toi, dis-je en lui poussant le bras.

– Tu veux savoir à qui je pensais en le faisant ?

– Ne me le dis pas.

Moi.

C'était moi.

Oh là là.

Il leva les mains en signe de défaite.

– Il faut qu'on parle de ce qui s'est passé hier soir, insista-t-il. Mais je ne veux pas te mettre la pression. Quand tu seras prête, tu n'auras qu'à m'apporter des serviettes de toilette.

31
Aiden

Cinq ans.

J'avais perdu cinq années pendant lesquelles Hailee aurait pu faire partie de ma vie. Je savais que je ne pourrais pas passer cinq ans de plus sans elle. Je n'avais pas vu venir le scénario où mon père disait à Hailee de rompre avec moi. J'étais revenu chez moi, le cœur lourd de rancune, prêt à éviter la femme qui m'avait brisé le cœur, et qu'est-ce que j'apprenais ? Elle l'avait fait parce qu'elle croyait qu'en sacrifiant notre amour elle sauvait mes rêves.

Quelle noblesse.

C'était tout à fait conforme à son caractère. Qui était une autre raison pour laquelle j'avais toujours été fou d'elle. Elle essayait toujours de faire ce qui était bien, même quand c'était difficile.

J'allais lui laisser le temps d'analyser ses sentiments tout en faisant de mon mieux pour mettre les miens en veille. Apparemment, au cours des cinq dernières années, Hailee avait appris à s'accepter. Elle avait conservé tout ce qui était positif à mes yeux, mais elle semblait avoir gagné en maturité. Elle était plus sûre d'elle. Plus… apaisée.

Je l'enviais. La seule chose que j'avais acquise au cours de ces cinq années, c'était davantage de traumatismes. Je ne savais pas comment commencer à les affronter, mais avant même que je puisse essayer, ma mère vint me voir au Starlight Inn pour ajouter un peu de bordel dans ma valise de traumatismes.

Lorsque je lui ouvris la porte, je fis la grimace.

– Écoute, maman. Je ne suis pas disposé à parler à papa ni de ce qui s'est passé. Je sais que tu joues en général le rôle de pacificateur, mais…

– Je ne viens pas te parler de ton père, mon chéri, dit-elle, les larmes aux yeux.

Aussitôt je m'inquiétai.

– Qu'est-ce qu'il y a ? Qu'est-ce qui ne va pas ?

– Rien de grave. Enfin, ça dépend de la façon dont on le voit. Je peux entrer ?

– Bien sûr. Entre.

Je m'effaçai pour la laisser entrer. Elle vint s'asseoir sur le lit en serrant son sac contre sa poitrine. Je pris place à côté d'elle et posai la main sur son épaule pour la réconforter.

– Qu'est-ce qui se passe, maman ?

– Maman, répéta-t-elle en écho avant de fondre en larmes.

Elle se prit le visage entre les mains en pleurant. À cet instant, tout mon être se brisa en morceaux.

– Dis-moi ce qui s'est passé, bordel ! insistai-je en la serrant dans mes bras.

– Surveille ton langage, dit-elle entre deux sanglots. Non, ça va. C'est juste l'émotion. C'est idiot.

Elle s'écarta de moi et s'essuya les yeux.

– Heureusement que je ne suis pas maquillée.

– Tu n'en as jamais vraiment eu besoin.

– Oh, quand même.

Elle renifla en essayant de reprendre son calme.

– Cela fait vingt-quatre ans que je pense que ce jour va arriver, et ça y est.

Elle ouvrit son sac et en sortit une enveloppe.

– C'est une lettre.

– Je vois bien.

– De ta mère.

– Pourquoi m'as-tu écrit une lettre ?

Elle secoua la tête.

– Non. De ta mère biologique.

Mon cœur s'arrêta. Elle me mit la lettre entre les mains et, instantanément, mon estomac se révulsa.

– Elle est arrivée par la poste ce matin. Un instant, j'ai envisagé de ne pas te la donner, je sais que ce n'est pas bien, mais… (Elle me sourit, et ses yeux s'emplirent de larmes.) J'ai eu peur, mais c'est ton droit de lire cette lettre. Alors je te l'ai apportée.

Je ne savais pas quoi dire.

Je ne savais pas quoi faire.

Je tenais entre mes mains les lignes écrites par une femme qui m'avait abandonné. Je mentirais en disant que je n'avais pas pensé à elle de temps en temps. Je mentirais en disant que toute ma vie je ne m'étais pas demandé qui elle était. Mais c'était toujours comme un mirage. Quelque chose qui ne deviendrait jamais réel. Je me disais que mes pensées ne seraient jamais rien d'autre que ça, des pensées.

Aujourd'hui elle devenait réelle.

Cette enveloppe la rendait réelle.

– Ton père ignore que je t'ai donné cette lettre. Il aurait probablement essayé de me persuader de ne pas le faire.

– Ouais, ben, on sait qu'il ne fait pas toujours les meilleurs choix pour moi.

Elle fronça les sourcils.

– Il va bien falloir que vous vous expliquiez, tous les deux.

– Peut-être.

Je n'étais pas prêt à m'occuper de ça. Mon problème pour l'instant, c'était cette enveloppe blanche que je tenais à la main.

– Il faut que j'aille travailler. Je suis juste passée pour te donner ça.

Elle se leva et je la suivis. Elle se dirigea rapidement vers la porte et l'ouvrit, mais avant qu'elle puisse s'échapper, je la retins pour la prendre dans mes bras et je la serrai très fort contre moi.

– Tu peux me lâcher, maintenant, Aiden, dit-elle avec un petit rire moqueur.

– Non, je ne peux pas.

Nous ne nous ressemblions pas. Sa peau était foncée quand la mienne était claire. C'était une belle femme noire aux yeux chocolat avec des pommettes hautes. Elle avait les cheveux crépus et un sourire envoûtant. Nous ne nous ressemblions pas, mais nous étions semblables par bien des aspects. Nous ressentions les choses de la même façon. Nos enthousiasmes et nos chagrins se rejoignaient. Nous avions le même rire. Nos blessures nous affectaient aussi profondément l'un que l'autre. Laurie Walters était mon double et j'étais le sien.

Je posai les mains sur ses épaules et la regardai droit dans les yeux.

– Tu es ma mère. Tu seras toujours ma maman, quoi qu'il arrive.

Elle renifla un peu et laissa échapper quelques larmes.

– Et toi, tu es mon fils.

Je posai un baiser sur sa joue et elle me le rendit. Puis elle me tapota la joue.

– Et puisque je suis ta mère, c'est mon devoir de te dire d'appeler ton père. Vous devez vous expliquer tous les deux.

– Parole de maman. Moi, j'ai une question pour toi.

– Vas-y.

– Es-tu heureuse avec papa ?

L'étincelle d'émotion qui traversa son regard me dit que ma question la bousculait un peu, mais elle se reprit aussitôt.

– Quelle drôle de question !

– Quelle drôle de réponse !

Elle sourit.

– Appelle ton père. Je t'aime, Aiden.

– Moi aussi, je t'aime.

Après son départ, je pris l'enveloppe et la regardai fixement pendant très longtemps.

Je ne l'ouvris pas.

Je n'étais pas prêt à lire ce qu'elle renfermait.

32
Aiden

Je venais juste de prendre une douche pour me calmer les nerfs lorsqu'on frappa à ma porte. Je m'entourai la taille d'une serviette et commençai à me sécher les cheveux avec une autre en allant ouvrir.

Hailee se tenait devant moi, une pile de serviettes dans les mains et un sourire niais sur les lèvres. Lorsqu'elle me vit, elle rougit.

– Euh… salut.

– Salut.

Je jetai un regard sur ma serviette, puis sur elle.

– Tu m'as déjà apporté des serviettes.

– Ouais. Mais tu as dit de t'apporter des serviettes lorsque je serais prête à discuter, mais maintenant que j'y pense, c'était probablement de l'ironie et tu n'en as pas vraiment besoin. Je vais les redescendre et…

Je m'emparai de la pile avant qu'elle ne s'enfuie.

– Je te remercie.

Elle sourit. Je souris à mon tour. C'était bon de lui sourire et qu'elle me réponde. Cela me rappelait l'époque où nous étions nous. Un aperçu de qui nous étions avant.

– Tu es prête à avoir une discussion ?

– Oui. Enfin, pas maintenant, parce que je rentre chez moi. J'ai fini ma journée et je suis épuisée.

– Je peux te raccompagner ? Ou t'inviter à prendre un verre ? Ou…

T'aimer ? Est-ce que je peux t'aimer de nouveau, Hailee ?

Elle me regarda d'un air perplexe et secoua la tête.

– Non.

C'était idiot de ma part d'avoir cru que nos différends étaient oubliés.

– Oui. Bien sûr.

Elle se redressa, les mains dans les poches.

– Mais tu peux m'inviter à dîner.

– Oh. Maintenant ?

– Non. J'ai promis à ma mère de lui donner un coup de main à la boulangerie, ce soir. Mais demain, ça t'irait ?

Une lueur d'espoir venant d'Hailee ? J'étais preneur.

– C'est un rencard ?

– C'est un repas.

– Ça ressemble beaucoup à un rencard.

– C'est peut-être une espèce de « rendez-vous entre deux personnes qui envisageraient de redevenir amis ».

– Ou alors, écoute-moi… ce pourrait être un « rendez-vous avec plus si affinités ».

Elle rougit.

– Ce n'est pas un « rendez-vous avec plus si affinités ». Ce qui s'est passé dans les escaliers était une exception.

Je souris en voyant à quel point elle se donnait du mal pour lutter contre ses sentiments. Je savais qu'elle voulait qu'on soit plus que des amis, simplement par la façon dont elle m'avait embrassé.

– Je continue à miser sur un « rendez-vous avec plus si affinités », Hailee.

– Sans vouloir te vexer…

– Je vais me vexer…

– Je n'accepterai jamais de sortir avec toi.

– Je suis vexé. Mais, pourquoi ?

– Parce que, quoi qu'il en soit, je ne peux pas sortir avec toi.

– Dans quel monde ?
– Le monde réel.
– Le monde réel est stupide.
– Peut-être. N'empêche, il existe.
– Exact. Bien sûr, mais tu veux venir dîner avec moi.
– En réalité, j'aime beaucoup l'idée d'un bon « rendez-vous entre deux personnes qui envisageraient de redevenir amis ».

L'idée d'être seulement ami avec cette femme ne m'enthousiasmait guère…

– Tu ne voudras vraiment plus jamais sortir avec moi, c'est ça ? Parce que mon père t'a convaincue que cela nuirait à ma carrière ?
– Non, ce n'est plus pour cette raison.
– Ah bon ? Alors c'est quoi, la raison ?
– Eh bien, tu fais une drôle de grimace avec ton nez quand tu es plongé dans tes pensées. Tu ris faux et trop fort quand tu donnes des interviews sur internet. Aucune plaisanterie n'est aussi drôle que ça, Aiden. Tu sens le cèdre avec des nuances de citron. Lève le pied sur l'eau de toilette, mon pote. Et sans vouloir être impolie, mais en étant impolie quand même, tu es affreux.

Est-ce que… ? Ouais. Elle plaisantait. Hailee la moqueuse était revenue. Oh, comme elle m'avait manqué !

– Le magazine *People* a envisagé de me décerner le titre de l'homme le plus sexy de l'année. Je crois que je peux légitimement me trouver beau.
– C'est parce que la plupart des gens sont conditionnés par ce que la société leur dit qu'ils doivent trouver beau. D'accord, tu as une chevelure magnifique, des biceps visibles même quand tu ne les bandes pas, un sourire, entre guillemets, parfait, et tu fais plus d'un mètre quatre-vingt-dix. Mais c'est en fait une beauté médiocre de surface et on nous

a fait croire que c'était l'alpha et l'oméga. En vérité, la beauté c'est beaucoup plus profond. (Elle se tapota la tempe.) La véritable beauté réside dans un esprit sexy. La beauté extérieure change avec le temps. J'aimerais reposer ma tête sur l'épaule d'un homme qui a un cerveau sexy.

– C'est sexy dans ma tête.

Elle rit d'un rire froid, mais non dénué de coquetterie, en m'envoyant promener d'un geste de la main.

– Ton intellect est aussi sexy qu'un plat de haricots. Franchement, t'es plutôt une tête de nœud. Alors, Casanova à la manque, tu entres ou tu sors ? Je ne vais pas tenir cette porte toute la nuit.

Je souris devant tant d'impertinence. Je n'aurais jamais cru qu'une femme me traitant de tête de nœud pouvait m'exciter avant que ce soit elle qui le fasse. Avais-je secrètement une tendance maso qu'Hailee venait de libérer ?

Traite-moi encore de tête de nœud, Hails. Je crois bien sentir un frétillement dans mon jean.

– Bonne nuit, Tom.

Elle tourna les talons et commença à s'éloigner.

Je la rappelai.

– Bonne nuit, Jerry. T'es sûre que tu ne veux pas que je te raccompagne ?

– Tu rigoles ? Je ne veux pas être vue en ta compagnie dans cette ville. Les gens pourraient jaser.

– Les gens jasent déjà. Et puis, il y a longtemps, une fille a eu une formule sympa au sujet des gens qui n'ont pas d'importance.

– Ah oui ? Et c'était quoi ?

– On les emmerde.

Ses pommettes remontèrent, et j'eus une envie folle d'embrasser ces joues de hamster que j'aimais depuis toujours.

– Ouais… on les emmerde.

Elle perdit un peu de son assurance avant de se racler la gorge.

– N'empêche. On ne peut pas clamer sur tous les toits que nous nous allons redevenir amis. Tu sais comme moi que les gens de cette ville adorent colporter des ragots. Donc, pour ce dîner, nous devons trouver un endroit où personne n'aura l'idée de venir nous chercher. Je n'ai pas l'intention de faire la couverture de je ne sais quel tabloïd en compagnie d'une tête de noeud.

Frétille, frétille, ma queue.

Ma tendance maso était totalement libérée, et l'espace d'une seconde, j'envisageai presque de répondre « Oui, Maîtresse » mais je me contentai de « OK, ça marche ».

– Bonne nuit, répondit-elle sans même regarder par-dessus son épaule.

En un court instant, tout fut à sa place dans le monde.

– Bonne nuit, Hails.

33
Aiden

Aiden : On se retrouve au 333 N Heights Rd. C'est juste à la sortie de la ville. On dit 19h ? Je peux venir te chercher si tu préfères ne pas venir toute seule.

Hailee : Qu'est-ce que tu ne comprends pas dans « je ne peux pas être vue en public avec toi » ?

Aiden : Je pourrais mettre un masque d'Halloween.

Hailee : Seulement si c'est celui du clown de *Ça*. Sinon je viendrai avec ma voiture. À tout à l'heure.

Imaginez sa surprise lorsque je me pointai à son appartement à 16h40 avec un masque du clown de *Ça*.

En ouvrant la porte, elle éclata de rire.

– J'hallucine. Pourquoi t'es venu comme ça ?

– Je voulais pouvoir venir te chercher pour notre rendez-vous-sans-plus.

– Je plaisantais en parlant du masque.

– Eh bien, le sous-texte et l'ironie sont difficiles à déchiffrer dans les textos. Alors…

Je m'inclinai et lui tendis la main.

– Si vous voulez bien me suivre ?

Elle me donna une tape sur la main en rigolant.

– Bon, on y va avant que les gens pensent que je me tape un clown.

– Tu es superbe, ce soir, Hails.

– C'est plutôt flippant, ce compliment venant d'un clown.

– Tu veux que je te dise une blague de clown ?

– Je vais peut-être le regretter, mais vas-y.

– « Toc toc.

– Qui c'est ?

– Bêêê.

– Bêêê qui ?

– Bêêêeelle. »

Elle leva les yeux au ciel, ce qui suffit à me faire rire.

Elle me poussa pour passer et me dit :

– T'as toujours été aussi ringard, ou bien c'est l'influence d'Hollywood ?

– Tu pourrais m'appeler Ringo parce que je suis une ringard-star.

Elle me lança un regard apitoyé.

– Ça me fait presque mal tellement je te déteste en ce moment.

– Quand tu dis détester, tu veux dire aimer ?

Elle m'observa un instant. Ses lèvres s'entrouvrirent, mais elle ne dit rien sur le moment. Puis elle me donna un petit coup sur le bras.

– Allez, viens, loser. J'ai faim.

Je l'accompagnai jusqu'à ma voiture et lui ouvris la portière. Elle monta, attacha sa ceinture, je refermai sa portière avant de faire le tour pour aller m'installer au volant et nous démarrâmes.

Nous roulâmes un petit moment avant qu'elle ne me donne la permission de retirer mon masque de clown. Mes cheveux étaient tout ébouriffés et couverts de sueur et j'avais probablement l'air idiot, mais lorsque je vis qu'Hailee me regardait avec son sourire béat, je me dis que ça en valait la peine.

– Tu es conscient que tu es ridicule ?

– Totalement.

Nous continuâmes à rouler encore quelque temps, puis je m'arrêtai en face d'un champ. Le soleil déclinait et en regardant vers le champ, on voyait la couverture de pique-nique que j'avais installée pour nous deux.

– Tu nous as préparé un pique-nique ? demanda-t-elle, étonnée.

– Je me suis dit qu'on pourrait manger et bavarder, et ensuite nous allonger pour compter les étoiles.

Elle secoua la tête.

– Bon sang, Aiden. T'es bon.

Je descendis de la voiture et me dépêchai d'en faire le tour pour aller lui ouvrir la portière. Puis j'ouvris le coffre et en sortis le panier de pique-nique, du champagne frais et quelques couvertures supplémentaires parce que je n'avais pas oublié qu'Hailee était frileuse.

Nous nous assîmes et nous installâmes confortablement avant de rattraper le retard accumulé pendant ces cinq années. Elle me raconta certains de ses plus mauvais moments et aussi certains de ses meilleurs. Cela m'énervait de n'avoir pas été là pour les uns comme pour les autres. Puis elle me questionna sur moi. Sur ma carrière. Sur mes succès les plus marquants.

Elle me dit qu'elle était fière de moi et je faillis craquer. Pourtant, quelque part, ces cinq années me semblaient vides.

– J'ai l'impression que ces cinq dernières années ont été beaucoup plus faciles et plus agréables pour toi que pour moi, plaisanta-t-elle en mettant un grain de raisin dans sa bouche.

– Ma vie n'est pas toujours facile, tu sais.

Je lui servis un autre verre de champagne.

– Ouais. Ça doit être dur d'être beau et célèbre et d'avoir le monde à ses pieds.

– Non, je suis sérieux. Ça s'embrouille souvent dans ma tête. Presque tout le temps. Au point que je ne sais même plus comment être moi-même.

– Qu'est-ce que tu fais quand tu te perds ?

– C'est pas compliqué, je choisis un nouveau scénario et je deviens quelqu'un d'autre. Et pas seulement dans le travail. C'est tous les jours. Je fais comme si j'étais quelqu'un d'autre. Quelqu'un qui attire les autres, quelqu'un que les autres aimeraient connaître parce que le vrai moi est beaucoup trop triste pour que les gens aient envie de le fréquenter. Les gens aiment les gens heureux. Les gens ne sont pas à l'aise avec ceux qui sont tristes.

Hailee fronça les sourcils.

– Aiden ?

– Oui ?

– C'est triste ce que tu me dis.

– La vie est triste parfois.

– Mais les gens qui t'entourent ne s'en aperçoivent pas ?

Je ris.

– J'imagine que non.

– Est-ce que tu joues un rôle en ce moment ? Avec moi ?

– Non. Toutes les défenses sont baissées.

Elle baissa les yeux sur son verre et se mordilla la lèvre inférieure. Le moindre mouvement que faisait Hailee me fascinait. La façon dont ses dents tiraient sur sa lèvre me donnait envie de le faire à sa place.

– Raconte-moi une chose qui est difficile pour toi en ce moment, dit-elle en se pelotonnant dans les couvertures

– Eh bien – je me grattai l'arête du nez –, l'autre jour ma mère m'a donné une lettre que ma mère biologique m'a écrite.

J'ai cru que ses yeux allaient sortir de ses orbites.

– Qu'est-ce que tu dis ? Oh mon Dieu. Et ça va ? Qu'est-ce qu'elle te disait ?

– J'en sais rien. Je ne l'ai pas encore ouverte.

– Pourquoi ? Je sais qu'il y a longtemps que tu voudrais en savoir plus sur elle.

– Justement. Une fois que j'aurai ouvert cette lettre, tout deviendra réel, et je ne sais pas si c'est une bonne ou une mauvaise chose.

– Ça te fait peur ? De savoir qu'elle t'a contacté ?

– Hum, ça ne me fait pas peur, mais je me pose des questions sur le moment qu'elle choisit pour le faire. Tout le monde sait que j'ai réussi. Alors, qu'elle se manifeste maintenant plutôt que quand ma carrière n'en était qu'à ses débuts, ça ne me plaît pas. En même temps, qui sait ? Je ne saurai jamais ce qu'elle a à dire si je ne lis pas cette fichue lettre. Mais je ne suis pas prêt à le faire pour l'instant.

– Si jamais tu avais besoin de quelqu'un à tes côtés quand tu l'ouvriras, tu peux compter sur moi.

– Parce que nous sommes amis de nouveau ?

Elle ricana.

– C'est important que je le dise ?

– Non, mais je crois que c'est important pour moi de l'entendre.

Elle reposa son verre de champagne et leva les yeux vers le ciel constellé d'étoiles.

– Tu n'as jamais cessé d'être mon ami, Aiden. J'aime penser que nous avons seulement eu une mauvaise connexion téléphonique pendant ces cinq dernières années.

– Ça fait des années que je te dis de changer d'opérateur.

Elle entoura ses genoux de ses bras.

– Tu me connais. Je n'écoute jamais ce qu'on me dit. Et avec ton père ? Vous vous êtes parlé depuis que tu as découvert ce qui s'est passé il y a cinq ans ?

Je serrai les mâchoires.

– Non.

– Aiden, je sais que tu n'as pas envie de lui pardonner ce qu'il a fait, mais je sais aussi qu'il a agi par amour.

– Ou par égoïsme et cupidité. J'imagine que c'est une question de point de vue.

Elle s'apprêtait à dire autre chose, mais je l'arrêtai.

– On change de sujet ?

Je n'avais pas envie de parler de mon père et de ce qu'il avait fait.

– D'accord.

– Et pour toi, comment se sont passées ces cinq années ? Comment vas-tu ?

– Bien. Je vais bien. (Elle leva les yeux et fit un petit sourire.) Oui, je vais bien, en fait.

– Raconte-moi. Raconte-moi ce que j'ai manqué.

Elle eut un petit rire.

– Cinq ans ? Ça va faire beaucoup d'informations.

– Je veux tout savoir. Raconte-moi ton histoire.

Elle était allée à la fac pour devenir psychothérapeute. Aujourd'hui, elle avait pris une année de césure avant de commencer son master. Au fond de moi, j'étais triste de n'avoir pas eu la possibilité de vivre la vie d'étudiant à la fac avec elle. C'était encore une occasion manquée à cause de ma carrière, mais j'étais content qu'elle réussisse dans ses études.

– C'est quoi ton objectif ?

– Je veux devenir psychologue pour enfants. Comme tu le sais, les années de lycée, ça a été rude pour moi, surtout à la fin. Je voudrais qu'aucun ado ne se sente différent. Je veux les aider à comprendre leurs émotions et leur venir en aide pendant ces périodes sombres. Quand mes parents m'ont emmenée voir un psy, ça a changé ma vie. Maintenant, c'est à moi de prendre le relais pour faire en sorte que des enfants sachent qu'ils peuvent encore avoir des jours meilleurs. C'est étrange de penser que, d'une certaine façon, ce qui m'est arrivé à l'époque m'a aidée à trouver ma voie.

– Parfois la vie peut vous mettre exactement là où on est censé être.

– Oui, c'est ce que je pense. Mais, en dehors de l'école, je suis toujours cette fille ennuyeuse qui passe trop de temps à lire, qui soulève des poids pour le plaisir et qui travaille à l'hôtel. Ma vie est assez ordinaire, au fond.

– Je donnerais tout pour avoir une vie plus ordinaire. Et tu es heureuse ?

– Oui. Avec des hauts et des bas, comme tout le monde, mais dans l'ensemble, je suis heureuse.

– Tant mieux. Tu le mérites.

– Merci. Toutefois, même si je suis heureuse, il m'arrive de me sentir seule, je t'avoue. La plupart du temps, ça va. Je vis ma vie sans y penser. Mais parfois, certains soirs, ou tôt le matin, la solitude me pèse. Je n'ai pas beaucoup d'amis. Je ne suis pas en train de me plaindre. C'est juste un fait. On ne parle pas assez de la solitude ou de la façon dont les personnes seules sont obligées de se mentir à elles-mêmes parfois en disant que ça leur convient d'être seules. Je pense que nous sommes faits pour vivre avec les autres. Peut-être pas tout le temps, mais de temps en temps. Et parfois, c'est dur. Je fais toujours les mêmes choses. Je me réveille seule, je vais au travail seule, je rentre chez moi seule, je vais me coucher seule. Il m'arrive d'avoir envie d'avoir quelqu'un avec qui je ne ferais rien.

– Pourquoi tu n'as pas de petit ami ?

– Parce que personne ne pourra jamais être toi.

J'aurais voulu la serrer dans mes bras, mais je ne savais pas où nous en étions sur ce front. J'aurais voulu la délivrer de sa solitude pour la prendre à mon compte. Un transfert d'émotions négatives en quelque sorte.

– Je sais ce que c'est… que se sentir seul. Parfois je me dis que la solitude, c'est ce qui définit ma vie. Je suis entouré d'un tas de gens tout le temps, mais je te jure que je ne me suis jamais senti aussi seul que depuis que je vis à Los Angeles. Alors permets-moi de me joindre à toi.

Elle haussa un sourcil, déroutée par ma réflexion. Pour être franc, je n'étais pas certain de la comprendre tout à fait moi-même.

– Qu'est-ce que tu veux dire ?

– Je veux dire, permets-moi de me joindre à toi. (Je me penchai vers elle et posai mes mains sur ses genoux.) Nous pourrions être seuls ensemble.

Ses yeux se posèrent sur mes mains. Est-ce que ce contact était en trop ? Est-ce que ça lui plaisait ? Est-ce qu'elle le voulait ? Avais-je franchi une ligne ? Je regardai fixement la position de mes mains, mais ne les retirai pas. La chaleur qui irradiait de sa peau brune m'envoyait des ondes de choc partout dans le corps.

Quelques larmes tombèrent sur mes mains. Je levai les yeux pour chercher son regard. Les larmes coulaient sur les joues d'Hailee qui les essuya promptement. Elle déplaça ses jambes, ce qui eut pour effet de me faire retirer mes mains.

– Hails, si c'est trop, on peut…

– Non, m'interrompit-elle en secouant la tête. C'est juste que… tu es la seule personne au monde avec laquelle je voudrais me sentir seule.

Nous avons continué de parler encore un moment avant de nous allonger pour compter les étoiles.

Une… deux… trois…

– Quarante-cinq, dit Hailee en pointant l'index.

– Tu l'as déjà comptée, celle-là.

Elle inclina la tête vers moi et fronça le nez.

– Je n'ai absolument pas compté celle-là.

– Mais si.

– Mais non.

– Si !

– Tu veux vraiment t'entêter sur cette voie, Walters ? Après cinq ans de mauvaise connexion téléphonique ?

Je rigolai en levant les yeux au ciel.

– Quarante-cinq.

34
Aiden

– Oh putain ! hurla Hailee en sortant de la boulangerie le lendemain suivant notre « rendez-vous entre deux personnes qui envisageraient de redevenir amis » et qui, au passage, s'était très très bien passé.

– Excuse-moi, je t'ai fait peur ?

– Bon sang, Aiden. Non, mais ça va pas ? Tu m'as fichu une de ces trouilles ! Qu'est-ce que tu fais là ? Il y a longtemps que tu es là ?

– Non.

Ce n'était pas vrai. Cela faisait trois quarts d'heure que j'étais planté devant la boulangerie avec un plateau portant deux tasses de café. Du café qui devait être froid maintenant. Dans l'autre main, je tenais un sac en papier contenant deux croissants. Et sur la tête ? Un masque de clown. Je ne voulais pas lui faire courir le risque d'être vue avec moi en public.

– En fait, il se trouve que je passais par là. C'est fou de tomber sur toi ! J'étais juste venu chercher mon café et mes croissants.

Elle me regarda, impassible.

– Avec un masque de clown ?

– Il y avait peut-être un infime espoir de te rencontrer et je ne voulais pas qu'on nous voie ensemble – à ta demande.

– C'était très délicat de ta part, espèce de taré, mais il faut que j'aille travailler.

– Oui, bien sûr. Je vous en prie, dis-je en faisant une révérence.

Elle se mit en route en direction de l'hôtel et je lui emboîtai le pas. Elle s'arrêta, j'en fis autant.

– Qu'est-ce que tu fais Aiden ?

– Je marche.

– Je vois bien. Mais pourquoi tu marches à côté de moi ?

Je haussai les épaules.

– On va sans doute au même endroit.

– Je vais travailler.

– C'est marrant. Moi, je me rends justement à l'hôtel.

Je soulevai une des tasses de café que je lui tendis.

– Café ? Tu prends toujours un caramel latte ?

– Oui.

Elle fronça les sourcils, mais prit la tasse de café. Elle recommença à marcher et je continuai à côté d'elle en fredonnant. De temps en temps, elle lançait un coup d'œil dans ma direction, avec cet air grognon qu'elle adorait avoir tôt le matin, puis elle recommençait à regarder droit devant elle.

Ce petit manège se prolongea encore quelques minutes avant qu'elle ne laisse échapper un rugissement. C'était vraiment un rugissement ? Est-ce que Hailee Jone avait vraiment rugi contre moi ?

– Qu'est-ce que tu fais ? Et laisse tomber les vannes. Dis-moi pourquoi tu me suis !

Je m'éclaircis la voix.

– Eh bien, hier soir, tu as dit que tu te sentais seule. Selon toi, tu te réveilles seule, tu te rends au travail seule, tu vas te coucher seule. Je voulais juste supprimer un de ces moments de solitude. Comme j'ai pensé que tu ne voudrais pas que je me réveille avec toi, mais en même temps si tu veux que je sois dans ton lit le matin, je pourrais certainement…

– Aiden, tu t'égares.

– C'est vrai. Donc, puisque je ne peux pas me réveiller avec toi, je me suis dit que je pourrais au moins t'accompagner au travail.

Elle souffla.

– C'est idiot.

– Je suis bête.

– Ça, c'est pas faux.

Elle posa les yeux sur le sac en papier dans ma main.

– T'aurais un croissant pour moi ?

– Ben, justement oui, j'en ai un.

– Donne !

– T'es plutôt autoritaire, hein ? Tu sais qu'il y a des hommes à qui ça plaît ?

Moi par exemple.

Elle leva les yeux au ciel, ce qui fit tressaillir ma queue. Bon sang, cette femme n'avait pas idée de l'effet qu'elle produisait sur moi.

Elle tendit la main vers moi pour le croissant et je le lui donnai. Elle mordit dedans et poussa un gémissement de plaisir.

Refais ça, Hails.

– Tu n'as pas gémi comme ça quand je t'ai prise dans l'escalier.

– Ouais, eh ben, tu n'étais pas nappé de beurre, non plus.

– Je note, apporter du beurre la prochaine fois que Hailee m'invite chez elle.

Elle rigola.

– Il faut que tu te sortes de la tête l'idée qu'on va se remettre ensemble, parce que ça n'arrivera pas.

– On peut toujours rêver. Et tu peux me croire… je rêve beaucoup de ça.

– Ouais. Certaines de tes fans t'ont entendu rêver.

– Et ça te fait quoi de savoir que je pensais à toi en le faisant ?

– Je refuse de répondre à cette question.

– Tu veux savoir combien de temps il t'a fallu pour me faire prendre mon pied ?

Ses pommettes se soulevèrent et elle rougit.

– Qu'un type portant un masque de clown me demande ça rend la question extrêmement ridicule.

– Cinq minutes.

– C'est pas à ton avantage, tu ferais mieux de ne pas le dire.

– Qu'est-ce que tu veux ! La Hailee dans ma tête m'excite tellement que je ne peux pas me retenir. Exactement comme celle dans la vraie vie.

– Je ne pense pas que cette excuse marche aussi bien que tu crois, cow-boy.

Je rigolai.

– Accorde-moi un deuxième essai, et je te montrerai combien de temps je peux tenir. C'était la première fois depuis longtemps pour moi. Je n'ai pas pu me contrôler.

– Je suis sûre que tu as eu plein de femmes à Hollywood pour t'exercer.

– Personne après toi.

Elle eut l'air étonnée.

– J'étais la première et la seule à l'époque. Je suis sûre que tu as…

– Personne après toi, répétai-je un peu plus sérieusement cette fois.

Elle s'arrêta de marcher, le souffle coupé.

– Jure-le.

Je me postai devant elle et soulevai mon masque pour la regarder dans les yeux.

– Je le jure.

– Croix de bois, croix de fer ? dit-elle en levant le petit doigt.

J'accrochai mon petit doigt au sien.

– Croix de bois, croix de fer. Et toi ? Combien de prétendants ont fait la file devant ta porte depuis que je suis parti ?

Au moment même où je posai la question, je la regrettai. Pour être honnête, je n'avais pas du tout envie de savoir avec combien de personnes elle était sortie depuis notre séparation.

À question idiote, réponse idiote.

Il n'y avait pas de bonne réponse.

– On vient juste de restaurer notre amitié, Tom. Ne pousse pas le bouchon trop loin.

Je me penchai pour croquer dans son croissant

– Que veux-tu, j'exagère toujours, c'est dans ma nature. Mais je ne vais pas te mentir. Ces croissants sont parmi les meilleurs que j'aie mangés.

– Je te jure, mes parents font le meilleur pain du monde. Je ne suis jamais allée à Paris, mais je suis convaincue que leurs croissants soutiennent la comparaison.

Avant que je puisse lui répondre, mon attention fut détournée par des passants qui me saluaient et avec qui je me mis à bavarder assez longuement. Après qu'ils m'eurent quitté, le sourire aux lèvres, je me retournai vers Hailee.

Elle sourit.

– Tu fais ça souvent, non ? De parler avec les gens.

– Je trouve les gens fascinants.

– Est-ce que tu nous vois comme des sortes de personnages que tu pourrais interpréter un jour ?

Je ris.

– Non, mais c'est une bonne idée. Chaque personne est une sorte de personnage, je suppose.

Je désignai de la main les gens qui passaient dans la rue.

– On trouve des figurants. Des personnages secondaires. Des personnages principaux. Des méchants, des héros, des bonnes fées. Le monde entier est comme un grand film, si on y pense. Et la majorité des séquences sont d'une grande banalité, mais parfois tu trouves des moments géniaux qui composent une super histoire. Je n'ai pas encore décidé si ça va bien se terminer ou si ça va tourner en une espèce de film de zombies apocalyptique.

Elle finit son croissant et se lécha les doigts, puis elle inclina sa tasse dans ma direction.

– Aux zombies. J'espère.

Je lui tendis le croissant que je gardais pour moi pour voir si elle le voulait. Elle fit non de la tête, donc je plongeai.

– Et moi, quel type de personnage est-ce que je suis ? demanda-t-elle. C'est quoi mon histoire ?

– Toi, sans discussion possible, tu es le fossoyeur. Celui qui rôde dans l'ombre et qui fait flipper.

Heureusement elle comprit que je la faisais marcher et me poussa.

– Imbécile !

– T'as raison.

Je bus une gorgée de café avant de poursuivre.

– Héroïne.

Elle pouffa.

– Je n'ai rien d'une héroïne.

– Et c'est exactement ce que le personnage principal dirait. Ceux qui disent qu'ils sont le personnage principal ne le sont jamais vraiment. Ils meurent probablement au deuxième acte.

– Oh, si seulement j'avais pu mourir au deuxième acte, soupira-t-elle en levant les mains de façon mélodramatique.

– Ah oui. Tu es une héroïne de tragédie. C'est évident.

– Moi aussi, je sais qui tu es.

– Ah oui ? C'est quoi mon rôle ?

– Tu es, genre, le personnage qui se fait accidentellement renverser par un bus en descendant du trottoir et dont on n'entend plus jamais parler.

Je ris en m'approchant du bord du trottoir.

– Ne me tente pas, Jones.

Je sautai du trottoir alors qu'une voiture arrivait dans ma direction et avant qu'elle soit trop près, Hailee m'attrapa par la manche de mon blouson et me tira en arrière.

– Non, mais t'es pas dingue ?

– Peut-être un peu. Juste ce qu'il faut pour être charmant.

– Tu n'es pas charmant. Tu es agaçant. Tu es comme cette personne agaçante qui te colle aux basques. Si l'Amérique savait à quel point tu peux être agaçant, tu ne serais jamais Superman.

– Est-ce que j'ai des allures de Clark Kent ? Ça compte, ça aussi.

Elle leva les yeux au ciel, ce qu'elle faisait souvent avec moi, et j'adorais qu'elle le fasse.

– Non, tu ferais plutôt penser à Dingo dans les films de Disney.

– Je sais bien que tu voulais m'insulter en disant ça, mais franchement, ce sont mes films préférés.

– Je le savais.

Évidemment qu'elle le savait.

En arrivant à l'hôtel, je lui ouvris la porte.

– À quelle heure tu finis ?

– Tu ne me raccompagnes pas chez moi.

– Bien sûr que non. Pour te dire la vérité, je n'en demandais pas autant, mais si jamais je passe par là au moment où tu sors…

– Pour un acteur oscarisé, tu n'as vraiment pas de vie.

– Je fais une pause.

– Et comment tu te sens ?

– Je ne me suis pas senti aussi bien depuis un temps fou.

– Tant mieux. (Elle sourit.) Je dois aller travailler. Lâche-moi.

– Bonne journée, Jerry.

J'ouvris la porte pour sortir de l'hôtel et elle eut l'air étonnée.

– Attends. Tu as vraiment fait tout ce chemin avec moi pour repartir aussitôt ? Tu ne vas pas dans ta chambre ?

– Non, j'ai une session d'entraînement à la salle de sport dans pas longtemps. Je ne suis pas en avance, je ferais bien de me magner un peu.

– La salle est juste à côté de la boulangerie. T'étais déjà là-bas.

– Oui.

– Ah bon. D'accord.

Elle plissa le front comme si elle ne comprenait pas. Elle alla à la réception et s'installa sur son siège.

– 18h30. Je finis à 18h30.

Je tentai de cacher ma joie. Je fis un petit signe de tête.

– À tout à l'heure, alors.

35
Hailee

Tous les jours de la semaine suivante, Aiden se pointa chez moi avec son masque ridicule pour m'accompagner au travail, puis le soir pour me raccompagner chez moi. Au bout d'une semaine, je lui dis qu'il pouvait laisser tomber le masque. Il n'y avait plus de raison depuis que des photos de lui avaient été publiées sur internet où on disait qu'il faisait une dépression et qu'on l'avait vu se balader avec un masque. J'imagine que le déguisement n'était pas au point.

Ce qui se disait dans les tabloïds ne semblait pas le déranger, pourtant. La seule chose qui comptait pour lui, c'était apparemment toujours… moi.

C'était un homme persévérant. Tous les jours, il me proposait de monter avec moi jusqu'à mon appartement, mais je déclinais toujours. Il ne se décourageait pas. Moi, je n'étais pas prête à le faire entrer de nouveau dans mon espace personnel. La dernière fois qu'il avait monté ces marches, eh bien… tout avait été très vite. Je n'étais pas certaine de vouloir que les choses aillent encore une fois à cette vitesse.

Maintenant, suite à mes confidences, j'avais la vedette la plus bavarde qui soit pour m'accompagner au travail tous les matins et me raccompagner tous les soirs. On pouvait dire une chose à propos d'Aiden, c'est qu'il ne manquait jamais de sujet de conversation. Il pouvait parler de n'importe quoi. La plupart de ses pensées ne restaient pas dans sa tête, il avait tendance à sortir tout ce qui lui passait par la tête.

Certaines étaient intéressantes, d'autres étaient complètement idiotes. Secrètement, j'aimais les entendre, qu'elles soient l'une ou l'autre.

Tout de même, ça faisait drôle de marcher avec lui parce que nous étions tout le temps arrêtés par des gens qui voulaient lui parler. Tous les habitants de cette ville se faisaient une obligation de devenir son ami, et étant la personne qu'il était, il accueillait volontiers ces amitiés. Il était capable de converser avec tous ceux qui croisaient son chemin. Je ne pouvais pas m'empêcher de me demander dans lesquels de ces échanges il était vraiment lui et ceux où il portait un masque. Combien de rôles jouait-il ?

– C'était super de te parler, Ruby ! Bonne chance à ton chien pour le concours !

Aiden fit un signe de la main à Ruby qui s'éloignait avec son chien.

– À un de ces jours, Aiden ! fit Ruby en souriant jusqu'aux oreilles.

C'était comme ça à chaque fois, les gens repartaient toujours avec le sourire.

Chaque fois qu'on lui parlait, on m'ignorait. Pourtant, Aiden me présentait toujours pour que je ne me sente pas exclue. Mais il se fourvoyait. Je voulais être invisible C'était épuisant pour une introvertie comme moi d'être l'amie d'un extraverti comme lui qui faisait tout ce qu'il pouvait pour que je ne me sente pas exclue alors que tout ce que je voulais, c'était être invisible, regarder la télévision et lire, avec un chat ou un chien comme compagnon.

Un jour, j'aimerais bien que les amis comprennent que nous, les introvertis, sommes à l'aise sans parler. C'était littéralement une de mes occupations préférées.

– Il y a un truc que j'ai remarqué chez toi, lui dis-je alors que nous approchions de la boulangerie. Aujourd'hui, tu parles beaucoup plus aux inconnus que tu ne le faisais il y a cinq ans. Je veux dire, je vois bien que tu détestes toujours ça, mais tu le gères beaucoup mieux.

Il me fit face et me donna ce sourire hollywoodien qui me retournait l'estomac d'une façon extraordinaire, ce qu'il n'aurait pas dû faire.

– Qu'est-ce que tu as remarqué d'autre chez moi ?

Tes yeux.

Ton sourire.

Ton rire.

Ta fossette droite qui apparaît quand tu ris et quand tu souris trop largement.

La façon dont tes narines frémissent lorsque tu es agacé.

Ta façon de marcher en zigzag.

La façon dont tu me regardes quand tu crois que je ne le vois pas.

Ta façon de mâcher du chewing-gum et de faire des bulles.

Des tas de choses, Aiden. Je remarque des tas de choses.

– Rien. À part le fait que tu es ringard.

– Arrête. Je ne suis pas ringard. Je suis charmant.

Je soufflai.

– Charmant ? Ouais, c'est ça.

– Si, c'est vrai, et je pense que tu sais que tu commences à t'attacher à moi. Je suis comme un champignon.

Je haussai un sourcil.

– Un champignon ?

– Ouais, tu vas me voir comme une mycose au bout d'un moment.

Il se mit à rire tellement fort qu'il se tapait sur les cuisses, plié en deux par un fou rire, comme un débile.

– Tu l'as ? La mycose ? L'ami qui cause ?

Je levai les yeux au ciel.

– Oui, Aiden. J'ai compris.

Il riait tellement que cette stupide, mignonne, adorable petite fossette apparut. Ça, c'était le vrai Aiden. Il ne jouait pas un personnage, il n'essayait pas d'être quelqu'un d'autre à ce moment-là. Il était lui-même, sous sa forme la plus vraie, la plus authentique.

– Je peux te confier un secret ? demandai-je.

– Lequel ?

– Tu m'as manqué.

– Suffisamment pour que tu m'invites à monter chez toi ?

– Faut pas pousser.

Ce soir-là, la nuit était noire. Le ciel était trop nuageux pour qu'on voie beaucoup d'étoiles, mais pour être honnête, je ne regardais pas en l'air. J'étais trop occupée à regarder Aiden. Soudain, j'observai un changement dans sa personnalité au moment où il regarda dans une ruelle. Deux hommes se disputaient, l'un d'entre eux, visiblement pris de boisson, tanguait d'avant en arrière. Il avait le visage ensanglanté et il était évident que les deux hommes avaient eu une altercation violente. Une altercation très inégale si l'on songe que l'un des deux hommes tenait à peine sur ses jambes.

En regardant plus attentivement, je compris immédiatement pourquoi l'humeur d'Aiden avait changé.

– C'est pas…

– Si, soupira Aiden en se pinçant l'arête du nez. C'est Jake.

Juste comme nous allions intervenir, je vis l'homme à jeun balancer un coup de poing à Jake et je poussai un cri étouffé quand il lui atterrit dans la figure. Jake tomba à la renverse contre le container à ordures avant de glisser par terre.

– J'en ai rien à foutre de savoir pourquoi tu l'as pas. Tout ce que je sais, c'est que tu me dois du fric, dit l'inconnu.

Alors qu'il s'apprêtait à le frapper à nouveau, Aiden se précipita et s'interposa entre les deux.

– Holà, holà, du calme, ordonna-t-il. Je pense que t'as fait assez de dégâts comme ça.

– Apparemment non, puisqu'il respire encore. Et sauf si tu tiens à ressembler à cet enfoiré, je suggère que tu t'occupes de tes affaires.

– Tu n'as pas idée à quel point j'aimerais le faire, mais justement ce sont des affaires dont je suis bien forcé de m'occuper, dit Aiden, les dents serrées.

Jake cracha du sang et, spontanément, je me précipitai pour voir s'il allait bien.

– Hails, reste sur le trottoir.

– Je ne vais pas le laisser comme ça, dis-je en voyant que Jake était incapable de se relever et de tenir assis.

Il avait un œil fermé et il pouvait à peine faire une phrase cohérente.

– Hailee ! aboya Aiden.

– Aiden ! répondis-je sur le même ton, refusant de plier.

Il savait que je ne céderais pas, donc il se retourna vers l'inconnu.

– Combien il te doit ?

– Cinquante balles.

– Sérieux ? Tu fous une trempe à un mec bourré pour cinquante balles ?

Il sortit son portefeuille et regarda dedans. Dès que l'homme vit l'argent d'Aiden, il plissa les yeux.

– J'ai dit cinquante ? Je voulais dire deux cents.

– Je te demande pardon ? C'était cinquante il y a deux secondes.

– C'était avant que je remarque que Jake avait mis du sang sur mes baskets.

– Il n'y en aurait pas si tu ne lui avais pas cassé la figure.

– Deux cents balles et je me casse.

Aiden marmonna quelque chose de pas très sympa dans sa barbe, mais donna l'argent au type. Avec un sourire satisfait, celui-ci s'en alla d'une démarche sautillante. Aiden vint précipitamment vers moi pour m'aider à relever Jake qui ne tint debout qu'en s'appuyant sur nous deux.

– Bon sang, Jake. Qu'est-ce que tu fous ?

Il n'y avait pas beaucoup de choses qui mettaient Aiden en colère, mais Jake en faisait partie. Surtout quand il était dans cet état.

– Il faut l'emmener à l'hôpital, dis-je. Il est mal en point.

– Pas d'hôpital marmonna Jake.

– Ne sois pas débile. Il faut que tu ailles à l'hôpital, dit Aiden.

– Pas d'hôpital répéta-t-il sur un ton plus sévère. Emmène-moi chez ton père.

Aiden fit la grimace.

– Je doute qu'il ait envie de te recevoir chez lui. Tu étais censé être clean.

– Je suis clean, je te jure. J'ai juste passé une mauvaise soirée. Tout va bien. Emmène-moi chez ton père, ordonna-t-il en toussant et crachant du sang.

– Je peux l'emmener, ma voiture est juste au coin de la boulangerie. C'est pas un souci.

– Si justement, c'en est un, dit Aiden, les dents serrées, mais il accepta.

Il aida Jake à monter dans ma voiture et je les conduisis chez les Walters. Une fois allongé à l'arrière, Jake marmonna :

– Je ne savais pas que tu étais revenu, Aiden. Sinon je serais venu te voir.

Aiden souffla.

– Ouais, c'est ça. Comme tu l'as toujours fait quand j'étais gamin.

J'étais au courant de la relation entre Aiden et Jake. Ou plus exactement de l'absence de relation. Les Walters, ou plus exactement Samuel pensait que c'était important pour Aiden de garder des contacts avec Jake. Laurie, elle, ne voulait pas. Depuis tout petit, Aiden s'était senti différent parce qu'il avait deux pères. C'était jusqu'à ce qu'il se rende compte que Jake n'était pas le père le plus fiable qui soit. Jake promettait tout le temps de l'emmener voir des matchs de base-ball. D'être là pour son anniversaire. D'arrêter de boire pour lui.

Aiden trouvait que ce n'était pas rien que quelqu'un décide de se désintoxiquer à cause de lui.

Mais Jake l'avait toujours laissé tomber, encore et encore.

Certains jours quand nous étions enfants, en arrivant chez Aiden, je le trouvais en train d'attendre sur le porche avec un gant de base-ball et une balle parce que Jake lui avait dit qu'il l'emmènerait sur le terrain pour s'entraîner.

Il restait assis là jusqu'au coucher du soleil et que ses parents lui disent de rentrer.

Et puis, il recommençait. Encore une fois, puis une autre jusqu'à ce qu'un jour il comprenne que les promesses de Jake étaient vides et qu'il ne les tiendrait jamais.

Si Aiden avait des raisons d'avoir des problèmes de confiance, c'était à cause de Jake Walters. Je savais que c'était pour cela qu'Aiden avait été profondément blessé lorsqu'il avait découvert que c'était à cause de son père que nous avions cessé de nous parler cinq ans plus tôt. Samuel était censé être avec lui ce que Jake n'avait jamais pu être, honnête.

Après avoir garé la voiture, j'aidai Aiden à monter Jake en haut des marches et nous attendîmes que l'un des parents d'Aiden vienne ouvrir la porte.

Lorsque Samuel apparut, il sembla inquiet en voyant son cousin Jake mal en point sur son porche.

– Bon sang ! Qu'est-ce qui s'est passé ?

– D'après toi ? C'est Jake. Il a fait ce qu'il fait le mieux, il a merdé. Il a demandé qu'on le dépose ici, alors voilà.

Aiden poussa Jake dans les bras de son père et tourna les talons pour partir. Je me sentais très mal à l'aise, alors je le suivis.

– Aiden, attends, dit Samuel. Il faut qu'on parle.

– Je n'ai rien à te dire.

– Fils…

– Bonne nuit, Samuel, dit Aiden froidement.

Samuel recula et je ressentis la douleur que ces mots lui avaient infligée. Mon cœur se serra en le voyant si bouleversé. J'aurais voulu le réconforter, mais je savais qu'Aiden avait besoin de mon soutien. Ce n'était pas pour Samuel que je devais m'inquiéter, mais pour son fils.

Nous remontâmes tous les deux dans ma voiture et je démarrai. Le trajet se fit dans le silence sans que je sache exactement où nous allions. Aiden n'avait pas dit un mot, les poings serrés, il regardait par la portière d'un air sombre. Il tapait du pied de façon hostile.

Je garai la voiture sur le bas-côté de la route et serrai le frein à main. Puis je me tournai vers Aiden.

– Parle-moi.

– Je n'ai rien à dire.

– Tu n'avais rien à dire à ton père, ce que je peux comprendre. Mais c'est moi, Aiden. Tu peux me parler.

– Ça n'a pas été le cas pendant cinq ans, dit-il d'un ton cinglant. (Puis ses épaules s'affaissèrent et il jura entre ses dents.) Excuse-moi. Je ne voulais pas dire ça.

– Peut-être que si, et je ne t'en veux pas. (Je posai la main sur son épaule et l'obligeai à se tourner vers moi.) Tu as le droit d'être en colère contre moi, aussi, Aiden. Tu peux tout me dire, même si c'est dur à entendre.

– Je ne veux pas te faire de peine. (Ses yeux bleus reflétaient un immense chagrin.) Tu es la dernière personne à qui je voudrais faire de la peine.

– Dis-moi ce qui te fait si mal, et je t'aiderai à le surmonter.

– Ce n'est pas de voir Jake qui m'a contrarié. Je veux dire, c'était pénible et désagréable, mais il est comme ça. Je ne l'ai jamais connu autrement. Mais me trouver face à mon père ? Celui qui n'était pas censé me décevoir ? Celui que j'ai admiré toute ma vie et dont je viens d'apprendre qu'il m'a menti pendant cinq ans ? C'est ça qui est dur. Parce que, maintenant, j'ai l'impression de regarder dans les yeux d'un homme que je ne connais pas.

– Alors tu devrais ressentir la même chose pour moi. J'ai accepté de me conformer au plan que ton père avait imaginé. Et c'est moi qui l'ai appliqué, en fait. Je…

– Hailee, je sais que cela peut être difficile à comprendre pour toi, mais j'ai passé cinq ans à essayer d'être furieux contre toi. J'ai passé plus de mille jours à essayer de t'en vouloir. Je suis même arrivé ici en essayant de te détester, mais ça ne marche pas. Ça ne marchera jamais. Tu sais pourquoi je suis revenu ? Pourquoi j'ai décidé de venir passer les fêtes à Leeks ?

– Pourquoi ?

– Pour toi. Je suis revenu pour toi.

– Que veux-tu dire ?

– Lorsque nous étions ados, tu m'as dit que si jamais j'étais à Hollywood et que j'avais l'impression que je me perdais moi-même, je devrais revenir te chercher. Depuis déjà un certain temps maintenant, je me sens perdu alors… je suis revenu.

– Me chercher ?

– Te chercher.

Mon cœur appartiendrait à cet homme pour le reste de l'éternité.

– Aiden ?

– Oui ?

Je me mordis la lèvre inférieure.

– Tu veux venir voir mon appartement ?

Cette seule phrase suffit à le faire totalement changer d'attitude. Il plissa les yeux et un sourire narquois effleura ses lèvres.

– Est-ce… une invitation à venir voir ta décoration intérieure ou une invitation à venir t'enlever tes vêtements ?

Je tournai la clé de contact et fis démarrer la voiture.

– J'imagine qu'il n'y a qu'un moyen de le savoir.

36
Hailee

– Si j'avais su que mes traumatismes m'ouvriraient la porte de ton appartement, je les aurais déballés plus tôt, plaisanta Aiden en entrant chez moi.

Il jeta un coup d'œil circulaire, enfonça les mains dans ses poches et siffla.

– Waouh. C'est dingue comme cet endroit te ressemble.

Je regardai mon appartement où tout était tiré au cordeau. Tout avait une fonction. Tout était à sa place et rutilant de propreté. Les quatre murs de mon salon étaient recouverts de livres, et entre deux étagères il y avait un poste de télévision qui n'était pratiquement jamais allumé. Il était là pour la déco tout au plus.

J'avais des plantes un peu partout. C'est maman qui me les apportait parce qu'elle disait que les plantes donnaient de la vie à un espace et qu'on devrait toujours en avoir. Et aussi un truc à propos de l'apport d'oxygène. Malheureusement, je n'avais pas la main aussi verte qu'elle.

Sur l'îlot central de la cuisine il y avait un plat à gâteau sur lequel était posé un cake au citron. Toutes les semaines, ma mère me faisait un petit gâteau pour que j'en grignote un morceau chaque jour. Ce qui expliquait clairement pourquoi mes séances d'entraînement n'avaient pas beaucoup d'effet. Je vivais une vie équilibrée entre sucreries et squats. Franchement, je tirais le meilleur parti des deux univers.

– Tes plantes ont besoin d'eau, dit Aiden en retirant ses chaussures.

En faisant comme chez lui, il se dirigea vers la cuisine, remplit une carafe d'eau et entreprit d'arroser les plantes en question.

– C'était quand la dernière fois que tu leur as mis de l'engrais ?

Je haussai un sourcil.

– Depuis quand tu t'intéresses aux plantes ?

– J'ai joué le rôle d'un type fasciné par les plantes une fois. Ces pauvres petites ont besoin d'amour et de soins. (Il planta le doigt dans le terreau et fronça les sourcils.) Tu l'as arrosée quand, celle-ci ?

– Euh… ça doit faire un mois, ou deux ?

– Hailee !

– Quoi ? Pour ma défense, je ne voulais pas de plantes au départ.

– T'es pas croyable, Hails. Tu veux ma mort.

Pendant dix minutes, Aiden fit le tour de l'appartement en parlant aux plantes, en leur chantant des berceuses, il les arrosait tout en leur disant qu'on les aimait.

– Je suis désolé que votre maman vous maltraite comme ça.

Franchement, je me demandais si c'était sexy ou le contraire.

Mais à ce moment-là, je regardai ses biceps quand il arrosait et, ben ouais, c'était sexy.

Après avoir épousseté les feuilles des plantes, il se lava les mains et me regarda, tout fier de lui.

– Tu as de la chance que les plantes ne soient pas rancunières. Tu vas voir comme elles auront l'air contentes dans quelques jours.

En passant devant mon bureau, il s'arrêta. Il inclina la tête, sidéré, en voyant les trucs punaisés sur mon tableau de liège. Les tickets d'entrée pour tous ses films.

– Tu les as tous vus ?

– Je les ai tous vus le jour même de leur sortie et je les ai en DVD. Je ne voudrais pas en rajouter, mais je pourrais bien être ton admiratrice la plus fidèle.

– Hum. Je ne m'attendais pas à ressentir ça.

– Ressentir quoi ?

– De l'amour.

– Ça te tombe dessus sans prévenir.

– Oui, un truc comme ça.

Il tendit la main et saisit le collier qui pendait là. Le collier Jerry qu'il avait arraché de son cou des années auparavant.

– Je peux ?

Je fis un signe de tête.

– Je t'en prie.

Il se le passa autour du cou et je jure qu'à ce moment-là, une partie de mon cœur brisé se recolla.

Je me pelotonnai sur le canapé et lui souris.

– Maintenant que tu as fini de tourner autour du pot, tu veux bien qu'on parle de ce qui s'est passé ce soir avec Jake et avec ton père ?

Il plissa les yeux.

– Je croyais que tu m'avais fait venir ici pour coucher avec moi ?

Je ris.

– Je n'ai jamais dit que j'allais coucher avec toi.

– Ah ? Bon. Ben, c'était sympa de voir ton appart. Je crois que je vais y aller…

Je lui lançai un coussin à la figure.

– Tais-toi et viens t'asseoir.

En rigolant, il fit ce que je lui disais. Il soupira en s'asseyant en face de moi.

– Je sais que j'aurais dû lui parler. Je ne suis pas prêt, c'est tout. Et je sais que je n'aurais pas dû l'appeler Samuel.

C'était con de ma part. Ça m'arrive d'être con. Et après, je vais me repasser ce moment où j'ai été con en boucle dans ma tête et je vais culpabiliser alors que c'est mon père qui a merdé.

– Les gens ne sont pas parfaits. Tout le monde fait des erreurs.

– Je ne crois pas que je vais supporter que tu prennes la défense de mon père ce soir, Hailee.

Je me penchai vers lui et pris ses mains entre les miennes.

– Je ne prends pas sa défense, je te jure. Je suis de ton côté, sans la moindre réserve. Tout ce que je dis, c'est que j'aime croire que les gens font le meilleur choix qu'ils peuvent au moment où les choses arrivent. Ce que ton père m'a demandé de faire à l'époque était une erreur, mais peut-être qu'aujourd'hui il agirait autrement. Je suis sûre qu'il regrette. On ne peut pas apprendre de nos erreurs si on ne nous accorde pas une chance de montrer qu'on a changé et de s'excuser. Je ne voudrais pas que tu portes ce regret de n'avoir jamais eu cette conversation avec ton père. Je ne veux pas que cela te ronge pendant tout le reste de ta vie.

Il baissa les sourcils.

– Et si son excuse n'est pas assez bonne pour que je lui pardonne ?

– Ben, au moins vous aurez eu la conversation qui t'aura mené à cette conclusion. Rien ne t'oblige à faire ce que je te dis. Tu n'es pas obligé de parler à ton père, mais je te connais, Aiden. Je sais que cela te rongera jusqu'à la fin de tes jours.

Il se pinça l'arête du nez.

– Tu crois que c'est mon ego qui m'empêche de parler à mon père ?

Je haussai les épaules.

– Je ne sais pas. Peut-être que ta décision de ne pas lui parler est la bonne, mais si tu ne le fais pas, tu te demanderas toujours si tu as eu raison. Ce n'est peut-être pas ton ego. C'est peut-être une limite infranchissable, mais je crois que ça vaut la peine d'essayer de le savoir.

Il plissa le nez et me regarda droit dans les yeux.

– Comment tu as fait pour savoir tout ça ?

– Heu, cinq ans de psychothérapie, ça aide.

– Tu continues ?

– Oui. Je voulais me donner toutes les chances d'être heureuse après tout ce qui s'était passé, le harcèlement et tout. Je travaille encore sur cette notion de bonheur. Chaque chose en son temps.

– Qu'est-ce qui te rend heureuse, Hailee ?

En souriant, je remontai mes genoux contre ma poitrine.

– Les petites ou les grandes choses ?

– Les deux.

– Les gens qui promènent leur petit chien et le chien qui fait n'importe quoi au bout de la laisse parce qu'il est si excité de sortir. Les vidéos de soldats retrouvant leur famille. Les films d'amour. Une tasse de chocolat devant une cheminée en hiver, bien que la seule cheminée que j'aie pour l'instant soit le fond d'écran de ma télé. Les rires d'enfant. Le calme du petit matin avant que les rues ne deviennent trop bruyantes avec l'heure de pointe. Les médecins qui s'intéressent réellement à leurs patients. Ma maman. Les biscuits au gingembre. Toi.

– Moi ?

Je fis oui de la tête.

– Tu es à la fois une petite et une grande chose. (Il eut un petit sourire timide, que j'aurais voulu conserver le plus longtemps possible. C'était comme si l'enfant en lui ressortait.) Et toi ? Qu'est-ce qui te rend heureux ?

– Toi.

Je souris.

– Tu n'as pas le droit de dire ça parce que je viens de le dire.

– J'ai le droit de dire toi.

– Et quoi d'autre ?

– Toi.

– Moi et moi ?

Calme-toi, mon cœur.

– Toi et toi.

C'était la chose la plus douce à entendre et qui me donna une idée.

Je me levai et allai à mon bureau pour prendre un carnet et un stylo. Puis je retournai m'asseoir avec Aiden.

– Qu'est-ce que tu fais ?

– On va faire une nouvelle liste.

J'écrivis quelques mots dans le carnet, puis je le lui tendis. Un sourire apparut sur ses lèvres quand il lit :

Liste des choses à faire pour rendre Tom & Jerry heureux.

Je continuai :

– Je suis honorée d'occuper la première *et* la deuxième place sur ta liste. Cependant, nous allons en établir une autre comprenant des choses à essayer, afin que tu puisses allonger ta liste de sources de joie.

Il se mit à rire.

– Tu vas m'aider à être heureux ?

J'acquiesçai.

– Je vais t'aider à être heureux.

– Jerry ?

– Oui, Tom ?

– Je suis amoureux de toi.

– Je suis amoureuse de toi, moi aussi.

Ça n'avait jamais cessé. Ça n'avait jamais disparu.

Nous passâmes l'heure qui suivit à établir une liste de choses à essayer au cours des années à venir pour nous aider, Aiden et moi, à atteindre notre niveau ultime de bonheur.

- Faire du saut en parachute
- Inscrire Aiden à un cours de dessin pour rigoler
- Construire un château de neige
- Aller voir les aurores boréales
- S'inscrire à un cours de cuisine
- Dire non plus souvent
- Ne pas culpabiliser parce qu'on a dit non
- Voyager pour des raisons indépendantes du boulot
- Hailee est admise en master
- Se marier
- Avoir des enfants

En rédigeant cette liste, nous rigolions et c'était comme si nous avions de nouveau dix-sept ans, assis entre nos deux maisons, retombant amoureux l'un de l'autre. Être aimée de ce garçon, c'était bien.

– Je t'en veux un peu, je t'avoue.

– De quoi ?

– D'être encore plus beau que dans mon souvenir.

Il se mit à rire.

– Toi, tu es plus belle que quand je suis parti, ce qui n'est pas rien étant donné que tu as toujours été parfaite.

– Va te faire foutre !

– Ne te gêne pas, je t'en prie.

Mes joues s'embrasèrent.

– Je suis sérieuse, Aiden. J'ai l'impression que quand on a couché ensemble dans l'escalier, tout s'est passé si vite que je n'ai pas eu le temps de réfléchir. Maintenant, on ne peut plus coucher ensemble, parce que je réfléchirais trop. Ce n'est pas tous les jours qu'on couche avec Superman.

– Rien ne nous empêche de le faire tous les jours, Hailee. Je te promets, ce n'est pas une obligation.

Je ris.

– On ne va pas faire ça.

Il se rapprocha de moi.

– Tu sais quelle est la meilleure façon d'être à l'aise avec quelqu'un au lit ?

– Non, c'est quoi ?

– S'entraîner.

Je souris.

– Ah bon ?

Il se rapprocha encore et m'assit sur ses genoux. Promena sa bouche dans mon cou.

– Yep. Si tu ne réussis pas la première fois… (Il glissa une main entre mes jambes et commença à caresser l'intérieur de mes cuisses.) tu essaies encore, et encore. Je peux te promettre que tu n'auras pas le temps de réfléchir à quoi que ce soit une fois que tu m'auras laissé te pénétrer encore et encore et… (Ses lèvres se posèrent sur le lobe de mon oreille.) encore.

– Bon. (Mon cœur battait la chamade et mon désir devenait de plus en plus impérieux.) Alors, quand est-ce qu'on s'y met ?

***

Le lendemain matin en me réveillant, je vis que j'avais un milliard d'appels manqués et de textos de mes parents et de Kate. Aiden était encore endormi à côté de moi et les premiers rayons du soleil filtraient entre les rideaux. Lorsque j'ouvris le premier message, mon cœur bondit dans ma gorge.

Maman : Ne lis pas les articles.

Quoi ?

Quels articles ?

J'ouvris le message de Kate et une vague de souvenirs afflua de ma mémoire.

Kate : Ces gens sont des putains d'enfoirés. On les emmerde. Et d'abord, comment ont-ils obtenu ces photos de toi avec Aiden ? Ça veut dire qu'il y a un salopard d'informateur en ville.

Oh non !

J'allai sur internet et je tapai le nom d'Aiden. Les premiers articles qui arrivèrent montraient mon visage en gros plan. Exactement comme cinq ans plus tôt. Les photos les moins flatteuses qu'on puisse imaginer avec les titres « Le Prince d'Hollywood sort avec Miss Personne de Nulle Part ».

C'était accompagné de photos d'Aiden marchant à mes côtés. Aiden riant avec moi. Moi sortant de la chambre d'Aiden couverte de moutarde. Même des photos du soir où lui et moi nous étions disputés devant le Starlight Inn, après qu'il avait donné un coup de poing à Tommy.

Mais d'où venaient tous ces clichés ? Qui nous avait suivis partout, comme ça ?

J'eus la nausée en commençant à lire les commentaires postés à mon sujet. J'aurais dû refermer la page. Je n'aurais pas dû laisser ces commentaires pénétrer ma psyché. Et pourtant je poursuivis ma lecture. Je continuai d'absorber les mots par lesquels le monde me définissait.

Gros cul.

Répugnant.

Vous avez vu la taille de ses cuisses ?

Mes yeux s'emplirent de larmes, mais je ne pleurai pas tout en continuant de lire les commentaires. Aiden s'agita dans le lit et je lui tournai le dos. Il murmura quelque chose avant de m'enlacer pour m'attirer contre lui. J'enfouis mon téléphone sous mon oreiller.

– Il est trop tôt pour se réveiller, Hails, marmonna-t-il contre ma joue.

– Si, je dois aller au boulot un peu plus tôt. Monsieur Lee a besoin de moi.

– Ah, d'accord. Je vais me lever pour t'accompagner.

Il se redressa, mais je l'arrêtai.

– Ça va. Tout va bien, dis-je en me tournant vers lui.

Tout va bien.

Tout va bien.

Tout va bien.

Je l'embrassai doucement sur les lèvres.

– Je te verrai après le boulot. OK ? Dors encore un peu. Tu as eu une nuit agitée, plaisantai-je en essayant de ne pas montrer ma nervosité.

Il sourit et s'étira.

– J'espère bien recommencer avec toi la nuit prochaine. Tu es sûre que tu ne veux pas que je t'accompagne ?

– Ça va. Repose-toi. On se voit ce soir. N'oublie pas de fermer à clé en partant.

Il marmonna quelque chose d'inintelligible avant de serrer son oreiller dans ses bras et de se rendormir. Tandis qu'il se reposait tranquille, je me ruai dans la salle de bains et tirai le verrou. Cette situation me renvoyait à l'ado de dix-sept ans, effrayée, blessée, harcelée. Ma poitrine se serrait douloureusement sous l'effet de l'émotion. J'étouffais mes sanglots pour qu'Aiden ne les entende pas. J'étais anéantie. On continuait à dire ces mêmes choses horribles qui avaient été dites à l'époque. On continuait à m'insulter cruellement.

Je ne voulais surtout pas qu'Aiden se sente coupable pour ce qu'on disait. Je savais le mal que ça lui avait fait la dernière fois que j'avais été violemment attaquée sur internet. Je ne voulais pas le faire replonger.

Je m'autorisai à pleurer et à ressentir mes émotions.

S'il y avait une chose que j'avais apprise au cours de mes études et de ma thérapie, c'est que tous les sentiments sont légitimes et qu'il vaut mieux les accueillir que de faire comme s'ils n'existaient pas. J'avais aussi appris que pleurer n'est pas un signe de faiblesse, mais l'expression d'un sentiment.

Ensuite, je pris une profonde inspiration, tournai le robinet de la douche et me déshabillai. J'avais besoin de bousculer mon corps pour me replacer dans ma réalité. Qui était que, dans l'état actuel des choses, tout allait bien et que j'étais en sécurité. À ce moment-là, alors que l'eau coulait sur mon corps, je respirai profondément et m'enlaçai moi-même. Je me frottai les bras pour me réconforter. J'apaisai mon esprit, mon âme et mon corps.

– Je vais bien. Je vais bien. Je vais bien…

L'eau de la douche coulait sur moi et je me forçais à respirer régulièrement. Je répétais les mots en boucle jusqu'à ce que mon corps les croie. Je prenais de profondes inspirations et relâchais l'air longuement et ainsi je réussis à m'extraire de la panique qui me submergeait. Puis je m'habillai et partis au travail.

Lorsque j'entrai dans l'hôtel, Kate m'attendait à la réception. Elle me regarda, les larmes aux yeux. Je soupirai et lui fis un petit sourire contraint.

– Ça va. Ne pleure pas, Kate.

– D'accord, bredouilla-t-elle alors que les larmes coulaient déjà sur ses joues.

Cela ne fit qu'empirer les choses pour moi parce que, lorsque quelqu'un que j'aime pleure, cela me fait pleurer aussi. Je n'imposais pas les règles des émotions, elles s'imposaient à moi.

Elle se rua sur moi et me serra dans ses bras. Le réconfort, c'est aussi une chose qui me fait pleurer facilement.

– Je suis tellement désolée, Hailee. Quelle bande de connards !

– Ça va. Je vais bien.

Je continuai à le répéter en silence.

Je vais bien.

Je vais bien.

Je vais bien…

37
Aiden

Je fus réveillé par des poings tambourinant sur la porte d'Hailee. Je bâillai et m'étirai avant de me forcer à sortir du lit. J'enfilai rapidement un tee-shirt alors que les coups continuaient.

– Cendrillon, ouvre. C'est papa.

J'enfilai mon jean. Il ne manquerait plus que Karl me trouve nu dans l'appartement de sa fille encore une fois. J'allai à la porte et l'ouvris en souriant au père de Hailee.

– Bonjour Karl. Hailee est déjà partie au travail et...

– Qu'est-ce que tu fais là ? aboya-t-il en entrant en trombe dans l'appartement.

Bon. Je ne m'attendais pas à ça.

– Oh. Eh bien... euh... Hailee et moi, on s'est remis ensemble et...

– Je t'avais demandé de ne pas la faire souffrir de nouveau, cracha-t-il.

Je plissai les yeux.

– Oui, je sais, je ne l'ai pas fait.

Il souffla.

– Arrête tes conneries ! J'ai lu bien trop d'articles ce matin dans lesquels la presse se déchaîne sur ma fille, encore, comme ils l'ont déjà fait il y a cinq ans.

Ma poitrine se serra.

– Attends. Qu'est-ce que tu dis ?

– Des articles et des articles qui attaquent son physique et sa personnalité. Je te jure, Aiden, que t'as intérêt à régler ça.

J'ai vu ce que cette merde avait fait à ma petite fille il y a cinq ans, et je refuse de la voir revivre ça. Je refuse de rester là, à l'écouter s'endormir en pleurant tous les soirs ou se réveiller au milieu de terreurs nocturnes. Tu n'étais pas là. Tu ne l'as pas vue dans ses pires moments, quand tu es parti en Californie. C'est moi qui étais là pour la calmer. C'est moi qui ai dû l'aider à recoller les morceaux de son cœur brisé. Elle ne mérite pas de revivre ça. Si tu es incapable de la protéger contre ce genre de cruauté, alors je veux que tu la laisses tranquille. C'est mon bébé, Aiden. La prunelle de mes yeux. Elle ne mérite pas ça.

– Karl, je ne sais pas de quoi tu parles.

– Va voir sur Google ! hurla-t-il en levant les mains, furieux, avant de se retourner et de descendre les escaliers d'un pas décidé. Moi, je vais chercher ma fille.

Je me ruai sur mon téléphone en sentant la panique monter dans ma poitrine.

J'allai sur internet, cherchai mon nom, et des photos d'Hailee apparurent sur l'écran. Article après article prétendant tout connaître d'Hailee et expliquant qui elle était et faisant des commentaires sur son physique. Je déglutis avec difficulté en lisant ce qui était écrit concernant la personnalité d'Hailee. Les récits mensongers qu'internet inventait à propos d'elle.

J'avais l'impression d'être revenu cinq ans en arrière. Je ne pouvais qu'imaginer ce que Hailee traversait et ce qu'elle ressentait si elle avait vu ces articles. Son père avait raison, elle ne méritait pas ce que l'on disait d'elle.

Je m'habillai rapidement pour aller au Starlight Inn consoler Hailee. J'angoissais en me rappelant la façon dont elle était partie en vrille et avait sombré la dernière fois qu'elle avait subi de telles attaques. Je ne pouvais pas accepter l'idée que cela se reproduise. Je ne pouvais pas la voir subir une telle pression, tout ça parce qu'on l'avait vue avec moi.

Lorsque j'arrivai, Kate, son amie, était à la réception. Elle me sourit. Je vis tout de suite qu'elle était au courant de ce qui s'était passé.

– Bonjour, Aiden.

– Bonjour. Est-ce que tu sais où je peux trouver Hailee ?

– Elle est dehors, elle parle avec son père.

J'avalai ma salive.

– Comment elle va ?

– Franchement, je n'ai pas eu trop l'occasion de parler avec elle, avec le travail et tout ça.

Je hochai la tête et la remerciai. J'aurais voulu aller lui parler là, tout de suite, mais je savais que son père n'aurait peut-être pas apprécié de me voir.

– Dès qu'elle reviendra, tu pourrais lui demander de venir me voir dans ma chambre ? Il faut que je lui parle.

– Oui, bien sûr. Pas de problème.

– Merci, Kate.

– De rien. Et, Aiden ?

– Oui.

– C'est des cons sur internet. Tu n'y es pour rien.

Je fronçai les sourcils.

– Qu'est-ce qui te fait croire que je me sens coupable ?

– Parce qu'Hailee m'a beaucoup parlé de toi. Si tu es la personne qu'elle prétend que tu es, et je pense que c'est le cas, alors tu te sens coupable.

Je lui fis un petit sourire et la remerciai avant de monter dans ma chambre. À peine entré, j'enlevai mon blouson et me mis à arpenter la chambre. Je reçus des appels de mon équipe chargée des relations publiques pour discuter de la façon de présenter l'affaire. Ils me conseillèrent d'attendre et de voir venir. De ne faire aucune déclaration. Hailee m'envoya un texto pour me dire qu'elle passerait me voir dans ma chambre pendant sa pause déjeuner.

L'attente était insupportable.

J'avais l'impression qu'à chaque seconde qui passait, de nouveaux commentaires étaient postés sur la toile.

Quand, finalement, Hailee arriva, j'ouvris la porte et une vague d'émotions me submergea en la voyant devant moi.

– Salut, chuchota-t-elle avec un petit sourire.

– Salut. Entre.

Elle entra et referma la porte derrière elle.

– Écoute…

Nous l'avions dit en chœur et cela nous fit rire.

– Toi d'abord, dit-elle.

– Je suis désolé. Je suis désolé que ce merdier recommence, c'est un vrai cauchemar. Je suis désolé de toutes ces horreurs que les gens disent sur toi sur internet. Je suis désolé de tout ça. J'ai parlé à mon équipe chargée de mes relations publiques, et on met au point une stratégie pour…

– Non, interrompit-elle. On va juste laisser couler.

Mon cœur se serra.

– Quoi ? Non. Les gens n'ont pas le droit de parler de toi comme ça. Je sais à quel point cela a été dur pour toi il y a cinq ans et ton père a raison. C'est mon job de te mettre à l'abri de ce genre de trucs. Et si je ne suis pas capable de faire ça…

– Aiden. (Elle vint vers moi et me prit les mains dans les siennes.) Ce n'est pas ton job de le faire.

– Si.

– Non. Si tu penses que c'est nécessaire de faire une déclaration pour ton propre compte, pas de problème, fais-le. Mais si tu veux le faire à cause de moi, alors j'insiste, ne le fais pas.

– Mais…

– Je vais bien, affirma-t-elle. Est-ce que j'ai été choquée sur le coup ? Oui. Est-ce que ça m'a renvoyée à mes vieux complexes, de quand j'avais dix-sept ans ? Bien sûr, pendant un instant. Puis je me suis souvenue du chemin que j'avais parcouru. Je ne suis plus cette jeune fille, Aiden. Je ne me laisse plus démolir et terrifier par ce que le monde pense de moi, parce que je sais qui je suis et que j'ai profondément confiance en moi, à tel point que le bruit extérieur n'est plus qu'un léger bourdonnement.

J'avalai ma salive.

– C'est juste que je m'en veux. La seule raison pour qu'ils disent ces choses, c'est moi.

Elle posa la main sur ma joue.

– Je te choisis. À l'époque, j'ai été prise au dépourvu. Je ne savais pas ce qui m'arrivait, mais aujourd'hui j'ai déjà eu cette expérience avec les médias et je sais comment ça marche, à quel point c'est volatil. Alors cette fois, je dis OK à tout. Je choisis cette vie parce que je te choisis, toi. Ces histoires vont s'éteindre d'elles-mêmes. Internet trouvera vite quelqu'un d'autre à salir. Nous allons les ignorer, tous autant qu'ils sont, et ça ira très bien. Nous devons nous débrancher des réseaux sociaux et vivre notre vie. C'est comme ça que nous gagnerons, pas en entrant dans leur jeu.

J'appuyai mon front contre le sien, la gorge serrée.

– Mais ton père…

– Est humain, ce qui veut dire qu'il n'est pas parfait. Il a réagi de manière émotionnelle parce qu'il avait peur de voir sa fille souffrir à nouveau, mais je ne suis plus une victime. Je sais qui je suis. J'aime qui je suis. J'aime ce corps qui est le mien, dans toute son opulence. J'aime les rondeurs de mes hanches, et les bourrelets sur mon ventre, et mes vergetures. Je ne vis plus dans un monde où les autres ont la possibilité de me donner de nouveaux complexes parce que mon amour pour moi-même est si bruyant qu'il noie les bruits qu'ils font. Et tu sais pourquoi je suis capable de ça ?

– Non.

– Grâce à toi.

Elle me tira par la main vers le lit et me fit asseoir. Elle se tint devant moi et enleva ses chaussures et ses chaussettes. Elle se caressa les joues du dos de la main.

– Tu m'as dit que c'était beau.

Puis elle se mit à déboutonner son corsage, découvrant son soutien-gorge et son estomac. Elle fit courir ses mains sur ses bras, sur son ventre, sur sa poitrine.

Ses seins si beaux, si somptueux…

Je pourrais admirer son corps jusqu'à la fin de mes jours, et ce ne serait encore pas assez long.

– Tu m'as dit que tu aimais mes cuisses, dit-elle en retirant son pantalon.

Elle passa la main entre ses jambes et caressa doucement le tissu de sa culotte. Mes yeux étaient rivés sur chacun de ses mouvements, tout comme ma queue.

– Quoi d'autre ? demandai-je sans la quitter des yeux. Qu'est-ce que je t'ai dit d'aimer, encore ?

Elle dégrafa son soutien-gorge et le laissa tomber au sol. Ses seins magnifiques se libérèrent du tissu et je ne pensai plus qu'à une chose, prendre ses tétons entre mes lèvres et les déguster. Elle prit ses seins dans ses mains, et elle les massa, faisant monter d'un cran mon désir de la prendre là, tout de suite.

– Tu m'as appris à les aimer, et à aimer…

Elle glissa sa main libre dans sa culotte et aussitôt je fus à côté d'elle pour l'enlacer tandis que ma bouche se posait sur son cou. Je la fis reculer jusqu'à ce qu'elle soit appuyée contre le mur.

Une de mes mains rejoignit la sienne dans sa culotte.

Du bout des doigts, je la massai doucement et ses pupilles se dilatèrent alors qu'un gémissement silencieux s'échappait de ses lèvres.

Je plongeai deux doigts en elle.

– Tu as combien de temps pour déjeuner ? chuchotai-je dans son cou, en l'embrassant, la léchant, la suçant.

– Suffisamment, murmura-t-elle en arc-boutant ses hanches vers moi.

Cette réponse me convenait.

38
Hailee

Je débordai d'une demi-heure sur ma pause déjeuner, mais heureusement, Kate était tout à fait d'accord pour me remplacer. Alors que je me rhabillais après une pause déjeuner des plus réjouissantes, Aiden, assis au bord du lit, enfilait son jean.

Il me regarda et dit :

– Je peux te demander quelque chose ?

– Tout ce que tu veux.

– Comment as-tu fait ?

Sa voix était basse et timide et il se frottait la nuque.

– Fait quoi ?

– Pour devenir si contente de toi ? Je le vois bien. Je vois ta sérénité et je te l'envie. Je vois que tu aimes ta vie telle qu'elle est. Je voudrais ressentir ça, mais cela semble totalement inatteignable.

J'allai m'asseoir à côté de lui.

– Tu dois être plus égoïste. Tu dois te convaincre que ton bonheur et ta joie sont les choses les plus importantes qui soient, et tu dois faire tout ce qui est en ton pouvoir pour découvrir ce qui te rend heureux. Pour moi, c'était d'aider les gens. Pour toi, ça peut être n'importe quoi. La clé, c'est de rejeter tout le reste. Ce qui inclut tes parents, et moi. Tout ce que nous pouvons te dire n'a pas d'importance à ce moment-là. Les opinions de tout le monde font tellement de bruit qu'on a du mal à entendre nos propres pensées. C'est à toi de prendre le contrôle de ton navire et de le mener à bon port, parce que personne d'autre que toi ne sait comment fonctionne ton navire. Tu dois devenir si dévoué à toi-même que le bruit extérieur n'est plus rien qu'un murmure.

– Mais comment je fais ça ?

– Repense aux moments où tu t'es senti le plus heureux. Qu'est-ce que tu faisais ? Quelles étaient les choses que tu aimais faire ?

– J'adorais dessiner. Je ne le fais plus depuis un bon moment, à cause de ma carrière, mais j'adorais vraiment ça et je le faisais pour moi uniquement. La plupart des gens ne savaient même pas que c'était mon passe-temps préféré.

– Fais-le plus souvent. Et puis, essaie des choses nouvelles, des choses anciennes, essaie tout. Et un jour, tu vas te réveiller et la tristesse que tu ressens en ce moment ne sera plus pour toi qu'un lointain souvenir. Aiden…

Je pris sa main et la serrai légèrement.

– Rien ne t'oblige à être triste jusqu'à la fin de tes jours, mais si jamais tu l'étais, tu ne serais pas seul avec ta tristesse. Je serai là, avec toi, pour traverser chaque étape de ton voyage.

– Je ne te mérite pas.

– C'est ça qui est marrant avec le doute de soi. Il te ment toujours. (Je me penchai vers lui et effleurai ses lèvres d'un baiser.) Parce que la vérité, c'est que tu me mérites absolument, et que je te mérite aussi.

Aussitôt, je ramassai mes affaires et sortis furtivement de la chambre d'Aiden juste pour tomber sur Marna et Violet qui traînaient dans le couloir comme les serpents qu'elles étaient.

Je leur fis un grand sourire.

– Bonjour, Mesdames.

– Oh salut, Hailee. J'ai bien vu ? Vous sortez de la chambre d'Aiden ? dit Violet en plissant les yeux.

J'acquiesçai.

– Je pense que vous le saviez déjà. Vous auriez une minute pour bavarder un peu ?

Elles échangèrent un regard avant de répondre toutes les deux en même temps.

– Oui, bien sûr. D'accord.

Je les précédai en bas et les fis asseoir sur le canapé du salon de lecture. Je m'assis sur la table basse en face d'elles en croisant les jambes.

– Je pense que le moment est venu pour vous de régler votre note et de quitter le Starlight Inn, dis-je sur un ton détaché.

Marna haussa un sourcil.

– Je vous demande pardon ?

– Nous mettons un terme à votre réservation immédiatement. Je vous donne une demi-heure pour faire vos bagages, et ensuite vous partez.

– Quoi ? s'écria Violet, le souffle coupé. (Elle se redressa et fit une grimace.) Vous n'avez pas le droit de faire ça. Nous sommes des clientes, nous payons.

– C'est vrai, mais comme il est inscrit dans notre règlement, si vous créez des troubles qui gênent nos autres clients, nous nous réservons le droit de vous expulser de nos locaux.

– Mais nous n'avons rien fait ! fit remarquer Marna.

Je souris et me penchai vers elle. Je tapotai son poignet.

– Il est joli, ce bracelet.

Je sortis mon téléphone et lui montrai une des photos publiées par un tabloïd et que j'avais enregistrée ce matin. Sur le cliché qui nous montrait, Aiden et moi, on voyait apparaître un bras tendu avec un bracelet qui ressemblait étrangement à celui de Marna.

Elle eut l'air déconfite.

– Oh, putain.

– Je ne vous le fais pas dire.

– Tu étais censée vérifier les photos avant de les envoyer, gronda Violet.

– Je sais, je sais. C'est de ma faute. Ils ont bien payé pour ces photos. Et il y a un bon côté à cette histoire, vous n'êtes pas contente que ce soit de notoriété publique, maintenant ? Franchement, on vous a rendu service.

– Eh bien, maintenant, vous allez me rendre un autre service en allant faire vos bagages et en quittant la ville.

Violet haussa les épaules.

– La demande est légitime.

Elles se levèrent, chuchotèrent entre elles, puis Violet se retourna vers moi.

– Vous pensez qu'on pourrait faire un selfie avec Aiden avant de partir ?

– Dégagez !

Le ton les fit détaler comme les cafards qu'elles étaient.

Ensuite, je retournai à ma vie parce que je refusais de laisser le monde me voler le moindre moment de mon bonheur.

La meilleure chose qu'on peut faire pour être heureux, c'est de bloquer les opinions et les jugements qui proviennent du monde extérieur.

39
Aiden

Pendant les semaines qui suivirent, Hailee et moi continuâmes de tomber de plus en plus amoureux l'un de l'autre.

Je me sentais plus heureux que je ne l'avais jamais été et je le devais à la fille aux taches de rousseur qui m'avait laissé revenir dans sa vie. Lorsque nous ne faisions pas l'amour physiquement, nous faisions l'amour intellectuellement. Avec Hailee les conversations étaient plus fluides que jamais.

Mon père et moi n'avions pas beaucoup échangé, sauf superficiellement à Thanksgiving, et je ne l'avais fait que pour faire plaisir à ma mère. Elle n'insistait pas pour que je reprenne contact avec lui parce qu'elle savait tout le mal que ses choix avaient provoqué.

Le jour de Thanksgiving, Jake vint dîner, et papa lui donna encore de l'argent. C'était une chose que je n'arrivais pas à comprendre. Jake essaya de me taper aussi, mais j'avais dépassé le stade où je croyais devoir quelque chose à cet homme. Bien sûr, Jake fit toute une scène et me traita de connard égoïste. Disant que j'avais largement les moyens d'aider ma famille.

Moi je savais que ma famille, c'était bien plus que ce que Jake avait jamais été pour moi. Malgré tout, je continuais à ne pas comprendre pourquoi papa persistait à nourrir la brute. Au fil des années, il lui avait donné plus d'argent qu'il n'était raisonnable, d'autant que ça ne servait qu'à pourvoir aux mauvaises habitudes de Jake. C'est ce jour-là, le jour de Thanksgiving, quand papa sortit son portefeuille, que je réalisai à quel point l'amour peut être toxique. Mon père donnait et donnait encore à son cousin et ne recevait que désillusion en retour. Chaque fois qu'il donnait à Jake, c'était comme s'il faisait sauter un petit éclat du cœur de ma mère. Elle n'en parlait pas beaucoup, mais si mon père avait pris le temps de regarder dans ses yeux, il n'aurait pas eu de mal à le voir.

– Parfois, j'ai l'impression que c'est un étranger, m'avoua-t-elle le soir de Thanksgiving après un verre de trop. Comme si l'homme que j'ai épousé et celui qu'il est devenu étaient deux personnes différentes.

Je pouvais comprendre.

Il me paraissait différent, à moi aussi.

Il essaya de me forcer à lui parler, mais je dressai une barrière en lui disant que je viendrais vers lui lorsque je serais prêt. Que je n'en étais pas au point où je voulais discuter avec lui de ce qu'il avait fait.

Avec l'arrivée de décembre, les températures se firent plus fraîches et la première neige arriva. Plus on se rapprochait de la nouvelle année, plus je me prenais la tête au sujet de mon retour à Los Angeles. Comment allais-je faire pour quitter cette petite ville où résidait la femme que j'aimais ? Loin du monde d'Hollywood, je me sentais beaucoup mieux que j'aurais cru. Une majeure partie de moi-même ne voulait pas y retourner.

Un après-midi, je reçus plusieurs appels répétés de mon père alors que je raccompagnais Hailee chez elle à pied après sa journée de travail. Le temps tournait au blizzard et, franchement, on aurait mieux fait de prendre la voiture. Ses joues étaient glacées et rosies par le froid. Je l'enlaçai et la serrai contre moi pour essayer de la réchauffer.

– Je trouve que ce n'est pas très correct de la part de ton père qu'après que tu as clairement signifié la barrière que tu mettais entre lui et toi, il multiplie les tentatives dans ta direction.

– Ouais, ben, mon père n'a jamais été habitué à ce qu'on mette des barrières contre lui.

– Tu sais ce qu'on dit, ceux qui ont le plus de mal à accepter les barrières que vous érigez sont probablement ceux qui ont le plus profité de vous avant qu'elles n'existent.

Je souris et l'embrassai sur le front.

– Oh oui, Hails. Joue à la psy avec moi. Ça m'excite.

– Tu es un idiot, mais je t'adore, alors ça va.

Elle me demanda si je passais la nuit chez elle, mais j'avais du travail qui m'attendait à l'hôtel, donc je la quittai là avant de retourner au Starlight Inn. En arrivant, je trouvai mon père qui m'attendait dans le hall.

La contrariété me serra l'estomac.

– Papa. Qu'est-ce que tu fais là ?

– J'ai essayé de t'appeler.

– Ouais je sais, mais je t'ai dit que j'avais besoin de temps et d'espace. Je ne suis pas prêt à avoir cette conversation.

– Je sais, mais… c'est juste que… ta mère et moi, nous nous sommes disputés ce soir. À propos de Jake et du fait que je l'ai toujours aidé financièrement. Je sais que c'est un sujet épineux, mais je le fais par affection. Ce sont des bons sentiments qui m'animent. Ta mère voit les choses différemment.

– Ça peut se comprendre, non ? À un certain moment, on a plutôt l'impression que tu encourages ses mauvais penchants.

– Je sais… c'est juste que… il a fait beaucoup pour moi. Pour nous.

– Qu'une personne fasse une bonne action une fois ne lui donne pas le droit de profiter de toi éternellement.

Il fit une grimace.

– Je sais, je sais.

Il enfonça les mains dans ses poches.

– Ce n'était pas la seule raison de notre dispute.

– Ah bon ?

– Ta mère a mentionné le fait qu'elle t'a donné une lettre venant de ta mère biologique.

Je me tendis.

– Oui, c'est vrai.

– Qu'est-ce qu'elle disait, cette lettre ? demanda-t-il, visiblement inquiet. De quoi elle voulait te parler ?

– Je n'en sais rien. Je ne l'ai pas encore lue.

Il se pinça l'arête du nez et hocha la tête.

– Ne la lis pas, Aiden.

– Pardon ?

– Ne lis pas cette lettre. Rien de bon ne peut en sortir. Cela ne ferait que te faire souffrir et provoquer de nouveaux traumatismes, ou faire du mal à ta mère qui aurait l'impression qu'elle est moins ta mère. Rien de bon ne peut venir de la lecture de cette lettre. Tu comprends ?

Je ne répondis pas. Je ne savais pas quoi dire.

– J'ai des trucs à faire.

– Ouais… OK. D'accord. En fait, j'ai pris une chambre ici pour cette nuit. Ta mère ne voulait pas de moi dans la maison. Si jamais tu veux me parler, je serai chambre quinze. Bonne nuit. On se parlera plus tard.

Il alla dans sa chambre, me laissant planté là avec un étrange sentiment de confusion.

J'avais beau avoir du travail, je savais que je ne serais pas capable de me concentrer et je voulais m'assurer que maman allait bien, donc je décidai d'aller la voir. La dispute avait peut-être été plus grave que mon père ne me l'avait laissé entendre si maman avait voulu qu'il passe la nuit à l'hôtel.

Lorsque j'arrivai, maman vint ouvrir la porte. Elle souriait, mais je ne fus pas dupe. Je la serrai contre moi pour l'embrasser et elle soupira.

– Il t'a parlé de notre dispute ?

– Oui. À propos de Jake.

– Il n'y avait pas que ça... (Elle soupira et ferma les yeux.) Aiden... je lui ai dit que je voulais divorcer.

– Quoi ?

– Je lui ai dit que je voulais reprendre ma liberté. La vérité, c'est qu'il y a longtemps que nous ne sommes plus heureux. Avant, je me disais que si je partais, j'allais briser cette famille alors que j'avais tant prié pour l'avoir. Mais je ne peux pas continuer à faire semblant d'être heureuse avec lui. Il n'est pas l'homme que je croyais avoir épousé, ce qui n'est pas grave en soi. Mais c'est juste... (Elle ferma les yeux.) Je ne peux pas continuer à faire des compromis en espérant qu'il va finir par changer. J'ai l'impression d'être une mère horrible, de briser notre famille.

– Non, la grondai-je en l'emmenant s'asseoir sur le canapé. Tu as toujours été une mère formidable. Je ne veux pas que tu en doutes. Je ne voudrais jamais que tu restes dans un mariage malheureux. Ton bonheur passe avant tout, maman.

Des larmes roulèrent sur ses joues.

– Merci. J'avais besoin d'entendre ça. J'avais peur que tu changes d'opinion sur moi.

– Jamais. Et c'est bien pour ça que je sais que papa avait raison au sujet de la lettre.

– Que veux-tu dire ?

– Il m'a dit de ne pas la lire. Que cela te ferait trop de mal et douter de notre relation. Donc je ne la lirai pas. Je n'ai pas besoin de savoir qui est ma mère biologique... tu es la seule qui compte vraiment.

– Aiden. (Elle prit mes mains dans les siennes et me regarda droit dans les yeux.) Ne t'avise pas de ne pas lire cette lettre. Je veux que tu rentres chez toi et que tu la lises. Le fait que tu saches ce qu'elle contient ne va rien changer pour moi. Je sais quelle place j'occupe dans ta vie. Je sais que nous nous aimons. Je connais la force de notre amour. Alors n'écoute pas ton père. Promets-moi d'ouvrir cette lettre aussitôt rentré.

– Maman…

– Promets-le moi, Aiden.

Je soupirai, mais je promis.

***

Je retournai à l'hôtel où je sautai dans ma voiture pour aller chez Hailee. En ouvrant la porte, elle vit immédiatement que quelque chose n'allait pas.

– Qu'est-ce qui se passe ?

– Est-ce que tu crois que tu pourrais me rendre un service ce soir ?

– Tout ce que tu veux. De quoi s'agit-il ?

– J'ai besoin de quelqu'un à mes côtés pendant que je lis la lettre de ma mère biologique.

Ses yeux s'assombrirent, mais elle répondit sans hésiter.

– Bien sûr. Je suis là.

Elle me fit monter chez elle. Je me sentais idiot d'être aussi nerveux. C'était juste une lettre. Ni plus ni moins. Malgré tout, j'avais l'impression que le monde tout entier pesait sur cette lettre. Comme si toutes les clés ouvrant sur mon passé étaient dans cette enveloppe, écrites noir sur blanc.

– Tu es prêt ? demanda Hailee.

Je pris place à côté d'elle sur le canapé.

– Pas du tout, mais le serai-je un jour ? On y va.

Je décachetai l'enveloppe et dépliai la lettre dévoilant mon passé. Malheureusement, elle n'était pas très longue. Apparemment, ma mère biologique n'aimait pas trop parler – ou écrire, en l'occurrence. Je parcourus les quelques paragraphes avec une incrédulité grandissante à mesure que j'en lisais les mots.

– Qu'est-ce qu'il y a ? demanda Hailee. Qu'est-ce qu'elle dit ?

Je lui passai la lettre et regardai fixement devant moi, sans savoir quoi penser. Sans savoir comment réagir.

Hailee entreprit de la lire à haute voix.

– Aiden, avant toute chose, je suis contente de savoir que ton père a conservé ton nom. Quand j'ai découvert que je t'attendais, j'ai parcouru un dictionnaire de prénoms pendant une semaine. Je savais que je ne te garderais pas, mais quand j'ai lu le nom Aiden, j'ai su qu'il était pour toi. Cela veut dire « petit feu ». C'est une bonne description de ce que j'ai fait et ferai probablement toute ma vie. J'allume des petits feux partout où je vais et je ne les éteins jamais. Je rends difficile la vie des gens à cause de mon égoïsme. Donc je ne m'approcherai jamais de toi. Tu étais le petit feu que j'ai empêché de se propager. Tu as été circonscrit et maîtrisé, confié à une famille stable. Ce qui, curieusement, est sans doute la seule chose que j'ai jamais réussie.

Je t'ai vu à la cérémonie des Oscars. J'ai aussi vu tous tes films. Bravo, Aiden. Bravo. Égoïstement, j'aime à penser que tu as mes yeux, mais je sais qu'ils ressemblent beaucoup plus à ceux de ton frère.

Ce qui m'amène au point suivant. Tu as un frère qui vit en Californie.

Il s'appelle Damian Blackstone. Très récemment, il a appris qui j'étais. Alors que je n'ai aucun désir de te rencontrer en personne parce que je sais que cette rencontre ne ferait qu'attiser ton petit feu et le propager, je crois qu'il ne serait pas juste que tu ne connaisses pas ton frère. Au dos de cette lettre tu trouveras l'adresse de l'endroit où il travaille. Tu en feras ce que tu voudras.

Je te souhaite tout ce qu'il y a de mieux, Aiden. Je t'appellerais mon fils si je ne savais pas que ce privilège revient à quelqu'un d'autre. Prends soin de ceux qui sont restés à tes côtés. Ils méritent d'être protégés.

Catherine

Catherine.

Elle s'appelait Catherine.

– Un frère ? Tu as un frère ?

Un frère du nom de Damian Blackstone.

40
Hailee

Il avait un frère.

Je n'avais pas encore réussi à me mettre ce petit détail dans la tête, pas plus qu'Aiden lui-même, j'en étais sûre.

Il n'avait pas beaucoup dormi. Lorsqu'il s'était réveillé, il n'avait pas mentionné la lettre. Il était simplement parti à la salle de gym pour s'entraîner. Je lui avais envoyé plusieurs messages dans la journée, mais je n'avais pas reçu de réponse. Je le connaissais assez pour savoir qu'il était dans ses pensées. Mais je n'allais pas lui mettre la pression pour qu'il me parle. Parfois les gens ont besoin de réfléchir avant d'être prêts à parler de ce qui les préoccupe.

Pendant ma pause déjeuner, j'avais envoyé un texto à Laurie pour savoir si elle était chez elle et si elle était d'accord pour discuter. Je fus soulagée lorsqu'elle me répondit de passer, et donc j'allai directement chez elle.

– Bonjour Laurie, comment ça va ?

Elle me sourit et me serra dans ses bras. Aussi bizarre que ça puisse paraître, elle et son fils avaient le même sourire. Le genre de sourire qui vous donne la sensation d'être aimé.

– Ça va, ma puce. Est-ce qu'Aiden a lu la lettre ?

Je fis oui de la tête. Elle soupira.

– Comment va-t-il ? Est-ce qu'elle lui a apporté les réponses qu'il cherchait ?

– Je n'en suis pas sûre. Apparemment, elle ne tient pas à le rencontrer, mais elle a largué une bombe, il a un frère aîné.

– Un frère ?

– Ouaip. Il s'appelle Damian et il vit en Californie. J'imagine que c'est un promoteur immobilier prospère.

– Aiden a toujours rêvé d'avoir un frère. (Ses yeux s'embuèrent, mais elle ne pleura pas.) Il est triste, c'est ça ?

– Oui. Et paumé.

– Je l'ai convaincu de venir passer quelques mois ici parce que j'avais senti qu'il était malheureux. Je sentais qu'il était submergé par ces idées noires dont il ne parle pas. La plupart des gens ne s'en rendent pas compte, mais toi si, Hailee, je le sais. Tu veux me rendre un service ?

– Tout ce que tu veux.

– Quand tu verras qu'il recommence à se replier sur lui-même, quand tu le verras s'aventurer vers ces régions obscures, je te demande de l'aider à s'en sortir. Je te demande de protéger mon fils.

Je fronçai les sourcils.

– Oui, bien sûr. Mais comment faire ?

– De la même façon que tu l'as aidé ces derniers mois… en étant là. En restant. Tu es son étoile polaire, Hailee. Tu lui montres le nord. Tant que tu seras là pour lui, il retrouvera toujours son chemin.

Ce soir-là, je restai tard à l'hôtel pour attendre Aiden. Quand il finit par arriver, il avait les yeux rouges, signe évident qu'il avait pleuré, mais je ne lui posai pas de question.

– Hé, salut. Tu n'as pas répondu à mes messages.

– Oui. Désolé. J'avais besoin d'être seul.

En m'approchant pour le serrer dans mes bras, je sentis le bourbon dans son haleine.

– Allons en haut.

Il ne déclina pas ma proposition et je le conduisis à sa chambre. Une fois à l'intérieur, il referma la porte derrière lui.

– Tu as bu ?

– Oui.

– Tu es triste.

– Ça va.

– Tu es triste.

Il fit une grimace.

– Ça va. J'avais l'intention de me coucher, donc…

– D'accord.

Sans lui demander son avis, je montai dans le lit.

– Non, Hails. Tu ne m'as pas compris. Je veux être seul.

– Oui. (Je retirai mes chaussures.) Et tu le seras. (Je tirai les couvertures et me glissai dessous.) Je sais qu'il t'arrivera de vouloir être seul. Et je respecterai ta volonté. Mais pas ce soir, Aiden. Pas après les moments difficiles que tu viens de vivre. Donc, ce soir, nous allons être seuls ensemble.

Je tapotai le matelas à côté de moi.

Il soupira, mais vint vers moi. Il monta sur le lit et à peine était-il installé qu'il m'enlaça et m'attira contre sa poitrine. La pièce parfaite de mon puzzle.

Il appuya son front contre le mien.

– Je suis triste et paumé.

– Tu as tout à fait le droit de ressentir ça.

– Je n'arrête pas d'aller et venir dans ma tête, je ne sais pas quoi faire. Est-ce que je devrais rencontrer ce type ? Si je le fais et que c'est une déception ? Si je le rencontre et qu'il est juste comme Jake, ou pire ? Et s'il ne fait qu'ajouter du drame dans ma vie ?

– Oui, je comprends. Mais si c'était mieux que ce que tu imagines ?

Il ne répondit pas, mais je sentis son corps se détendre à cette idée.

– Hailee Jones ?

– Oui ?

– Merci d'être seule avec moi. (Il m'embrassa sur le front et me serra plus fort.) J'avais vraiment besoin qu'on soit seuls ensemble.

***

Les jours qui suivirent, Aiden vint habiter chez moi pour que je puisse m'assurer qu'il allait bien. La veille de Noël, je me réveillai en pensant le trouver dans le lit à côté de moi. À la place, je trouvai un petit mot.

Hails, j'ai décidé sur un coup de tête de réserver un vol pour Los Angeles pour rencontrer mon frère. Je serai rentré le jour de Noël. Je t'aime. Tom

Je relus ces lignes plusieurs fois, le cœur battant de plus en plus vite. Il allait rencontrer son frère. Je regrettai de ne pas être dans cet avion avec lui, mais peut-être que c'était une chose qu'il devait faire seul.

Je m'arrangeai pour m'occuper, mais je gardai mon téléphone à portée de main pour le cas où Aiden éprouverait le besoin de m'appeler afin que je lui assure d'une manière ou d'une autre que tout allait bien se passer.

Je me rendis chez mes parents pour aider maman et Laurie à préparer le repas du soir et le grand dîner du lendemain. Laurie avait accepté que Samuel rentre à la maison, mais la tension entre eux était palpable. Elle devint encore pire lorsque Jake se pointa pour le réveillon sans avoir été invité.

Laurie ne le renvoya pas, même s'il était évident qu'elle en mourait d'envie. Je me sentais mal pour elle. Elle ne pouvait pas supporter cet homme. Samuel semblait avoir atteint le point de rupture avec son cousin, lui aussi, et il l'entraîna dehors pour avoir une conversation.

– Hailee, tu veux bien sortir la poubelle ? Elle est pleine, me demanda maman quand j'eus fini de couper les légumes.

Je sortis le sac de la poubelle et l'emportai dans le jardin. Alors que j'approchai des containers, j'entendis des éclats de voix provenant de la maison d'à côté. Je m'arrêtai et me dissimulai derrière le mur du garage de mes parents pour écouter.

– J'en ai rien à foutre, Jake. Tu ne peux pas rester. Ma femme me menace de divorcer. C'est fini, je ne te donnerai plus de fric.

J'avais la gorge serrée en les écoutant.

– Mais tu me le dois ! À moins que tu aies oublié pourquoi tu as pu garder ta femme jusqu'à aujourd'hui ? Si Laurie connaissait la vérité, ça fait des années qu'elle t'aurait largué. Je ne te demande que quelques centaines de dollars et…

– Non, Jake. C'est fini. Je t'ai largement remboursé pour ce que tu as fait. Tu ne dois plus venir ici.

– Ça, ça m'étonnerait, et je te préviens, si tu ne me donnes pas ce que je te demande, je dirai tout à Laurie. Je lui raconterai comment, quand tu es venu me voir à Los Angeles…

– Ça suffit ! Arrête ça, Jake.

Mais Jake n'arrêta pas. Et à mesure que je l'écoutais, mon cœur battait de plus en plus fort dans ma poitrine.

– Soi-disant pour passer une audition, mais que tu étais tellement bourré que tu n'y es pas allé. Que tu as baisé une nana sur mon canapé et que tu l'as mise en cloque. Et qui a arrangé ce bordel pour toi ? Qui a eu l'idée de mentir pour que ta femme n'apprenne pas que tu l'avais trompée ? C'était moi ! Tu n'aurais pas la vie que tu as si je n'avais pas prétendu que j'étais le père d'Aiden, pour que tu ne passes pas pour le salaud. Alors, tant que je n'aurai pas ce que je veux, je continuerai à venir et…

Je lâchai le sac-poubelle qui fit un grand bang en tombant.

Les deux hommes se turent.

– C'était quoi, ça ? demanda Samuel.

Je mis la main sur ma bouche en essayant de faire le moins de bruit possible, mais je fus prise de panique lorsque Samuel et Jake passèrent le coin de la maison et me virent.

– Hailee, dit Samuel.

– Oh merde ! marmonna Jake en se passant la main dans les cheveux. Tu crois qu'elle nous a entendus ?

– T'es con ou quoi ? Bien sûr qu'elle a entendu. Va-t'en, Jake.

Jake se redressa.

– Et mon argent ?

– Dégage ! aboya Samuel.

Jake grommela un peu et partit en titubant, me laissant seule avec le père d'Aiden.

Son père.

Son père biologique.

Oh, mon Dieu.

Samuel fit la grimace et se pinça l'arête du nez.

– Hailee, je…

– Tu es son père, dis-je le souffle coupé. Tu es le père biologique d'Aiden.

– Tu ne dois le dire à personne, je te l'interdis.

– Pardon ?

– Tu ne dois pas le dire à Aiden. Cela doit rester entre nous. Sinon, sa vie sera foutue. Tu ne dois parler à personne de ce que tu as entendu.

Et, juste comme ça, j'étais renvoyée cinq ans en arrière. J'étais cette adolescente terrifiée à l'idée de détruire le monde de l'amour de sa vie. Samuel me demandait de trahir Aiden encore une fois. Seulement, cette fois, je ne me laisserais pas faire. J'étais plus intelligente et plus sage. Je n'étais plus la petite fille apeurée que j'étais à l'époque.

– Non.

Il me regarda fixement, éberlué.

– Je te demande pardon ?

– J'ai dit non. Je ne vais pas lui cacher ça. Je l'aime, Samuel, et il y a des années tu m'as persuadée que si je l'aimais, je devais lui mentir en prétendant que je n'avais pas de sentiments pour lui pour le convaincre de partir poursuivre ses rêves. Je lui ai menti et j'ai brisé mon propre cœur en essayant de faire ce que je croyais bien. Je n'étais qu'une gamine qui voulait ce qu'il y avait de mieux pour lui. Mais cette fois-ci, je refuse de t'écouter. À l'époque, je croyais que tes choix étaient faits dans l'intérêt de ton fils, mais maintenant je vois que c'était uniquement dans le tien. Tu es un homme égoïste, méchant, et je ne vais pas cacher ça à Aiden. Dès qu'il sera rentré, je le lui dirai.

– Je le lui dirai moi-même. Dès qu'il sera là, je lui dirai la vérité. Que ça vienne de moi. Au moins donne-moi cette chance.

Je ne voulais lui donner aucune chance. Je ne voulais plus le voir. Il avait exploité et abusé son fils pendant toutes ces années, moulant la vie d'Aiden dans son monde rêvé à lui, Samuel. Il avait regardé son fils se débattre et pleurer sur sa relation ratée avec Jake. Il avait assisté aux crises d'angoisse d'Aiden quand il était petit et que Jake le laissait tomber, uniquement parce qu'il ne voulait pas passer pour le méchant.

Il avait laissé son fils vivre des traumatismes parce qu'il était trop égoïste pour dire la vérité.

Cette fois, je ne serais pas son bouc émissaire.

Cette fois, il ne pourrait plus continuer à payer Jake pour qu'il ferme sa bouche.

– Je t'en prie, Hailee, supplia Samuel les larmes aux yeux. Aiden est peut-être en train de faire la connaissance de son frère en ce moment, ce qui doit être une épreuve pour lui. Je ne veux pas que ceci marque nos Noëls pour le reste de notre vie. Donne-moi jusqu'au lendemain de Noël. Alors je lui parlerai. Mon univers est sur le point de partir en fumée. Au moins fais-moi la grâce d'être celui qui allume l'incendie.

Je fis une grimace en croisant les bras et en redressant la tête. Cet homme n'aurait plus jamais le pouvoir de me faire me sentir petite. Pourtant je ne voulais pas que tous les Noëls à venir portent la cicatrice de cette révélation que le père d'Aiden était… son père. C'était un nouveau genre de traumatisme à déballer.

– Tu as jusqu'au vingt-six. Je n'attendrai pas une seconde de plus.

Il soupira et se pinça l'arête du nez.

– On est d'accord.

41
Aiden

Damian Blackstone, c'était bien plus cool qu'Aiden Walters comme nom, il fallait bien le reconnaître.

J'avais fait une recherche sur internet pour savoir à quoi il ressemblait et, ben, il ressemblait... à moi. Ça faisait bizarre. Catherine avait raison, j'avais ses yeux.

Une fois arrivé devant son bureau, je fis les cent pas dans la rue pendant un bon moment. Je pouvais le voir dans son espace de travail. À la façon dont je rôdais à l'extérieur de son bâtiment, je me faisais l'effet d'être un harceleur. Je ne parvenais pas à rassembler assez de courage pour entrer et lui parler. J'avais trop le trac. Et donc je fus pris au dépourvu lorsqu'il sortit. Je paniquai en le voyant fermer la porte à clé, et je l'interpellai.

– Hé, Damian ? Vous êtes bien Damian Blackstone ?

Il se retourna pour me regarder. Il sembla tout d'abord surpris, mais tranquille et confiant.

– Oui, c'est moi. On se connaît ?

Je ris nerveusement en me frottant la nuque, j'avais probablement l'air d'un fou.

– En fait vous, vous ne me connaissez pas. Bon, je veux dire... Merde. (Je ne trouvais pas mes mots, ce qui rendait la situation encore plus embarrassante.) Pour tout dire, il y a peu, moi aussi j'ignorais tout de votre existence.

– Ben alors, pourquoi vous êtes là ?

– C'est dingue, en fait. Normalement je devrais être à Chicago avec ma famille en pleins préparatifs pour la fête de demain, mais il fallait que je vienne. Il y a quelque temps, j'ai reçu une lettre d'une femme prénommée Catherine. Elle me parlait de vous, et me parlait de… moi. J'imagine que ce que j'essaie de dire, c'est que je suis Aiden. (Je pris une profonde inspiration et levai les mains en signe de reddition.) Votre petit frère.

Damian cligna des yeux, l'air incrédule, avant de marmonner dans sa barbe :

– Cette foutue Catherine ! (Il se pinça l'arête du nez et me regarda.) Alors, comme ça, on est parents.

– Je suppose que oui.

– Frères ?

– Ouais.

– Oh !

Il se racla la gorge et me regarda d'un air grave. Mêmes yeux bleus. Même nez, aussi.

– C'est pas trop mon truc de gérer ce genre de situation. Les sentiments et tout ça. Et j'aime pas être pris au dépourvu, j'avoue.

Mon cœur se serra. Visiblement, mon attaque surprise n'était pas une bonne idée.

– Non, bien sûr. Je comprends. Je suis désolé. En plus, c'est la veille de Noël et vous avez sûrement plein de choses à faire. Je vais vous laisser tranquille.

Je tournai les talons et commençai à m'éloigner.

– Aiden.

Je me retournai.

– Oui ?

Il glissa les mains dans les poches de son caban.

– Je n'avais pas terminé.

– Oh…

Il s'avança vers moi.

– Les émotions et tout ça, c'est pas mon truc, mais j'ai une maison pleine de gens qui sont mieux équipés pour nous aider à gérer cette situation. Tu avais des projets pour ce soir ?

– Euh… à part cette rencontre, non.

– Parfait. (Il me donna une petite tape dans le dos.) Il y a trois femmes chez moi qui préparent suffisamment à manger pour nourrir une armée, deux meilleurs amis qui sont connectés à leurs émotions – enfin un au moins – et une chambre d'amis avec ton nom dessus. Allons-y, frère.

Frère.

Il ne se rendait pas compte à quel point le simple fait de l'entendre prononcer ce mot apaisait la crise d'angoisse que je traversais.

– Tu as ça souvent ?

– Quoi ?

– Ces attaques de panique ?

Comment avait-il… ?

– Ne te prends pas la tête, dit-il en arrivant à sa voiture. C'est juste que je suis vachement bon pour déchiffrer les gens. Tu me suis avec ta voiture ?

Damian vivait dans une énorme propriété en bord de mer, avec une immense villa, des courts de tennis, des terrains de basket et une piscine olympique. L'aménagement des jardins était grandiose et, malgré sa taille, la maison dégageait une chaleur étonnante.

On voyait tout de suite que c'était un vrai foyer et pas seulement une villa. Il régnait beaucoup d'amour à l'intérieur de ces murs.

Il y avait des voitures garées un peu partout dans l'allée et, une fois descendus des nôtres, il me regarda.

– Tu es à l'aise quand il y a beaucoup de monde ?

– Oui. Je peux l'être.

– Qu'est-ce que tu penses des mômes ?

– Je les adore.

– Tant mieux, parce qu'il y a environ cinquante millions de mouflets qui courent partout, une épouse enceinte dominée par ses hormones et prénommée Stella qui va probablement se mettre à pleurer en te voyant, et nos deux couples de meilleurs amis qui sont venus avec leur collection personnelle de marmots.

– C'est ce qu'on appelle passer des bons moments.

– Ou héberger un cirque, selon le point de vue où l'on se place. Viens.

Damian monta avec moi les marches menant au porche et au moment où il ouvrait la porte, deux enfants passèrent devant nous en courant.

– Doucement, bande de crétins ! beugla Damian.

– Pardon, tonton Damian ! cria la fille.

– Ouais, pardon, papa ! dit le garçon avant de se remettre à courir.

– Tu es rentré ! dit une belle femme en venant vers Damian. (Elle l'embrassa avant de se tourner vers moi.) Et tu as amené un… copain ? questionna-t-elle en me souriant.

– Un frère, corrigea Damian. (Il fit un geste de la main dans ma direction.) Je te présente mon frère Aiden.

– Ton frère ? demanda Stella, ébahie.

– Apparemment cette bonne vieille Catherine a eu un autre enfant, expliqua Damian. Tu sais à quel point elle est douée pour les cachotteries.

Les yeux de Stella s'embuèrent sous le coup de l'émotion. Elle mit sa main devant sa bouche.

– Oh, c'est énorme, tu as un frère ! s'exclama-t-elle sans pouvoir retenir ses larmes.

– N'en fais pas trop, il n'y a aucune raison de pleurer, dit Damian à sa femme.

– Je n'en fais pas trop ! répliqua-t-elle en lui donnant une petite tape sur la poitrine.

Puis elle prit le visage de son mari entre ses mains.

– Toi qui as toujours voulu avoir un frère.

– Oui. Je sais.

Elle l'embrassa, puis se retourna. Elle se rua sur moi et me prit dans ses bras pour une accolade avant de m'accueillir à bras ouverts. Puis elle prit mon visage entre ses mains et sourit.

– Il a toujours voulu avoir un frère.

– Moi aussi.

– Oh, c'est incroyable. Vous vous ressemblez vachement tous les deux. C'est dingue.

– Qu'est-ce qui est dingue ? demanda quelqu'un qui entrait dans la pièce.

En me voyant, il faillit lâcher le verre qu'il tenait à la main.

– Oh, putain !

– Qu'est-ce qu'il y a ?

– Qu'est-ce qu'il y a ?! Mec ! Qu'est-ce que Superman fait dans ton salon ? Oh, putain !

Damian haussa un sourcil.

– Superman ?

– Mec. Tu te fous de moi, là ?

Le gars se précipita vers moi et se mit à me serrer la main.

– Aiden Walters ? Je m'appelle Connor. Je suis totalement fan de ce que vous faites. Vous êtes génial, putain. Je veux dire, ne vous méprenez pas, je suis plutôt Marvel que DC, mais vous allez faire un Superman absolument génial. J'adore cette série de films, et putain de merde ! Mais que fait Superman chez toi ?!

Je me mis à rire devant son étonnement et son enthousiasme.

– Aiden, je te présente mon meilleur ami, Connor. Connor, voici Aiden… visiblement, tu le connais déjà.

– Tu parles que je le connais !

Il me donna une tape dans le dos comme si on était les meilleurs potes du monde. Je n'allais pas mentir. Cet accueil apaisa une bonne part de mes inquiétudes.

– Et c'est aussi mon frère, ajouta Damian.

Connor ouvrit de grands yeux.

– Ton frère ?

Damian acquiesça.

– Yep.

– Ton frère, c'est Clark Kent ?

– J'imagine que oui.

Connor gémit et leva les mains.

– Pourquoi c'est toujours à toi qu'il arrive des trucs cool ? Tu hérites d'une super baraque de ton père, en plus d'un tas de pognon, et maintenant Superman, c'est ton frère ? C'est énorme. Attends que je le dise à Aaliyah… oh merde ! (Il tourna les yeux vers moi et un éclair de panique traversa son regard.) Vous ne pouvez pas rester là.

– Je vous demande pardon ?

– Pourquoi tu dis ça, Connor ? demanda Stella.

– Non, ne vous méprenez pas. Vous êtes génial, et je suis un grand, grand fan. Mais ma femme, Aaliyah ? Elle est complètement dingue de vous. Vous êtes son laissez-passer.

– Son laissez-passer ? demanda Damian.

– La seule vedette avec laquelle ton conjoint serait autorisé à coucher si il ou elle en avait l'occasion, expliqua Stella.

– Ah ? Attends. Et nous, on en a des laissez-passer ? demanda Damian à sa femme.

– Non, mon chéri, on n'en a pas. Enfin, toi, non. Moi si, dit-elle, l'air de rien.

– Quoi ? Et c'est qui le tien ?

– Chris Evans, dirent en chœur Connor et Stella.

– Comment tu le sais ?

– La majorité des femmes choisissent Chris Evans. Il est deuxième sur la liste d'Aaliyah après… (Connor me fusilla du regard.) Sérieux, mon vieux. Il faut que tu partes. Ça m'allait qu'elle dise que tu étais son laissez-passer parce que j'étais pratiquement sûr qu'on ne se rencontrerait jamais, mais maintenant que c'est fait, il faut que tu partes avant que ma femme…

– OH MON DIEU ! MAIS C'EST PAS AIDEN WALTERS ? hurla d'une voix suraiguë une femme qui sortait de la cuisine.

Elle avait les cheveux relevés en un chignon informe et un tablier couvert de farine.

– OH MON DIEU ! VOUS ÊTES AIDEN WALTERS !

Sans attendre que nous ayons été présentés, Aaliyah me prit dans ses bras comme une petite fille le matin de Noël.

– Oh, la vache ! Ce délicieux parfum de cèdre. Connor, t'as vu ? C'est Superman !

– T'es même pas une fan des DC Comics, marmonna-t-il. (Il soupira et leva les mains.) Il va me falloir plus de whisky pour tenir toute la soirée.

– Quelqu'un a parlé de whisky ?

Un homme grand et costaud entra dans la maison avec un sac de courses rempli de bouteilles d'alcool. Il en sortit une qu'il leva à bout de bras.

– Parce que j'en ai.

Connor se précipita vers lui, saisit la bouteille et l'ouvrit.

– Merci, Jax. Ma femme est sur le point de me quitter pour un autre homme, alors j'ai besoin d'un shot.

Il but à même la bouteille.

Jax regarda autour de lui, interloqué.

– J'ai manqué quelque chose ?

***

Connor, Damian et Jax m'emmenèrent dans la tanière de Damian, qui n'était en fait qu'un sous-sol contenant un nombre impressionnant de bouteilles de bière et une table de billard. Nous nous assîmes en rond pour boire des cocktails « old-fashioned » que je fus chargé de faire en raison de mes origines du Wisconsin.

Connor et Jax étaient exactement tels que Damian me les avait décrits. Connor était le rayon de soleil chaleureux du groupe alors que Damian et Jax penchaient plus vers le côté mystérieux et sombre. J'étais probablement plus proche de la personnalité de Connor. Jax dit que c'était une bonne chose, ça rééquilibrait le groupe.

– Alors, comme ça, tu ignorais que tu avais un frère ? demanda Jax.

– Totalement. Jusqu'à ce que Catherine m'envoie cette lettre, lui dis-je en servant une nouvelle tournée de cocktails.

Connor passa les doigts dans son opulente chevelure châtain foncé.

– Ce qui me paraît dingue, c'est que j'ai vu tous tes films, étant donné que ma femme est folle de toi, et je ne l'avais jamais remarqué avant, mais Damian et toi, vous vous ressemblez vachement. C'est presque flippant, et d'ailleurs ça me fiche la trouille que ma femme puisse en pincer pour Damian, aussi.

– Qui pourrait lui en vouloir ? Je suis exceptionnel, répliqua sèchement Damian, ce qui me fit sourire.

– C'est vrai que vous vous ressemblez, intervint Jax.

Damian et moi nous regardâmes mutuellement en clignant des yeux avant de hausser les épaules.

– Je ne trouve pas.

On avait parlé à l'unisson.

– On pourrait croire que vous êtes jumeaux, dit Connor en riant.

À ce moment-là, une petite fille entra avec une boîte dans les mains. Elle la posa devant moi et fit un signe de la main.

– Salut, tu es qui ?

– Je suis Aiden, le frère de Damian.

– Tonton Damian, tu as un frère ?

– Ouaip, comme tu vois.

– Moi, je suis Elizabeth. Ça, c'est mon papa et ma maman aide dans la cuisine.

Elle désigna Jax du doigt avant d'ouvrir sa boîte et d'en sortir des produits de maquillage.

– Je peux te maquiller et te faire les ongles ?

– Oh… euh… tu es sûre ?

Je ne savais pas trop quoi dire.

– Elizabeth, qu'est-ce que je t'ai dit au sujet du maquillage avec des étrangers ? dit Jax.

– De n'utiliser que du mascara qui part à l'eau et une éponge de maquillage pour appliquer la poudre, répondit-elle.

– Exactement.

Il tendit les mains pour me montrer ses ongles peints en rouge vif.

– Elle veut ouvrir son propre salon de beauté quand elle sera grande. Je suis le mannequin essai numéro un.

Connor montra ses ongles vert fluo.

– Deux.

Damian leva ses ongles peints en noir.

– Trois. Vois ça comme un gage pour devenir membre de notre fraternité artisanale.

– Bon, ben alors, je t'en prie, fais-moi une beauté, dis-je à Elizabeth.

Elle se mit à l'ouvrage pendant que les gars me renseignaient sur eux. Connor et Damian étaient dans l'immobilier, et ils essayaient lentement mais sûrement de convaincre Jax de prendre la tête de leur succursale dans le Sud.

– Je suis plombier, protesta Jax. Je ne vends pas de toilettes. Je les débouche.

Ça se défendait.

Une fois que mes ongles furent correctement vernis et tout le monde suffisamment imbibé pour la soirée, Damian me conduisit à la chambre d'amis où j'allais dormir.

– Merci encore de me recevoir chez toi.

– De rien, ce n'est pas un problème. Et puis, Stella m'aurait tué si elle avait appris que tu étais à l'hôtel.

– C'est gentil de sa part.

Un petit sourire lui échappa. Le premier que je lui aie vu.

– Il n'y a pas plus gentil qu'elle. N'hésite pas si tu as besoin de quelque chose. Ma chambre est deux portes plus loin.

– Merci. Mais j'ai une question à te poser.

– Oui ?

– Est-ce que par hasard tu saurais où je peux trouver Catherine ? Elle ne m'a pas laissé d'adresse, mais je me suis dit que je pourrais peut-être la rencontrer demain matin avant d'aller à l'aéroport.

Il fronça les sourcils et grommela dans sa barbe.

– Tu es sûr de vouloir faire ça ?

– Je me dis juste que c'est une partie de mon histoire et qu'une fois que je l'aurai affrontée, je pourrai officiellement clore le chapitre de mon passé.

– Ouais, je comprends. Dieu sait que j'ai dû moi-même m'embarquer dans un tas d'aventures merdiques avant d'atteindre la stabilité que j'ai aujourd'hui. Fais ce que tu as à faire pour tourner la page. Je vais chercher son numéro de téléphone et tu pourras la joindre. Mais je peux te donner un conseil, en tant que frère aîné ?

– Vas-y.

– Catherine est, pour le dire gentiment, une enfoirée.

– Et ça, c'est le dire gentiment ?

– Crois-moi, c'est le cas. (Il se racla la gorge.) Ne te fais pas d'illusions, gamin. Sache que ton histoire est ton histoire, pas celle de ceux qui t'ont abandonné. Quoi qu'il arrive, tu as le droit de te faire une bonne vie pour toi-même. Si tu éprouves le besoin de la voir pour te sentir mieux dans ta vie, fais-le. Mais n'espère pas qu'elle fasse partie de ton happy end. Ce n'est pas son genre.

Je le remerciai pour le conseil.

Il se gratta la tête.

– On n'est pas le genre de frères qui se serrent dans les bras, si ?

– Je veux dire, on peut si…

– Je n'aime pas les embrassades.

– Ah bon. D'accord.

Il me tendit la main.

– On se serre la main ?

Je lui serrai la main.

– Bonne nuit, Damian.

– Bonne nuit, frangin.

***

Le lendemain matin, j'appelai Hailee pour lui souhaiter un joyeux Noël.

– Je rentre très vite.

– Je ne bouge pas d'ici, je t'attends.

Je m'étais réveillé de bonne heure, mais je n'étais pas le seul, apparemment. J'entendais les enfants en bas qui criaient, tout excités. Le Père Noël avait dû passer pendant la nuit. Je rassemblai mes affaires, descendis les escaliers et en entrant dans le salon, je tombai sur trois familles vêtues de pyjamas coordonnés.

– Joyeux Noël ! crièrent-ils dès qu'ils me virent.

Connor me donna une accolade, Jax et Damian s'en tinrent à la poignée de main. Cela me faisait bizarre de me sentir à l'aise dans une maisonnée d'étrangers qui m'accueillaient comme un membre de la famille.

Ce que j'étais, après tout. Je faisais partie de leur famille.

– Joli pyjama, dis-je à Damian en souriant.

Il portait un pyjama rouge décoré de rennes. Curieusement, je doutais que ce soit sa tenue habituelle.

– Ne ris pas trop fort. Ça t'arrivera à toi aussi, un jour.

Étrangement, cela ne me fit pas flipper du tout.

– Tu as eu Catherine au téléphone ? demanda-t-il en me raccompagnant jusqu'à la porte.

– Ouais. Je dois la rencontrer pour un café avant de prendre mon avion.

– Fais attention, d'accord ?

– Oui, t'inquiète. Encore merci pour ton hospitalité. C'était super de vous rencontrer, toi et toute ta famille.

Il me sourit de nouveau.

– Stella disait vrai. J'ai toujours voulu avoir un frère. Tu as mon numéro maintenant. N'hésite pas à t'en servir.

– Je le ferai. Et c'est réciproque.

– Quand tu seras de retour à Los Angeles pour tes tournages, on se reverra.

Il prit ma main pour la serrer et m'attira dans ses bras.

– Je croyais que tu n'aimais pas les embrassades.

– Peu importe. C'est Noël.

Je remerciai tout le monde encore une fois avant de me diriger vers ma voiture pour me rendre à mon rendez-vous avec Catherine. J'avais le trac et je n'étais pas certain d'être capable de gérer mon anxiété. Je garai ma voiture et lorsque j'en descendis, je vis une femme vêtue d'un manteau de luxe et chaussée de chaussures à talons hauts avec des semelles rouges qui attendait devant le café.

Elle me regarda et mon estomac se noua.

– Catherine ?

Elle cligna des yeux et je vis sur son visage des expressions qui me firent penser à moi.

– Oui. Bonjour, Aiden.

Elle paraissait nerveuse, mais je pouvais la comprendre. Je ressentais ça, moi aussi.

– Vous voulez qu'on entre prendre un café ?

J'allais ouvrir la porte, mais elle arrêta mon geste.

– Non, pas vraiment. J'ai juste accepté qu'on se rencontre pour être débarrassée. Cela semblait important pour toi, mais je ne veux pas te donner de faux espoirs. D'après ce que je sais, tu as une bonne vie maintenant. Je ne veux pas interférer avec ça, et franchement, cela ne m'intéresse pas d'être impliquée dans ta vie.

La froideur de ses paroles me fit mal, mais je ne pouvais pas dire que Damian ne m'avait pas prévenu.

– Non, je comprends. J'imagine que je ne sais pas très bien pourquoi je voulais vous rencontrer.

– Pour pouvoir me regarder et te rendre compte que tu as déjà les meilleurs parents qu'on puisse avoir. C'est pas grave. Dis-toi que c'est mon cadeau de Noël.

– Merci.

Elle hocha la tête.

– Qui aurait pu imaginer que Samuel et moi étions capables de faire quelque chose d'aussi réussi ?

Je tiquai.

– Pardon ?

– J'ai dit quelque chose qu'il ne fallait pas ?

– Ben, vous avez dit Samuel et moi, vous vouliez dire Jake, pas Samuel.

Elle plissa les yeux.

– Euh… non. Je crois que je sais encore qui m'a fait le bébé que j'ai porté dans mon ventre. Je ne sais même pas qui est ce Jake dont tu parles.

Je me sentis soudain nauséeux. Comme si j'avais reçu un coup de poing dans l'estomac.

– Vous êtes sûre ?

Elle eut un rire sarcastique.

– Ouais, j'en suis certaine. On n'oublie pas facilement le mec qui a bousillé votre corps pour neuf mois.

Ma tête tournait et j'avais l'impression que j'allais m'évanouir. Je ne savais pas comment réagir, donc je pris congé.

– J'ai été content de vous rencontrer, Catherine, mais je dois y aller.

42
Hailee

Je comptais les heures en attendant le retour d'Aiden. Papa et maman dansaient des slows dans le salon des Walters avec Laurie, en riant comme des fous, alors que Samuel était resté dans son coin la majeure partie du temps. Je n'arrivais toujours pas à digérer la conversation dont j'avais été bien malgré moi témoin la veille au soir, et j'étais tout à fait décidée à en parler à Aiden si Samuel n'avait pas le courage de gérer le problème. Cela me rongeait depuis que j'avais entendu Jake tout déballer.

Aiden m'avait envoyé sa localisation alors qu'il revenait en voiture de l'aéroport et je ressentais la même excitation que quand j'étais ado chaque fois qu'il revenait à la maison. Je sortis en courant dès que je vis sa voiture s'arrêter dans l'allée et je me jetai dans ses bras.

– Joyeux Noël, murmurai-je dans son cou alors qu'il me tenait dans ses bras.

– Joyeux Noël, bébé.

Il s'écarta un peu pour m'embrasser. Je sentis la tension sur ses lèvres.

– Qu'est-ce que tu as ? Il y a quelque chose qui ne va pas ?

– Non, rien. Viens. Rentrons.

Il me prit la main et je le suivis. À l'instant où il passa la porte et vit son père sur le canapé du salon, ses narines se mirent à frémir. Il me lâcha la main.

– Aiden, qu'est-ce qu'il y a... ?

Il ne me répondit pas, mais avança d'un pas décidé vers son père.

– C'est vrai ?

La musique continuait à jouer, mais Laurie et mes parents s'immobilisèrent.

– À propos de Catherine et toi ?

Samuel se leva du canapé, l'air abasourdi. Puis il tourna les yeux vers moi.

– Tu m'avais dit que tu ne dirais rien.

Oh non !

Le regard d'Aiden croisa le mien et l'expression de tristesse et de trahison qui le submergea me donna envie de vomir.

– Tu le savais ? demanda-t-il les larmes aux yeux.

Je secouai la tête et lui tendis la main.

– Non, Aiden, ce n'est pas ce que tu…

Il écarta brutalement ma main.

Non, non, non…

– Que se passe-t-il ? demanda Laurie.

– Non, fils, écoute-moi…

Samuel s'avança vers Aiden, mais fut immédiatement arrêté.

– Va te faire foutre ! siffla Aiden à son père en le repoussant brutalement.

– Holà, holà, qu'est-ce qui se passe ? demanda mon père en s'interposant entre les deux hommes pour éviter l'escalade. Aiden, qu'est-ce que tu fais ?

– Ce que je fais ? Et si tu demandais plutôt ce qu'il a fait, lui, marmonna Aiden. (Il balança les mains d'un air furieux en regardant Samuel.) Et si tu disais la vérité devant tout le monde, hein ? Que tu n'es pas l'homme droit et honnête que tu as toujours prétendu être.

– Samuel, de quoi est-ce qu'il parle ? demanda Laurie en s'avançant vers son fils.

– Je, il…

Samuel ferma les yeux et lorsqu'il les rouvrit, il ne dit rien. Il ne pouvait pas se résoudre à dire la vérité. Elle restait bloquée dans sa gorge, comme une boule de mensonges et de tromperie. Il était trop lâche pour vouloir le dire. Il ne voulait pas avouer la vérité alors même qu'elle avait déjà été révélée.

– C'est lui qui a mis Catherine enceinte à l'époque, pas Jake, dit Aiden, déballant le linge sale de Samuel. Il a convaincu Jake d'endosser la paternité après que Catherine avait renoncé à ses droits. Il a tout inventé pour ne pas avoir à t'affronter, maman, pour te dire la vérité. Et depuis tout ce temps il a fait semblant d'être une personne qu'il n'est pas. C'est pour ça, papa ? C'est pour ça que tu continuais à aider Jake ? Parce que tu avais peur qu'il dévoile votre petit secret si tu ne lui donnais pas d'argent ?

– Oh, mon Dieu ! murmura maman en venant à côté de moi.

Des larmes coulèrent des yeux de Samuel et sa voix se brisa quand il se tourna vers sa femme.

– Tu ne comprends pas, Laurie. Toi et moi… on ne se voyait jamais. Il n'y avait plus rien de romantique entre nous. C'était dur pour moi d'être seul à Los Angeles…

– Ha !

Maman partit d'un rire sarcastique en entendant les tentatives d'explication pathétiques de Samuel.

– Je n'ai jamais voulu ça, Laurie, je te le jure, c'est vrai. Je devais juste aller à Los Angeles pour une audition et j'ai fini par, enfin, c'était une erreur, d'accord ? J'ai déconné. Mais regarde le miracle que ça nous a apporté. (Il lui prit la main et la serra.) Nous avons eu notre fils grâce à ma faute. C'est notre bébé miracle.

Qu'est-ce qui ne tournait pas rond chez cet homme ?

Laurie arracha sa main de celle de son mari et la tendit vers la porte.

– Non, ordonna-t-elle. Va-t'en. Sors de cette maison. Dehors !

Samuel secoua la tête.

– Non.

– Sors. D'ici, siffla Laurie en le repoussant brutalement. Sors, sors, sors ! hurlait-elle alors que les larmes ruisselaient sur ses joues.

Son chagrin se déchaînait dans ses cris, dans ses larmes et dans les claques qu'elle donnait sur le torse de Samuel.

Mon père dut sortir Samuel de la maison. Il souleva physiquement l'homme qui sanglotait et le porta à l'extérieur. Lorsqu'il revint, nous étions tous figés sur place. Laurie regarda autour d'elle et étouffa ses sanglots.

– Ça va, je vous assure.

Maman s'avança vers son amie pour la consoler, mais Aiden avait déjà pris sa mère dans ses bras.

– Nous devrions les laisser tranquilles pour le moment, dit papa en nous faisant signe à maman et moi.

Je n'avais pas envie de les quitter, mais je savais que c'était la meilleure chose à faire. Cette mère et son fils avaient besoin d'être ensemble, tous les deux, à ce moment-là. Pourtant je regrettai de ne pas pouvoir soutenir Aiden comme il soutenait sa mère.

Je savais qu'il avait besoin d'être consolé, lui aussi.

***

Plus tard dans la soirée, je vis de la lumière dans la chambre d'Aiden. Aussitôt, je sortis par ma fenêtre et allai frapper à sa vitre.

Il soupira en me voyant et me tourna le dos.

Je cognai encore une fois.

Et encore.

Et encore.

Je tambourinai sans relâche sur cette vitre jusqu'à ce qu'Aiden apparaisse et l'ouvre en ronchonnant.

– Quoi ? Hailee, j'ai besoin d'être seul, là tout de suite.

– Non.

– Pardon ?

J'entrai par la fenêtre et me plantai devant lui, l'air résolue.

– J'ai dit non. Tu ne vas pas rester seul, là tout de suite, parce que cette histoire est épouvantable. Et pour que les choses soient bien claires, j'allais t'en parler. J'ai découvert la vérité au cours de ton absence et j'attendais que tu rentres pour le faire, mais il m'a assuré qu'il te le dirait lui-même, dès ton retour. Or il se trouve que tu étais déjà au courant. Il est essentiel que tu ne croies pas que je gardais ce secret pour moi depuis longtemps, Aiden. Je ne savais pas.

– Je veux bien te croire, mais…

– Il n'y a pas de mais. Je ne vais pas te laisser me repousser en ce moment, d'accord ? Parce que, que ça te plaise ou non, tu as besoin de moi, autant que j'ai besoin de toi, donc je ne m'en irai pas. Je reste ici.

– Hailee…

– Tu as le droit d'être furax. Tu as le droit d'être furax contre le monde entier. Tu as le droit d'être furax contre tout ce qui bouge. Putain, tu as même le droit d'être furax contre moi, mais tu n'as pas le droit de me repousser, Aiden. Je refuse de bouger. On ne va pas recommencer.

– Hailee…

– Non. J'ai lu assez de romances pour savoir comment c'est censé se dérouler. À ce moment de notre histoire, nous sommes censés nous disputer et rompre, mais je refuse de faire ça. Pas de rupture au troisième acte, d'accord ? (Je pris ses mains dans les miennes.) Nous n'allons pas avoir cette dispute mélodramatique suivie d'une rupture temporaire juste pour se remettre ensemble et être heureux. On a déjà fait cette partie, Aiden, d'accord ? Nous sommes heureux. Toi et moi… on est bien ensemble. C'est le reste du monde autour de nous qui craint. Alors on ne va pas bousiller ça à cause d'eux. J'ai déjà perdu cinq années de vie avec toi à cause de cet homme. Je refuse de perdre une seconde de plus.

Il ferma les yeux et appuya son front contre le mien en m'attirant contre lui.

– Excuse-moi. Je ne sais plus où j'en suis.

– Le contraire serait surprenant. Mais tu n'es pas obligé de gérer ça tout seul, OK ? Je suis là.

– J'ai l'impression d'être un boulet pour toi en ce moment. Tu as passé les cinq dernières années à affronter tes difficultés et ça t'a fait grandir. Moi, je les ai fuies. Aujourd'hui, je m'en prends plein la gueule, et ce n'est pas juste de ma part de te demander de rester à côté de moi pendant que je gère mes problèmes.

– Arrête ça tout de suite. (Je reculai et pris son visage entre mes mains pour le regarder droit dans les yeux.) Tu n'as pas besoin d'être parfait pour que je t'aime. Ce n'est pas comme ça que l'amour fonctionne. Je ne t'aime pas seulement les bons jours. Je t'aime aussi les jours plus sombres. Tu peux être fracassé, à vif, démoli. Je resterai quand même.

– Hailee ?

– Oui ?

Ses lèvres effleurèrent les miennes avec beaucoup de délicatesse.

– Tu es la chose la plus géniale qui me soit arrivée.

43
Aiden

Le lendemain matin, j'étais assis depuis un petit moment sur le porche pour prendre le frais quand la porte s'ouvrit. Maman apparut. Elle avait dormi longtemps, ce qui était compréhensible.

– Salut, m'man.

Elle sourit et sortit me rejoindre.

– Salut, toi.

– C'est complètement dingue cette histoire.

– Ce n'est rien de le dire, ricana-t-elle.

Je baissai la tête et fis une grimace avant de relever les yeux vers elle.

– Tu as parlé avec papa depuis qu'on a découvert le pot aux roses ?

Son petit sourire disparut et, malgré tous ses efforts, elle ne parvint pas à me cacher son chagrin. Je me demandais combien de fois cela m'avait échappé. Je me demandais combien de fois ma mère avait caché ses blessures.

– Oui. Il va rester à l'hôtel pendant les semaines qui viennent.

Elle vint s'asseoir à côté de moi. Je croisai les mains.

– Comment tu vas ?

Elle eut un petit rire.

– D'après toi ? Mais ne t'inquiète pas. Ça va aller. Et toi, comment vas-tu ?

– Je m'inquiéterai toujours pour toi. Tu es ma maman.

Je posai mes deux mains sur ses épaules.

Je voulais, non seulement qu'elle m'écoute mais aussi qu'elle ressente mes paroles. Je la regardai dans les yeux. Ils étaient très différents des miens, mais son cœur ? Il battait comme le mien. C'était grâce à son cœur que mon cœur savait aimer.

– Ma seule et unique maman.

– Oh, Aiden… murmura-t-elle d'une voix tremblante.

Les larmes qu'elle retenait finirent par couler et je la serrai contre moi.

– Ma mère.

– Mon fils, répondit-elle en me serrant fort.

Je ne savais pas exactement lequel, d'elle ou de moi, avait le plus besoin de ce câlin, mais nous restâmes dans les bras l'un de l'autre quelques minutes de plus. Lorsqu'elle s'écroula, j'étais là pour la soutenir et je voulais qu'elle sache qu'elle pourrait toujours compter sur moi, que je serais toujours de son côté, jusqu'à la fin de mes jours. J'avais beau, contrairement à mon père, ne pas avoir prononcé ces vœux au pied d'un autel, je les portais tout près de mon cœur. Au moment où elle m'avait choisi pour être son fils, je l'avais choisie comme mère. De mes premiers instants jusqu'aux derniers, je serais toujours son fils, et j'étais ce petit con qui avait cette chance qu'elle serait toujours ma mère.

Une fois qu'elle eut repris ses esprits, elle me lâcha et j'en fis autant. Elle s'essuya les yeux puis posa les mains sur ses genoux et me dit :

– Tu sais le pire ?

– Non, c'est quoi ?

– Je n'arrive pas à détester ton père. Je voudrais le faire, Dieu sait ce que cet homme m'a fait endurer au fil des années, mais je n'y arrive pas… parce que je sais ce qui se serait passé si j'avais découvert la vérité à l'époque. Je l'aurais quitté. Il le savait, lui aussi. Et si j'avais fait ça, si j'avais quitté ton père en apprenant qu'il avait mis une autre femme enceinte, je ne serais jamais devenue ta mère. Cette idée m'est insupportable, parce que la partie la plus géniale de ma vie, c'est justement d'être devenue ta mère. Je referais la même chose si cela me conduisait à toi.

***

La nouvelle année arriva, mais je n'avais pas l'esprit à la fête. J'allais bientôt devoir repartir de Leeks pour commencer le tournage et j'avais l'impression que mon univers n'était toujours pas remis d'aplomb. Papa, ou Samuel, ou je ne sais comment j'étais censé l'appeler à présent, s'obstinait à m'envoyer des messages pour qu'on communique. Inutile de dire que je l'avais viré en tant que manager de ma carrière et mari de ma mère. Je n'avais pas encore résolu le problème de comment le larguer aussi dans son rôle de père. Je n'étais pas prêt à avoir cette conversation. Chaque fois que je l'envisageais, je me persuadais de laisser tomber à cause de l'angoisse que cela générait en moi. Je détestais les confrontations. Si ça avait été possible, j'aurais simplement exclu mon propre père de ma vie et disparu de la sienne comme si je n'en avais jamais fait partie.

Plus je repensais à ce qu'il avait fait, plus j'avais les boules. Le nombre de fois, quand j'étais petit, où j'étais allé le voir en pleurant à cause de Jake. Le nombre de fois où il m'avait regardé assis, mal à l'aise, pendant les repas de fête où Jake était complètement déchiré. Les fois où il me regardait assis devant la maison avec un gant de base-ball et une balle, à attendre que Jake vienne me chercher, et qu'au lieu de me proposer de lancer la balle avec moi, il me faisait rentrer, allumait une caméra et me filmait en train de jouer des séquences d'audition.

Je n'avais jamais été son fils. J'étais sa marionnette. J'étais sa vache à lait. J'étais le rêve qu'il ne réaliserait jamais lui-même. J'étais en vrac parce qu'il savait que je ferais n'importe quoi pour lui faire plaisir et qu'il avait abusé de ce privilège. Il avait aussi abusé de l'amour de ma mère, sachant qu'elle ne le quitterait jamais parce qu'elle voulait que j'aie un foyer stable. Samuel Walters n'était pas un type bien. Et aujourd'hui, je savais que le sang qui coulait dans ses veines coulait aussi dans les miennes. Ce n'était pas sans répercussion sur mes pensées, sur ma santé mentale. Comment un tel menteur, un tel escroc, pouvait-il avoir des points communs avec moi ? Quelque part, j'aurais préféré que ce soit Jake, parce qu'au moins je comprenais comment la drogue et l'alcool pouvaient altérer les décisions d'une personne. Ce que je n'arrivais pas à comprendre, c'était la noirceur de Samuel. N'était-ce que de la cupidité ? De l'égoïsme ?

J'en arrivai au point où cela devenait nécessaire d'avoir une conversation avec lui. Pour pouvoir avancer dans ma vie, j'avais besoin de refermer cette porte sur mon père.

Je le retrouvai dans un hôtel de Chicago. Il savait que rester à Leeks n'aurait pas été une bonne idée. Je lui étais reconnaissant d'avoir quitté la ville. Ça aurait été trop dur de le voir traîner dans les rues de Leeks. Nous nous installâmes à une table du restaurant de son hôtel pour prendre un café. Il me demanda si je voulais déjeuner, mais je n'avais pas envie de m'attarder.

Je croisai les bras.

– Je ne tiens pas à ce que cette conversation s'éternise. Je veux juste que tu saches ce qui me préoccupe.

– Je t'écoute.

– Toute ma vie, j'ai toujours voulu que ce soit toi mon père. Je faisais tout ce qui était en mon pouvoir pour que tu sois fier de moi parce que je voulais me rapprocher de toi. J'ai embrassé la carrière d'acteur et j'ai continué même quand je ne voulais plus le faire parce que je voyais bien à quel point ça comptait pour toi. Tout ce que j'ai fait, c'était pour te faire plaisir. Cela me fout en l'air de savoir que tu n'en aurais pas fait autant pour moi. Tu t'es toujours fait passer toi-même avant tout le reste.

– Tu es injuste, Aiden. Tu as eu une vie super parce que je me suis battu pour que tu réussisses dans l'industrie du cinéma. J'ai tout donné pour toi parce que…

– Parce que tu mourais d'envie d'être à ma place et tu t'es servi de moi pour t'en approcher le plus possible. Ne viens pas me raconter que c'est pour moi que tu as fait tout ça.

– Donc, tu es en train de me dire que je ne suis qu'un connard égoïste, c'est ça ? C'est ce que tu crois sincèrement ? Après avoir passé vingt-trois ans avec moi ?

Je secouai la tête.

– Je ne sais pas comment décrire ce que je pense de toi. Je sais juste que je ne veux plus faire partie de ta vie.

Il fit la grimace.

– Alors pourquoi es-tu venu ? Pourquoi as-tu voulu me parler ?

– Parce que je voulais te dire en te regardant droit dans les yeux que je vais faire comme toi. À partir de cet instant, je me choisis moi-même. Je voulais qu'il soit clair entre nous que notre relation est terminée, je ne veux pas qu'elle se perpétue. Tu es libre de continuer à poursuivre tous les rêves que tu peux avoir, seulement tu ne te serviras plus de moi pour les faire exister.

Sur ces mots, je refermai le chapitre le plus important

de ma vie en m'éloignant définitivement de l'homme qui m'avait élevé, l'homme qui m'avait mis au monde. Malgré tout, en m'éloignant, j'avais quand même le cœur lourd.

Il s'avéra que ça ne soulage pas toujours de tourner la page. Parfois cela vous donne simplement une impression désagréable de perte.

44
Aiden

Je me sentais un peu paumé depuis que j'avais affronté mon père. Je ne savais plus vers qui me tourner, mais, à mon grand étonnement, une certaine personne sut arriver exactement au moment où j'en avais le plus besoin.

– Salut, frangin.

Damian Blackstone se tenait devant ma porte, tout habillé de noir.

Comment Damian Blackstone avait-il fait pour découvrir mon adresse ?

– Damian. Qu'est-ce que tu fais là ? demandai-je, ébahi. Comment m'as-tu trouvé ?

– On m'appelle le fossoyeur. Je suis doué pour creuser et trouver des informations sur les gens, dit-il en passant son sac à dos sur son épaule. Tu pourrais m'héberger pendant quelques jours ?

Spontanément, je le pris dans mes bras. Il ronchonna.

– Les embrassades, c'était seulement pour Noël.

– Oui, ben, je traverse une période merdique. J'aurais bien besoin d'un câlin.

– Bon. Mais alors seulement pour cette fois.

Il me rendit mon accolade et je lui fus reconnaissant de ce réconfort.

Il me lâcha et se redressa.

– Bon alors, qu'est-ce qu'il y a à faire dans le Wisconsin, à part se geler les fèves ?

***

– Des croquettes de fromage ? demanda Damian alors que nous étions assis au comptoir du bar du coin. Vous faites frire du fromage ?

– Tu n'as jamais mangé de croquettes de fromage ? dis-je, le souffle coupé. Ta vie est sur le point de changer radicalement. C'est ici qu'ils font les meilleures de la ville. En plus, ils font la sauce eux-mêmes. Crois-moi, ça change tout.

Damian prit une croquette de fromage et l'ouvrit en deux, faisant apparaître des filaments de fromage. Puis il la plongea dans la sauce et l'enfourna. Il se renfonça dans son fauteuil, plutôt stupéfait.

– Oh putain, gémit-il. Je ne savais pas que vos spécialités contenaient de la drogue.

– Que veux-tu ! Il y a un certain nombre de choses que nous faisons bien. Les Bucks de Milwaukee[3], les croquettes de fromage et la bière Spotted Cow. Tu ne trouveras pas d'équivalent ailleurs.

– En parlant de bonnes choses. (Il claqua des doigts en l'air.) On va reprendre de ces boulettes de fromage et de la Spotted Cow, et fissa.

Damian se tourna vers moi et prit un air plus grave tout en avalant quelques croquettes de fromage supplémentaires. Il s'essuya les mains et fronça les sourcils en me regardant.

– J'ai entendu dire que ton père était un enfoiré.

– Comment t'as su ?

– Hailee m'a contacté sur les réseaux sociaux. Elle m'a dit que tu pourrais bien avoir besoin d'un frère.

Évidemment, c'était elle.

3. Équipe de basket-ball, championne en NBA.

– C'est la meilleure personne que je connaisse.

– C'est marrant, elle m'a dit la même chose de toi. Je suis navré pour ton père. Je ne comprends franchement pas pourquoi il est allé jusque-là pour que ça reste secret.

– Il savait qu'il perdrait la meilleure chose qui lui soit jamais arrivée, ma mère. Au bout du compte, il l'a quand même perdue.

– Le karma, ça te rattrape toujours, même si ça doit prendre du temps.

– Je le déteste. Il m'a regardé me débattre pendant toutes ces années et, pourtant, ce sont les choix qu'il a faits. C'est uniquement à cause de lui que je me suis lancé dans une carrière de comédien. Je voulais qu'il soit fier de moi. Toute ma vie, j'ai rêvé que ce soit lui mon père biologique. Je pensais que je me faisais des idées quand je trouvais qu'on se ressemblait par certains aspects. J'étais persuadé que c'était idiot de penser ça. Aujourd'hui quand je le vois, tout ce que je ressens, c'est de la haine.

– Je comprends, mec. Mon père était un enfoiré qui a joué aux devinettes avec moi, mais c'est ce qui m'a permis de rencontrer Stella, alors quelque part, je lui suis quand même reconnaissant, à ce connard.

– Et vous êtes devenus proches maintenant ?

– Nan, il est cané, dit-il d'un air impassible.

– Oh, mince. Je suis désolé. Je ne le savais pas.

– Comment t'aurais pu le savoir ? On vient juste de se rencontrer.

Il ne me fallut pas longtemps pour découvrir que Damian était plutôt direct. C'était tout le contraire de son meilleur ami, Connor. Mais un peu plus comme Jax. Ces trois-là étaient tellement mal assortis, mais en même temps ils allaient bien ensemble. Ils s'équilibraient.

Damian but une gorgée de bière.

– Comme je vois les choses, s'il n'avait pas clamsé, je n'aurais jamais rencontré Stella, alors c'est un échange équitable. Un enfoiré de père casse sa pipe et tu te retrouves avec l'amour de ta vie ? Moi, je suis partant.

Je le regardai, complètement ahuri par son commentaire.

Il tourna les yeux vers moi et poussa un soupir embarrassé.

– Je suis allé trop loin, c'est ça ? Stella me dit toujours que mon humour noir me tuera. Au moins si je mourais, j'irais rejoindre mon père dans l'au-delà et je lui dirais quel gros con il était. Mon plus grand regret, c'est de ne pas dire assez souvent aux gens d'aller se faire foutre.

Je rigolai et levai mon verre.

– Bravo.

– La plupart des gens te diront que le temps guérit toutes les blessures et que tu devrais pardonner à ton père. Mais tu veux un conseil ?

– Vas-y.

– Qu'il aille se faire foutre ! Tu ne lui dois rien. Ni ta gentillesse, ni ton pardon, ni ta présence dans sa vie. Il a fait son lit, maintenant il doit se coucher dedans. Un père ne se définit pas par le sang, il se définit par ce qu'il fait de bien pour toi. Malgré tout, tu peux le remercier dans ta tête pour les bonnes choses qu'il t'a quand même apportées. Ta mère, par exemple.

Je soupirai. Il avait raison. Sans les mensonges de mon père, je n'aurais pas ma mère.

Je sifflai à voix basse.

– Un enfoiré de menteur en échange de la meilleure mère du monde ?

Damian eut un petit sourire et se fourra d'autres croquettes de fromage dans la bouche.

– Ça m'a tout l'air d'un échange équitable.

Il bougea sur sa chaise et dit :

– En vérité, si j'ai appris quelque chose dans la vie, c'est que la famille, ce n'est pas une question de liens du sang, c'est une question de loyauté. Ce sont les gens qui t'aiment et qui sont honnêtes avec toi, même quand c'est difficile. Ce sont les gens qui sont toujours là pour t'aider à donner la meilleure version de toi-même. C'est une question d'être quelque part où tu peux être authentiquement toi-même sans en avoir honte. C'est avoir des rêves et des gens qui les encouragent. On dit que le sang est plus épais que l'eau, mais l'eau est plus agréable à avaler. Elle te rafraîchit et te nourrit. Elle est bonne pour ton corps, bonne pour ton esprit. Ne te charge pas de bordels qui t'alourdissent. N'accepte que l'amour qui te fait du bien à l'âme et rends-le au centuple.

– Pour un homme qui prétend être dur et froid, on peut dire que tu fais de super discours.

– Le fait d'avoir des enfants m'a adouci. J'ai dû m'amender pour eux. Ça vient avec le titre de la fonction.

– Ils ont de la chance, ces enfants.

– C'est Damian qui a de la chance, corrigea-t-il.

– Je crois que ça va me plaire, ce truc d'avoir un frère.

– Tu n'es pas trop emmerdant, alors c'est rafraîchissant.

– Je n'arrive toujours pas à croire que tu as fait tout ce chemin pour voir comment j'allais.

– On est de la même famille. Ça sert à ça, la famille. Veiller les uns sur les autres. Bon (il claqua des mains et sourit), quand est-ce que je rencontre cette fameuse petite amie ?

– Elle est chez ses parents. Je leur ai demandé de l'inviter pour regarder un film. J'espérais qu'après avoir discuté tous les deux, je pourrais compter sur toi pour quelque chose, si t'es d'accord.

– Tu penses à quoi ?

45
Hailee

Les soirées cinéma avec mes parents étaient une des choses que je préférais. Sauf que mon père avait tendance à parler tout le long du film et à poser des questions comme si maman et moi savions plus que lui ce qui se passait. Maman finissait toujours par lui lancer du pop-corn à la figure en lui intimant de se taire.

– T'as vu ? Laurie va vendre la maison, m'informa maman une fois le film terminé.

Les dernières semaines avaient été dingues. Aiden allait bientôt repartir pour Los Angeles, ce qui me rendait triste, et le monde de Laurie avait été complètement chamboulé.

– Ah bon ?

– Ouais. Elle s'est dit qu'il était grand temps de le faire. Samuel lui a dit qu'elle pouvait la garder, mais elle pense qu'elle a besoin de refaire sa vie. Ce que je peux comprendre. Et ça m'amène au sujet suivant. (Elle prit la main de papa et ils me sourirent tous les deux.) Comme la boulangerie s'est beaucoup développée ces dernières années, nous avons gagné plus d'argent que nous ne l'aurions jamais imaginé. Donc nous avons décidé de vendre notre maison, nous aussi, pour avoir celle de nos rêves.

– Quoi ? m'exclamai-je, le souffle coupé. Vous allez vendre cette maison ?

Sans que je sache pourquoi, cette nouvelle me fit monter les larmes aux yeux. Maman avait déjà une boîte de kleenex à portée de main. Elle m'en tendit un. Je l'acceptai et j'essuyai mes larmes. Je me trouvais en ce moment dans la maison où j'avais été élevée. C'était mon foyer depuis toujours. Ces quatre murs, ce toit, ces portes et fenêtres… ils racontaient tous l'histoire de ma vie. C'est dans cette maison que j'avais rencontré mon meilleur ami. Mon âme sœur. Mon Aiden.

Je regardai le salon autour de moi en continuant à essuyer mes larmes intarissables.

– Ce n'est rien, dit mon père en posant une main rassurante sur mon genou. Tu peux laisser libre cours à tes émotions, pleure tant que tu veux.

– C'est juste que… je suis contente pour vous. C'est une bonne chose. Mais cet endroit renferme toute notre histoire. Ça fait bizarre de penser…

Je m'interrompis en entendant frapper. Je me redressai, sur le qui-vive.

– Vous attendez quelqu'un ?

– Pas que je sache… (Maman regarda papa.) Tu as invité quelqu'un ?

– Tu sais que je n'aime pas recevoir, plaisanta papa. Mais j'ai l'impression que ça vient de ta chambre, Hailee.

Étrange.

Nous nous levâmes du canapé tous les trois en même temps pour aller voir ce qui se passait dans ma chambre. En allumant la lampe, j'aperçus un inconnu qui frappait à la vitre. Surprise, j'allai vers la fenêtre, et en voyant ses yeux bleus, cet étranger me parut soudain familier. Il m'adressa un petit sourire et me fit signe d'ouvrir la fenêtre. Je jetai un coup d'œil à mes parents.

– Vas-y, ouvre. Je suis là, dit mon père pour me rassurer.

J'ouvris et le type me tendit la main aussitôt.

– J'ai beaucoup entendu parler de cette fenêtre. Tu dois être Hailee. Moi, c'est Damian, le frère d'Aiden.

Évidemment. C'était incroyable ce qu'il ressemblait à Aiden. J'aurais dû le deviner rien qu'en voyant ses yeux. Avec un soupir de soulagement, je lui serrai la main.

– Salut. C'est sympa de te rencontrer… à ma fenêtre.

Il rigola.

– Je suis venu rendre visite à Aiden. J'habite chez lui avec sa mère. Il m'a raconté comment lui et toi vous passiez tout le temps par la fenêtre pour vous voir quand vous étiez plus jeunes.

Il jeta un coup d'œil derrière moi en direction de mes parents et leur fit un signe de tête.

– Vous êtes les parents d'Hailee ?

– En effet, dit maman.

– Enchanté, Madame.

Il se tourna vers moi.

– Je me demande comment vous ne vous êtes pas cassé le dos en passant par là. Moi, je resterais sûrement coincé. En fait, je tenais à rencontrer ma nouvelle belle-sœur avant de repartir pour Los Angeles.

– Oh non. Aiden et moi ne sommes pas mariés. On sort ensemble, c'est tout.

Damian haussa un sourcil.

– Tu es sûre de ça ? Parce qu'il y a un gars sur un genou là-bas qui espère bien que cet état de fait va changer le plus tôt possible.

Il fit un signe derrière lui et je découvris Aiden, sur un genou, avec une petite boîte dans les mains.

Je poussai un petit cri étouffé.

– Oh, mon Dieu !

Je versai de nouvelles larmes, mais cette fois, c'était des larmes de joie.

Damian tendit la main pour m'aider à sortir par la fenêtre. Il me conduisit à Aiden dont le visage était illuminé d'un large sourire. Ce même sourire qui contrôlait les battements de mon cœur.

– Salut, toi, murmura-t-il.

– Salut, toi, répondis-je en me plaçant devant lui.

– Tu sais, j'ai répété ce discours des centaines de fois au fil des années, mais le prononcer en vrai, c'est autre chose.

Il se mit à rire nerveusement en tenant l'écrin d'une main tremblante. L'écrin. La bague. C'était la plus belle bague que j'avais jamais vue.

Mes larmes coulaient alors que je l'écoutais.

– Hailee Jones, tu es mon âme sœur. La raison qui me fait croire au destin, qui me fait croire à l'amour. J'ai interprété de nombreux rôles, mais le meilleur premier rôle que j'aie jamais obtenu, c'était celui où j'ai eu le privilège d'être ton meilleur ami. Tu es mon café du matin et mon whisky du soir. Tu es ma Jerry et je suis ton Tom. Tu es mon étoile polaire, celle qui m'indique le chemin de la maison tous les soirs. Je sais qu'on dit qu'on tombe amoureux, mais la vérité c'est que moi je suis amoureux de toi de naissance. Dès mon premier souffle, mon cœur battait pour toi. Alors, épouse-moi, Hailee. Épouse mes bons côtés et les moins bons aussi. Épouse mon assurance et mes peurs. Épouse-moi. Épouse tout de moi, le bon et le mauvais, et donne-moi le bonheur de t'aimer toujours plus jusqu'à ma mort. Hailee, veux-tu m'épouser ?

Je me baissai pour être à sa hauteur et m'agenouillai dans l'herbe couverte de neige. Je posai la main sur sa joue en souriant.

– Oui.

C'était le oui le plus facile que j'aie jamais prononcé. Être aimée d'Aiden était une bénédiction. Aiden Walters était le genre d'homme qu'une femme n'oublierait jamais. Une deuxième chance m'était donnée de retenir son amour et son cœur, et je jurai que jusqu'à la fin de mes jours celui-ci resterait sous ma protection.

Je l'embrassai avec fougue, et longtemps, sous les acclamations de nos familles. Laurie et mes parents prenaient des photos. Le fait qu'il ait fait sa demande à l'endroit précis où j'étais tombée amoureuse de lui me parut être un signe du destin.

J'allais épouser Aiden Walters qui serait mien pour toujours.

Il allait m'épouser et je serais sienne pour toujours.

Aussi longtemps que nous serions dans ce monde.

***

– Tu crois qu'on pourrait prolonger indéfiniment cette partie de l'organisation du mariage où on choisit le gâteau ? demandai-je à Aiden alors que nous étions assis devant huit échantillons de gâteaux différents.

Je devais reconnaître que le choix du gâteau était l'étape que je préférais dans tout le processus d'organisation du mariage. Il plongea le doigt dans le glaçage au chocolat et se le mit dans la bouche.

– Je pense que c'est l'idée la plus géniale que tu aies jamais eue.

– Ça, c'est une crème aux écorces d'orange. Le gâteau est un gâteau blanc avec un soupçon de zeste de citron. Sans vouloir me jeter des fleurs, il est exceptionnel, dit maman en nous apportant encore un autre morceau de gâteau pour qu'on le goûte.

Cela faisait deux heures qu'on dégustait des gâteaux Chez Hailee, et je n'allais pas me plaindre.

J'avais été enthousiasmée par l'idée que ce soit maman qui supervise les desserts pour le mariage et que Laurie se charge du repas. Elles représentaient le meilleur de nos deux univers. Nos mères étaient expertes chacune dans son domaine et elles allaient apporter le meilleur de leur expertise pour notre mariage.

Aiden et moi prîmes une bouchée du gâteau aux écorces d'orange. Un gémissement de plaisir nous échappa à l'unisson.

– Merveilleux, gémit Aiden en fermant les yeux d'extase.

– C'est celui-là, acquiesçai-je.

Je regardai Aiden.

– Tu ne trouves pas ?

– Si, absolument. C'est le bon. Penny, je ne sais pas comment tu as fait ça, mais il est extraordinaire. C'est celui-ci.

Maman sourit jusqu'aux oreilles.

– J'en étais sûre.

Aiden regarda maman avec des yeux de chien battu.

– Il n'en resterait pas un peu dans la cuisine pour qu'on puisse être vraiment sûrs ?

– Je pense que je dois pouvoir arranger ça.

Elle alla dans la cuisine, nous laissant dans ce paradis des gâteaux pour finir tous les petits morceaux qui restaient.

Nous étions en pleine dégustation lorsqu'une alerte de mon téléphone me signala un nouveau mail. Je l'ouvris et instantanément j'eus les larmes aux yeux.

– Qu'est-ce qu'il y a ? demanda Aiden, inquiet.

Je me tournai vers lui, la gorge serrée.

– Je suis prise.

– Pardon ?

– Je suis prise en master de psychologie à l'Université de Chicago, dis-je dans un souffle alors que mon cœur battait la chamade.

– Putain, c'est vrai ?

Aiden bondit de son siège, m'attrapa par le bras pour me faire descendre du mien et m'entraîna dans une valse autour de la pièce. Il avait les larmes aux yeux, lui aussi, parce que dès que je pleurais, il pleurait aussi. Quand j'étais heureuse, il l'était aussi.

– Tu as réussi, Jerry, dit-il en m'attirant contre lui pour me serrer dans ses bras. Grâce à ton travail acharné. Je suis si fier de toi.

Maman arriva avec deux nouvelles parts de gâteau et s'arrêta en voyant notre émotion.

– Que se passe-t-il ?

– Hailee est prise en master à Chicago, dit Aiden qui jubilait.

Maman ouvrit de grands yeux et poussa un cri de joie.

– Oh mon Dieu ! Attendez, je vais chercher le reste de ce fichu gâteau. Karl, sors de ton bureau ! On va fêter ça.

Papa arriva sans tarder et quand on lui annonça la nouvelle, il se mit à sauter de joie, lui aussi. Lorsqu'Aiden me lâcha, je tombai dans les bras de mon père. L'homme qui, le premier, m'avait appris ce qu'était l'amour, ce que cela faisait.

– Je n'ai jamais douté de toi et de tes capacités. Je suis extrêmement fier de toi, Cendrillon, murmura-t-il en m'embrassant sur le front. Je t'aime pour l'éternité.

– Je t'aimerai encore plus longtemps.

46
Aiden
Un an plus tard

Ce n'était pas une crise de panique.

Pour tout dire, cela faisait déjà un bon moment je n'avais plus de crises de panique. Depuis qu'Hailee m'avait aidé à découvrir la voie de mon bonheur et que j'avais commencé une thérapie. Il s'avéra que se faire aider pouvait conduire à une vie plus heureuse.

Et ma vie devenait plus heureuse de jour en jour.

Je ne m'étais jamais senti aussi calme que ce matin-là. C'était le jour de mon mariage. Le jour où j'allais regarder ma meilleure amie dans les yeux en lui disant « oui ».

S'il y avait une certitude plus profondément ancrée en moi que toute autre, c'était que j'aimerais Hailee jusqu'à la fin de mes jours, et je me sentais honoré de lui dire ce mot lorsque nous serions en face de l'autel devant nos familles et nos amis.

– Tu es très beau, dit Damian en venant vers moi alors que nous attendions dans le vestiaire.

La cérémonie allait commencer d'un instant à l'autre et j'étais entouré de mes trois nouveaux frères qui allaient faire office de garçons d'honneur. Connor, Jax et Damian étaient instantanément devenus des frères pour moi. Ils étaient l'incarnation du concept de famille, et ils m'avaient accueilli à bras ouverts.

Damian redressa mon nœud papillon et je souris.

– Tu n'es pas mal non plus.

– Ça doit être génétique, plaisanta-t-il en me donnant une tape dans le dos.

– OK, Connor, Jax, le photographe vous attend dans l'entrée, dit maman en entrant dans le vestiaire.

Elle eut les larmes aux yeux en nous voyant.

– Que vous êtes beaux !

Connor et Jax sortirent pour aller faire les photos et maman s'approcha de Damian et moi. Elle se dressa sur la pointe des pieds pour m'embrasser sur la joue, puis se tourna vers Damian pour l'embrasser aussi en posant les mains sur ses joues.

– Tu es superbe, mon fils.

Damian n'était pas un tendre. Il ne montrait pas ses émotions, mais à ce moment-là, j'ai eu l'impression qu'il allait pleurer.

– Qu'est-ce qu'il y a ? demanda maman.

Il secoua la tête en laissant échapper un demi-sourire.

– Rien. C'est juste que… vous m'avez appelé fils.

– Oui. C'est ce que tu es pour moi.

Il se racla la gorge et se redressa.

– J'ai toujours voulu ça.

– Voulu quoi ?

Il renifla en essayant de rester digne.

– Une maman.

Maman sourit.

– Moi, j'ai toujours voulu un deuxième fils, alors ça tombe bien. Allez rejoindre Jax et Connor pour les photos, OK ?

Elle embrassa encore une fois Damian sur la joue avant de sortir de la pièce.

Je souris d'un air moqueur en regardant mon frère. Il fit une grimace en essuyant ses larmes.

– Si jamais tu racontes à quelqu'un que tu m'as vu pleurer, je te flanque mon poing dans la figure, grommela-t-il.

Je levai les mains en signe de soumission.

– Ton secret sera bien gardé.

Il me donna une tape dans le dos encore une fois avant de sortir de la pièce pour aller rejoindre Connor et Jax pour les photos, me laissant seul avec mes pensées.

Je me plaçai devant le miroir, lissai mon costume en pensant que je n'étais qu'à quelques minutes du moment le plus important de ma vie jusqu'ici.

– Tu es beau, dit quelqu'un dans mon dos.

Je me retournai. Karl était là, en smoking lui aussi.

– Tu n'es pas mal non plus.

– Que veux-tu ! Ce vieil homme sait encore s'habiller.

Il vint vers moi en se passant le pouce sur l'arête du nez.

– Tu as le trac ?

– Pas du tout. Je suis prêt.

Il sourit.

– Je me sentais comme ça aussi le jour où j'ai épousé Penny. Prêt. Lorsqu'on sait qu'on épouse la bonne personne, il n'y a pas de raison d'avoir le trac. (Il jeta un coup d'œil à sa montre.) Je dois aller rejoindre Hailee pour me préparer à la conduire à l'autel, mais je voulais te faire une petite visite pour te dire que je ne connais pas de meilleur garçon que toi pour épouser ma fille. J'ai vu la façon dont tu l'aimes, et je t'en aime davantage. C'est un honneur pour moi de devenir ton beau-père, mais si tu veux, tu peux m'appeler papa.

Un peu plus et j'allais pleurer comme Damian. Qui aurait pu dire qu'un cœur pouvait ressentir de plus en plus de bonheur à chaque seconde qui passait ?

Karl me tapota l'épaule avant de me serrer dans ses bras.

– Je t'aime pour l'éternité, fils.

Il avait employé la formule que depuis toujours, je l'avais entendu employer avec Hailee. Ma gorge se serra, mais je réussis néanmoins à répondre :

– Et moi, encore plus longtemps.

***

Hailee

J'eus le mariage de mes rêves avec l'homme de mes rêves. Je n'aurais pu imaginer une meilleure façon de célébrer l'amour que nous éprouvions l'un pour l'autre, Aiden et moi. Ce fut une soirée pleine d'amour, de rires et de joie. Je me sentais comblée en voyant tous ces gens venus partager mon bonheur. Je ne m'étais jamais sentie aussi aimée de toute ma vie que ce soir-là.

Le champagne coula à flots, et tout le monde était un peu pompette alors que nous chantions et dansions. Monsieur Lee vint accompagné à la cérémonie. Son fils Lin avait la soixantaine et il envisageait de venir s'installer à Leeks, Wisconsin, pour reprendre l'affaire de son père. C'était un homme très gentil et élégant et je ne pus m'empêcher de remarquer qu'il avait passé la soirée à faire des compliments à Laurie.

Alors que je dansais un slow avec Aiden, je lui montrai Lin et Laurie qui nous avaient rejoints sur la piste de danse.

– Qu'est-ce que tu penses de ça ?

Il regarda sa mère et haussa un sourcil.

– Il drague ma mère ? demanda-t-il, aussitôt sur le qui-vive. Je vais mettre un terme à ça tout de suite.

Je le retins avant qu'il ne s'écarte de moi.

– Tu ne vas certainement pas faire ça. Regarde-la. Elle a l'air heureuse.

Aiden grommela.

– Oui, c'est vrai. Mais s'il ne laisse pas ses mains à leur place, je vais aller les lui arracher.

Le fils surprotecteur dans toute sa splendeur.

– Tu es ridicule.

– Ça ne t'a pas empêchée de m'épouser, dit-il en m'embrassant sur le bout du nez. Hé, tu ne voudrais pas faire un truc avec moi ? Tu ne veux pas qu'on sorte d'ici ?

Je plissai les yeux.

– Quitter notre mariage ?

Il fit oui de la tête.

– Je parie que personne ne s'en apercevra. Ils ont bu bien trop de champagne. Il y a un endroit où je veux aller avec toi. Je pense que ça va être sympa. Dis oui.

Je jetai un coup d'œil autour de moi et haussai les épaules.

– Oui.

Où qu'il aille, j'étais prête à le suivre.

Il me prit la main et me fit sortir en catimini par une porte du fond sans que personne ne nous remarque. Puis nous déambulâmes dans les rues de Leeks, sous un ciel parfaitement clair. C'était une belle nuit et la météo était absolument parfaite pour se balader en smoking hors de prix et dans une superbe robe de mariée.

Lorsque nous atteignîmes notre destination, mon cœur sourit à l'unisson avec mes lèvres.

Nous nous trouvions juste entre les deux maisons où nous avions grandi. Les pancartes à vendre étaient affichées devant les deux maisons que nos parents avaient vidées de toutes leurs affaires.

– Dans peu de temps, ces maisons deviendront le lieu où d'autres personnes se fabriqueront des souvenirs, mais je me suis dit que nous pourrions venir ici compter les étoiles une dernière fois, m'expliqua Aiden en m'entraînant vers le passage situé entre les deux fenêtres de notre enfance.

L'amour que j'éprouvais pour cet homme était inégalé.

Je m'allongeai près de lui entre les arbres et je me pelotonnai contre lui. Il me prit dans ses bras et m'embrassa sur le menton avant de pointer le doigt vers le ciel.

– Une… deux… trois…

Épilogue

Hailee

Trois ans plus tard

– Kennedy, Aaliyah, on a besoin de connaître votre avis. On ne peut pas demander à Stella et Hailee parce qu'elles ne seraient pas objectives.

Aiden sauta en bas de la souche sur laquelle il était assis et se précipita vers le jardin devant la maison où nous nous trouvions avec tous les enfants. Les trois autres femmes me donnaient des conseils et des infos sur ce à quoi on devait s'attendre pendant la grossesse. En effet, j'allais devenir maman à mon tour.

Damian suivit son frère. Les deux hommes se mirent l'un à côté de l'autre, Aiden dominant son frère de quelques centimètres. Ils croisèrent les bras d'un même mouvement et froncèrent le nez en même temps. Leurs yeux étaient aussi bleus que l'océan au lever du jour. Ils se raclèrent la gorge de concert. Ils étaient frères, c'était indiscutable. Découvrir leurs expressions identiques était l'un de mes passe-temps favoris, que je partageais avec Stella.

– On a passé la matinée à en débattre et nous avons besoin de votre opinion, expliqua Damian.

Kennedy haussa un sourcil.

– C'est quoi la question ?

– Qui est le plus beau, Damian ou moi ? demanda Aiden.

– Ce n'est pas juste, Aiden était le laissez-passer d'Aaliyah, intervint Damian, on sait déjà qui elle va choisir. Ce n'est pas un sondage équitable.

Aaliyah fronça les sourcils.

– Vous savez quoi… plus je le côtoie, plus je le trouve ringard, et en plus, maintenant je le vois comme un petit frère, alors cette idée…

Elle frissonna, l'air dégoûtée.

Je souris.

– C'est pour ça qu'on dit qu'on ne devrait jamais rencontrer ses idoles. On est toujours déçu.

– Donc, tu dis que je suis le plus séduisant des deux ? demanda Damian en haussant un sourcil.

– En fait, vous êtes aussi moches l'un que l'autre, remarqua Kennedy.

– Ouais, c'est comme si le Créateur avait pris ses pinceaux, les avait trempés dans de l'encre de Chine et qu'au lieu de faire un chef-d'œuvre, il avait dessiné deux bonshommes bâton et dit « bof, ça ira bien comme ça », ajouta Aaliyah.

– Exactement ! Comme s'il était paresseux le jour où il vous a créés tous les deux, acquiesça Kennedy.

Aiden fit la moue.

– Jax, Connor, vos femmes sont de vraies pestes.

– À question idiote, réponse idiote, hurla Jax qui était assis, une canne à pêche dans les mains, avec Connor derrière la maison.

On était au bord du lac Michigan, le jour de la fête nationale.

On avait réfléchi un bon moment à notre résidence de rêve à Leeks. Quand je lui avais soumis l'idée de construire notre maison, Aiden avait été très enthousiaste. Il devait encore tourner un dernier film de Superman pour honorer son contrat, mais ensuite il reviendrait définitivement vivre à Leeks avec moi et le petit bout de chou qui était en route. Les films avaient tous été de grands succès, ce qui n'était pas surprenant. Aiden réussissait tout ce qu'il faisait. Mais le métier de comédien n'était pas une passion pour lui et ne l'avait jamais été. Une fois que son père était sorti de sa vie, il avait senti qu'il pouvait abandonner ce rêve qui n'avait jamais été le sien.

Il s'était inscrit à la fac. Il était toujours en recherche de lui-même, de ce qu'il voulait faire et être, mais j'étais ravie de voir que cela le rendait heureux, tout était possible. Le monde pensait probablement que c'était de la folie de renoncer à sa carrière d'acteur, alors qu'elle était couronnée de succès, mais cela n'avait jamais été son rêve. C'était celui de Samuel. Les yeux d'Aiden brillaient de joie lorsqu'il évoquait toutes les possibilités qui s'offraient à nous dans cet avenir que nous allions bâtir de zéro.

Alors que le jour baissait, maman, papa et Laurie vinrent nous rejoindre pour le barbecue. Un peu plus tard, Kate et Henry vinrent aussi. Même Monsieur Lee se joignit à nous pour manger un morceau et pour les feux d'artifice sur le lac. Monsieur Lee était accompagné de son fils, Lin, qui s'était installé en ville peu de temps auparavant. Visiblement, il faisait rire Laurie bien plus qu'elle n'avait jamais ri. Mon petit cœur tendre féru de romance espérait fermement qu'il y ait une possibilité de lien amoureux entre ces deux-là. Laurie méritait d'être heureuse et la façon dont Lin la faisait sourire me faisait penser que, peut-être, il pourrait la mener sur cette voie.

Aiden et moi étions entourés d'amour, et tout semblait à sa place dans le monde. J'étais impatiente de voir nos enfants courir avec leurs cousins et cousines au bord du lac quand ils viendraient nous rendre visite en été. Damian disait qu'il ne viendrait qu'en été parce qu'il fallait être fou pour supporter les hivers dans le Wisconsin. C'était pas faux.

Nous avions de la chance que les ouvriers nous aient autorisés à nous réunir en famille sur le chantier, mais le feu d'artifice sur le lac fut extraordinaire.

La maison était loin d'être terminée. Seules les fondations étaient sorties de terre. Le squelette était là, il était temps de lui ajouter de la chair. Il restait à monter les murs de brique, installer le toit, l'isolation. Je n'étais pas trop inquiète du temps que ça prendrait. Nous avions un socle solide, Aiden et moi. Tout le reste viendrait à son heure.

Quand le feu d'artifice commença, tout le monde se précipita au bord de l'eau pour admirer cette explosion de couleurs. Tout le monde sauf Aiden et moi.

Il me prit la main et m'entraîna dans notre maison. Il me conduisit vers ce qui serait un jour notre salon où nous fabriquerions des millions de souvenirs avec nos enfants. Nous nous allongeâmes sur le sol pour regarder le ciel, puisqu'il n'y avait pas encore de toit pour nous bloquer la vue. Comme le ciel explosait de couleurs, mon cœur explosa d'un bonheur que je n'aurais jamais imaginé ressentir.

Aiden me prit la main.

– Regarde les étoiles, Hails, murmura-t-il en pointant le doigt vers le ciel

J'inclinai la tête vers lui et je souris. Mon Tom. Mon amoureux. Mon meilleur ami.

– Oui, dis-je en me pelotonnant contre lui pour sentir sa chaleur et son amour. Regardons les étoiles.

***

Aiden

Quatre ans plus tard

– Papa, regarde ! C'est au tour de maman ! dit DJ en montrant la scène du doigt.

DJ était le diminutif de Damian Junior. Il tenait son nom du frère qui était entré dans ma vie et m'avait montré ce que voulait dire faire partie d'une famille. J'avais le sentiment qu'on m'avait privé de la présence de Damian pendant tellement d'années, mais il m'avait dit que nous avions tout le reste de notre vie pour nous agacer l'un l'autre, alors on avait de beaux jours devant nous.

– Oui, regarde, la voilà ! dis-je en montrant la scène de la main gauche car je tenais la petite Luna dans mes bras.

Elle n'avait que quatre mois et elle dormait profondément, malgré tout le bruit qui régnait dans l'auditorium. Je jetai un coup d'œil aux sièges occupés par les autres membres de notre famille. Damian, Connor, Jax et leurs tribus étaient tous venus pour la cérémonie. Il y avait aussi Kate, Monsieur Lee, ma mère et les parents d'Hailee. Nous étions toute une troupe et les plus fervents admirateurs d'Hailee.

– Docteur Hailee Jones-Walters, entendit-on appeler dans le haut-parleur.

Des acclamations montèrent de nos trois rangées de supporters au moment où Hailee traversait la scène pour recevoir son diplôme. Après des années et des années de travail acharné, elle se voyait décerner le diplôme de Docteur en psychologie. Le sourire sur son visage, lorsqu'on le lui remit, parlait pour elle. Lorsqu'elle se tourna vers nous, elle le brandit à bout de bras en souriant jusqu'aux oreilles.

– Je t'aime, mimai-je des lèvres.

– Je t'aime aussi, répondit-elle de la même manière.

Les yeux embués de larmes, je contemplai l'amour de ma vie. Même lorsque les constellations n'étaient pas alignées pour nous, nous avions créé notre propre galaxie. Notre bonheur éternel. Hailee Jones était un être d'exception. Elle était la compagne parfaite, la mère parfaite et l'amie parfaite. Et pour couronner le tout, elle était maintenant docteur, et elle allait soulager les vies de tas d'individus, de la même façon qu'elle avait sauvé la mienne.

Je pouvais assurer que ma vie ne serait pas aussi géniale sans la présence de cette femme forte à mes côtés. Elle était là lorsqu'on me remit mes diplômes d'illustrateur et de graphiste. Il s'avéra que je voulais continuer à travailler dans le domaine du divertissement, mais pas en tant que comédien. Je retournai à mes premières amours qui étaient le dessin et l'illustration, ce qui m'ouvrit une foule de possibilités. Hailee était ma plus grande supportrice dans cette recherche de moi-même. Elle était l'étoile qui brillait le plus dans ma vie. Elle était mon étoile polaire, celle qui me montrait encore et toujours le chemin de la maison.

Elle réussissait dans tout ce qu'elle entreprenait. Elle atteignait toujours ses objectifs parce que pour elle abandonner n'était jamais une option. Elle était mon cœur, mon âme et ma meilleure amie. Ma fierté devant sa réussite était sans limite. C'était un bonheur et le plus grand des privilèges de la regarder briller.

Et elle brillait tellement.

Composition et mise en pages
Nord Compo à Villeneuve-d'Ascq